一九四四年八月二十五日，巴黎解放那天，阿道夫·希特勒在东普鲁士“狼穴”的地堡里，向他的总参谋长约德尔上将气急败坏地责问——

CREME
ECLIPSE
HOTEL DE FRANCE

巴黎烧了吗?

Is Paris Burning?

Larry Collins / Dominique Lapierre
[美] 拉莱·科林斯 [法] 多米尼克·拉皮埃尔 著

董乐山 译

译林出版社

DUKU

读库

策划编辑　张立宪
美术编辑　艾　莉
助理编辑　杨　雪
图片编辑　黎　亮
责任印制　田　歌
特约审校　朱朝晖
张　钧
田　巍
王　立
马国兴
王　慧

扉页图片　东方 IC

译序

董乐山

“巴黎烧了吗？”

这是纳粹德国头子阿道夫·希特勒于一九四四年八月二十五日巴黎解放的那天，在东普鲁士（腊斯顿堡）一个叫“狼穴”的地堡里，向他的总参谋长约德尔上将气急败坏地提出的责问。

就在两天之前，他刚向新派去守卫巴黎的德军司令冯·肖尔铁茨发出了要坚守巴黎到最后一兵一卒与城共存亡的命令；在此前不久，他还派了爆破专家到这个世界上最美丽的城市去埋设地雷和炸药，打算在万一失守时实行焦土政策，把整个巴黎连同它的许多具有历史意义的辉煌建筑和艺术宝藏统统付之一炬，夷为平地。

与此同时，盟军六月六日在诺曼底登陆以后，向法国的德占区纵深地带长驱直入，先锋部队已兵临巴黎城下，巴黎解放指日可待。为了配合盟军进攻，巴黎市内的抵抗运动组织已经做好了起义的准备。

就在这紧锣密鼓的八月的一个无月之夜，一架英国轰炸机在巴黎近郊悄悄地空投了一名法国谍报人员。他随身携带一份秘密情报，前去巴黎市内一所幽静的修女院，递交给藏匿在那里的英国谍报负责人，要他紧急通知抵抗运动的各个地下组织暂停发动起义。因为盟军要节省为解放后的巴黎二百万居民运送生活必需品而耗费的汽油，把它用在更加急需的攻打德国本土的大军身上，以争取早日结束战争。他们决定要绕过巴黎，暂不解放它。为了避免巴黎人民过早起义造成巨大的无谓牺牲，盟军谍报部门才有这次空投秘密情报员之举。

但是，这个突如其来的消息却使巴黎抵抗运动内各派别的地下组织陷入了混乱。一方面，抵抗运动中共产党领导的派别决心要举行起义，把巴黎从德国四年的占领下解放出来；另一方面，抵抗运动中的戴高乐派，尤其是戴高乐将军本人，决心要抢在共产党之前到达巴黎，建立他自己的地位。为了防止共产党抢先发动起义，戴高乐一方面从临时驻地阿尔及尔秘密飞抵法国前线，向盟军总司令艾森豪威尔历陈及早解放巴黎的重要性，另一方面密令他派驻在巴黎的地下高级助手保持对抵抗运动的控制。

这样，在盟军与德国之间，在德军与抵抗运动之间，在盟军与戴高乐之间，在抵抗运动中各派之间，就展开了一场紧张、激烈而又复杂的斗争。

以上所述的战争形势，就是于一九六五年出版的这部以希特勒原话为书名、记述巴黎解放经过的著名纪实文学的第一部分《威胁》的大概内容。《巴黎烧了吗？》(*Is Paris Burning ?*) 生动又详细地描绘了一九四四年八月解放巴黎的战斗全过程。两位作者拉莱·科林斯（Larry Collins）和多米尼克·拉皮埃尔（Dominique Lapierre）分别是美国《新闻周刊》和法国《巴黎竞赛》的记者。他们在作品的史实方面力求翔实，花了将近三年时间搜集材料：他们翻阅了美法德三方面的军事档案，采访了上至艾森豪威尔、戴高乐高级助手、肖尔铁茨，下至法、美、德军普通士兵和巴黎市民共达八百多人，采用了其中五百三十六人的亲身经历，因此能使这部作品做到事事有根据，人人有下落，句句有出处。另一方面他们又发挥了新闻记者的特长，能把文章写得生动活泼，引人入胜，令人觉得仿佛在读一本扣人心弦的惊险小说，放不下手来。作为报告文学（或者所谓纪实小说），它可以称得上是一部典范的作品。

本书内脚注分原注与译注两种，其中译者所加标注为“译注”，未注明者均为作者原注。——编者

目 录

序幕

一九四四年八月二十三日，阿道夫·希特勒设在东普鲁士的最高司令部向大巴黎司令将官发出了下列命令，上面冠以“绝密”和“特急”字样，副本分送西线部队总司令、B集团军、第一军团、第五装甲师和第十五军团。命令中宣布了希特勒对巴黎的命运所做出的最后决定。

命令如下：

Geh. Kommandosache Chefsache

Nur durch Offizier

KR Blitz

O.B. West Ia

Okdo d. H. Gr. B. Ia

A.O.K.1

Pz A.O.K. 5

A.O.K. 15

巴黎桥头堡的保卫，不论从军事或政治观点来看，都极其重要。该市若告弃守，势将导致塞纳河以北整个沿海平原的丢失，并将剥夺我们用以对英国进行远距离作战的火箭发射场。

巴黎的丢失不可避免地必将导致整个法国的丢失，这在历史上一贯如此。

因此，元首明白无误地重申前令：巴黎必须不惜任何代价予以保卫，务使该市防务固若金汤。他在此通告西线总司令，为此目的，业已指定增援部队。

至于该市本身，一旦发现起事苗头，必须立即采取最有力手段，予以及时粉碎，诸如夷平整个街区、公开处决肇事首犯、强制居民撤出市内任何具有危险倾向的地区等。这是防止这种行动蔓延的唯一办法。

炸毁该市塞纳河上所有桥梁的工作应立即准备就绪。

巴黎绝不能沦于敌人之手，万一发生此一情况，他在那里找到的只能是一片废墟。

O.K.W./W.F.St./Op. (H)

Nr. 772989/44

23.8.44

11:00 Uhr

第一部　威胁

一

他从来没有迟到过。每天傍晚，那个德国兵带着他的那支旧毛瑟枪、皮套已经磨得发毛的望远镜和装了晚饭的饭盒一到，梅昂默尔田村子里的居民就知道已是六点钟了。他走过村里的鹅卵石铺的广场时，十二世纪盖的那座小小的圣母升天教堂的罗马式钟楼就分毫不差地开始响起晚祷的钟声。那座小教堂高踞在巴黎东北三十七英里处乌尔克河畔的一个小山脊上，俯瞰着梅昂默尔田村的灰瓦屋顶。

这个德国兵是个头发花白的空军中士，总是迎着清脆的钟声走来。他在教堂门前摘下军便帽后走了进去，用缓慢的步子爬上狭窄的螺旋形楼梯，到了钟楼顶上。那里有一张桌子，一只煤气炉，一张从下面教堂那里征用来的椅子。桌子上整齐地铺着一张德军总参谋部军用地图，还有一本笔记簿，一本日历，一台灰绿色军用电话。圣母升天教堂的钟楼是德国空军的一个瞭望哨。

那个德国兵在这里用望远镜可以把这一带整个地区收入眼底。从南面莫城的大教堂尖顶到北面拉费尔特米隆堡的中世纪石墙，他极目望去，纵横十三英里，眼光扫过了马恩河弯弯的河道，乌尔克河畔利赛镇的陶砖墙头，最后回到了在他眼皮底下蜿蜒而去的乌尔克河白杨参天的河岸。

再过几小时，夜幕就会降落在这位中士的望远镜下一览无余的宁静景色上。那时他就要搜索天际，窥看周围的黑影，又一次开始他的夜间值勤，这已是诺曼底登陆以来的第五十八次了。等到东方发白，他就会提起军用电话，向设在苏瓦松的德国空军分部报告。自从十二天前上次月圆以来，中士的报告总是一成不变的同一句话："本区没有情况。"

这个德国兵知道，盟军总是在满月时的月明之夜向法国抵抗运动进行降落伞空投的。他桌子上的日历告诉他，要再过十六个夜晚，到八月十八日晚上，月亮才会再圆。

这个德国兵心中很有把握，那天晚上，在交托给他看守的法国占领区这块小小的地方，是不会发生什么事情的。因此在一九四四年八月二日这天晚上，这个中士觉得他完全可以趴在他面前摇晃不稳的桌子上放心地打个盹。可是他错了。

就在他睡着的时候，两英里外一片堆着一捆捆麦秸的潮湿的田野里，有两男一女散开来，布成了三角形的阵势，那是抵抗运动空投区的标志。他们的手中都握着手电筒，玻璃罩外面装了用马口铁皮打的套子。这种装套子的手电筒发出的是一道细细的光柱，只有从天空中朝下看才能看到。这三个人在等待着。午夜刚过不久，他们就听到了他们所等待的声音。那是一架哈里法克斯轰炸机把发动机降低马力后轻轻地飞过乌尔克河谷时发出的低低的嗡嗡声。他们打开了手电筒。

上面那架飞机的驾驶员低头观察着下面灯火管制下的漆黑河谷，一眼就看到了他们的手电筒的三角形闪光。他按了一下面前的控制盘上的一个按钮，飞机机舱里有一盏灯由红变绿。这时有一个人扶住飞机上打开的舱门，纵身一跃，跳入夜色之中。

阿兰·佩帕扎是个年轻的医学生，他轻轻地飘落在法国故土上时，可以感觉到身上捆着的藏钱的腰包，里面有五百万法郎。不过，他在这八月之夜纵身跳下来，并不是为了送这笔巨款。

阿兰·佩帕扎的左脚鞋子后跟里嵌着一块薄如蝉翼的绸子，上面印有十八列密码数字。他在伦敦的上级认为上面的信息十分重要，十万火急，因此不惜违反他们的一切规定，派阿兰·佩帕扎冒险在这无月的黑夜跳伞投递。

佩帕扎并不知道他投递的是什么信息。他只知道要尽快把它送到潜伏在法国的英国谍报机构一个代号叫“阿米可翡翠”的头子那里。他的总部设在巴黎。

到佩帕扎撣掉他夜里躲在麦秸堆里沾在身上的麦屑时，已是第二天早上七点钟了。要到巴黎去，这个年轻的医学生选了可供他采取的最快途径。他决定搭过路便车。

在法国三号公路上，第一辆驶过他身旁的卡车停了下来。这是德国空军的卡车。四个头戴钢盔的德国兵扶着敞篷卡车的木栏杆，面无表情地望着下面的他。

佩帕扎看到卡车驾驶室的门打了开来。司机示意叫他过去。就在这一刹那间，佩帕扎感到他藏钱的腰包仿佛重如千斤。那个德国兵仔细看他一眼。“Nach Paris?”[1]他问。佩帕扎点一点头，然后感觉麻木地爬上了司机身旁的发热的座位。德国兵换了挡，于是这个年轻特工带着给法国境内英国谍报头子的密信，坐在德国空军的卡车车厢里，看着通往巴黎的公路开始向他身后滑去。

我主受难修道院的九个修女跪在她们教堂清凉的阴影里，正在诵念她们这一天第三遍诵念的祈祷文，这时有三长一短的门铃声刺破了修道院的寂静。她们之中有两个修女马上站起来，划了为自己祝福的十字，走开去。对院长妹妹简恩修女和她的助手简恩－玛丽·维阿内修女来说，拉圣特路一二七号修道院古老的门铃三长一短的铃声意味着“有要客来访”。

德国秘密警察四年来一直在竭力搜寻藏匿在这个修道院里的那个人。就在这里，在院内一块空地和圣安妮

[1] 德语：“到巴黎去？”——译注

疯人院高高的石墙交接处，有一所表面粗糙不平的旧房子，在这房子的起居室后面，就是法国占领区英国谍报头子“阿米可翡翠”的总部。在这些古老的石墙和几个修女镇定自若的勇气的保护下，他的总部一次又一次逃过了德国秘密警察的严密搜查。[1]

简恩修女打开修道院厚重的橡木大门上的窥视孔，看到外面有一张年轻人的脸。

“我叫阿兰，”他说，“我有一封信要送给上校。”

简恩修女拉开门栓，跨到门外台阶上，看清楚这个年轻人后面没有人尾随。她就点头让他进来。

在起居室里，在那个创建我主受难修道院的不知名的拉撒路派教士脸色严峻的肖像下面，阿兰·佩帕扎脱下了左脚上的鞋子。他用简恩修女递给他的一把刀子撬开后跟，掏出他冒了生命危险带来的那块绸子。他把它交给坐在他旁边小沙发上那个有一双蓝色眼睛、头发已经开始谢顶的体格魁梧的高大汉子。

代号为“阿米可翡翠”的克劳德·奥立维亚上校看了一眼印在上面的黑色字母，就叫简恩修女去把他用来破译的密码字格拿来。这是印在用一种可以消化的纺织

---

[1] 在一九四三年，这个修道院甚至是德国军事情报局头子威廉·卡纳里斯海军上将与驻法国的英国谍报头子秘密会晤的地方。卡纳里斯是给蒙了眼睛后带到那里去的，他要从丘吉尔那里弄清楚盟国若与没有了希特勒以后的德国议和有什么条件。丘吉尔的答复于十五天后传来：“无条件投降。”十八个月后，卡纳里斯因参与暗杀希特勒的密谋而被处决。

物做的极薄的手绢上的，一有危险，吞入口中，嚼碎即化。简恩修女把它藏在小教堂里好人贼[1]神龛的祭坛石下。

奥立维亚上校把密码字格扣在佩帕扎带来的密码信上。这样给他破译出来的信息是，盟军统帅部决定要"绕过巴黎，尽可能推迟解放巴黎"。它并说，这个计划不容改变。落款"将军"，这是谍报处长的代号，只有极其重要的信息才签此名。

上校抬头看佩帕扎。

"我的天！"他说，"这可糟了！"

---

[1] 与耶稣同时被钉上十字架的两个小偷之一，因悔罪得耶稣许诺升入天堂，故又称"悔罪贼"。见《圣经 · 新约 · 路加福音》第二十三章，第三十九至四十三节。——译注

二

对“阿米可翡翠”修道院围墙外面的这座城市来说，这个炎热的八月上午是被德军占领后的第一千五百零三天。

十二点钟刚刚敲响，二等兵弗里茨·戈特却尔克就像他在过去四年中每天做的一样，和他的第一保安团的二百四十九名弟兄一起，开始他们每天沿香榭丽舍大道开到协和广场去的列队行进。走在他们前面的一支铜管乐队吹奏起“普鲁士光荣”的刺耳音调。很少有巴黎人站在这条气象宏伟的大街的人行道上观赏二等兵戈特却尔克的表演。他们早就学会了怎样躲开这种令人羞辱的场面。

这种趾高气扬的列队行进不过是法国首都从一九四〇年六月十五日以来不得不忍气吞声地蒙受的许多羞辱之一而已。从那一天起，法国人能够看到他们的国旗在巴黎公开陈列的唯一地方是在空气污浊发霉的荣军院博物馆里，而且还是锁在玻璃柜里的。

纳粹德国的黑白红卐字旗则在巴黎市的象征——埃菲尔铁塔顶上飘扬。被巴黎的征服者所征用的成百上千所旅馆、公共建筑、公寓大楼的顶上，都飘扬着这面令人感到压抑的旗帜，那是四年来钳制着这座世界上最美丽城市的精神的那个政权的象征。

沿着里沃利路上优雅的拱廊，在协和广场四周，在卢森堡宫、国民议会、外交部的前面，德国武装部队的漆成黑白红三色的岗哨挡住了巴黎人，不让他们在自己的城市的人行道上行走。

在福煦大道七十四号和索色埃街九号门前，在其他一些标志不这么明显但同样著名的建筑物门前，站岗的是德国武装部队之外的部队。他们的军服领口上有党卫军的双条银色闪电。他们守卫着秘密警察的办公楼。他们的邻居晚上总是睡不好，因为从这些建筑物里几乎每天夜里都会传出惨叫声来，要听而不闻，常常是很难做到的。

德国人甚至改变了这个城市的面貌，把全市近二百座最漂亮的铜像都拆卸下来，运到德国去熔化，制造炮弹的弹壳。

工兵劳役队里的建筑师用他们自己的纪念碑来取代这些铜像，也许从美学的观点来看要差一些，但却要威风得多。几乎有一百多个混凝土地堡深深地嵌入了巴黎的人行道上。它们矮墩墩的样子分布在全市各处的地面上，仿佛青春痘一般。

歌剧院广场和平餐馆门外的藤椅前面，仿佛长了豆秸一样，竖立起一块块用白色木牌做的路标。黑字箭头为德军司机指示通往像DER MILITÄRBEFEHLSHABER IN FRANKREICH, GENERAL DER LUFTWAFFE,

HAUPTVERKEHRS DIREKTION PARIS [1] 这样的非法国式的目的地。在那年夏天又增添了一个新路标，上面的字样让路过的巴黎人看到高兴。那是 ZUR NORMANDIE FRONT [2] 。

巴黎宽阔的林荫道从来没有这么空荡荡过。没有公共汽车。出租汽车早在一九四〇年就绝迹了。少数运气好的（或者说没有骨气的）司机弄到一张德国牌照，把汽车改装，在车身后面绑上一个小锅炉，用木柴当燃料来发动。

公路上则是自行车和马的天下。自行车甚至代替了出租车。有些出租汽车司机索性把汽车改装成马车，自己成了拉车的马。他们把汽车锯成前后两节，只保留后面的一半架在两只车轮上，然后在前面套上一辆自行车，自己蹬在上面拉着跑。若需加急服务，还有四个司机在前面蹬车拉的。最快的是由曾经参加过环法自行车赛的一批宿将蹬的车。这种人力出租车的车厢后背都漆有一个名字。最流行的是 LES TEMPS MODERNES [3] 。

每周工作日里，地铁从上午十一点关到下午三点，周末全日关闭。入夜以后，从十一点起关闭。宵禁从十二点开始。德国人逮到在宵禁后还逗留在街上的巴黎

[1] 德语：“法国军事总督”、“德国空军司令”、“巴黎方向干道”。——译注
[2] 德语：“由此去诺曼底前线”。——译注
[3] 法语：“摩登时代”。——译注

人，便把他带到宪兵队去，让他整宿为他们擦皮靴。如果那天晚上正好有德国兵被抵抗运动战士打死，他为了错过地铁末班车回家要付的代价就要高得多，那就是被行刑队处决。德国人喜欢从违犯宵禁的人中挑选他们作报复性处决的对象。

每周有三天，巴黎的街头餐馆不供应酒。代替供应的是一种难喝的人造咖啡，名叫“国民咖啡”，那是用橡子和一种豌豆磨成的。

巴黎是座几乎没有煤气和电力供应的城市。巴黎的家庭主妇学会在用十加仑装的油桶焊接在一起的炉子上做饭，用的燃料是把旧报纸捏成纸团，然后泼上水——这样耐烧一些。有一家百货公司做广告说，六页报纸可以在十二分钟之内烧开一公升的水。

尤其是，巴黎是座饥饿的城市。它成了世界上最大的农村，每天早晨都有公鸡把它叫醒。它们到处啼晨，在后院里，屋顶上，阁楼和空房里，甚至放扫帚的壁柜里——总而言之，凡是几百万挨饿的市民能够找到可以养鸡的寸尺之地，都能听到它们在啼晨。每天早晨都有小孩子和老妇人偷偷地到公园里割几把青草回来，喂他们养在洗澡缸里的兔子。

在那一年八月，巴黎人凭配给票可以买到两只鸡蛋，三盎司食用油，二盎司人造黄油。肉的配给量实在太少，大家都说笑，可以用地铁车票把它包起来，只要那张车票还没有用过。因为据那笑话说，如果车票已经用过，那么肉就要从收票员在车票上戳的洞中漏掉了。大多数巴黎人食谱中的主食是他们原来用来喂牲口的一种胡萝卜。

对那些有钱人来说，有的是黑市。在黑市里，四个人吃一顿饭要花六千二百五十法郎，而那年夏天一个女秘书的一月工资是两千五百法郎。鸡蛋四十美分一个，黄油十美金一磅。对没有钱的人来说，要把配给卡多维持几天，唯一的办法是骑自行车蹬上二三十甚至四十英里，到乡下去找个有一只鸡或一把蔬菜出售的农民。

维希政府的招贴贴在满街的墙上，号召法国工人“同德国兄弟团结起来”，或者参加“反布尔什维克主义军团”。法奸报纸如《小巴黎人报》、《巴黎晚报》、《我无处不在》周刊的头版都声称，“到德国去做工不是强制押送”，并且从柏林发回消息来说，“德国参谋总部从来没有这样对前途充满信心”。但是，在报纸内页却登着“马车长途托运家具”的含蓄广告。

不过，据伊里奥特·保尔的回忆，巴黎还是保持了它“轻松愉快”的心境。巴黎的美女似乎比以前更加美丽了。四年的些微配给和每天的骑车锻炼，使她们身躯矫捷，双腿修长。那年夏天，她们时兴把头发包在头巾中，或者塞在饰花的宽边草帽中，仿佛直接从雷诺阿的油画中走出来的一样。

七月间，时装设计家玛黛琳·德劳什、吕西安·莱朗和杰克·法恩发布了“军人式”的流行款式。它的特点是肩膀宽、腰带宽、裙子短——这是为了节约用料。

法国衣料短缺。有些料子是用木头纤维做的。巴黎人开玩笑说，这种衣料淋了雨，白蚂蚁就都爬出来了。

晚上，巴黎人穿着木跟皮鞋在街上走，“格格”声不断。他们学会万一过了宵禁时间就脱了鞋子，光着脚回家。那样巡逻的德国兵就只听见自己的皮靴铁掌的击地声了。

那年八月，巴黎人都待在家中。战争使得大家都无法按惯常那样到乡间去度假。学校照常开学。成千上万的人在塞纳河的河滨道上晒日光浴。那年夏天，这条泥浆污浊的河成了世界上最大的游泳池。

对法奸和他们的德国主子来说，对黑市中的“暴发户”来说，马克西姆餐馆、丽都饭店和少数如“天方夜谭”和“苏姗索立多”那样的夜总会，仍有香槟酒和鱼子酱。那个星期，有个交好运的法国人的 174184 号彩票中了第二十八次全国彩票的摸奖，得了六百万法郎（约相当于三万四千三百美元），这笔数目比阿兰·佩帕扎放在不舒服的腰包中带到巴黎来的钱还多。

星期六、星期日、星期一，在朗香和奥特伊，赛马季节照常不误。马匹瘦小，但看台拥挤。卢那公园可以说是巴黎的康尼岛[1]，从那边传来的信息倒令人宽慰：“不要为错过度假良机而感到难过。骑上你的自行车，蹬它九十九下，你在这里就能找到新鲜空气和灿烂阳光。”

---

[1] 康尼岛是纽约布碌仑区海边游乐场。——译注

伊夫·蒙当和伊迪丝·比亚芙在红磨坊夜总会搭档演唱。塞尔日·里法尔评论芭蕾演出季时，称赞了两个默默无闻的年轻舞蹈演员，一个叫兹兹·让梅埃，一个叫罗兰·佩蒂特。

电影院靠脚蹬自行车轮子发电，维持放映机照常工作。规模相当于纽约无线电城音乐厅的高蒙电影宫曾经计算过，靠四个人在自行车上按每小时十三英里的速度蹬六个小时所发的电，可以放映两场电影。在电影院外面，有“空地可以免费存放自行车三百辆”的广告。

剧场三点钟开门，天黑收场，场场客满。分布在全市各处漆成绿色的圆形广告柱上，贴的剧目广告有二十多个。老哥伦比亚剧场在演出让－保尔·萨特的《没有出路》。离剧场不远几个街区外，它的作者匿身在一间顶楼里为抵抗运动写宣传品和传单。

不过最重要的事是，一九四四年那个令人难忘的夏季里，每个晚上在有微弱电流供应的短短半小时里，只有一个神圣的活动把巴黎人都拴在他们的家里：他们的耳朵都贴在收音机上，整个城市鸦雀无声，在德国人的干扰杂音中偷听被禁止收听的英国广播公司的广播。一九四四年八月三日的那个晚上，在巴黎绚烂无比的落日余晖中，这个城市的居民将第一次获知那桩不久就会成为他们自己的噩梦的事件。

那天晚上，华沙烧成了一片火海。就在它的俄国解放者在它的大门口只需稍进一步就可攻达的地方裹足不前的时候，德国守军残酷地镇压了抵抗运动一次过早的起义。镇压结束，波兰人牺牲了二十万，华沙变成了一片发黑的废墟。

随便哪个巴黎人那天晚上往窗外看，就可以看到战争中的一大奇迹——巴黎仍完好无损。圣母院、卢浮宫、圣心教堂、凯旋门，所有这些举世无双的伟大建筑物曾经使这个城市成为人类文明的灯塔，而在这场历史上最具有破坏性的战争中，五年来却没有受到丝毫损伤。如今，巴黎的解放时刻终于快要来到了。在这八月的晚上把华沙化为一片瓦砾的命运，也就是巴黎到现在为止像奇迹一样逃脱的命运，很快就将笼罩在这座世界上最美丽的城市的头上。

因为巴黎是整个法国围着转的轴心。法国的所有主要道路、铁路、运河都汇集到巴黎。它是统治法国的心脏。它的三百五十万市民所关心的，还有世界上千千万万的人所关心的，可能只是它为人类文明所保管的宝藏的安全。但是对那天晚上与它相隔几千英里的其他一些人来说，巴黎如今成了一种别的东西。对他们来说，巴黎成了一个争夺的目标。

三

对肩负解放巴黎重任的美国人来说，巴黎一直是个令人进退维谷的难题。从诺曼底的格朗维尔海滩往内陆深入两英里的地方，有一个指挥部的车队隐藏在雨水浇透的树丛中，就在那里，艾森豪威尔将军终于做出了他很不情愿做出的决定，也许这是诺曼底登陆以来最重要的决定——他要尽可能推迟巴黎的解放。他要把这个城市包围了以后再绕过它。这位盟军最高统帅估计，在将近两个月之内，巴黎不会解放，最早也要到九月中旬。

这个决定可不是艾森豪威尔随便做出的。他像别人一样清楚，巴黎的解放对法国人，对他自己的军队，甚至对全世界会产生怎样深远的感情影响。他充分意识到巴黎人民和自由法国的傲慢自大的领袖戴高乐将军急不可耐的情绪。但在艾森豪威尔的心目中，放在他桌子上长达二十四页的油印文件中提出的精确军事分析比起巴黎这个神奇的名字来，分量要重得多。这份文件的蓝色牛皮纸夹上印有“绝密——后海神作战计划第二部分——越过塞纳河和攻克巴黎”的字样。它是盟国远征军最高司令部三人计划委员会送来的，其中提出的建议供他在做出战略决策时参考。

艾森豪威尔深信，“德国人会为巴黎决一死战”。在他看来，“一切战略和地理因素都有此要求”。他桌子上的三人计划委员会的研究报告证实了他自己的信念。他要避开这场决战。

这个文件警告，如果德军以重兵坚守巴黎，要逐出他们就需要进行“像斯大林格勒那样的长期激烈的巷战”，这样的战斗可能最后造成“法国首都的毁灭”。

艾森豪威尔不能允许巴黎发生这种情况。而且，他不想让他如今横扫法国本土的兵力陷入消耗极大的城市争夺战。

除此以外，在艾森豪威尔的心目中，还有一个压倒一切的理由让他做出现在的这个决策。放在他面前桌子上的那份文件一语道出了天机。

它说：“如果太早攻占，巴黎会对我维持部队进行作战的能力造成严重限制。”

而且，这份文件又警告说：“巴黎的攻占将需要承担民政责任，这一义务相当于要维持八个作战师。”

对艾森豪威尔来说，这无异是说，巴黎的攻占意味着他在法国已经登陆的三十七个师中，几乎有四分之一的部队的油源要被耗竭掉。这是他所不愿承担的风险。那年夏季，对他来说，汽油是世界上最珍贵的东西。他后来说：“我每放弃一加仑汽油，就吃亏一次。”巴黎会使他耗费成千上万加仑的汽油。

这种耗费不是花在攻克巴黎上，而是花在把它解放以后要供应它的生活必需品的运输上。盟军总部这一研究报告说："光是巴黎的粮食和医药需要，在头两个月就是七万五千吨，外加每天可能需要一千五百吨的煤供公用事业的消耗。"由于只有瑟堡和一些登陆滩头做港口，而法国的铁路又成了烂摊子，每一吨物资都需要从诺曼底用卡车运输，来回一次就是四百一十六英里。因此计划人员的建议是"尽量长期地"避免这一义务，也就是避免解放巴黎。

作为代替，他们提出了另外一个方案。这需要从南北两个方向对巴黎作钳形包围，这样也能使盟军直捣德军设在法国北部的V-1和V-2火箭发射场，他们认为后一任务十分紧急，"值得一冒超过正常风险以上的风险"。

按照这一计划，蒙高马利将军的第二十一集团军将出击瓦兹河和海滨之间的上塞纳河，打开勒阿佛尔港，进迫加来海峡的V形火箭发射场。然后，在巴黎以北八十二英里的亚眠用两个兵团[1]的兵力作迂回行动，在东面突破。同时，在巴黎以南，美国第十二集团军在默伦越过塞纳河，推进到巴黎东北九十八英里处的兰斯，然后向西迂回，与从亚眠出击的英军会合。两支部队会师以后，巴黎就牢牢地落入一个大囊之中。这个计划实施的日期定在九月十五日到十月一日之间。

---

[1] 英美军队编制依次为集团军（战时）、军、兵团、师（旅）、团、营、连、排。其中军与兵团顺序正好与中国相反，为避免误解，本书中一律将军译为军团。——译注

在艾森豪威尔看来，这一计划有三大优点。它避免了在巴黎打一场破坏性极大的巷战；它把他的军队推进到他们最能发挥作用的坦克地带；而尤其是，它可以为他超越一切的目标——在冬季来临之前突破齐格菲防线和在莱茵河上建立桥头堡——节约宝贵的汽油。

只有一件事可能打乱这一计划：像巴黎发生起义这样无法预料的事件。但是在这个问题上，艾森豪威尔可以感到放心。他已向法国国内部队[1]首脑皮埃尔·约瑟夫·柯尼希将军发出“坚定指示”，在他发出命令之前，“巴黎或任何其他地方都不得发生任何武装行动”。他告诉柯尼希将军，“不能让巴黎发生任何事情改变我们的计划”，这一点是绝对必要的。

对于急不可耐的巴黎人来说，这样的决定是无法忍受的。但是，他告诉他杰出的副手瓦尔特·皮台尔·史密斯将军，如果他们能够“再忍受德国人一段时间，他们的牺牲可能会帮助我们缩短战争”。

为了确保他们这么做，英国谍报处派了阿兰·佩帕扎在一个无月之夜跳伞空降到法国。

---

[1] 法国国内抵抗运动各派武装的一个联合组织，总部设在伦敦，由戴高乐派柯尼希任名义上的首领。——译注

四

这时有一个忧郁的法国人在阿尔及尔炎热的夏季气候中不耐烦地等待着。对他来说，巴黎是他的国家的命运不久将随之而转的关键，也是这个孤独的人自己的命运随之而转的关键。因为夏尔·戴高乐比他周围的人更加明白，他于一九四〇年六月十八日从伦敦向他的战败的国人发出的那个号召是一场大胆的赌博，而巴黎是决定这场赌博输赢的地方。[1]戴高乐深信，今后几个星期内在那里发生的事情将决定由谁来控制战后法国。戴高乐将军坚定地决心要由他来控制。

戴高乐相信，有两派的人阴谋不让他得到控制权：一派是他政治上的敌人法国共产党，另一派是他军事上的盟友美国人。

美戴关系在一九四〇年经历了一个短暂的蜜月时期以后一直在走下坡路。美国的承认维希政府、同达尔朗

---

[1] 一九四〇年六月法国投降，第一次世界大战的英雄贝当元帅在维希组织傀儡政府与德议和，戴高乐潜赴英国，组织自由法国部队，号召继续抗战。一九四三年他赴阿尔及尔组织法国全国解放委员会，一九四四年六月改称法国临时政府。——译注

的交易、美军在北非登陆以后才告知戴高乐[1]、戴高乐同罗斯福之间的个人厌嫌——所有这一切都造成法美之间互不信任和猜疑，影响一九四四年夏季两国之间的关系。

但是，没有任何事情比罗斯福拒绝承认他的法国全国解放委员会为法国临时政府更能激怒戴高乐了。他认为这是美国拒绝承认他对法国的领导地位。[2]

罗斯福一九四四年六月十四日在致乔治·马歇尔将军的一份备忘录中说明了美国的立场。他写道："只要我们能做到不用武力把戴高乐作为法国政府强加在法国人民头上，我们应该充分利用戴高乐可能拥有的对我们军事努力有利的任何组织或影响。"他警告艾森豪威尔、盟军总部："可以与法国全国解放委员会打交道，但绝不能做任何事情可能构成对该委员会作为法国临时政府的承认。"

戴高乐同艾森豪威尔的关系稍好一些，但是盟军总

---

[1] 为了确保在阿尔及尔登陆不受阻挠，美国与维希政权驻阿尔及尔的头目让·路易·达尔朗海军上将做了一笔受到各方面很多批评的交易。一九四二年十一月八日戴高乐被唤醒告知登陆已经在实现之中时，他怒气冲冲的第一句话是："我真希望维希方面把他们赶下海去。"

[2] 早在一九四三年一月开卡萨布兰卡会议时，戴高乐就相信美国的目的是不让法国战后的控制权落入他的手中。据某外交官说，他"实际上可以说是被赶出伦敦"到卡萨布兰卡去参加会议的。这位法国领袖看到接待他的美国外交官罗伯特·墨菲的第一句话就冷然宣布了他的敌意。他说："让我老实告诉你，墨菲先生，要是我们开会的别墅是属于法国人的话，我是不会到这法国的土地上来受美国铁丝网和美国刺刀的保护的。"这座别墅是属于丹麦人的。

司令可以觉察得到“他（戴高乐）总是要我们做这个或那个改动以适应他的政治需要”，而且他的参谋长史密斯将军一九四四年六月在盟军总部的一份备忘录上不高兴地批示道：“如果有人能够对我明确说明他（戴高乐）在本总部占有什么地位，我是乐意向他汇报的。据我所知，他什么地位也没有。”

还有别的令人着恼的事。戴高乐与他驻在伦敦的人员的无线电通讯必须经过英美之手，他很清楚丘吉尔曾经指示外相艾登要对通讯的“政治内容加以检查”。盟军决定在登陆日发行登陆后使用的货币，使这位法国领袖大为恼火，他撤回了原来受过专门训练帮助盟军总部管理诺曼底桥头堡附近已解放的那些地方的法国联络官，五百名中只留下二十五名。

尤其是，戴高乐决心不让占领区盟国军政府在法国领土上有生根的机会。在七月间第一次访问华盛顿时，他的担心有了一定的缓和。他在那里同罗斯福对法国解放区的管理达成了协议。但这是个脆弱的协议。戴高乐在离开华盛顿时对墨菲说：“战争结束那一天，我们的协议就结束。”

根据这个协议，法国的解放区分成两部分：内政区和作战区。内政区的控制权交给戴高乐的法国全国解放委员会。作战区里的最高权力属于盟军总部。决定两区如何划分的责任基本上落在艾森豪威尔的身上。

这一协议没有解决戴高乐和盟军总部之间的根本分

歧。在戴高乐看来，作为自由法国政府首脑，他代表法国主权，因此，在法国，最高权力应属于他，而不是盟军总部。但是在盟军总部看来，法国是个军事作战区，戴高乐的政治需要得符合盟军总部的战略要求。

这一协议没有为巴黎做什么规定。华盛顿估计巴黎在解放以后会留在作战区里相当长的时候。罗斯福无意在那里设立一个他还没有承认的政府。这个估计是有根据的。但是它忽略了一个重要的事实——戴高乐已下了坚定的决心要尽快地在巴黎确立自己和他的政府。戴高乐认为，他自己的命运和法国的命运都系于这一举是否成功。

在八月初这些关系重大的日子里，戴高乐不由得相信，罗斯福会尽最后努力，要把他圈在阿尔及尔，挡住他获得政权的道路，与此同时由国务院在法国悄悄布置不利于他的阴谋。[1] 但戴高乐相信，美国人的这些努力不可能成功。但是他担心这些努力可能把他拖延住，而让他的真正敌人法国共产党有足够的时间在巴黎的权力结构中扎下根来。这是他所不能允许的。

因为戴高乐相信，他是在同法国共产党赛跑。当前的目标是巴黎，但胜利者的奖品是整个法兰西。

早在一九四三年，他就命令代号为“巴赛上校”的

[1] 他的怀疑也许不是没有根据的。在一九四四年夏季，罗斯福仍旧“完全愿意接受任何代替戴高乐的可行人选，只要这种人选能够找到”。这是根据罗伯特·墨菲的说法。

负责空投武器组织工作的工业家安得烈·德·瓦佛伦:“任何武器都不得直接空投给共产党人,或者结果可能落入他们手中。”

自从登陆日以来,他就开始实行一项计划,确保法国的政治控制权不落在他们之手。法国国土每解放一地,所有的民政权力就都交给戴高乐所任命和只对他的政府负责的高级专员手中。他们所接到的命令中最严格的莫过于那道关于如何与当地抵抗运动委员会打交道的命令,因为戴高乐觉得这些委员会都是受到共产党控制的,不能允许它们对各解放区有任何直接的权力,绝不允许它们变成法国大革命时期的那种“公共安全委员会”。在盟军大举攻入布列塔尼期间,戴高乐接到了一系列令人不安的报告。在一切方面,共产党似乎都比他料想的更强大,组织得更严密,夺取政权的野心更锋芒毕露。

决定性的考验将在巴黎发生。他在六月十四日即下令停止对巴黎地区的一切武器空投:他估计共产党在市内已有两万五千名武装人员。

戴高乐确信,共产党准备在巴黎发动一场流血起义,抢在他前面夺取统治法国的权力杠杆。然后他们就能在整个法国的管理机构中扎下根来,在他和他的政府开进巴黎的时候,把共产党控制的“公社”[1]当作既成事

[1] 普法战争中普鲁士军队撤退后,一八七一年三月十八日巴黎起义所成立的革命权力机构,同年五月被法国正规军所推翻,后来成为共产党夺取巴黎的愿望的一种象征。

实放在他的面前。他们这样牢固地确立了自己的地位以后，就能把他和他的部长们撇在一旁，虽有名义，却无实权，而他们自己却可以趁此完成巩固他们对法国的控制的工作。在戴高乐派去巴黎做政治代表的一个名叫亚力山大·巴罗迪的气质文静的文官看来，似乎很清楚，戴高乐完全估计到在首都会发生“共产党对他的权力的武装挑战”。[1]

戴高乐的回答很简单。他要在共产党能够控制巴黎之前先把巴黎控制到手。因为他担心，如果让他们抢在

---

[1] 这是共产党和许多非共产党人士后来会否认的说法。共产党为了要夺取政权而准备走到多远，大概是永远也不会为大家所知道了。但是至少看来很清楚，他们的目的是占据一些关键性的权力地位，然后以此为跳板，在战后法国出现机会的时候，一跃而进入权威地位，就像在布拉格一样。他们对戴高乐的真正看法，也许可以用法国南部共产党抵抗运动中一个保加利亚籍的赤色领袖伊凡·卡列夫的一句话来概括。他说：“目前，我们需要戴高乐。到了战后，谁知道戴高乐要不要留下来，或者法国要不要他？”（《纽约先驱论坛报》一九四四年八月二十三日第二十五页）
不论共产党的目的是什么，他们在法国那些已在他们控制之下的地方所采取的策略似乎证实了戴高乐的怀疑。在法国西南部，戴高乐运动花了好几个月工夫才从共产党的控制下把那个地区夺过来。在有些地区，戴高乐甚至得用抵抗运动的秘密电台与他的一些高级专员保持通讯联系。一九四四年十月二十六日，美国战略情报局根据它与戴高乐的特工接触起草的报告中说：“如果法国国内形势仍像今天这么糟，发生共产党政变势所难免。”它说，在图卢兹一地，每天有五十人遭到非法逮捕；一个名叫自由枪手游击队（FTP）的共产党民兵组织有四万名精选的武装人员，已经做好可以秘密开赴巴黎的准备。他们将成为“一旦发生政变党的突击队的主要成分。这样的事如果发生的话，将发生在一月中，届时他们的部队将达到满员状态，而人民又是最可怜［原文如此］。党相信，这项行动需八到十天时间，而盟国不会干涉，因为这是法国的内政”。

政府之前在巴黎站稳脚跟，那么只有进行一场法国既不需要又无法负担的流血摊牌才能把他们赶走。因此戴高乐决心要不计代价、不择手段抢在头里到巴黎。

大约与艾森豪威尔在格朗维尔的总部里做出推迟解放巴黎的决定的同时，戴高乐在阿尔及尔起草了一份秘密备忘录给法国国内部队司令柯尼希将军。他告诉柯尼希，不论盟国是否喜欢，巴黎必须尽早解放。一旦巴黎解放，他就打算亲自进城，建立他个人的权威和他的政府的权威。

他已经做好了初步准备。对戴高乐，就像对艾森豪威尔一样，巴黎城内如果发生起义将会是一场灾难。像艾森豪威尔一样，他也发出了坚定的命令防止这样的事发生。

五

在巴黎郊区奥特伊一幢五层楼公寓的顶楼上，接到戴高乐这个命令的人，呆呆地站在窗口，凝视着窗外八月的黑夜。在灯火管制下，他只能依稀看出在他前面连绵不断延伸到远处天边的高低不齐的黑影，那就是巴黎的屋顶。这个人名叫雅克·沙邦－戴尔马，年仅二十九岁，已是一位将军了。那天他还接到一个信息，那是在街角修理自行车车胎的人悄声告诉他的，也就是“阿米可翡翠”几个小时前在我主受难修道院译出来的那个信息。

通过阿兰·佩帕扎左脚鞋跟带来的情报，对巴黎的任何人来说，似乎都没有像对这个沉思的年轻人更加具有灾难性。

沙邦知道，在戴高乐将军的眼里，他所交给他的任务中，没有比派他在巴黎的任务更加重要了。在他从伦敦戴高乐军事总部收到的秘密指示中，也没有比他收到的关于巴黎的指示更加清楚和明确的了。

他要对巴黎市内武装的抵抗运动保持绝对的控制。他在任何情况下都不得让首都发生未经将军直接授权的起义。

这个命令是不可能办到的命令。

沙邦并不控制巴黎的抵抗运动。控制这个运动的是共产党。

全法国地下军的实际首领是一个名叫阿尔弗雷德·马拉雷－茹万维尔的共产党将军。巴黎地区地下军的头子是一个身体壮实的布列塔尼共产党人。他的高级副手又是一个共产党人，名叫皮埃尔·法比安，他曾于一九四二年在巴尔贝斯地铁车站开枪打死了一个德国兵，那是在巴黎被杀的第一个德国兵。党控制着工会和秘密印刷所。巴黎抵抗运动三个政治委员会有两个控制在他们手里，剩下的一个被他们弄成一个不起实际作用的辩论团体。[1] 就在最近，有一帮共产党人还大胆劫持了一架满载法国国内部队伦敦总部运送给沙邦－戴尔马的经费的飞机。几个月来，他们一直在加强自己的地位，把他们的人安插在市内每个地方的关键岗位。甚至抵抗运动的一位老医生也诉怨，共产党派了一个副手监视他。沙邦－戴尔马每天眼睁睁地看着共产党控制的民兵组织自由枪手游击队势力膨胀。

但是在抵抗运动中没有一个别的派别比共产党人战

---

[1] 这三个委员会是受他们控制的：巴黎解放委员会和军事行动委员会，以及他们虽占少数却很有势力的抵抗运动全国委员会。后者是戴高乐于一九四三年创建的，在理论上是抵抗运动的高级政治机构。但在事实上，到一九四四年，它已对戴高乐不再有什么用处了。他感到它已受共产党所支配。他不客气地称它是“公共安全委员会”——指的是它像法国大革命后恐怖统治时期罗伯斯庇尔统治法国的那个法国革命执政机构。

斗得更艰苦努力，付出的代价更高昂巨大。他们参加抵抗运动虽迟——一直到一九四一年纳粹入侵苏联他们才投入反德国人的战斗——但是他们为抵抗运动带来了最有组织、最有纪律和常常是最为勇敢的战斗队伍。在战争期间，党员人数大增。它的威信从来没有这么高过。它成了法国最重要的一个政治组织。它的自由枪手游击队成了抵抗运动中最重要的一个武装组织。[1] 它的领导由于长期受过如何进行秘密活动的训练，在战争期间完整无损。他们有一批党的信使进出于瑞士，再加上在法国西南部有两个秘密无线电台，使他们能与莫斯科保持联系。

如今时机已经来到，这个蠢蠢欲动的政治巨人要求得到它三年艰苦努力的回报了。它将在巴黎提出这个要求。

而这个城市却正是沙邦－戴尔马负责的地盘。他凝视着窗外被黑暗笼罩下的这个城市，心里很明白这个回报是什么。共产党的领袖决心要在巴黎街头强行发动那场他奉命要防止的暴动。

他相信："不论代价如何，共产党人都要发动他们的起义，即使后果是使世界上这个最美丽的城市遭到毁灭。"沙邦意识到："巴黎是共产党决不会白白放过的

[1] 柯尼希将军后来在九月六日向艾森豪威尔估计，法国共产党有二十五万武装人员，另有二十万人等待武装。当时法国的正规军不足五十万人。

一个机会。”

他在过去几个星期里一直在试图说服他们放过这一机会，但是一无进展。沙邦的共产党对手是个生活俭朴的建筑师，名叫罗杰·维戎，他认为戴高乐派所以要防止起义，是因为这样“戴高乐就可以率领一支征服大军开进巴黎，看到整个城市感激涕零地匍匐在他脚下”。而沙邦却认为，共产党要发动起义是为了“在巴黎攫夺政权，然后把戴高乐当作他们邀请的客人而不是作为自由法国的首脑来欢迎”。

像巴黎的其他人一样，沙邦在那天晚上也从英国广播公司的广播中听到了华沙起义的消息。而几个星期以来，要使巴黎免遭这个厄运，他心里只抱一个希望。那就是，盟军解决了诺曼底以后就会直捣巴黎，抢在共产党组织暴动之前占领巴黎。但是阿兰·佩帕扎的左脚鞋跟带来的信息打破了这个希望。在熄了灯火的寂寞的公寓中，这位年轻的将军现在觉得，盟军的计划正好直接把球拱手送给他的共产党对手。

沙邦相信，有两种不同的命运在等待着巴黎。

或者是报复心切的德国国防军粉碎了起义，并且随之粉碎了巴黎。或者是起义胜利的共产党领袖在首都的权力堡垒中确立了自己的地位，并准备把他们的权威扩大到整个法国。

那天晚上，在沙邦看来，他只有一个办法可以解决他的难题：必须说服盟军改变计划，同时把巴黎的情况报告给戴高乐。看来他必须做一次像阿兰·佩帕扎那样的旅行，只是方向相反。他要设法到伦敦去。他绝望之下，鼓起年轻人血气方刚的勇气，决心要向艾森豪威尔恳切陈词，力求他改变计划，把装甲部队直开巴黎。

但是那个躲在东普鲁士腊斯顿堡钢筋混凝土地堡中指挥第三帝国各路大军的德国人，却有他自己的扭曲的推理方式，根据这种推理，巴黎也许还有更多的意义。

从一九一四年到一九一八年，在这四年之中，像阿道夫·希特勒下士那样的六百万德国人在“打到巴黎去！”的口号蛊惑下困守在西线的战壕之中。其中战死的有两百万。

到一九四〇年，他们在四年之中没有实现的目标，希特勒在四个星期之中令人惊呆地实现了。六月二十四日星期一早晨七点，在希特勒的军队开进巴黎后两个星期，希特勒如愿来到巴黎。那天早上很少的巴黎人看到他的黑色梅赛德斯汽车开到特罗卡德罗广场[1]的平台上停了下来。巴黎的征服者心满意足地久久地欣赏着在他眼前展开的具有历史意义的景色的塞纳河、埃菲尔铁塔、马尔斯广场上的花园、荣军院拿破仑墓的金色圆顶，在左边的天际那边，是已有八百年历史的圣母院尖顶。

[1] 塞纳河右岸一广场，因一八七八年建特罗卡德罗大厦而得名，该大厦于一九三七年拆毁，后改建夏约大厦。——译注

现在，巴黎成了五年战争中留在希特勒手中的最后战利品了。在过去五天中，在腊斯顿堡地堡里的地图上，希特勒眼看着盟军在阿夫朗舍附近打开了诺曼底防线上一个缺口，然后长驱直入。希特勒知道，法兰西战役在所难免。如果他打败，留下的只有一个战役让他打了，那便是德意志战役。

像戴高乐一样，希特勒知道，巴黎是整个法国围着转的轴心。在他短短的一生中，他曾两次进攻巴黎。不久，历史的捉弄将使他扮演另外一个角色。这次，希特勒将成为巴黎的守卫者。盟军总部的计划人员知道，希特勒有一切理由拼命守住巴黎和塞纳河为他提供的“天然屏障”。丢了它，他也就要丢掉他的火箭发射场，眼看盟国大军兵临帝国大门。

希特勒不久就会决定他怎么保卫巴黎，就像他决定怎么保卫斯大林格勒、卡西诺山和圣洛[1]一样。在几天之内，在东普鲁士这个地堡里，他将命令巴黎坚守到最后一个人。然后，他用拳头猛击橡木会议桌，对他的心存疑虑的总参谋部人员尖声嘶叫：

“谁能守住巴黎，谁就能守住法国！”

---

[1] 卡西诺山是意大利中部卡西诺镇旁一小山，上有一修道院，一九四四年曾被德军作为堡垒固守。圣洛为法国西北部芒什省省会，盟军诺曼底登陆后曾在此遇德军激烈抵抗。——译注

六

饱经战斗而疲惫不堪的德国国防军士兵站满了与铁轨平行的混凝土站台，他们年轻的脸像一个个神情冷漠、听天由命的面具。他们马上就要爬上停在他们前面的“前线休假列车”，在火车头喷出的一阵蒸汽中，缓缓开出柏林的西里西亚车站，经过长途跋涉，回到东部前线去。

一个身材矮壮的国防军少将慢慢地从站台上的人缝中走过来，他以同情的眼光瞄了一眼士兵们没有表情的脸。他也常常站在这个灯火管制下的车站上，在一片沉默无声中，等待这同一列车把他带回到前线的战火中去。但是今天晚上，狄特里希·冯·肖尔铁茨要搭的是另外一列火车。他的勤务兵提着衣箱跟在他的后面，肖尔铁茨走过站台上最后一排士兵，向那列火车走去。在这列蓝色卧车车厢的上面，肖尔铁茨还可以依稀看出褪了色的黄色法文字母，令人想起欧洲和平时期的火车旅行。但是在今天晚上，国际卧车即欧洲快车公司的这些车厢属于“总参谋部元首专车二列”，它将要把肖尔铁茨和一批显要的客人送到东普鲁士腊斯顿堡希特勒的大本营去。

肖尔铁茨登上了为他预定的车厢，开始解开军服的纽扣。他看着勤务兵小心地把他战前买的吉列剃须刀、肥皂和一瓶安眠药放在擦得锃亮的洗脸盆红木盆架上。他知道，等会儿他得要感谢这些安眠药为他带来睡眠。明天早上，狄特里希·冯·肖尔铁茨少将有生以来第一次要受到那个统治第三帝国的人的亲自接见。

一九四四年那个夏天，很少有陆军元帅被召去见希特勒。他肯不吝时间接见的将军就更少了。肖尔铁茨被召去有一个特殊原因。躺到卧车车厢棕色丝绒卧铺上的这个矮壮的普鲁士将军，是阿道夫·希特勒选来负责指挥法国首都的防务的。

三天前，在这列元首专车载着他去的那个大本营中，有个人从保险室的档案铁柜中选出了三个将领的档案，其中一个就是肖尔铁茨。国防军最高统帅部的人事局长威廉·伯格多夫将军马上被肖尔铁茨的档案所吸引了。尤其是，它表明肖尔铁茨是一个对第三帝国始终忠诚不渝的人。伯格多夫正需要这样一个人去巴黎。失败和不忠的情绪已经在将领阶层蔓延开来，中毒之深莫过于巴黎。驻法资深将领卡尔·海因里希·冯·斯图尔普纳格尔将军是七月二十日图谋杀害希特勒的头目。失败以后，他自杀未遂，眼睛已瞎，那天晚上仍半死半活地躺在柏林普洛成湖监狱的床板上。过不了很久，根据希特勒的命令，他就要被绞死。喜欢附庸风雅的大巴黎司令汉斯·冯·波因伯格－朗斯费尔德将军，在伯格多夫看来，似乎也好不了多少。

伯格多夫知道，在巴黎今后困难的日子里，最高统帅部需要一个其忠诚和能力无懈可击的人，一个能够以铁腕恢复该市纪律的人，一个知道如何毫不迟疑地扑灭人民暴动的人，一个知道如何为巴黎进行伯格多夫知道希特勒肯定会要求的那种拼死防守的人。

在他看来，肖尔铁茨似乎就是这个人。伯格多夫把他的档案拿去，亲自放在元首的面前。他推荐说，肖尔铁茨就是他们该派去巴黎的人选；他是“一个从来不问命令是多么严酷而总是坚决执行的军官”。

元首表示了首肯。但是，他继而一想，又加上了一个特殊要求。他觉得巴黎的任命极其重要，因此叫伯格多夫把肖尔铁茨从他在诺曼底的兵团司令部召到最高统帅部来，亲自任命。

对于这个因其忠诚无懈可击而被希特勒决定派往巴黎的军官来说，战争是一九四〇年五月十日五点三十分开始的。冯·肖尔铁茨中校那天早晨率领空降步兵第一六团第三营从第一架 JU-52 飞机中跳了出来，空降到鹿特丹机场，第一个在西线实现了德国的闪电战。他是攻进荷兰的第一个德国军官。他的任务是占据该市南面不远的新马斯河上的桥梁。经过四昼夜的激战，荷兰人继续抵抗。到五月十四日中午，肖尔铁茨命令一位牧师和杂货商到荷军防线去说服荷军指挥员投降。他警告他们，如果他不投降，“鹿特丹将遭无情炮轰”。两小时后，他们没有找到荷军指挥员就回来了，于是攻击开始。

肖尔铁茨等到攻击持续了足够长久以后，就想发个信号弹停止攻击。但他后来说，信号给附近起火焚烧的一辆货轮的烟掩遮了，炮轰继续不断直到最后。据荷方估计，死七百一十八人，伤七万八千人，包括无家可归者。炮轰毁掉了鹿特丹的市中心。

后来有个朋友问他，他率领军队进攻一个德国没有对其宣战的国家有没有感到良心不安。

“为什么？”他回答。

狄特里希·冯·肖尔铁茨从小所受的教育可不是教他来问“为什么”的。他生在他家在西里西亚世传的树木茂盛的庄园中，从呱呱落地之时开始，他的命运就已决定了。在他之前，有三代普鲁士军人从这庄园的灰瓦高塔中产生。他是在纪律严明的萨克森军官学校受教育的。由于他的表现突出，他被选去在萨克森王后的宫廷中当侍童。

冯·肖尔铁茨一生最自豪的时刻是在塞瓦斯托波尔围城的时候。他就是在那里被擢升为将军的。这个黑海港口围城开始时，他的团共有官兵四千八百人。到一九四二年七月二十七日，只剩下了三百七十四人。但是狄特里希·冯·肖尔铁茨尽管右臂受伤流血，还是攻下了塞瓦斯托波尔。

为了做到这一点，他毫不犹疑地强迫俄国战俘为他的攻城大炮搬运炮弹和装炮弹。说实在的，他觉得强迫俄国人为他的大炮装上去炸毁他们的家园的炮弹很好玩。

后来，他被调到中央集团军。肖尔铁茨运气不好，奉命率师掩护一支后撤的军队。像往常一样，他忠实地执行了他接到的命令。在一九四三年那些艰苦的日子里，他接到的命令是在后撤的国防军身后要做到寸草不留，只剩下一片焦土和毁坏。

这位等待着元首专列把他送离西里西亚车站的没有什么名气的将军却要带着“毁灭城市专家”的名气去巴黎，这个名气不是完全没有根据的。

日后他会在巴黎向一位瑞典外交家承认：“自从塞瓦斯托波尔以后，我的命运就是掩护我军撤退，毁灭他们身后的城市。”

在九百英里以外，有另外一个人在等火车启动。那天晚上停在巴黎里昂车站铁皮站顶下的那列火车上，雅克·沙邦－戴尔马大概是唯一知道这列火车到达里昂之前要两次出轨的乘客。

沙邦所以知道，是因为他本人就是参与制订破坏铁路计划的人。这项计划名叫“绿色计划”，目的是要破坏德军铁路交通。从一清早起，沙邦就想方设法取消今天的计划。他坐在灯火管制的车厢中，如今只能干等着，但愿他的命令已经传达到了埋伏在铁路线旁等待列车开来进行袭击的那些人。

第二天夜里，在马孔附近的一个奶牛牧场里，沙邦要搭一架莱桑德飞机。像所有降落在法国被占领区的飞机一样，这一架莱桑德飞机奉命在那里只等三分钟以待旅客上机。过了这三分钟，不管旅客有没有赶上飞机，它都要飞回英国。沙邦相信，巴黎的安全很可能取决于他是否能够及时赶到那个奶牛牧场。

七

肖尔铁茨为第三帝国效命，披甲执戈已有十三年，但这十三年中他只见到过希特勒一次。那正好是一年之前的一九四三年夏天，在第聂伯罗彼得罗夫斯克城外第聂伯河河边陆军元帅弗里茨·冯·曼斯坦因的野战司令部里。当时正请视察东线的元首吃午饭。

冯·肖尔铁茨就坐在希特勒的对面。希特勒中午吃饭有滔滔不绝自言自语不容别人插言的习惯，因此全场肃然无声，只听他一人在说话。在这沉默中，肖尔铁茨有充分时间观察第三帝国的这个主子。希特勒有三件事情给他印象很深：一是他的神经质的身躯散发出来的具有感染力的自信；二是他的脸上从来没有笑容；三是他在饭桌上的吃相完全是个巴伐利亚的农民，这使这位出身名门的贵族感到大吃一惊。

如今，过了一年之后，在这个风雨交加的八月上午将尽的时候，肖尔铁茨将再次见到希特勒。这次相见，情势已大不相同。元首在第聂伯河畔午餐时所做的乐观预言并没有实现。红军先遣部队距腊斯顿堡已不到六十英里。在西线，肖尔铁茨和任何人都一样知道，德军在诺曼底战役中已打了败仗。

然而，在腊斯顿堡阴暗的森林里，从“元首专列”上跨下车来的这位普鲁士将军后来承认，他在那天上午是准备让自己对德国前途的信心再打一针强心针的。冯·肖尔铁茨对德国的前途深信不疑。在那个八月的早晨，他仍相信德国会打赢战争。他后来回忆道，他到腊斯顿堡来是因为他希望“希特勒能再次使他相信这一点”。冯·肖尔铁茨就像一个为了重新确立信仰去朝圣的香客，那天上午到腊斯顿堡来是为了要让那个统治第三帝国的人重新树立他的信心。尤其是，他希望在离开的时候，“希特勒已为他振奋了精神，确信仍旧还有一个机会可以扭转战争的进程”。

在腊斯顿堡铁路支线上迎接他的是希特勒的侍从副官。肖尔铁茨上了那位副官的奔驰牌汽车，两人就驶进了笼罩在“狼穴”上面稠密的枞树林中。一路上共有三层警戒圈。在第一圈外，冯·肖尔铁茨的全部行李就从车上卸了下来。副官向他道歉说，这是七月二十日[1]以来所实行的预防措施。接着，汽车一次次地经过大本营外三道铁丝网、地雷阵和机枪掩体，最后来到这个纳粹圣地的最后一道屏障。里面有党卫军大德意志师的七个营守卫，在一个小池塘旁边的几所房子里，住着阿道夫·希特勒和他的主要助手。

[1] 这是德军部分军官趁在希特勒大本营开会之机密谋炸死希特勒的政变失败的日子。——译注

伯格多夫在希特勒的地堡外面一块阴森森的空地上等他。即使在那个夏季的日子里，遮盖着“狼穴”的枞树林也只有几道惨淡的阳光透过来。这两个人双手交叉在背后，在地堡旁边的一块小小的草坪上踱步，等待有人向他们打招呼去觐见希特勒。他们散步的时候，伯格多夫指点了上次炸弹阴谋留下的一些烧焦的废墟。

肖尔铁茨知道，关于他这次奉召前来，不该向伯格多夫多打听什么。但是他还是问了一个问题。

他不知道为什么选他去担任大巴黎的防务。

伯格多夫答道：“因为我们知道你能完成在那里需要完成的工作。”

几分钟后，在地堡门外站岗的党卫军卫兵招呼叫他们过去，肖尔铁茨就踩进地堡的门，从第三帝国主子的手中去接受世界上最美丽的城市的守卫责任。

肖尔铁茨的手指紧张地抓着军帽的帽檐，经过没有窗户而用日光灯照明的大厅，向那个在屋子尽头靠着一张木制的空书桌的人走去。他举起了右手，行了自从七月二十日事变以来德国军队也必须行的纳粹军礼。他可以感觉到他身后伯格多夫喷到他后脖子上的重重的呼吸。

肖尔铁茨仔细地看了一眼他面前那个人的无精打采的眼睛。刹那间，他发现这人已不是一年前坐在他餐桌对面的人了。希特勒已成了“一个老人”。他的面容憔悴，精神委顿，双肩下垂。他把左手握在右手中，以掩饰左臂的轻微颤抖。[1]

但最主要的是希特勒的说话声音使肖尔铁茨大吃一惊。原来在无线电广播中常常使他听得屏息凝神的粗哑的声音，在一年以前还曾经使他燃烧起新的信心的声音，如今已轻得成了一个年老体衰的老人上气不接下气的低声耳语了。

说实在的，希特勒眼睛转过去问伯格多夫的头一句话“把他的新任务告诉了他没有”，肖尔铁茨几乎听不清。

伯格多夫在肖尔铁茨的身后说：“大致说了一下。”

于是希特勒开始说了起来。

他先漫无边际地谈起过去的事，话题涉及他的一生的最遥远的角落。他谈到他怎么创建纳粹党，把它铸造成可以用来控制德国人民的完美工具。他坚持说，这个党给了德国所需要用来指导战斗精神的组织机制。

接着他的说话开始大声起来。肖尔铁茨如今认出了他一年前看到的那个人的影子。希特勒谈到了他在筹划的胜利。他对肖尔铁茨说，诺曼底只是个暂时的挫折。很快，在有了“新武器”以后，他会扭转局势。

希特勒这时突然转移了话题。他的手紧紧地按着身后的桌边。他向前倾斜着身子，面孔挨得很近，肖尔铁茨禁不住眨起眼睛。希特勒在尖声呼叫。

---

[1] 希特勒的一些医生认为他患帕金森氏症。

“自从七月二十日以来，将军阁下，”希特勒吼道，“好几十个将军——是的，好几十个将军上了绞刑架，因为他们要阻止阿道夫·希特勒继续完成我的工作，完成我的领导德国人民的使命。”

他的嘴角喷着唾沫，额上沁出汗珠。冯·肖尔铁茨看到，他的身子因为神经过度紧张而在哆嗦。

但是——他向肖尔铁茨吼叫——没有人能阻挡他。他将继续奋斗，把德国人民引导“到他们的最后胜利”。

他一而再，再而三地指责“普鲁士将军小集团”要想暗害他，他将用酷刑把他们送归西天。

最后，在发出一阵痉挛性的喊叫后，他颓然坐落在椅上。

经过一段很长时间的间歇后，他又开始说话。如今他平静多了。这次他说话的声音很低，几乎是耳语，就像接见开始的时候那样。仿佛刚才肖尔铁茨看到的场面根本没有发生过一样。

“现在,”他对横跨半个欧洲前来看他的这位将军说，“你要到巴黎去。”他说，在那个城市里，“唯一发生的战斗似乎是在军官食堂争座位。”他对肖尔铁茨说，这是耻辱，他的第一项任务就是结束它。他要把巴黎转变为“前线的城市”。他要使巴黎成为对后卫梯队的“败兵逃将”来说是一个“恐怖”的地方。

希特勒明确指出，这是第一步，更大的任务还在后面。

他告诉肖尔铁茨，他任命他为 Befehlshaber [1]，使他成为巴黎要塞司令兼他的个人命令执行者。这个头衔意味着肖尔铁茨拥有一个德国城市的卫戍司令的全部权力。他将把巴黎当作一个被围困的要塞来指挥。

希特勒告诉他，若发生任何平民暴动，任何恐怖行为，对德国武装部队若有任何破坏行动，“你必须毫不留情地予以镇压。”希特勒声嘶力竭地说，“为此，将军阁下，你可以放心，你会得到我完全的支持。”

看来接见已经结束。肖尔铁茨行了礼，转过身，在地堡中往回走。肖尔铁茨向门口走去时，觉得背后有希特勒的目光在紧紧地盯着他。

到了外面，肖尔铁茨看了一眼伯格多夫，想得到一个叫他放心的表示。但是他没有得到。

对这个身体矮壮的普鲁士军官来说，刚才经历的几分钟是他一生中震撼最大的经历之一。他横跨半个大陆到这个地堡来找一位能重振他对德国军力的信心的领袖。但是狄特里希·冯·肖尔铁茨找到的却是一个有病的人，他没有找到信心，却滋生了怀疑。在未来的日子里，有许多事情将取决于这个八月上午他所经历的幻想破灭。

---

[1] 德语：“司令”。——译注

八

九百英里以外，命运如今已经交托给狄特里希·冯·肖尔铁茨之手的那座城市里，另外一位德国将军在坐下来吃烛光晚餐。瓦尔特·瓦利蒙特将军的白色军礼服的肩章上闪烁着卢森堡宫文艺复兴时期枝形吊灯的烛光，这同一灿烂的吊灯曾经为玛丽·德·梅迪齐[1]、路易十四和拿破仑的晚餐照明。坐在瓦利蒙特旁边的是招待他的主人，白色军礼服胸口上戴满勋章的西线空军总司令雨果·斯比埃尔元帅。

瓦利蒙特是希特勒大本营的总参谋部作战局副局长，在他看来，坐在他身旁的这位肥胖的元帅似乎体现了那年夏天笼罩在巴黎德军司令部人员身上的那种“令人难以置信的冷漠和镇静”，这种冷漠的态度同不到二百英里外的诺曼底前线的地狱形成了强烈的对比。瓦利蒙特刚刚有个机会亲自衡量一下在那个前线所出现的灾难的规模。他是从腊斯顿堡派来西线监督德军在阿夫朗舍的反攻的，这次反攻的目的是要切断乔治·巴顿中将的第三军团的坦克拥入布列塔尼的那条狭长地带。反

[1] 波旁王朝路易十三之母，曾摄政。——译注

攻失败了——瓦利蒙特认为主要是因为坐在他身旁的这个空军元帅的飞机没有在诺曼底上空出现。瓦利蒙特看着他前面桌上的沉甸甸的银器和瓷器，悲哀地觉得，在一九四四年这个多灾多难的夏季，巴黎也许是世界上唯一的德国军官还能穿上白色军礼服吃烛光晚餐的城市。他一声不响，惊讶地听着面孔通红的斯比埃尔解释这所建筑物的历史，指出大卫画“劫夺塞宾人”和法兰西共和国设立贤达会议的房间[1]。

接着斯比埃尔举起了高脚酒杯开始祝酒。在这些话中，有一个祝酒词特别引起瓦利蒙特的注意。他觉得这个祝酒词说出了这次讲究的晚餐和他在诺曼底看到的地狱之间的不现实的距离。

这个祝酒词是，“祝德国国旗在巴黎城飘扬千年”。

不仅仅是斯比埃尔的参谋部里的军官在八月初的这几天中可能还相信卐字旗会在巴黎上空不受打扰地飘扬一千年。对于成百上千个小军官来说，而且也是对普通士兵来说，在巴黎过的战时的日子是他们一生之中最美好的日子。

特种兵准尉阿尔弗雷德·施仑克是军事法庭的译员，该法庭每天要送数目越来越多的巴黎人去枪决。但是三年来爱好音乐的施仑克可从来没有错过巴黎歌

[1] 雅克－路易·大卫（1748–1825）是拿破仑的御前画家，曾画过不少历史题材的作品。贤达会议后即为共和国参议院。——译注

剧院的一场演出。对柏林人施仑克来说，要忘掉他在瓦雷里安山[1]不得不目睹的军事法庭受害者遭到处决时的惨相，这是最宽心的办法。那天晚上，在他总部所在地克里翁饭店[2]现代化餐厅的柔和灯光下，他要吃他最爱吃的一道菜柯尼希堡牛肚。

离克里翁饭店只有几英里的巴黎郊区纳伊，战前国际赛马冠军汉斯·雅伊上校在他征用的别墅中，对着镜子顾盼自己。在他把单目镜片嵌到眼眶中去的时候，他也许是在想那天晚上他希望在天方夜谭夜总会里与人方便的幽暗灯光下勾引的那个年轻女子。自从他于一九四三年到巴黎来以后，这个作风一丝不苟的小个子一到晚上就成了被占领的巴黎的夜生活的常客。在八月初的这些日子里，没有事情能打断他寻欢作乐的日程。

在布洛涅森林的另一边，在帕西住宅区中央的拉斐尔大道二十六号，一个二十四岁的漂亮金发女郎就像她四年来每天晚上所做的一样，要在法国香水大王弗朗索瓦·戈蒂的市内住宅中点燃那庞大的沉重的银烛台。

安娜贝拉·瓦尔德纳在这四年中一直担任这所巴黎军事总督占为官邸的豪华巨宅由官方委派的女主人。在它的客厅里，她曾经看着第三帝国、法西斯意大利、维希法国的达官贵人们来来去去。她所掌管的酒窖和食柜

[1] 巴黎西部要塞，二战时为德军的特别监狱，关押抵抗战士。——译注
[2] 巴黎最豪华饭店之一，在协和广场。——译注

里藏有法国最稀有的美酒、俄国的鱼子酱、佩里的肥美鹅肝酱——总而言之，被征服的欧洲能为它的征服者提供的一切山珍海味，佳肴美酒。对这个漂亮的年轻姑娘来说，这四年的生活是灰姑娘的生活。她有自己专用的汽车、司机和裁缝，最后在歌剧院还有自己的专用包厢，那是一位将军才享有的特权。

不仅有安娜贝拉·瓦尔德纳和汉斯·雅伊这样的德国人那天晚上以为卐字旗会在法国首都上空飘扬一千年，有些巴黎人也抱同样的希望。二十五岁的褐发女郎安托瓦奈特·夏邦尼埃是一个在凡尔登战场上丢掉一条胳膊、受人尊敬的巴黎工业家的女儿，对她来说，世界上没有事情比巴黎即将解放的前景更可怕了。

安托瓦奈特·夏邦尼埃爱上了一个德国军官。对她来说，一九四〇年的胜利者“和他们的严峻名声，他们的军靴，他们的挺起的胸脯和金黄的头发”体现了——据她后来说——“一个力的世界，一个美的世界，一个刚健的世界，一个我想永远生活在其中的世界”。

四年来，她就生活在这个世界里。她挽着她的德国朋友汉斯·维尔纳上尉的胳臂，不顾别人的鄙视：她的父母、朋友，还有她从小长大的世界。他们一起享受了第三帝国在巴黎的“美好时光”。他们手挽着手上电影院、饭馆、夜总会、剧场里去。她走过的时候，她的同胞有时会在她面前的人行道上啐唾沫。最近她还收到恐吓信。

但是对汉斯的热恋和对他的国家的宣传的盲目相

信，使得安托瓦奈特相信希特勒的奇迹。她无法想象这种生活会从此结束。那天夜里，她要和汉斯·维尔纳一起在蒙西尼埃夜总会跳舞。她在他们位于莫扎特大道的公寓里一边换上胸衣，一边禁不住笑着想，这会不会像平常一样勾住英俊的上尉的铁十字奖章的尖钩。

但是在所有想要再一次尽情享受他们在被占领的巴黎的最后几个残余的晚上的德国人中，也许没有人比赫尔穆特·梅耶下士更加殷切期望这个晚上了。梅耶是狄特里希·冯·肖尔铁茨的勤务兵。肖尔铁茨把他留在那里等他。那天晚上，梅耶要去看他十个月来的第一部电影。这是歌剧院大道旺多姆电影院放映的德国喜剧片《布克霍尔斯一家》的上集。他希望冯·肖尔铁茨不要回来太早：下集要等到下星期才放。梅耶不想错过它。

九

梅耶的希望落了空。狄特里希·冯·肖尔铁茨已经乘火车往这个前途已操在他的手中的城市赶来。他于八月七日这天晚上八点离开腊斯顿堡，乘的仍是那节把他送来最高统帅部的漆成黄蓝两色的卧车。仍旧是那天早晨到那条没有标志的铁路支线来接他的参谋部那辆黑色奔驰轿车把他送回到火车旁。这次，护送肖尔铁茨的是大德意志师一个年轻的党卫军少校。肖尔铁茨准备抬脚踏上卧铺车厢的踏板的时候，那个年轻军官握住他的手。

“将军阁下，”他轻声说，“祝您好运。我真羡慕你能到巴黎去！”

如今独自在车厢中，肖尔铁茨不禁想起了那个年轻军官。他的热切的话几乎令人感到很宽心舒服。因为在腊斯顿堡经过这忙碌的一天之后，他觉得似乎不可能有人会羡慕他能去巴黎了。那天下午他被召去总参谋长阿尔弗雷德·约德尔大将的办公室。约德尔交给他去巴黎的五点命令。这命令证实了希特勒对他说的话。他此行去巴黎所授的权力是任何纳粹将领以前所从来没有被授予过的，不论是在巴黎，还是在帝国的任何一个城市。他此去是担任一个被围困的要塞的司令。据约德尔告诉他，这道命令不过是最高统帅部以后要发给的命令中的第一道。时处危急关头，要他在巴黎完成的任务还多得是。

肖尔铁茨坐在光线慢慢暗下来的车厢中，开始预感到最高统帅部可能要他在巴黎完成的是什么任务。他猜想是要他夷平一座有三百五十万人口的城市，使他自己的名声和家族的荣誉遗臭万年。肖尔铁茨闷闷不乐地望着车窗外腊斯顿堡的森林慢慢地在车厢外往后退去。夜晚很快即将降临，“元首专列”不久将横跨普鲁士平坦单调的麦田，向西南方向远处的柏林驶去。

肖尔铁茨郁郁不快地在一片沉默中看着鬼影似的腊斯顿堡枞树往身后掠去，感到有“一种沉重的忧伤情绪”压在他身上。他到这里来是为了寻求希望，而结果却是，他怀着震惊的心情离开，去担负他已开始感到怀疑的一项任务。他伸手到军服口袋中取出一支雪茄。那是威廉·凯特尔陆军元帅在午餐时给他的。他机械地把雪茄头咬个小孔，伸手在口袋中摸火柴。他身上没有带火柴。他站了起来，拉开车厢的移动门，向过道张望。两扇门以外的地方，他看见有个人靠在窗口抽雪茄。

肖尔铁茨向他走去。他看清了这个人开始发白的双鬓和衣领上红黑白三色的党卫军元帅的领章。他记起来午餐时同这人同桌。他的名字是罗伯特·莱伊。

莱伊很乐意给他点燃了雪茄，两人就开始说起话来。肖尔铁茨一边吸着雪茄，一边告诉莱伊，那天上午他刚觐见过元首，那是他第一次觐见。他还告诉莱伊，他被派到巴黎去。莱伊向他表示祝贺。他的情绪很好。他回忆起自己在战时曾经几次去巴黎的事。他告诉肖尔铁茨，很可惜，等待肖尔铁茨的，将是一个完全不同的城市了。他说，巴黎如今需要一个战地军人的铁腕。

也许是感觉到肖尔铁茨情绪不好，心情沉重，莱伊建议一起喝一杯。他告诉这个矮矮的普鲁士人，最高统帅部司务长给了他一瓶战前的波尔多酒。在莱伊看来，没有事情似乎比他能够与大巴黎新司令一起享受这美酒更合时宜的了。

莱伊把酒带到肖尔铁茨的车厢里，两人就开怀畅饮起来。他们祝肖尔铁茨成功，祝元首身体健康。说着说着，莱伊就憋不住透露，那天他也见了元首。他说，他觐见元首的谈话内容是他起草的一项新法律的条文。经过几次修改以后，它在那天下午得到了元首的最后批准。他说，这项法律几天之内将在柏林宣布，开始实行。

他告诉肖尔铁茨，这项法律的名称是“连坐法”[1]。

莱伊说话带汉诺威口音，他咬字精确地向肖尔铁茨解释这些条文。这项法律的目的是要应付德国目前的特别困难的处境。他说，他们两人都知道，帝国如果要打赢战争的话，需要全部将士的坚持不渝的忠贞。但不幸的是，帝国的有些将领最近辜负了它，这项法律就是为

[1] 德文为 Sippenhaft，意为“亲属拘捕法”。——译注

此而制定的。这些将领有的投降，有的没有能力担任委派给他们的任务。他说，最近还有暗算元首的阴谋。

连坐法的目的是防止这一切类似事件的发生。他告诉肖尔铁茨，根据该项法律，从今以后，德国将领如有渎职情事，将唯家庭是问。换句话说，他们的家属将成为自己行为的保证人，国家的人质。

他深深地吸一口雪茄，承认这是一种极端措施。他说，遗憾的是，为了发挥这项法律的效果，必须非常严格执行。在少数情况下，如果失职严重，而本人又被俘虏而逃脱德国的法律制裁，那么这项法律就规定处死该将领的家属。

莱伊说完话以后，一阵沉默，肖尔铁茨突然感到一阵恶心。他呆呆地看着残余的几滴红色波尔多酒，竭力想说些什么。最后他期期艾艾地说，如果德国采取这样的做法，那就是回到中世纪去了。

莱伊叹了一口气。"是啊，也许是这样。"他一边说，一边把雪茄烟头揿灭在两人中间的烟灰缸里。但是他向肖尔铁茨重复了他已说过几次的话。他说："现在是非常时期。"

谈话就到此为止，几分钟后莱伊走了。肖尔铁茨站在他的半开的车厢门中，望着莱伊的背影消失在黑暗的过道里。他以后不会再见到他了。他拉上门，上了锁。在外面，火车已经开入了去柏林的辽阔的平原。第二天早上，肖尔铁茨要乘另一列火车，这一列是去巴登－巴登的。他到那里同他的妻子，他的两个女儿，十四岁的玛丽亚·安吉莉卡和八岁的安娜·芭芭拉告别，还有向这个表面看来似乎不动感情的普鲁士人等了一辈子的天赐之福——他的刚出生四个月的儿子铁莫告别。

肖尔铁茨脱了衣服，爬上了床铺。接着他做了一件他一辈子从来没有做过的事。他伸出手来，从床头小几上取来一只药瓶，倒出了三片——不是一片——粉红色的安眠药。他一片一片地咽了下去。

十

在浓雾的笼罩下，小镇睡眼惺忪地躺在乌斯河谷谷底，还没有完全醒来。在维多利亚大街的末端，俄罗斯东正教堂蒜头形圆顶的后面，一个老妇人打开了她的店门。她是面包师格尔贝太太。以前在这么早的时候，常常会有一辆杜森伯格牌汽车或者一辆罗尔斯牌汽车或者一辆布加底牌汽车停在她的店铺门前。因为在战前的巴登－巴登，进出时髦社会的人们的传统是吃格尔贝太太烘制的蓬松发软的早餐卷形面包结束这一宵的欢乐。但是在巴登－巴登，战争已经进入了第五个年头，时髦社会已不复存在，那个遥远的时光只有少数痕迹依然残存。在绿色草坪的尽头，在白色的廊柱的后面，入夜以后曾经有喧闹的声音十分欢乐地从那里传出来，可是如今赌场已经关闭。格尔贝太太今天的第一位顾客将是住在附近躲避战乱的一家普鲁士人派来的女仆。对狄特里希·冯·肖尔铁茨来说，他的女仆约翰娜·费希尔今天早晨买的卷形面包将是他在战争期间吃的最后一次了。

在腊斯顿堡和巴登－巴登之间，冯·肖尔铁茨只在柏林做了短暂的停留。他一下“最高统帅部专列”，就有一份电报在等待着他。电报是由伯格多夫签发的，它向大巴黎司令宣布，他已由“元首特别命令”擢升为步兵上将。

在去巴登－巴登的路上，肖尔铁茨通宵在想，这突然的擢升背后有什么原因。他知道，最高统帅部从来没有把一个城市，哪怕是首都的防务交给一名中将的。就拿巴黎来说吧，历届军事总督都没有超出少将军衔。

狄特里希·冯·肖尔铁茨最后到达巴登－巴登的郊区时，决定不去想它了，免得自己烦恼。他的妻子乌蓓塔是个军官的女儿，将军的孙女，因此他知道没有别的事情比今天早晨她看到他的肩章上增加了两颗将星更使她高兴的了。

玛丽亚·安吉莉卡和安娜·芭芭拉至今还记得那天早晨她们的父亲回家来吃的那顿丰盛的早餐。他从腊斯顿堡带回来一只叫做“元首礼物包”的大包。这是希特勒送给来“狼穴”觐见他的客人的礼物。里面有裸麦面包、果酱、巧克力、鹅肝酱罐头、糖果，甚至还有这两个女孩子爱吃的姜汁蛋糕。

但是玛丽亚·安吉莉卡和安娜·芭芭拉那天早上看到父亲只有短暂的一瞥。十点钟左右，冯·肖尔铁茨将军刮好脸，就同家人拥抱一下坐进汽车了。他要在夜色降临之前赶到巴黎。他同家人分手时没有感情的流露。世世代代以来，冯·肖尔铁茨家族就为德国军旗效力，纪律和训练使他们学会抑制离别的痛苦。对乌蓓塔·冯·肖尔铁茨太太来说，巴黎不过是她丈夫军人生涯中又一个岗位而已。

如果说这次分别她有什么特别预感的话，那完全是女性的担心，这反映了她对巴黎的个人看法。在黑色霍奇牌汽车把她丈夫送往西方去之前的几分钟，乌蓓塔 · 冯 · 肖尔铁茨注意到将军的勤务兵突然又奔到他的房间里，取走一只大手提箱。乌蓓塔知道，那只手提箱里装的是她丈夫的平民服装。

十一

在狄特里希·冯·肖尔铁茨将军如今衔希特勒之命前去的那个城市里，有一个青年轻轻地吹着口哨，骑车经过圣马丁路。说实在的，伊望·莫朗达这天早晨有一切理由感到高兴。他正在热恋之中。而且他又热烈地忠于一个他知道胜利已经来临的事业：抵抗运动。

二十六岁的莫朗达是个农民的儿子，自从一九四〇年六月那个早晨以来，他已有了漫长的经历。在那天早晨，他和阿尔卑斯狙击营的其他五个战友一起，在曼彻斯特的特它坦公园里步出行列，志愿投到一个名叫戴高乐的将军的麾下。他的直觉信仰得到了报偿。如今他骑车经过这几乎阒无人迹的街道，成了戴高乐派驻在巴黎的少数几个得到他信任的人之一。同雅克·沙邦－戴尔马一起，他是戴高乐派驻在巴黎的少数几个精选的代表之一。

在莫朗达前面，圣马丁路向下倾斜，像掉进了一条短短的小沟里。两旁各有一道齐肩高的水泥墙，支撑着人行道。莫朗达的自行车骑上这一段往下倾斜的路时，他听到身后有个骑车的气喘吁吁地要赶上来的喘息声。当那辆车的后轮与莫朗达的前轮并行时，那个人的脚突然踢了出来，狠狠地把莫朗达的前轮撞到水泥护墙上。莫朗达身子向前倾去，几乎要从车把上面翻过去。

莫朗达跌倒时听见身后有响声，那是一辆加速前进的汽车的声音。就在那令人胆战心惊的刹那间，莫朗达可以听到汽车车胎要挤到人行道护墙的摩擦声。他用手指抠在水泥护墙上不让自己倒下。他的自行车从他腿下脱了出去。他身子贴在护墙上，眼看着一团黑色巨物向他冲来。它的轮子碾过了莫朗达本来可能倒在那里的马路边上，压瘪了他的自行车车轮。汽车飞驰过去的时候，莫朗达还感到挡泥板擦过他的身子。汽车没有停住，反而加快速度，往左拐到圣德尼林荫大道上去后就消失了。

头一个过路人把莫朗达搀扶起来时，莫朗达全身还在发抖。“我的天！”那人叫道，“他们想要轧死你！”

莫朗达丢下了轧坏的自行车，继续步行去赴约会见另外三个年轻人。当他在他们面前出现时，他们都一时说不出话来，从他们惊奇的脸上，莫朗达看到他的怀疑得到了证实。他们看着他的神情仿佛是“他们看到了死人复活”。这三个人是巴黎市内唯一知道那天早晨在这个确切时间有个名叫伊望·莫朗达的戴高乐派领袖要骑车经过圣马丁路的人。这三个人都是共产党员。莫朗达相信，就是他们，刚才想要害死他。[1]

在巴黎另一头的蒙鲁日区，在一个冶金工人的邋里邋遢的公寓里，另外一个共产党员在准备他的三十六岁生命中最重大的事件。他的名字叫做亨利·唐基，代号“罗尔上校”，他正在策划戴高乐所不许发生的起义。起义一旦实施，这个说话轻声轻气的布列塔尼海员之子就将担任领导。罗尔于两个月前从共产党控制的军事行动委员会那里接到巴黎地区法国国内部队的指挥权。自那以后，他就不遗余力地进行起义的准备，也不让他手下的人闲着。

从某种意义来说，罗尔一辈子就在为此做准备。他十三岁时不得不停学做工，后来上夜校自学，二十一岁就参加了共产党。在人民阵线时期动荡的日子里，工会组织者罗尔因从事工会活动而接连被雷诺、雪铁龙、布列盖工厂解雇。他在西班牙作过战，今天早晨他用的这个化名就是在卡巴略山脉牺牲的一个同志的

---

[1] 莫朗达也知道是为什么。几天前，在米拉波桥上，共产党曾派人要他当内线。他当即加以拒绝。当时有个共产党朋友把他介绍给一个讲法语有很重的斯拉夫口音的陌生人。那人向战前做过工会组织工作的莫朗达说，共产党一直把他当作一个可以合作的人。然后他向吃惊万分的莫朗达说，党希望他为党工作。他解释道，对他的要求只是让党的一个联络员知悉巴黎戴高乐派从伦敦收到的一切指示。他说，作为回报，莫朗达可以指望在战后不论从事什么政治生涯都可得到党的无条件的支持。莫朗达又惊又怒，掉头就走。几天后他获悉此人是谁。他叫卡冈诺维奇，是拉扎尔·卡冈诺维奇的堂兄弟，常常从瑞士到法国占领区来向法国共产党传达莫斯科的指示。

名字。一九四〇年他与塞内加尔步兵营一起作战受伤。伤愈后他就参加抵抗运动，从此以后，一直参加战斗，从未犹豫动摇。他是个忠于信仰、严守纪律的共产党员，爱国的法国人，英勇的领袖。他以后会有许多政治上的敌人。但是甚至他的政治上的敌人也承认这个做事绝不马虎的布列塔尼人的勇气。这些政敌中，对罗尔的雄心形成严重威胁的，莫过于像圣马丁路骑车人伊望·莫朗达那样的人所代表的戴高乐派巴黎指挥部的人了。一方面是戴高乐派莫朗达在怀疑共产党要想暗杀他，而另一方面是罗尔又把戴高乐派视为他的政敌，这便是那一天出现的抵抗运动最辉煌的时刻即将来临之际却有濒于分裂的迹象。

分裂的症结所在是共产党决心要由他们来左右巴黎的局势。在罗杰·维戎看来，决定巴黎前途的“不是戴高乐派，而是全市的群众和我们把他们动员起来的能力”。这些群众当然不全是共产党员。他们大多数是爱国的法国人，除了同德国人作战以外，他们别无他求。巴黎在占领者的铁蹄下早已辗转反侧，无法忍受了，急于要洗刷过去四年的羞辱，恢复它过去的革命传统。共产党不需要别的，只要计划周密，就可以把巴黎带到起义的边缘。

他们有这样一个周密的计划。不久就会有一个共产党组织者带着一支手枪和三十条好汉在维尔纳夫圣乔治铁路调车场发动罢工。这将引发一系列的罢工，使全市陷于瘫痪，把全市带到共产党——和许多爱国的法国人——所希望的起义的边缘。

这是一个对巴黎，对它的居民，甚至对法国都会带来无法估计的风险的计划。它的代价可能是巴黎的毁灭。但是希望发动这场起义的人是准备付出惨重的代价的。

不久，这个化名叫罗尔的顽强的布列塔尼共产党员会用拳头重重地敲着桌子说："巴黎值得死掉二十万人。"

十二

汉斯·冯·波因伯格－伦斯菲尔德将军站在他的位于拉斐尔大道二十六号美轮美奂的住宅的大理石台阶上，在八月的热烘烘的黄昏中，等待他的晚餐客人的到来。他一边等，一边轻声地同他身旁的年轻中尉闲谈，那是他的副官丹克瓦特·冯·阿尼姆伯爵。他们一起在巴黎度过的十八个月中所形成的许多关系，把这位在斯大林格勒城下被一辆坦克重伤了肢体的老将军同他身旁这个年轻的勃兰登堡贵族联结在一起。在这十八个月中，第三帝国没有别的一块地方比交给大巴黎城防司令波因伯格管理的这个法国首都三十平方英里的土地更容易管理的了。

只有两件事情破坏了他任期内的平静。一是一九四四年三月十四日从柏林总参谋部来了一位军官。他向波因伯格要去一份档案，那档案是一九四二年八月发生迪埃普袭击事件[1]后所草拟的，但自那以后，一直放在他的办公室里没有处理。它的题目叫“巴黎地区

[1] 迪埃普是诺曼底沿海战略要地，盟军一九四二年曾对此小镇进行突袭。——译注

如遇敌军空降袭击的防御措施”。那位军官把它取去，带回柏林。十天后它又回到波因伯格的办公室。最高统帅部认为该计划“极不充分”，命令波因伯格另外准备一个更加详尽的计划，其中包括万一遇到敌军袭击，“在巴黎地区进行最大限度破坏”的步骤。

另外一件事，对波因伯格更加严重。那便是七月二十日密谋。波因伯格虽然不是密谋集团的创始成员，但是在暗号“操练”一词传到驻法德军司令冯·斯图尔纳格尔将军的司令部时，他曾下令逮捕驻在巴黎的一千二百名党卫军和秘密警察。后来在当天晚上他在拉斐尔饭店的扩音器里又听到希特勒沙哑的声音，从那时起，波因伯格就在等待自己的惩罚。

惩罚是八月三日来的，那是西线德军总司令部发来的一封简短电报，其中只宣布他被“免除巴黎军事总督的职务，由狄特里希·冯·肖尔铁茨将军接替”。波因伯格对于这个接替他的人一无所知，除了在他本人未到之前就已传到巴黎的名声。波因伯格、冯·阿尼姆和少数其他几个在七月二十日事件后幸免于难的人只知肖尔铁茨是“一个忠心耿耿的纳粹分子和死心塌地服从的普鲁士军人”。在他们军官食堂悄悄闲谈时，他的头上总是悬挂着三个地名：华沙、鹿特丹、塞瓦斯托波尔。[1]

[1] 在谈到他的名字时常常提到华沙，可见他在到达之前就传到巴黎的名声是怎样的了。其实，一九三九年九月德军残酷进攻波兰首都时他根本不在那里。

在冯·波因伯格将军看来，一九四四年八月九日这天晚上在台阶下面的门岗前喊一声“希特勒万岁”的那个矮壮的普鲁士军官只可能是一种人：不折不扣的纳粹分子。他一边看着他一本正经地大步踏上台阶，一边向冯·阿尼姆轻声地说：“他是个 ganz harter [1]。”

在里面，有五六个高级军官坐在波因伯格的客厅里路易十五式绿丝绒椅子上，不安地等在那里要观察这个矮军官。冯·阿尼姆觉得这真是个“不好受的时刻”。肖尔铁茨神情冷淡，不易接近，同这些人在一起自己也感到不自在。在他周围这些驻防军官中，他看不到有什么使他这个在俄国泥泞中度过了大部分战争时期的将军感到高兴的东西。

在享用波因伯格的保加利亚厨师烹制的佳肴蒿雀和美点巧克力松饼之间，肖尔铁茨干巴巴地谈了他去腊斯顿堡的经过。肖尔铁茨看着围坐在餐桌边上听他说话的这些沉默的人，感到有一种孤独感包围了自己，他今后在巴黎逗留的日子里，这种孤独感还要继续包围着他。在新司令肖尔铁茨和如今要听命于他的这些人之间，一种互相猜疑的感觉已慢慢地在这餐桌上形成。

在冯·阿尼姆看来，他听了肖尔铁茨的谈话以后，对于希特勒关于巴黎有什么打算，已不再有任何疑问了。在这位年轻的伯爵的心里，还留下一个问题：这个刚刚

[1] 德语：“铁石心肠的硬汉”。——译注

来到他们中间的严肃的人是不是会帮助希特勒实现这些打算?

晚餐后单独留下来同肖尔铁茨和波因伯格一起喝咖啡和白兰地时，阿尼姆感到他已得到了暗示。当初波因伯格因为柏林方面严厉批评他的防守巴黎计划，曾经建议在法国首都外围建立一道防线。已经有人称这防线为“波因伯格防线”，如果有两万五千人和足够的大炮，它可以成为巴黎大门外的一道固若金汤的屏障。这个计划将把巴黎的守军调出首都本身。而且，波因伯格也没有采取任何措施，准备在首都进行任何重大的破坏。

波因伯格对于自己在斯大林格勒的经历记忆犹新，因此现在要求肖尔铁茨采用他的这个计划，避免在市区内进行任何战斗。他恳求肖尔铁茨“不要做任何会给巴黎带来不可挽救的破坏的事”。冯·阿尼姆观察着肖尔铁茨的反应，后者正襟危坐在椅子上，胖乎乎的手指握着咖啡杯。在冯·阿尼姆看来，他的脸好像他身后元首肖像下黑色大理石壁炉架上放着的“那尊胖菩萨一样没有表情”。

几分钟以后，肖尔铁茨就告辞了。他的勤务兵赫尔穆特·梅耶下士在门厅等他。肖尔铁茨向他发了接任后的第一道命令。他说：“梅耶，给我在莫里斯饭店准备一个房间。”说完，他转身向波因伯格又补充了一句隐约地略带讽刺口气的话：“在未来的日子里，将军阁下，我需要一个司令部，不是一所住宅。”

波因伯格和他的年轻副官站在台阶上看着肖尔铁茨的汽车驶过栗树成荫的拉纳拉格花园，消失在布洛涅森林中，波因伯格抓住阿尼姆的胳臂。

“相信我，阿尼姆，”他喃喃道，“巴黎的好日子从此一去不复返了。”

十三

对皮埃尔·勒福歇来说，好日子是在六月七日下午六点钟过后不久他在勒库尔伯路八十八号四层楼公寓的房门被撞开的时候结束的。那天晚上，秘密警察一举逮到了巴黎抵抗运动的领袖勒福歇和他的大多数副手。这是他们四年来最大的收获。[1]

经过多天的严刑拷打，皮埃尔·勒福歇已经被折磨得虚弱不堪，奄奄一息。如今他躺在黑暗牢房的草席上，等待夜间的一个声音响起。那是铁轱辘咖啡车推过四层楼下走廊砖地时的"咯噔"声，对皮埃尔和一起关在弗莱斯纳监狱里的其他两千九百八十名囚犯有着特殊的意义。

这等于是德国人宣布又有一批囚徒在那天离开弗莱斯纳监狱被送到德国的集中营去。皮埃尔听到这声音，身体就会僵硬起来。接着他会听到远处黑暗中一扇扇的门被打开，那是被选中送到德国去的人的牢门。在黎明前的黑暗中，警卫给他们送来在法国土地上喝的最后一

[1] 这也连带造成共产党员罗尔控制巴黎的法国国内部队。罗尔接替了勒福歇，后者在被捕前几天曾经抱怨他"被共产党员们淹没了"。

杯咖啡。在这些早晨里，皮埃尔一直要等到咖啡车安然无事地推过他自己的上了锁的牢门以后才放心。

皮埃尔看到第一道柔和的曙光开始照亮外面的夜空。他可以安心呼吸了。天已黎明。如今他可以放心，那一天，八月十日，咖啡车不会再来。他知道他又可以在这里过一天了，这是他在弗莱斯纳监狱度过的第六十四天，在这一天里他不会被押送到布痕瓦德或达豪的集中营去，也是在这一天里，盟国军队会更逼近巴黎，为他带来了希望：在又一列火车把他押送到德国去之前，他们可能把他解放出来。

就像对皮埃尔·勒福歇一样，这一年的八月里，几乎每一个早晨都给巴黎秘密警察手中的所有被囚者带来同样的特殊痛苦，同样的希望和恐惧交织的心情。他们一共有七千多人，都是法国抵抗运动的精锐，在巴黎的各个监狱里焦虑地等待着。在灰色石墙的罗曼维尔堡垒里，有二百五十名女囚在等着，她们从偷偷藏在警卫允许每天送进来的一瓶果酱瓶里的一小片手纸上，了解盟军的每天进展。在几英里以外，在德兰西军营的木板房里有为数达一千五百三十二个犹太人在等着要把他们送走的迹象，他们是成千上万经过这里被送到奥斯维辛和达豪集中营毒气室去的人中最后的一批。这个迹象就是一队漆成黄绿两色的大客车的开到，他们之中有许多人战前原来就是每天早晨搭巴黎的这些公共汽车去上班的。

但是，说来奇怪，秘密警察的这些囚徒中，有些人觉得被押送到德国去未始不是一种解脱。他们有不少人像弗莱斯纳监狱里的一个布列塔尼人女记者伊沃娜·巴涅兹一样，总以为这次没有赶上被送走，留下的都要给枪毙。而在菲利普·克恩上尉和路易·阿芒那样的人看来，什么苦头都比每天担心在秘密警察索赛街总部受到拷打要好。克恩是英国谍报处"阿米可翡翠"的副手，阿芒则是在法国铁路系统组织抵抗运动的一个铁路公司的首脑，他们都是新送到弗莱斯纳监狱的。秘密警察还没有从他们受尽拷打的身体上榨尽最后一点情报。对他们来说，新来临的每一天都意味着他们可能被从牢房里叫出来送到索赛街酷刑室去。

阿芒在他的牢房里可以听到从外面街上飘过监牢传来的微弱叫喊声。这是少数勇敢的巴黎人在鼓励被囚者的叫喊。"你们不会走。"他们喊道。

对可怜的路易·阿芒来说，这并不是令人宽慰的想法。那天早上没有比知道他可能离开弗莱斯纳更使他高兴的了。

距离弗莱斯纳不远几英里——也可以说是几个光年——的地方，有一个身穿绣有名字缩写的绸睡衣的胖子站在他位于蒙罗西埃街一号的公寓的落地窗前。他站在那里，心里在一一排列他在巴黎所认识的所有德国人的名单。瑞典总领事拉奥尔·诺德林认识的可不少。四年以来，他所指导的SKF各工厂一直在为德军制造轴承。作为驻巴黎的各国领事的首席领事，他是德军正式招待会上的常客。诺德林站在他收藏的印象派油画下面，有条不紊地挨个想着那些他所认识的德国人，看看谁能把他引去见他今天要想见到的那个德国人。他只知那人名叫“鲍比”。他只见过他一次，那是一九四二年在阿尔马广场弗朗西斯咖啡馆的花园平台上。他们是由诺德林可信任的一个德国人介绍的，他是柏林的一位企业家，诺德林猜想可能与德国军事情报局有联系。

会见后他们一起走开时，他的朋友告诉他：“你若要在巴黎打开任何大门，可以去找鲍比。”

今天早晨诺德林搜索枯肠要找个人可以引他去见“鲍比”，正是为了这个缘故。他要打开的门，是关着皮埃尔·勒福歇、路易·阿芒和巴黎其余政治犯的牢门。诺德林知道，在卡昂和雷恩，开拔走的党卫队是把他们的囚徒杀光的。他相信，巴黎也会发生这样的事。迄今为止，他没有什么进展。如今诺德林决定去接触巴黎的新司令。但是他要有人为他准备好道路。他相信，要是能找到，“鲍比”就是这个人。

爱弥尔·“鲍比”·本德此刻正在他位于厄勒街六号征用来的公寓中关上最后的几只手提箱。在几小时之内，他就要离开巴黎。他是奉他的上司军事情报局法国处处长弗雷德里希·伽特上校之命，要在入夜前赶到圣曼纳霍德报到的。但是本德还有其他的打算。他想利用他的军事情报局的通行证在那一天开车到瑞士去，同他在苏黎世的情妇一起从此退出战争。

对于这个头发开始花白、年已四十五岁的第一次世界大战老飞行员来说，这样离开是很悲哀的。他以瑞士一家纸浆厂的代表为掩护，从一九四〇年六月十八日起就在巴黎活动，当军事情报局的特务。他的第一项任务是打入法国工商业界觅取情报。后来他被派担任寻觅和没收贵重物品的困难工作，把这些东西拿到瑞士去出售，能为军事情报局在世界各地的谍报活动提供硬通货。但这并不是本德的唯一活动。从一九四一年起，他就是军事情报局内部反纳粹活动网的重要成员。

诺德林的电话正好在他打算离开公寓前几分钟打来。这位瑞典人终于从另外一个德国军官那里弄到了他的电话号码，那个军官叫埃里克·波希－帕斯特·冯·坎帕菲尔德，是秘密与抵抗运动合作的奥地利人。本德不想多留。只是在那位瑞典人再三央求下才答应留下“几天”，尽自己之所能，设法使得那些被囚者获释。本德以为他仍有足够时间可以穿过边境到瑞士去。

这是他最大的失算。在两星期之内他就要成为法国人的俘虏。但是在这两个星期里，对这个只知他是个中年花花公子却不知他从它的宝库中窃走大量珍宝的城市，他将做出应有的回报。

十四

瓦尔特·瓦利蒙特将军一人坐在元首的会议室中，在他看来，德国武装部队最高统帅部的这个灯火管制的大本营看上去总是像个鬼城。外面，森林一片寂静，豺狼的嚎叫不再打扰腊斯顿堡的夜晚，地雷阵和带电的铁丝网一圈圈地围着最高统帅部，早已把它们吓到远处去了。一种新的声音代替了它们的嚎叫，这是通风机的转动声，电传机的打字声，尤其是电话机的铃声，一天二十四小时，吵得瓦尔特·瓦利蒙特将军和成百上千个其他的人的神经得不到安宁。他们和他一样，生活是围着第三帝国的主子转的，是围着他一天两次在战略会议上宣布决定战争进程的方略那一时刻转的。

瓦利蒙特每次开会总是早到半小时，这次也不例外。他刚从诺曼底前线视察归来。他的工作就是负责准备这种会议。他的左臂下面挟着一沓工作文件，右手握着几卷参谋总部的地图，等一会儿，希特勒就要在上面研究最新的战局报告。自从七月二十二日以来，瓦利蒙特就不再把这些文件放在小牛皮公文包中；因为他自尊心极强，不愿在门外遭受希特勒的身穿灰色制服的党卫队警卫搜查的羞辱。

如今瓦利蒙特在会议桌上铺开一百万比一的大张总形势地图，还有二十万比一的分区图，在上面覆盖的透明纸的表面上，最高统帅部的总参三局已画出了最新的前线动向。

这次会议有一件事情使它与瓦利蒙特在最高统帅部参加过的所有会议截然不同。那天晚上，自从一九四一年六月二十一日以来第一次，希特勒推开约德尔大将在他前面铺开的东线地图，而把注意力第一次转到西线局势。瓦利蒙特觉得，元首好像是“一头神经质的野兽”，长久地趴在面前铺开的地图上，然后，他又抽了一张二十万比一的地图出来。

在这张地图的中心，是一大块黑色覆盖着塞纳河的三个宽阔的湾道。以它为中心，像一个蜘蛛网一样，辐射出地图上的所有公路。这一大块黑色就是巴黎和它的郊区。希特勒取出他的油铅笔，在面前的地图大笔一挥。然后他抬起头来宣布说，准备保卫巴黎的时刻已经来临。

“如果我们要守住塞纳河，”他说，声音慢慢高了起来，“我们就必须守住巴黎。我们会在巴黎城外守住，我们会在巴黎城内守住，我们会守住巴黎！”他宣布说。

他对他身边的将军们说，失掉巴黎会对德国军队的士气，会对德国人民，会对全世界，产生灾难性的影响。接着，就在他身边的约德尔赶紧做笔记的时候，希特勒发布了他关于保卫巴黎的第一道直接命令。首先，他宣布：“我要你们把巴黎地区塞纳河上所有的桥梁都布上地雷，准备把它们炸毁。”其次，他说，该市的工业“必须使之瘫痪”。他最后对约德尔说，“一切可能调动的后援部队”都要拨归该市守军司令。

他宣称：“巴黎要守到最后一人，不论战事会造成什么破坏。”

他停了很久，最后补上一句——

“我们为什么要担心巴黎会不会遭到毁灭？就在此时此刻，盟军正在德国各地炸毁我们的城市。”

十五

这是上帝专门赐给巴黎和诗人的一个一丝风都没有的夏日。在塞纳河沿岸的河滨道上，早已有垂钓者在清晨的阳光下打瞌睡了。他们的竹竿插在他们身下的石块缝里，懒洋洋地横在浑浊的河面上。像船首一样的大理石河岸在城岛顶端把塞纳河劈为两股河道，远处有个孤零零的艺术家沉醉在他自己的天地里，不停地在画布上涂抹着。过不了几个小时这些河岸就会活跃起来，成千上万的巴黎人会带着海滩遮阳伞和折叠帆布椅到这里来，在八月的阳光下寻找一席之地。这个和平宁静的星期天早晨，战争似乎是很遥远的事。

这个八月十三日的星期天是巴黎几百万市民的圣母升天三天节假期的开始，巴黎人到处都在准备享受万里晴空无云的好天气。他们成千上万地准备出去野餐，或者痛快地去玩，去爱，他们之中大多数人都准备忘掉即将来临的解放这个城市的战斗会带来的危险。

不少占领者也决定跟着巴黎人一起欢度假日。在克里翁饭店，欧根 · 荷门斯把饭店餐厅领班给他的两根油腻腻的多味香肠包起来当中午野餐。荷门斯和他的法国情妇这个星期天像今年夏季的每个星期天一样，打算到首都郊外不远的马恩河畔诺让的沙滩那里游泳。

在路易·德·法拉基埃侯爵的位于曼纽唐蒂恩街的府邸里，侯爵把望远镜挂在脖子上，又佩上了赛马专员的绿色徽章，戴上了白色手套和灰色高礼帽。然后，这个青春长驻的法兰西的象征走出府邸，登上在门外等他的红黑两色单座双轮马车，前去奥特伊参加星期天的赛马。

不过这个星期天假日，哪个巴黎人都没有比一个骨格粗壮、身材高大的大汉更加喜欢了，他身高六英尺三寸，工装裤腿吊在脚踝上面。他站在首都西面塞纳河上的南泰尔桥上，俯身看着沙图岛上绿草如茵的岸边一群德国高射炮炮手躺在那里享受阳光。只有他的瘦小的同伴和站在他们中间的那个孩子从那大汉的脸上看出仇恨的表情。

两个半月以前，五月二十八日上午十一点十五分，就是这些高射炮手把鲍伯·伍德隆中尉的B-26型飞机打下了巴黎的天空。这个星期天，伍德隆一身泥瓦工打扮，出来游览，那是他被抵抗运动救出以后的第一次。同他在一起的是南泰尔一个勇敢的肉铺掌柜和他的七岁儿子，伍德隆就躲在他们家中。这三人后来离开了那个地方，蹬上自行车骑走了。在这星期天下午带他的美国朋友游览一下巴黎风光，是引以为傲的卖肉的路易·贝尔蒂的主意。

这个星期天在巴黎新任德军司令看来似乎十分平静，因此他决定单独开敞篷霍奇车前去西线总司令部开会。他一路开去，没有受到抵抗运动的子弹或者盟军飞机的打扰。唯一不和谐的是他来见的西线总司令根特·冯·克鲁格陆军元帅说的话。克鲁格在首都郊外圣日耳曼昂莱的不见阳光的地堡里向肖尔铁茨交代了他在巴黎的任务。

他说，保卫巴黎是希特勒的意图，也是他的意图。他说，不存在把巴黎变成不设防城市的问题。他斩钉截铁地告诉肖尔铁茨："它必须予以保卫，而你的任务就是保卫它。"

克鲁格告诉他，根据西线总司令部获得的情报估计，盟军会包抄该市。克鲁格认为，肖尔铁茨在巴黎坚守就能"牵制敌军兵力"，迫使他们在机械化力量发挥不了多大作用的市内作战，最终将"拖慢敌军在法国的进军速度"。莫尔坦的反攻，克鲁格本来是竭力反对的，这次反攻使他的第七军团如今陷于法莱塞的袋形阵地不得脱身。但是克鲁格仍有第十五军团所属十九个师的大部分部队可供调迁，这个军团是法国境内的最大军团，最高统帅部把它驻在加莱海峡不加动用一直到八月初，因为预计盟军会发动第二次登陆。克鲁格答应肖尔铁茨在他保卫巴黎有需要时从这些部队中调拨增援部队给他。两人都认为，有三师兵力进行消耗性的巷战，该市至少可以守三个星期。肖尔铁茨要求立即调拨军队给他。克鲁格拒绝了。他说，巴黎的形势还没有严重到要这么快就把军队拖在那里。

汇报结束后，克鲁格邀肖尔铁茨留下午餐。这顿饭吃得冷冰冰的。午餐吃罢，克鲁格又重复了他先前说过的话。“亲爱的肖尔铁茨，”他最后说，“我恐怕巴黎会是个令你不愉快的任务。它有一种葬身之地的气氛。”

肖尔铁茨沉默了一会儿。最后他答道：“至少，这将是一次头等葬礼。”

鲍伯·伍德隆中尉感到路易·贝尔蒂的七岁儿子的手伸进他的手中。伍德隆在特罗卡德罗广场的法国海军博物馆中观看克劳德·约瑟夫·维尔纳的一张油画，他从来没有这么死死地盯住一张画看过。在他身旁的一个德国军官在观察着他的金发、碧眼，他的方方正正的美国脸型，还有他很长、很美国式的身躯。伍德隆为了要在这个好奇的德国人面前不露声色，把眼光死死地盯在那张油画里一艘军舰船尾的三色旗上。伍德隆听到身边那个德国人向他提了一个问题，顿时吓得不知所措。这个高大的美国人从眼角中看到贝尔蒂的七岁儿子转过身去，抬头对德国军官说：

“我父亲是个聋哑人。”

在奥特伊赛马场裁判席上，德·法拉基埃侯爵举起望远镜观看下面的人群。突然他身体一僵，放下了望远镜。一种不协调的声音刚刚破坏了侯爵本来十分美满的夏季假日，正如它会破坏许多其他巴黎人的这个假日一样。在南面很远的地方，他隐隐约约地听到了大炮的轰鸣，这是一九四〇年六月以来巴黎第一次听到的炮声。

冯·肖尔铁茨开着霍奇车赶紧返回巴黎，甚至没有时间停下来呼吸一下布洛涅森林的新鲜空气。在莫里斯饭店等着他的是一份关于他那天早上下令实行的一项微妙行动的执行报告。这项行动是他奉令在巴黎要采取的第一项行动：解除巴黎两万名警察的武装。这是克鲁格的命令，要在那一天“出其不意”解除法国全国警察的武装。

根据肖尔铁茨的命令，这是在最难应付的郊外圣德尼工业区警察局开始的，要在一天之内尽快扩大到全市。

等到他到达莫里斯饭店时，他的副官，那位年轻的伯爵冯·阿尼姆已为他准备好了一份详尽的报告。这项行动进行顺利，没有发生意外。已经缴获五千支枪。肖尔铁茨很高兴。这个和平的城市，如今有这个没有遭到任何反抗的成就，就有了好兆头。他可以集中注意力来看冯·阿尼姆交给他的第二份文件了。那是午餐前克鲁格给他的口头命令的电传副本。它重复说：“巴黎必须不计代价予以保卫。”

到欧根·荷门斯决定最后再游一次的时候，马恩河畔诺让的河滩上的沙子在傍晚的阳光中已逐渐凉了下来。他把放在皮套中的手枪交给情妇安妮克，然后游到马恩河河中间去。他正在清凉的水面上懒洋洋地漂浮时，忽然听到她的尖叫。

就在这里，在安静的河滩上，法国人刚刚对肖尔铁茨解除巴黎警察的武装进行了第一次小小的报复。两个法国国内部队的人偷走了欧根·荷门斯的手枪。

十六

第一九〇保安团的维尔纳·尼克斯中士心中在咒骂新任大巴黎司令。尼克斯每逢星期一下午总是在克利希广场的军人电影院里散心，可今天都在一小时之内第二次坐在装甲车上驶过歌剧院广场了。像那天下午巴黎其他任何一个能够调动到的德国兵一样，尼克斯是在作列队游行。

这是肖尔铁茨的主意。从中午起，他的军队全副武装乘坐在连绵不断长得吓人的坦克、装甲车和军用卡车上，开过巴黎全城。为了增强他要造成的印象，冯·肖尔铁茨命令他的军队在原来路线上来回跑两次，他希望以此造成比实际列队游行的兵力更强的错觉。

也许肖尔铁茨没有意识到这是一个历史的讽刺，不过他匆忙推出的列队游行是德国人在巴黎举行的规模最大的一次。从某种意义上来说，他是在兑现当初希特勒计划要在一九四〇年七月二十八日在巴黎举行而没有举行的一次规模更加盛大的检阅。原定那次纳粹德国历史上规模最大的检阅，是庆贺第三帝国在巴黎的统治保持千年不衰的胜利盛典。[1] 而冯·肖尔铁茨的目的却要低调得多：他只不过想用他的小小的力量炫耀吓唬吓唬巴黎，让第三帝国多苟延残喘一些时日而已。

不论是尼克斯，还是他的任何战友，或者任何观看德国军队经过歌剧院广场的人，都没有什么理由特别注意到和平咖啡馆门前的街角上有个身穿灰色套装的矮胖的人在假装看报。在他身旁，有三个身穿夏季连衣裙的姑娘看着军队的行进纵声大笑，那个矮胖子因为感到不好意思而脸红了。这是可以理解的。这个身穿灰色套装的人是冯·肖尔铁茨将军。他是在微服出访，混在人群中间，亲自了解一下巴黎对他炫耀武力的反应。

肖尔铁茨不会说法语，不过他听得懂笑声，他明白是一句讥刺的话引发了他身旁这些姑娘的笑声。他看到了周围人们的脸上都有这种讥刺的神色。就在那里，在这些巴黎街头过路行人中，巴黎的德军司令获得了他此来要得到的情报。他的示威失败了。要保持巴黎平静，光是炫耀武力是不够的，他还得做些别的事。

元首粗哑、不耐烦的声音打断了阿尔弗雷德·约德尔大将在八月十四日最高统帅部第一次战略会议上做的每日战局报告。希特勒的思想又转到巴黎的守卫上。他

[1] 这次检阅后来推迟一个月到八月二十八日，接着又完全取消了，因为，据瓦利蒙特将军说，戈林承认他无法保证游行不受英国皇家空军的偷袭。三天前皇家空军曾经对柏林进行开战后的第一次空袭。

挥了一下手，打断了约德尔的话，掉转头来问最高统帅部军械局长布尔将军："我们为了进攻布列斯特－利托夫斯克和塞瓦斯托波尔而建造的六百毫米口径迫击炮在哪儿？"他宣布，决定把这种迫击炮送去给冯·肖尔铁茨将军。

布尔猝不及防，不知如何是好，他掉过头看凯特尔，凯特尔掉过头看约德尔，约德尔掉过头看瓦利蒙特。他们谁都不知道这迫击炮在哪里。说实在的，瓦利蒙特甚至根本不知道有这种迫击炮的存在。希特勒看到他们尴尬的沉默，生起气来，开始用拳头猛击桌子。他怒喝一声，叫布尔去找那门迫击炮，马上把它送到巴黎去。他命令一天要向他报告两次它的动向，一直到把它送到巴黎为止。

瓦利蒙特记下了他的命令，同布尔一起，蹑手蹑脚地走出会议室，去弄清楚"元首的神秘的迫击炮在哪里——还有它究竟是什么"。

八个小时以后，瓦利蒙特的副官赫尔穆特·帕旁契尔少校为他送来了答案。迫击炮已发现在柏林的一所仓库里。它是专门设计用来攻城的，曾在布列斯特－利托夫斯克、塞瓦斯托波尔和斯大林格勒用过。冯·肖尔铁茨自己就用过它来攻破塞瓦斯托波尔的防御。它是原子时代之前人类所设计的最有威力的大炮。它以其设计者卡尔·贝克将军之名命名为"卡尔"，用拖拉机运载。它可以把一颗直径两英尺粗的两吨半炮弹发射到三英里之外。这样大的炮弹可以射穿八英尺厚的钢筋混凝土，只消目标选定得当，发射几颗炮弹，就可把城市街区整片化为瓦砾。对蠢蠢欲动的巴黎来说，这比该城新上任的司令那天上午在市内街道上推出的列队游行所形成的威胁要吓人得多。

那天晚上，在元首的第二次战略会议上，瓦利蒙特向希特勒报告，“卡尔”已装在专用的铁路平板车上，运到巴黎去了。他说，八天之内可以运到那里。

在英格兰南部一条机场跑道的末端，雅克·沙邦－戴尔马看着放在他脚旁的那只帆布手提箱。他在马孔的奶牛场赶上了莱桑德型飞机。在这只手提箱里装的是沙邦如今回巴黎路上要穿的伪装——一双旧球鞋、一条脏裤子、一件旧网球衫。沙邦原来希望跳伞回去。但是他的上级法国国内部队司令皮埃尔·柯尼希将军认为月缺之夜跳伞太危险。因此沙邦要手执网球拍骑自行车回巴黎，在自行车的篮子里装一只杀好了的鸡。路上任何一个猜疑的德国人都会认为他只不过是一个年轻父亲在乡下同朋友打了一场网球后把一顿美餐带回家去而已。

在几码远的地方，正在加油的是那架要把沙邦送到诺曼底去的美国战斗机。到了诺曼底以后，有个美国兵会护送他到盟军前线的边缘上，然后由他自己骑自行车回家。沙邦在机场踱着步，手中握着一张纸。上面是他要带回巴黎去的指示和密码。

沙邦劝说盟军改变计划没有成功。凡是愿意听他陈说的人，他都竭力恳切陈词。他甚至还找到丘吉尔的得力助手哈斯汀斯·伊斯迈将军，在海军部地下作战室中向他陈说。但是从伊斯迈那里，就像从任何别的他游说过的人那里一样，他得到的答复都是一样的：盟军考虑周详的计划不容修改以迁就巴黎的政治问题。但是沙邦认为，他还是完成了某种重要的目标。他至少引起了戴高乐和他驻在伦敦和阿尔及尔的自由法国总部对于巴黎形势的警惕。他的命令仍旧是防止在盟军兵临城下之前举行起义。但是他可能允许有不超过二十四小时的短短空档，给巴黎人民满足一下亲自参与解放自己的要求。

不过，如果共产党避开他的控制，强行起义，沙邦如今也有了如何对付的准备。他已经把这指示默默牢记在心，其中列有一系列应付意外的对策，以便保持对巴黎局势的控制，等待盟军的到达。

他手中这张薄纸的最后一行只有几个字。这是一句暗号，用来发动沙邦本人所设计的最后一策。这个对策十分大胆，而且充满危险，甚至设计的这个人也希望英国广播公司不会向他发出这个暗号。这个暗号是："As-tu bien déjeuné, Jacquot?" [1]

沙邦又念了最后一遍，然后把这张纸交给身旁那个护送他的军官，提起手提箱，走向等在那里的飞机。

---

[1] 法语："午饭吃得好吗，雅各？"——译注

在巴黎，郊外工人阶级区勒伐卢瓦－佩雷的和平街上一家小饭馆的阴暗的里间里，两个全然不识的陌生人坐下来喝一瓶佐餐酒。在隔壁，就在把这两个人同饭馆本身隔开的门外，坐着把他们介绍相识的另外两个人。在这以前，两个介绍人先把撕成两半的地铁车票对缝接上了头。巴黎地区法国国内部队共产党领袖“罗尔上校”向坐在内室桌子对面的那个人举起了酒杯。那个人是巴黎警察总署内共产党抵抗运动的领袖。他刚在那一天发动巴黎警察罢了工。

罗尔从他那里只要知道一件事，罢工的警察在起义时会听他的命令吗？罗尔知道，不久盟军就要在巴黎上游的芒特和下游的默伦抵达塞纳河，罗尔很有把握，沙邦要防止的起义已迫在眉睫，只是几天以后，也许是几小时以后的事了。起义一旦实现，他特别需要城里某一支力量听命于他，那就是巴黎市的两万名警察部队。他到这家小饭馆来就是为了确保做到这一点。

就像每年一样，在巴黎和加莱之间的主要公路上，那个小村庄的教堂的祭坛将为圣母升天节摆上整个庇卡底地区最美丽的鲜花。就在这圣母升天节的前夕，一个身材挺拔、姿态从容的妇人和她的六个子女离开了他们驻有六十五名德国兵的灰色屋顶的路易十三式别墅，一起骑车到邻村瓦吕斯去。到了那里，奥特克洛克一家满抱鲜花走进了村里的教堂，开始为第二天八月十五日的节日装饰祭坛。

特蕾莎·德·奥特克洛克感到对圣母玛利亚有一种特别的义务。四年以前，在一九四〇年七月三日，她把这个世界上最亲爱的人、她的丈夫菲利普的命运交托给她保护了。那天早上六点钟，菲利普骑一辆红色的自行车，离开了他们一家来此避难的波尔多葡萄园中这个避难所。他是出去寻找为了同入侵法国的侵略者继续作战的武器的。

那天早晨菲利普向他妻子说告别的话时，他们的六个孩子还沉睡在梦乡中。他说的是："勇敢些，特蕾莎。我们可能要分别很久。"

近四年以来，特蕾莎·德·奥特克洛克没有丈夫的音讯，不知他是死是活。后来，在一九四四年三月的一个夜里，她关上与占住隔壁的德国人只有一板之隔的屋子里的门锁，然后趴在镶嵌水晶的收音机前，戴上耳机，收听英国广播公司的夜间新闻。她听了不禁一怔。特蕾莎一时之间仿佛觉得脚下的"地球塌了"。原来她刚才听到的一则个人信息是："生于一九〇二年十一月二十二日的菲利普向他妻子和六个钟爱的子女热烈拥抱。"特蕾莎与之结婚的那个菲利普就是一九〇二年十一月二十二日出生的。

那天下午，特蕾莎和她的六个子女把他们精心采集的玫瑰、百合和菖蒲装饰这个小教堂的祭坛时，有个叫喊声传进了教堂，打破了教堂里阴凉的静寂空气。教堂门外的广场对面那家广场饭馆的老板娘杜蒙太太在叫："德·奥特克洛克夫人，快来，快来！"特蕾莎·德·奥特克洛克从教堂里跑出来，穿过广场，到了杜蒙太太饭馆里面的内室。她从杜蒙太太的收音机的老式大喇叭中听到了一个人说话的声音。自从法国战败以来，特蕾莎·德·奥特克洛克第一次感到眼泪流下了双颊。菲利普·德·奥特克洛克当初曾对她说过"勇敢些，特蕾莎"，如今他以雅克·勒克莱尔将军的身份，用同样镇定自若令人宽慰的口气宣布——不过这一次是向全法国——他已率领法国一个装甲师回到法国的领土来参加争取解放祖国的战斗。他保证说："用不了多久，三色旗将在巴黎上空飘扬！"[1]

那天晚上，伊沃娜·巴拉特在圣母升天节前夕装饰另外一个祭坛时，没有人打扰她。她把一小束紫罗兰一支支

---

[1] 菲利普·弗朗索瓦·玛丽·勒克莱尔·德·奥特克洛克为了保护家人安全，在伦敦一参加戴高乐将军麾下后就改名雅克·菲利普·勒克莱尔。一九四一年三月十日，特蕾莎·德·奥特克洛克当时并不知道她的丈夫已经改换姓名，曾在庄园的灌木丛中拣到英国飞机扔下的一张传单，上面印的是"由勒克莱尔上校指挥的法国军队"于三月一日攻克库夫拉，取得了"法国的一场大胜利"。传单还说，这些军队是从乍得和喀麦隆的基地一路行军到那里的，一共走了四百二十英里。那天晚上吃晚饭时，她对她的六个子女说："我不知道这个勒克莱尔上校是谁，不过他是个了不起的人。你们的父亲也会这样做的。"几个月后，维希政府派人来没收他们家的别墅以及一切财产，她这才知道"原名奥特克洛克的菲利普·勒克莱尔"由于参加戴高乐将军麾下作战而被剥夺公民权。

插进面前的一只铁皮缸子里，然后把它们放在那张在罗曼维尔监狱中当作临时祭坛用的木板桌子上自制的十字架底座前。德国秘密警察关在这个破败的堡垒中有二百五十名女囚，伊沃娜·巴拉特是其中之一。这些枯瘦的野花是那天下午她在监狱院子里放风时自己采摘来的。

伊沃娜·巴拉特自我欣赏地看一看自己的杰作，然后她就蹑手蹑脚地回到自己的牢房里去。在那里，在一支偷来的蜡烛光下，她写信给她父母。牢里的神父答应第二天早晨望弥撒后把它偷带出去。

她的信开头说，“我充满了希望。他们没有时间把我们带走了。”她请她母亲寄给她一把指甲刀，一块头巾，还有如果办得到的话，一本夏尔·贝玑的《法兰西的天才》，“我爱你们，我相信不久就能再见”。然后她吹灭了蜡烛，躺下睡觉了。

也许，那天晚上在罗曼维尔监狱的寂静中，伊沃娜·巴拉特和她周围的其他女囚都想起了离她们的狱墙这么近的巴黎。她不知道，她不会再有机会在那个城市的街道上散步了。在几小时之内，伊沃娜·巴拉特就要搭火车到一个名叫拉文斯布吕克的地方去。在那里，在一九四五年三月的一个寒冷的冬日早晨，她将因患痢疾死去。

在弗莱斯纳，路易·阿芒这个急切希望被解送走的抵抗运动组织者躺在草席上转动着脚趾。自从他被捕以来，阿芒第一次感到很高兴。他的脚踝只要一动，他就能感到他高兴的原因，那就是套在他脚上的过冬厚靴子。那天晚上，监狱神父给他带来了他家里的人送来的靴子。这靴子令人宽心的存在，在他脚上引起的温暖和安全的感觉，使他不再有因为解送而引起的唯一恐惧。他原来一直担心，他被捕时脚上穿的单薄的夏天皮鞋经受不了严冬的考验。

在静寂无声的监狱另一头的一个牢房里，皮埃尔·勒福歇拼命想使自己在黑暗中入睡。他又熬过了一天，没有被解送走。那一天为他带来了令人鼓舞的消息。在日落之前，有人用汤匙在牢门上用莫尔斯电码敲出消息说盟军已抵达沙特尔。他想，没有几天了，而对监禁他的人来说，已经太晚了。

皮埃尔听到身旁草席的声，那是他同狱犯人在辗转反侧。接着，皮埃尔在黑暗中听到他说话的声音，轻微而且绝望：

"我敢打赌，我们明天就要走了。"

黑黝黝的公寓房间里，半夜电话铃声听来吓人。玛丽－海伦·勒福歇醒了过来，伸手摸到睡袍，一边穿一边跌跌撞撞地摸着书房里的书架走到电话机前。弗莱斯纳监狱里草席上睡觉的那个人的妻子从电话里听到法国国内部队的一个朋友说：

"弗莱斯纳有了动静。"

十七

皮埃尔·勒福歇明白无误地听到金属磨擦声刺破了黎明前的寂静，就像粉笔划过黑板一样刺耳。在他牢房下面四层，弗莱斯纳监狱咖啡车没有上油的轮子刚刚开始它们最后一次经过牢房过道的喧闹穿行。皮埃尔可以听到他下面牢门一扇扇打开的声音。以前从来没有这么多。最后，咖啡车的金属摩擦声越来越响。皮埃尔听到车已在他左边拐角的碰撞，从潮湿的过道中向他自己的牢房推近。轮声停止了。皮埃尔·勒福歇听到狱卒拿出钥匙圈的叮当声，接着他自己的牢门打开了，他看到门外停着的咖啡车的轮廓。在半明半暗中，他听到他的同狱难友那天早晨第一次说话的声音。

“你瞧，”他说，“我赢了。”

在弗莱斯纳的女牢房里，那一天是以一个德国军官在黎明前出现开始的。牢里最漂亮的女囚、二十岁的让妮·卢梭睁开眼看到有个德国军官站在她的铺前，不禁尖声喊叫起来。接着她看清楚监牢神父斯坦纳特颈上挂的十字架露在军装的外面。

“女士们，”他向挤在让妮的没有窗户的牢房中的五个姑娘说，“我是为了你们几小时后要经受的苦难来给你们领圣餐的。”

那是凌晨四点钟。

在弗莱斯纳监狱灰色石墙外面的寂静的巴黎，几百万巴黎人仍在睡梦之中。对他们来说，这个慢慢破晓的早晨将是他们在这个朝不保夕的世界上从虎口中夺到的最后一个假日的开始。但是对勒福歇来说，或者对他同牢房的难友，对弗莱斯纳其他两千五百名被囚者以及罗曼维尔的被囚者和在德兰西被党卫军囚禁的一千五百名犹太人来说，这次圣母升天节却有另外的意义。对他们来说，在这灰蒙蒙的一天破晓时，一场长期的受难刚刚开始。

到旭日升起时，押送工作已经开始了。在弗莱斯纳，女囚先被押走。她们被装进了挤得满满的公共汽车里。有个富有同情心的司机叫她们把寄给家人的最后一封信塞在座椅下面。他答应替她们送到。在罗曼维尔，在最后一批押走的女囚中，有个患肺结核的波兰歌唱家名叫诺拉的。留下的极少数几个囚犯永远不会忘记，在汽车开过铁丝网的大门时，这个瘦小的波兰姑娘站在最后一辆公共汽车的无篷尾部引吭高歌的形象：

> 请在法国故土等着我，
> 我很快会回来的，请保持信心。

在德兰西，原定要解送走的一千五百名犹太人意外地得到了暂时的宽限。要载运他们的公共汽车没有一辆能发动起来。原来有人偷卸了这些汽车的发动机。

在弗莱斯纳，女囚车刚开走，两千名男囚就被从牢房中赶了出来。谍报处的“阿米可翡翠”的副官菲利普·克恩上尉感谢上帝他被选中了。他受到的严刑拷打终于结束，不论德国人把他送到哪儿去，他都可以问心无愧而去。他没有辜负对他的信任。

路易·阿芒站在院子里的第一列囚徒中，他毫不掩饰他的满意心情。他可以感觉到脚上舒服地穿着的厚厚的靴子。在这批姓氏以A打头的要押走的囚徒中间，他发现了一个老朋友，他大学里的同班同学皮埃尔·安戈。安戈懊丧得要命。他向阿芒低声说，再过几天，真是没有几天，他就可以获释了。他的一个好朋友，维希政府的生产部长加斯东·比谢隆纳已答应把他弄出弗莱斯纳。但是如今要被押送到德国去，比谢隆纳就没有办法了。

阿芒自己添了新的乐观情绪，因此想找些话来安慰他的陷于绝望的朋友。他告诉安戈，活命最有把握的机会存在于这一群在弗莱斯纳监狱院子里转悠的囚徒中。他低声告诉安戈，那些留下来的人“一等到盟军出现在监狱前面就会被屠杀”。他正专心致志地在向安戈耳语，竟没有听到警卫在叫他的名字。他身旁有人推一推他说：“他们在叫你。”

此人这么热切地要想动身离开，但是这一天他唯一的一次旅行却是听从警卫的召唤，走回到五层楼上原来的牢房里去。德国人把他的名字从离开的囚徒名单上划去。阿芒又害怕又失望，神经几乎麻木了，他踉踉跄跄回到一小时前离开的空气恶浊的石头铺地的过道。

另外有一个囚徒看到自己窗户底下院子里集合的法国人，觉得这好像是他所见到过的最无情、最不公平的景象。通讯兵威利·瓦根尼希特自从被派到巴黎来值勤以来，除了头两天以外，全部时间都在这牢房里服六个月的徒刑，因为他揍了西线总司令部电话交换站的一个军官。他绝望地摇着头。威利·瓦根尼希特想不通为什么世界上有这么不公平的事情发生。在他看来，似乎没有别的事情比看着这一队法国人鱼贯走出监狱大门到德国去，而把他威利·瓦根尼希特留在这个令人憎恶的巴黎监狱，更加不符合逻辑了。

在监狱外面，玛丽－海伦·勒福歇看到弗莱斯纳监狱大门打开时，她的神经紧张的手不禁紧紧地握住了自行车的把手。从早晨六点钟，玛丽－海伦·勒福歇就默默地在等着牢门的打开，尽管监狱的党卫队警卫把她赶到人行道的边上，她也没有怨言。如今她一个个盯住观察那些蹒跚地经过党卫队警卫的机关枪，登上停在那里的公共汽车的囚徒。

她终于看到了他。玛丽－海伦第一眼看到她丈夫的憔悴痛苦的脸时，禁不住叫出声来，但她不敢大声。“我的天，他多瘦！”她对自己说。一股兴奋的热流涌过她年轻的身躯。“他活着，他活着。”她这么想。但过了几分钟，玛丽－海伦看到的残酷的现实场面使她醒悟过来。她这才明白皮埃尔要被押解走了。她痛苦地看着他一步步艰难地登上要把他带走的公共汽车。就在他登车的时候，她相信她看到了皮埃尔微微地抬一下头，那是他们见面打招呼时他惯有的亲热姿态，尽在无言之中。她禁不住脱口说道："他瞧见了我！"她再也止不住眼泪了。她在泪水的薄雾中看到皮埃尔的公共汽车无篷车尾后面一群德国军官中有熟悉的斯坦纳特神父的身影。她不顾前面党卫队警卫的拦阻，跑到神父那里。

"我的孩子，"神父低声说，"他离开这里是件好事。监狱里就要发生大屠杀了。"

公共汽车引擎发动了，一长列绿黄两色汽车开始向前移动。玛丽－海伦跑回到她的自行车旁。她自己也不知道她为什么跨上车，跟着车队向前蹬去。

十八

狄特里希·冯·肖尔铁茨坐在西线总司令部地下指挥部里，在使人感到不真实的灯光下，不动声色地听着冯·克鲁格的参谋长根舍·布鲁门特里特中将干巴巴的说话声。布鲁门特里特是在概述对巴黎地区实行“有限焦土政策”的建议。[1] 地堡通风设备的嗡嗡声轻轻地陪伴着他的说话声。布鲁门特里特根据他左手握着的打字稿概述它的细节。他偶尔抬起头来用手指比划一下铺在他前面克鲁格的桃花心木大会议桌上比例为一万比一的地图上用红线标出的地方。地图上覆盖的透明纸上用红色油铅笔标出的地方是为巴黎地区五百万居民服务的每一个煤气厂、发电站、蓄水池。

布鲁门特里特的建议像出于他所辖的参谋部三处之手的所有研究报告一样，是个精确仔细的文件。它分为两个阶段。他要求克鲁格马上实施的第一阶段需要对巴

[1] 德国人在法国没有实行焦土政策。但是这并不是出于对他们法国邻人的特殊照顾。据艾森豪威尔回忆，他们在盟邦意大利的南部土地就“枪杀无法带走的所有牛和鸡”。自从阿夫朗舍战役以后，他们在法国只是由于后撤太快，才无法实行这一政策。

黎的煤气、电力和供水设备做有系统的破坏。[1]第二个阶段是对巴黎的工厂进行“有选择的破坏”。德国人认识到他们既没有时间也没有人力把巴黎四周的庞大工业地带的所有工厂都完全破坏掉，因此布鲁门特里特的计划主张做个合理的折衷。那就是破坏这些工厂中的重要机器，使盟军来后无法使用。[2]

布鲁门特里特告诉开会的人，他所建议的“有限焦土政策”“在战略上极其必要”。他指出，如果巴黎的工业不加破坏，它就会在几个星期之内被盟国用来对付德国。他声称：“破坏公用设施能在居民中间制造混乱，使城市陷入瘫痪，从而有助于延缓敌军的挺进，因为这可以迫使盟军要分出一部分军事资源转用于陷入困境的首都。”

布鲁门特里特强调需要马上实施该计划的第一阶段。他把一张海军仓库名单交给肖尔铁茨，他可以在那里从海军储备中征用炸药来补充军队库存。他声称，这

---

[1] 为了切断供水，德国人打算把为巴黎供水百分之九十七的四条水管成段炸毁。与当时巴黎的谣传相反，德国人倒从来没有考虑过在水中放毒。至于发电厂，有两种方针供选择：或者是把该地区的二十五台汽轮机钻洞埋上炸药，或者炸毁它们的输送和调节设备。据巴黎西门子公司高级工程师的意见，第一个办法将使巴黎丧失全部工业电力“两年”。第二个方案简单一些，时间花费也不多，可切断巴黎电力供应“至少六个月”。

[2] 布鲁门特里特有一次用了“炸掉巴黎”一词。肖尔铁茨听到坐在他身旁的B集团军参谋长汉斯·斯派德尔中将在咕囔：“炸掉巴黎——他这话是什么意思？他在巴黎圣母院里发现了发电厂？”

个计划如果不马上执行，就有在盟军开抵攻城距离之前来不及完成的危险。

在肖尔铁茨听来，布鲁门特里特的报告“十分干脆，十分内行，十分有说服力”。他的建议中并没有使肖尔铁茨感到意外的地方。在前一天，他就接到了最高统帅部在他接掌巴黎指挥权以来发给他的第一道直接命令，要他“毁坏或完全瘫痪”巴黎的全部工业设施。他知道这个命令是通过西线总司令部转给他的。因此肖尔铁茨一接到去参加一早的军事会议的通知，就毫无疑问地认为，他是去听布鲁门特里特提出如何执行希特勒的命令的建议。

肖尔铁茨也没有觉得这个命令之中有什么异乎寻常的地方。在他看来，它背后的思想是“完全正确”的。毕竟这只不过是东线实行过的战术的延伸。而且，正当盟军轰炸机每天晚上从空中夷平德国城市的时候，坐在克鲁格元帅会议桌周围的人都认为，没有比从地面上对巴黎实行同样的战术更加合理的了。

但是，肖尔铁茨对布鲁门特里特的计划有一点反对意见。那就是它的时间安排。在当前，他关心的是保卫巴黎，不是破坏巴黎。他在那天上午辩论道，实施布鲁门特里特计划的时间应该是在他们准备弃城的时候。他指出，显然，他们在一定时间内还没有准备这么做。他认为，过早实施布鲁门特里特计划会把成千上万的工人驱向抵抗运动的怀抱，会使“居民公开同他的军队作战”。

而且，他简单地补上一句，德国军队也要喝水。

冯·克鲁格陆军元帅不动声色地听着这两人的辩论。然后他蓦然举起手来表示他们的辩论已够长久了。他说，他们两人都言之有理。他告诉他们，他“以后会发最后命令”。会议结束了。肖尔铁茨向克鲁格行礼后就离开了。五十六个小时以后，冯·克鲁格在回德国路上自杀身亡。他已被免除西线总司令一职，由希特勒麾下最野蛮残忍的陆军元帅之一接替。

但在离开之前，他给肖尔铁茨下令开始执行布鲁门特里特那天上午建议的有系统的破坏。

冯·肖尔铁茨回到莫里斯饭店时，有四个人等在他办公室的外间里。在他们从柏林带来的命令上肖尔铁茨看到了约德尔大将的签名。他们都是工程师，由最高统帅部派来巴黎“准备和监督对巴黎地区的所有重要工业设施的拆卸工作”。他们还带来了工具。在肖尔铁茨办公室的外间放着十几只黑色圆形的地图盒，里面装的是巴黎地区每一个重要工厂的蓝图。

他们之中为首的那个是个头发花白、态度安详的人，他向肖尔铁茨解释，只要地点选择得当，为数相当的炸药就可“使巴黎的工业至少瘫痪六个月”。

肖尔铁茨把饭店四楼的一个套房分配给他们住下，并且拨两辆参谋部汽车供他们使用，以便随意视察巴黎的工厂。两个小时以后，他到他们的房间去看他们，只见他们已“埋首在地图和蓝图”之中。其中一人向他保证，如果巴黎陷落，“盟军找不到巴黎一家工厂还在开工”。

十九

八月的炎日炙灼着巴黎调车场后面庞坦货车车站支线上一列牲畜车的生锈的铁皮车顶。在这一列车里，比上下班时间巴黎地铁最拥挤的车厢还要拥挤地装着的，是党卫队挑出来押送到德国去的“人货”，他们在闷热不堪的车皮中喘着气。法国抵抗运动的精华一共两千零四个男子和四百多个妇女，占弗莱斯纳和罗曼维尔监狱囚禁的人数十分之八，在苦熬着等待列车启动。

让妮·卢梭挤在一节装了九十二名妇女的车皮里。车皮里只有一扇窗户，钉着铁丝网，高得车皮里最高的女人也看不到外面的情况。这个漂亮的姑娘永远不会忘记那节车皮里的闷热和肺部呼吸发臭空气的难受劲儿。这些妇女一个个地开始脱掉身上的衣服，只留下了内衣。在车皮的一个角落里，在铁皮便桶旁边，她们清出了一小块地方，一次可以有三个人膝盖顶着锁骨，蹲在那里休息。其他的人只能站着，在极度的闷热中，她们汗流浃背的身体站立不住，互相贴在一起。

隔壁一个车皮比较宽松。在那里，伊沃娜·巴涅兹和别的妇女能够蹲下来，连成一条人体的锁链。但是她们在闷热中一个个地晕了过去。很快就有五六个人死掉了。

伊沃娜·巴涅兹忽然发现有个男子站在门口，他的肥胖的脸上汗水闪闪发光。她从他胖胖的身影中认出了他就是在福煦大街秘密警察总部监督对她用刑的那个党卫队乌克兰籍警卫。她觉得他好像是来“向这一车牲口告别的，他曾经在它们身上打下烙印，如今它们就要运往屠宰场去”。

男子们的情况甚至更糟。一节车皮里装了一百多个人，全都半裸着身子。他们只有一个迫切愿望，那就是列车赶快启动，而原来他们是巴不得搭不上这列车的。

皮埃尔·勒福歇站在车皮里，又热又渴，饿得头脑发晕，心里在祈求列车快开。站在他背后的一个囚徒口渴得要命，伸出焦燥的舌头，舔起他背后从脖子上流下的汗珠来。

这时有一个垂头丧气的人垂着宽阔的双肩走出庞坦车站，进了附近一家小饭馆。他就是军事情报局那个中年的花花公子爱弥尔·“鲍比”·本德。他想唬弄唬弄这列车的党卫队长官，阻止列车开行。但是他失败了。

自从诺德林同他联系上了以后，两人就竭力想把巴黎附近的政治犯划归红十字会看管。但是他们的努力没有一次获得成功。诺德林去见了维希政权的总理皮埃尔·赖伐尔、德国大使奥托·阿倍茨、驻法国的秘密警察头子卡尔·奥伯格。他们之中没有一个人对他的想法表示有任何兴趣。冯·肖尔铁茨太忙，没有时间接见他们。

那天上午还有别的人在设法拦阻这列停在庞坦车站的“牲口车”。他们用的是不同的方法。就在囚徒们关在铁皮车皮中闷得难熬的时候，有个十几岁的男孩子拼命骑车从巴黎奔向南特伊－沙西小村去。他带着巴黎法国国内部队给那小村子里的抵抗运动领袖的紧急口信。这是个简单直接的命令：要不计代价用一切办法切断巴黎到南锡的主要铁路线。停在庞坦车站待命出发去德国的这列货车就是取道这条铁路线的。

同时，从巴黎的一个阁楼上有一台秘密发报机在中午时分向伦敦发出了一份密码电报：“十万火急转发法国国内部队各领导人。德军组织巴黎各监狱特别是弗莱斯纳监狱被囚人员从铁路经梅茨南锡撤走。担心途中进行大屠杀。采取一切可能措施破坏运输。”

二十

巴黎正在过圣母升天节，庞坦货车站在烈日炙灼下发生的悲剧开场，几乎是没有人会注意到的。巴黎城里大多数居民所操心的，只是越来越绝望的粮食匮乏。他们这一天支配一切的问题是怎样去找些吃的来勉强凑合一顿充饥。《巴黎晚报》那天晚上宣布，巴黎“几乎已是一座围城，粮食情况日益恶化，饥馑的幽灵已经开始出现”。科学院有一位叫舍瓦利埃的先生在《小巴黎人报》上告诉市民，“在万不得已的情况下”，城市街道上的榆树、菩提树和树的叶子都可以吃。

对巴黎最年轻的市民来说，这个节日的大事是全巴黎所有的学童到巴黎圣母院去祈祷法国的保护神圣母玛利亚保护法国的首都巴黎。但在最后一分钟，这项活动被冯·肖尔铁茨取消了。

在首都的西郊，大约在巴黎第一批学童本该出发前往巴黎圣母院的时候，有个三十六岁的德国上尉命令他指挥的蒙有伪装的装甲车在纳伊桥上停下来。维尔纳·埃伯纳赫下了车，举手叫他的第八一三工程兵连的官兵停下步来，自己走到桥边的水泥栏杆前。这位蓝眼珠的军官当初在东线一家农舍安装饵雷时曾经丢了左手的三根手指。他站在那里点起一支烟，向桥下塞纳河的混浊的河水望去。塞纳河居然这么宽，使他感到意外。他的故乡柏林的斯普雷河相比之下就显得窄小了。在他的前面，在布洛涅森林的绿色边缘以外，埃伯纳赫极目望去，可以看到普托桥雄伟的拱门。在他的身后，在塞纳河的下游，雅特桥分两段跨在河上，在河中央的一个净是灰色石头房子的小岛上暂停一下。埃伯纳赫从口袋中取出地图，铺在面前的栏杆上。他的手指在地图上面慢慢数着。

横贯整个巴黎，从西边的勒佩克郊区到东南方向的舒瓦西，塞纳河上一共有四十五座像埃伯纳赫上尉所站立在上面的那种桥梁。这四十五座桥梁是连接巴黎各区的动脉。没有这些桥梁，弯弯曲曲的塞纳河就会又成为两千多年以前巴黎在河中央一个岛上建城时那样的不可逾越的天堑。埃伯纳赫可能不知道，这些桥梁之中有一些是被法国人视为艺术瑰宝的。沙皇尼古拉二世所命名的亚历山大三世桥是国家级文物，协和桥用的是巴士底监狱的石块，图尔奈尔桥原来的梁柱可以追溯到一三六九年。

如今在纳伊桥上，维尔纳·埃伯纳赫上尉的上衣袋里，在一级铁十字奖章下面，有一张蓝纸，不久他将交给冯·肖尔铁茨将军。那是约德尔大将签署的，上面盖了“十万火急——首要任务”的印戳。这是要他炸毁巴黎塞纳河上四十五座桥梁的命令。

维尔纳·埃伯纳赫不知道希特勒为什么要炸毁这

四十五座桥梁。他既不参与最高统帅部的机要，也不关心它的战略。他只不过是个完完全全机械地工作的技术人员。埃伯纳赫从军以来已炸毁过几十座桥梁，他如今站在纳伊桥上并不认为巴黎的这些桥梁会比他在基辅和德聂普罗普特洛夫斯克炸毁的桥梁有更多的问题。在几分钟之内他将向巴黎的司令将官说，他完成任务后，“巴黎桥上的所有石块都将坠落河底，把巴黎全境的塞纳河段堵死”。

埃伯纳赫在回到装甲车上去之前，对纳伊桥的基础还要做一次重要的考察。埃伯纳赫同他的炸药班长黑格上士一起，走下河岸，抬头观察桥的上层结构。他手电上的光束照到了他在寻找的金属条的反光。正如埃伯纳赫所希望的那样，那是一个生锈的采矿用的淘盘紧箍在桥基上。根据法律，这些淘盘装在法国的每一座桥梁下面，已有七十多年了。法国人把它们安在那里，是为了在紧急情况下可以迅速地炸毁桥梁。

阳光透过橡树丛照下来，几个月来，雅克·沙邦－戴尔马将军第一次听到了小鸟歌唱的声音。在这幽静的小谷后面，沿一条土路走两英里，是生产鹅肝酱的康奈雷村。往前一百英里就直通巴黎。这个地方是盟军在法国挺进的最前哨，两个美国军官把他带到这里后，就把他的手提箱交给他。旁边是那辆他要骑回巴黎去的自行车，车把上挂着一只褪了毛的鸡、一块牛油、一棵菜花。

沙邦从手提箱里取出网球鞋、短裤、网球衫换上。

他换了衣服以后，把只穿了四天的军装叠好放进手提箱里。陪同他到这里来的美国军官中有一个人止住了他。他有点不好意思地迟疑地向沙邦要求给他一些纪念品以纪念他们相聚的短暂片刻。他对沙邦说："您知道，您是我们见到的第一位法国将军。"接着他又说："您这就要在我们的坦克到巴黎之前骑自行车到那里去。"

沙邦听到他这么说，就停了下来，手指微微颤抖，从他军服肩章上扯下两颗将星，分别送给那两位把他带到这个小谷里来的美国军官。接着他同他们一一握手，翻身上车，挥了一挥手，就在那条土路上向巴黎蹬去。

维尔纳·埃伯纳赫上尉走进莫里斯饭店狄特里希·冯·肖尔铁茨的办公室时，手中拿着的命令并没有使肖尔铁茨感到惊异；他已经从最高统帅部直接接到一份复件。但是埃伯纳赫出现在他的办公室却使他觉得意外。冯·肖尔铁茨在战前就认识这个年轻的军官了。在萨克森州的吉马，他曾经有过一次机会看到他在执行像如今他被派来巴黎处理的那种任务时的出色表现。那是在一九三六年的一次军事演习中，他在穆尔德河上炸毁了两座旧桥，颇得冯·肖尔铁茨的赞赏。

在八月的那天，埃伯纳赫脸上的成熟和坚定的神色告诉肖尔铁茨，站在他前面的这位军官没有辜负对他年轻时的期望。将军的心里毫不怀疑埃伯纳赫有能力像他如今所保证的那样炸毁巴黎的桥梁，堵塞塞纳河的畅通。但是，冯·肖尔铁茨决心要对这项工作保持绝对的控制。他告诉埃伯纳赫“着手进行一切准备工作”。但是他又加上一句，他不希望未经他“个人批准”就在巴黎进行任何破坏。接着他又告诉站在他面前的干劲十足的上尉：“埃伯纳赫，塞纳河不是穆尔德河，巴黎不是吉马。在这里，全世界都在看着我们，不仅仅是少数几个将军。”

埃伯纳赫刚走几分钟，冯·肖尔铁茨的参谋长弗里德里希·冯·恩格尔上校就带着两份报告进了他的办公室。第一份报告冯·肖尔铁茨几乎没有把它放在心上，那是关于巴黎警察罢工的报告。但是第二份报告却教他不放心。在一个叫奥伯维利埃的郊区，有八个德国兵遭到伏击身亡。这是在巴黎市第一次爆发的严重事件。

冯·肖尔铁茨手中拿着那份报告走到他墙上的那幅巴黎市大地图前面。他的手指在上面划动，一直到找到奥伯维利埃的位置以后才停止不动。他叹了一口气，喃喃说道：“今天他们在郊区。明天他们就会在巴黎市区里了。”

这一列“牲口车”各节车皮之间的车钩开始一对对碰接在一起，像一条长链的环节。慢慢的，木板车皮“咯吱咯吱”地开始在庞坦车站的支线上滑去。对于闷在里面的两千五百名可怜的人来说，这担心已久的出发的声音如今却成了一件幸事，使他们的心中感到一块大石头放了下来。有一节车皮的木板后传来了唱歌的声音，起先是轻轻的，后来一节车皮一节车皮跟着唱起来，最后成为所有装载超员的车皮发出的反抗大合唱，激昂的歌声响彻黑下来的庞坦车站。这歌就是《马赛曲》。

在车站外面，它的古旧钟楼上的指针已快指到午夜。一个铁路工人的眼眶满盈着泪水，向站在自行车旁的那个孤独的身影走去。“完了。”他尽量温存地说，“他们走了。”玛丽-海伦·勒福歇骑上自行车，开始蹬回家。回家以后，她把闹钟定在三点，然后上床睡觉。她既不知道为什么，也不知道用什么办法，但决心要跟着她丈夫的囚车去，能走多远就多远。

在弗莱斯纳和罗曼维尔，走得半空的监狱的过道里一片寂静。在弗莱斯纳，绝望的路易·阿芒无法入睡。他徒然无劳地耐心等待着一种声音传来：那是难友们每天晚上用汤匙在铁窗上敲出的电码的声音，传递外面传入弗莱斯纳狱墙的最新消息。那天晚上路易·阿芒所能听到的唯一声音来自他自己的灵魂深处。这声音告诉他，像留在弗莱斯纳的其他囚徒一样，他在德军撤退之前“将会遭到屠杀”。

二十一

四十三岁的赫尔曼·普伦普法兰克中士把他五屉柜中的东西都理出来，放在床上两只硬纸板做的手提箱里，然后用绳子把它们捆牢。在一只手提箱里装的是普伦普法兰克带回家去的“硬通货”，以备在他所担心的未来困难日子里救急之用：五十双丝袜。然后这位中士下楼来到这家他已度过了四年时光的大陆饭店的大厅，告诉看门的他会“回来过圣诞节”，就提着箱子走了。

他作为占领军士兵在巴黎度过的四年快活时光中，每天早晨第一个去的地方是他在财政部的办公室对面的王宫门口的报摊。今天早晨也不例外，他在那里向说话尖声尖气的报摊老板娘要一份他每天必买的《巴黎日报》，那是全市唯一的一家德文报纸。

“小德国佬，”她告诉他，“没报。”

头一天的报纸，也就是它的第二百二十一期报纸，已成了它的最后一期了。在头天夜里，报馆工作人员已离巴黎去了布鲁塞尔。普伦普法兰克又提起箱子，这时他注意到他常常看到在这报摊上买报的那个满头长着紧密灰色鬈发的矮小女人在向他微笑。他知道她的名字叫柯莱特，她是个作家。

“那么，”她对普伦普法兰克说，“你是要丢下我们了？”

事情确实是那样，就像成千上万其他的非作战部队的德国兵一样，普伦普法兰克在八月十六日那一天要丢下巴黎跑了。头一天，瓦利蒙特将军通知西线总司令部，希特勒已授权党卫队、秘密警察、保安处和城市里的民政官员撤出巴黎，把城市交给作战部队。那天早上，连绵不断的卡车向东撤走，造成了开战以来巴黎街头第一次的交通堵塞。

巴黎人坐在街头咖啡馆里无动于衷地看着第一批占领军离去。卡车隆隆开过时，有的德国兵高叫“我们会回来过圣诞节的”，或者高唱“这不是永别”。有几个被巴黎人叫做“灰耗子”的着灰色军装的女兵一边抹着眼泪，一边挥手帕。但是最令人惊讶的景象是大批被掠物品源源不断地随着占领军一起被运走。巴黎被一车一车地劫掠一空。澡盆、脚盆、家具、收音机、成箱成箱的酒——这一切那天早晨都在巴黎人愤怒的眼睛前面掠过。在拉马丁广场，有一批德国通讯兵就在他们邻居的失望眼光注视下装走了原来在他们花园里饲养的几头猪。

运输官瓦尔特·纽林看到同住在帝王饭店的一个军官把窗帘扯下来塞进手提箱里。他向纽林解释说，他“以后要用它做衣服”。在佛罗里达饭店，埃尔温·黑塞中士看到他的上级提尔林中尉用电话线捆一摞床单，然后想了一想，又把电话机也拿走了。

有些德国人离开时不失君子风度。在纳伊的维克多·雨果林荫大道，一个党卫军上校那天早晨写了一张表示感谢的条子留给“我的不知名的主人，感谢他并不由衷的接待”。

他写道：“他离开这所公寓时，公寓里一切如旧。煤气、电力、电话的账单都已付清，看门人的小费也已付过。”他告诉他的主人他很欣赏“三卷本的伏尔泰文集，阅后已放归书架原处”。然后又附了一张钞票“赔偿我借住期间不慎打破的两只水晶香槟酒杯”。[1]

这个时刻给有些德国人带来了严重的道德危机。比如在彼鲁斯街后勤部的汉斯·维尔纳上尉就是如此，他必须在军队和他的情妇安托瓦奈特·夏邦尼埃之间做一选择。他选择了安托瓦奈特。那天中午，他身着便服，带一只小提箱，离开了他们在莫扎特大街的公寓，走到亨利－罗歇福路上一家敝旧的小旅馆，安托瓦奈特已在那里为这位一九四〇年的征服军英雄准备好了一个藏身之所。他们打算在那里避难，一直到“情况恢复正常”。那时他们就结婚。

欧根·荷门斯的手枪三天前被法国国内部队的人员偷走，他在责任和情妇安妮克之间选择了前者。而且，

[1] 八月二十五日解放的那天，美国航空队鲍伯·理查逊少校发现了这一留条。他是头天晚上在这所公寓主人的谢夫留斯山谷乡间别墅认识公寓主人的。那位法国人给了他一把公寓钥匙，让他在巴黎居住。

这位三十八岁的男子汉“不愿听任一个善妒的女人的摆布”。

至于那天要离去的德国人中，在有些人身上，决定他们的命运的往往是运气，而不是情感或者爱国心。女秘书玛丽亚·福斯在她搭乘的卡车刚要启动时，突然想起她有一只手表在奥斯曼林荫大道的修表铺子里待修。修表的见她匆匆到来，赶紧对她说：“您怎么还不走？您得快走呀！”

但是对玛丽亚·福斯来说，这时已太晚了。她的破表使她丢了撤离的车队上的座位。她只好留下来同成千上万的作战部队一起保卫巴黎。

像巴黎圣克卢郊区所有的其他居民一样，特蕾莎·雅里翁知道，她的灰石建筑的小屋下面通向超速公路的那条八百码长的汽车隧道里装满了炸药。如今这位中学教员处于极度恐慌的状态。她刚刚从她的打杂女工卡比当太太那里听到一个惊人消息。那位太太一向是个绝对可靠的消息来源。据她说，德国人要炸毁那条隧道。如果他们真的这样做了，那么特蕾莎·雅里翁知道她自己的小屋“梦庐”和这山边小镇上的许多类似的小屋一样都要随之化为灰烬。

特蕾莎·雅里翁做了唯一能做的事。她把布列塔尼碗柜中的碗碟拿了出来，用旧报纸把它们包好，塞在床底下。然后她把碗柜搬到地板上，打开所有门窗，就逃走了。

德国人把这条汽车隧道当作仓库，代号叫“皮尔斯”(蘑菇),实际上它是个鱼雷工厂。到一九四三年年底之前，它一直为德国大西洋潜艇队供应大部分鱼雷。虽然德国潜艇损失日益严重，潜艇作战逐步减弱，但是皮尔斯生产鱼雷依旧如故。它们就储藏在皮尔斯工厂强征而来的劳工所居住的拥挤的宿舍旁边无数的地洞中。

要炸毁它只有一个办法，从内部起爆。这就是第八一三工程兵连爆破专家维尔纳·埃伯纳赫上尉到来的时候皮尔斯的海军警卫人员打算做的事情。埃伯纳赫到皮尔斯来是为了要了解一下他在这里是否能找到为完成他在巴黎要完成的使命所需的炸药。

看到皮尔斯灯火通明的地下室里的景象，连上尉也感到头晕目眩。约有三百多枚已经装了炸药，整装待运的鱼雷一排排整齐地码放在那里，黑色弹壳在灯光下闪闪发亮。再过去还有好几百枚都已装了炸药，只待把放在旁边的雷管装上去就可以启运了。[1]

埃伯纳赫敬畏之余低声叫了一声“真不得了”，然后他对身旁的黑格上士说道：“我的天，咱们有这些东

[1] 西门子电器公司战时巴黎厂长约希姆·冯·克纳斯贝克是冯·肖尔铁茨的一个远房表亲，他经常去皮尔斯，因为那里的电器设备是他的工厂安装的。一九六三年他在纽约接受采访时对于埃伯纳赫看到隧道中的景象感到惊奇表示可以理解。据冯·克纳斯贝克的估计，一九四四年八月在皮尔斯有“足够的鱼雷打两场战争”。

西可以炸掉全世界一半的桥梁！”

埃伯纳赫然后转身向陪同他视察隧道的海军军官一本正经地打官腔说：“我以大巴黎司令将官的名义征用这条隧道里的全部物资。”

在隧道入口处不远的几百码处，大巴黎司令将官的黑色轿车拐进一条横马路，停在波茨措·迪·博尔格街上的一所漂亮的山顶别墅前面，刹车时轮胎在路面上发出吱吱的尖声。在那里等候冯·肖尔铁茨的，是他的最重要的部下休伯特斯·冯·奥洛克中校，他是负责守卫进入巴黎的要喉的人。那天早晨在冯·奥洛克别墅的橡木嵌壁的书房里，面对着铺在一架漂亮的贝希斯坦因大钢琴上面的大地图，两人开始大致商定保卫法国首都的具体计划。

冯·肖尔铁茨扶正了他的单片眼镜，用铅笔在面前的地图上划出一条线来。完了以后他对冯·奥洛克说：“这就是你要守住的地方。”

冯·奥洛克低头看去。他惊异地发现，冯·肖尔铁茨所划的那条长达六十英里的弧线，要比他的前任冯·波因伯格将军所建议的防线推进许多。从普瓦西以西的塞纳河，经过圣日耳曼昂莱、凡尔赛、帕莱梭、奥利、维尔纳夫圣乔治，一直到马恩河畔的村庄拉瓦伦圣伊莱尔，这个大弧圈囊括从西边、南边和东南方进入巴黎所有要喉。

冯·肖尔铁茨知道，没有大量增援，冯·奥洛克是守不住那条防线的。不过他得到了增援的保证。在增援部队到达之前，奥洛克的一万名部下就成了保卫巴黎要喉的屏障。作为增援，肖尔铁茨接受了第十一伞兵团团长弗里茨·梅斯上校的建议，把巴黎全市的八八防空炮都卸下来充当反坦克炮。梅斯指出，这些防空炮“在城里没有价值，因为盟军决不会轰炸巴黎”。

会议结束后，冯·奥洛克请他的新司令喝一杯香槟酒。他的忠诚的副官提奥·伍尔夫上尉把酒倒在高脚水晶杯中，那是属于别墅主人，一个姓斯特恩的犹太工业家的，他从一九三九年起就住到纽约去了。冯·肖尔铁茨举起酒杯，为“咱们面前的艰难日子”干杯。

这时，伍尔夫上尉听到身后那台贝希斯坦因大钢琴上传来了留佐夫一支令人发思乡之情的曲子。那是来自德累斯顿的赛德尔上校在弹奏，他是归冯·奥洛克调遣的三支作战部队之一的指挥官。这几个人听了都不再说话。他们拿着酒杯，久久地站在那里听他弹奏，眼睛都望着凸窗外他们脚下的壮丽景色：沐浴在夏季阳光下的巴黎屋顶。

二十二

在玛丽－海伦·勒福歇的前面，圣艾蒂安大教堂的中世纪尖顶耸立在马恩河畔的莫镇上空，在旭日的照射下显得发红。她追逐那列沿马恩河谷到南锡和莱茵河去的运载她丈夫的木板牲口货车已有两个小时了，一共走了二十六英里。但是她一边蹬车，一边要赶上那列货车的希望已开始破灭。她一路上遇到小站就停下来打听消息，她得到的消息总是：那列火车在她之前两个小时就开过去了。不管她骑得多快，她总是不能缩短这个差距。看来似乎是，她命中注定要横贯大半个法国，追逐这列远远消失的列车，落在它后面两小时的距离。

这时候皮埃尔在二十英里外的一个烟雾弥漫的隧道里为了不至于呛死而拼命挣扎着。抵抗运动从巴黎用自行车传递过来的消息刚好及时到达。就在南特伊－沙西隧道的另一边，法国国内部队在离巴黎四十六英里以外马恩河东段的岩石峭壁旁炸掉了通往南锡的铁路的六十五码路轨。这列火车受阻了。

要修复被炸坏的铁路线，德国人得花大半天的工夫。党卫军警卫人员不想冒遭受袭击的危险，便把火车退进隧道。列车上两千多名囚徒当初闻悉法国国内部队破坏了路轨，无不大喜若狂，但这时他们被关在牲口车皮里，铁门牢锁，开始时的狂喜早已忘得一干二净了。党卫军把机车上的滚滚浓烟排放在不透气的隧道里足足有两小时之久。车上的人们感到恶心，窒息，歇斯底里，在包围他们的黑色油污的空气中勉强地喘着气。伊沃娜·巴涅兹的车皮里，地板上尽是呕吐出来的黏糊糊的脏东西。在她后面的车皮中，在漂亮的让妮·卢梭的车皮中的女囚们认为德国人是想闷死她们。她们在黑暗中可以听到他们在列车旁边的铁轨上跑来跑去互相叫喊发令时的皮靴声。

但是这一列车上的囚徒们不知道，在隧道里的恶浊空气中度过难熬的每一分钟，都把他们带近了自由一步。在隧道口对面的一座小山上，躲在一丛白杨树下面的一堆大石块后面，有五个人在那里守望着，等候着。是他们炸毁了铁轨。他们知道，在整个马恩河河谷，都有法国国内部队的人，或者孤身，或者几个人一起，正在寻路到这座小山坡上来。等到有足够人到达以后，他们就要向这列火车的两百名押车的党卫军攻击。

但是等这些增援人员到来已经太迟了。完全是由于命运的残酷捉弄，押车的党卫军警卫在三英里以外碰上了方圆三十英里之内唯一的一列车皮。这是一列名副其实的牲口车，停在马恩河畔南特伊车站的一条支线上，上面载着供德军食用的牛。他们把牲口赶下车，把列车征用来运载囚徒。几分钟以后，德国人就把列车退出隧道，然后把俘虏们沿着被炸坏的路轨赶到他们的新列车上。当那列车驶进阳光下时，有个年轻妇女蹬着自行车从铁轨旁弯弯曲曲的河边大路上骑来。玛丽－海伦·勒福歇终于赶上了列车。从货车上跳下来的给煤烟熏黑和咳嗽的人中，她认出了皮埃尔。从那一瞬间起，“世界上没有任何人，哪怕是党卫军”，能够阻止她同她丈夫说话。她仍推着自行车，在野菊丛中冲过来，到了他的面前。见到他羸弱的身体，她的不假思索的第一个动作就是从口袋中取出一块白手帕，给他擦眼角的污垢。

她永远也不会弄清楚，皮埃尔身后的那个警卫为什么那么宽容，他只冷淡地耸了一耸肩，让玛丽－海伦走在她的丈夫、这个脸色苍白、走路蹒跚的人身边。她的裙子轻轻地擦着他的破烂裤子，她的手紧紧地握着他的手，她抓紧时间尽情地享受在他身边的两个小时。那天上午，哪怕只有这一半时间，她也愿意蹬着自行车进地狱。在走那段令人断肠的路时，他们低声交谈的话中，有一句话将永远记在她的心中。听到这话，玛丽－海伦就知道秘密警察的严刑拷打没有打垮这个坚强的人的意志。他仍旧有他的幽默感。

“我要答应你一件事情，”皮埃尔告诉她，“有了这次旅行经验，我以后永远不会同你争论卧铺车的价格了。”

从南特伊－沙西开始的马恩河弯弯曲曲的河套另一边，小山坡上有五个汉子流着泪看那些囚徒被装进另外一列牲口车，然后消失在通向南锡的青翠河谷中。他们伏击这列货车的计划失败了。他们不知道，这是法国国内部队用武力制止这列车东去的唯一机会。

当列车在河谷顶端绕过最后一个拐弯处时，这五个人可以看到有个纤小的白色身影跟在后边。那是玛丽－海伦·勒福歇。对她来说，旅途刚刚才开始。

二十三

看到莫里斯饭店三层楼上他面前的交换台红灯一闪，第五五通讯连二十七岁的值日官恩斯特·冯·布莱森斯多夫中尉吃了一惊。那盏红灯表示柏林或者腊斯顿堡要求与巴黎的军事总督直接通话。

果然不错，是最高统帅部，布莱森斯多夫马上听出了阿尔弗雷德·约德尔大将干巴巴的命令式的口气，就“好像他是从卢浮宫打来的一样清楚”。布莱森斯多夫把线接到冯·肖尔铁茨将军的分机。然后他冒着军法审判的风险，又把另一个插头插到中继匣上，偷听这次通话。

布莱森斯多夫听到约德尔开头的几句话就吃了一惊。约德尔向冯·肖尔铁茨说，“我们的破坏巴黎的命令”进行得如何了？约德尔告诉冯·肖尔铁茨，元首要求他写一份进展报告，在他中午的战略会议上提交，而现在距离开会时间已不到一个小时了。在短暂的沉默以后，冯·肖尔铁茨回了话。

他告诉约德尔，“很遗憾”他还没有能够开始执行。他解释道，准备工作尚在进行。破坏专家二十四小时以前才到。约德尔“极为失望”。他告诉肖尔铁茨，元首“非常不耐烦”。

接着冯·肖尔铁茨向约德尔提出了头一天他在西线总司令部提出的论点。他告诉约德尔，要实行破坏计划会“使全城进行武装反抗”。他建议准备工作照常进行不误，但把实际破坏再向后推迟几天。约德尔告诉冯·肖尔铁茨，他会把他的建议向元首提出，结果如何再打电话给他。但他警告冯·肖尔铁茨不要期望会改变计划，他要尽快地进行准备工作。

通话以冯·肖尔铁茨令人放心的一句话结束。他告诉最高统帅部总参谋长，巴黎全市平静，“巴黎人还不敢有所行动”。

下午的雷阵雨没头没脑地落在俱乐部窗外的红土网球场上。让·波因网球俱乐部管理场地的马丁知道今天下午不会有客人来。但他错了。正当他在沉思发呆的时候，俱乐部后门传来一下敲门声。门开处见到的是他的一位最慷慨的客人雅克·沙邦－戴尔马，手里提着一只死鸡，全身浇得湿透。距离马丁上次见到如今站在俱乐部门口的这个年轻人才一个星期。

“您到哪儿去啦？”他问全身湿透的沙邦。

“到凡尔赛去了，为的是弄这只该死的鸡。”沙邦答道。

在阿尔及尔酷热的气候中，夏尔·戴高乐一半是根据沙邦从巴黎带出来的情报做出了决定：他要到法国去。

在头顶上的沙漠电风扇懒洋洋地转动着的扇翼下面，戴高乐做了一件这次旅行中最叫他讨厌的事：要求阿尔及尔盟军最高级的将领亨利·梅特兰·威尔逊爵士许可他做此行。威尔逊将军的责任不过是把戴高乐的要求转呈盟国远征军最高司令部批准。即使到了现在，戴高乐要去法国仍得办理向他的盟国要求批准的手续。

戴高乐对这些盟国只说他要去盟军已经解放的那部分法国领土进行一次例行的视察，但他实际想做的是个更加雄心勃勃的行动：他首先要把自己，然后把他的政府搬到法国去，具体来说，搬到巴黎去。不论盟国喜欢不喜欢，不论罗斯福承认不承认他，戴高乐决心要把自己和他的政府在法国首都确立起来。他有意不向盟国远征军最高司令部透露他的打算，原因有二。首先，他认为这不关盟国远征军最高司令部的事。其次，从实际观点来看，他深信，如果他的美国盟友知道他的打算，他们就会想法把他冻结在阿尔及尔。他不允许这样的事发生。不论采取什么方式，这位自由法国的骄傲的首领决心要开进法国，开进巴黎。不论有没有盟国的帮助，他要用自己的力量，如果必要的话，冒自己生命的危险，做到这一点。

艾森豪威尔将军在他驻扎于舍尔勃斯特的舒适的车队指挥部里，满意地计算着被包围在法莱斯崖口的德国军队日益增长的死伤数字。他的心里已经在考虑法国战役的下一阶段了，那就是向塞纳河和塞纳河以外的地方推进。他在分析这一阶段的准备工作时，并不特别关心巴黎的局势。没有人想到要报告盟军最高统帅，巴黎城里就要爆发起义。沙邦的情报中所包含的警告并没有达到最高统帅那里，虽然沙邦要改变的就是他的计划。

在巴黎以南的小村图松，灰色石块盖的房屋上方的一块高地上，有一道几乎察觉不到的光束射向天际。接着，往东六百码的地方，又有一道光向天空闪射，最后是往南六百码的地方又有第三道光。在这高地上，有几十个武装人员分散躲在豆秸丛中和野草丛中，等待着这三道闪光打出他们的暗号——两长一短。

这些人属于一个代号叫“法布里”[1]的三十岁大个子所精选的突击队。法布里如今身穿飞行员的旧茄克和滑雪裤，满意地看着他的部下再次进行了这每晚进行的操练。几百码开外，在达尔沃稠密的树林中，法布里设了他的指挥所：一个帐篷，两张桌子和一台用汽车电池发电的收音机。在这片高地上经过仔细选择的地方，分开藏着足够五千名人员用的武器。他的突击队员是一支训练有素的队伍，躲在一度是法国国王狩猎禁地的枫

[1] 法布里的真实姓名叫保尔·德洛夫里埃。后来他从一九五八年到一九六〇年任法国驻阿尔及利亚总代表，那时正是阿尔及利亚危机最严重的时候。

丹白露这片密林之中，过着斯巴达式的军营生活。历史上，圣托马斯·贝克特曾经在这里避难。[1]

他们是他们的首领的骄傲，因为法布里的任务很不寻常，只有训练有素、纪律严明的人员才能完成。自从五月以来，他的人员就在演习，几乎每天晚上都演习一遍。他们要在这块高地接一架小型飞机降落，把其中的乘客用附近隐藏的两辆偷来的德军霍奇汽车秘密送到巴黎的某个目的地。法布里的一部分人员要充当敢死队在汽车离开后切断道路。

这天晚上，法布里对他部下的表现特别满意。他刚从巴黎回来，在那里他曾会见委派给他这个使命的人。在圣苏尔皮斯教堂的黑黝黝的阴沉气氛中，雅克·沙邦－戴尔马那天下午把实行这个任务的暗号告诉了法布里。沙邦告诉他，从今以后，他要随时待命。

那天晚上的演习完了以后，法布里把他的两名高级助手带到突击队的指挥帐篷里的收音机旁。他命令他们在收音机旁一天二十四小时昼夜值勤。他们要留心谛听一句五个字的话。那就是“As-tu bien déjeuné, Jacquot?[2]”如果这个信息传来，六小时以后就有一架小型飞机在附近高地上盘旋，以待降落，把他们准备了两个半月要迎接的重要乘客送来。

[1] 英坎特伯雷主教（1117–1170），因反对王权扩张，于一一六四年逃亡法国，后返国遭害。——译注

[2] 见前注，法语：“午饭吃得好吗，雅各？”——译注

法布里看了一眼在他帐篷里的两个人。“两位先生，”他说，“我现在可以告诉你，那架飞机如果到达，机上的乘客就是戴高乐将军。”

二十四

这个头戴黑色圆礼帽的矮个子像他每天那样，这么早就来到卢森堡宫，经过两个德国哨兵，走进八角圆顶下的拱门。卢森堡宫艺术馆馆长马塞尔·麦卡里是这个多层建筑自从一九四〇年八月二十五日成为雨果·斯比埃尔元帅和他的第三空军大队参谋部的总部以来唯一能够自由进出的法国人。这天早晨，麦卡里的步履比平时急速；他知道在头一天即八月十四日，斯比埃尔和他的参谋部已撤到兰斯去，把这宫殿留给了新来的党卫军来保卫。

对麦卡里来说，他们的撤离不过是他如此热爱的这一建筑物四百年历史中即将为人遗忘的短暂一章的结束，但是也预告他知道即将发生的另一件大事：巴黎的解放。在过去四年中他把这建筑当作自己的财产一样细心照料，不久以后，他就能够把它完整无缺地交回给他的首都。

这座灰色的宏伟宫殿对他来说几乎成了一件活的东西。每次有德国兵的皮靴在它的打蜡拼花地板上踩灭一个烟头时，麦卡里都会注意到，而且几乎感到它灼痛了自己的苍白皮肤。

今天这个早晨就像过去四年中的每一个早晨一样，他的工作日以巡视宫内宝藏开始。这个例行公事从来没有变化：首先到藏书三十万册的图书馆；然后是主要馆藏德拉克鲁瓦的“阿倍尔战役后亚历山大把荷马诗作存放在大琉士金柜中”。麦卡里每次看到这幅油画，心中就特别感到宽慰。只是由于他大力陈说才使这幅名画没有落入著名艺术品收藏家赫尔曼·戈林的珍藏之列。

最后，他漫步走过玛丽·德·梅迪齐一度主持过朝政的金色房间，到了大客厅里，那里的一幅大油画中拿破仑神色傲然地俯视着霸占了这座他与约瑟芬共享过的宫殿的僭越者在这里设宴。麦卡里决定早晨巡视的最后一站是贵宾院，他知道德国人正在那里为新挖的地下掩体做收尾工作。

但是使他惊异的是，平时他这个在卢森堡宫任何一个角落都可以自由进出的人却被党卫军一个年轻士兵的机关枪所挡住了。他在院子入口处刚一站就马上明白了是什么原因。停在里面的是一排德军的十几辆卡车，旁边有劳役队的工人在卸沉重的木箱。每个木箱上印有“小心轻放”的字样，还有一只黑色的大骷髅头和交叉的骨头。麦卡里还在卡车旁看到了一堆气钻和皮管。他马上明白了。

德国人是准备在这个他精心守卫达四年之久的宫殿下埋雷。麦卡里情急之下拼命想该用什么办法拯救它。他有了主意。他认为有一个人可能有能力阻挠德国人。

他是个名叫法朗索瓦·达尔贝的电工。他知道宫中每一寸电线埋设在什么地方，德国人需要通过这些电线引爆炸药。

卢森堡宫不是这天早上巴黎唯一的突然秘密地开始准备执行希特勒命令的地方。受到影响的也不仅是工厂和电站而已。

国民议会和外交部地处美轮美奂、无与伦比的协和广场的一侧，它们也埋设了好几卡车的烈性炸药。其他的地方如为V-2火箭制造部件的伊弗里大道十九号班哈德工厂、枫丹白露的西门子－威斯汀豪斯综合企业、巴黎的电话局、火车站、桥梁都已做好破坏的准备。

在圣阿芒街，靠近巴黎市屠宰场的地方，第一一二通讯团两位中士伯恩纳德·布拉契和马克斯·施奈德开始埋设成吨的炸药和二百支雷管，用以炸毁巴黎的中央电话设施。四年以来，这里的电话干线和一百三十二台电传打字机一直是法国占领区军事通讯中枢，为整个西线从挪威到西班牙收发电报电话。布拉契的上司冯·柏立普施中尉[1]计划从停放在街角的一辆汽车中引爆。与此同时，他的同事陶勃少尉[2]则将炸毁设在荣军院拿破仑墓下的第二个电话中心。

在莫里斯饭店，那个发动了这些分散在各处的准备工作的人，这天早上第二次巡视他为柏林送来的破坏专

[1] [2] 后又出现时均为中校。——译注

家所布置的办公室。他们已经在中午之前视察了五家大工厂，其中有雷诺汽车厂和航空先驱路易·布莱里奥的飞机厂。他们视察每家工厂后，就在工厂蓝图上把要埋置炸药的地方用红笔打个叉。他们把这些蓝图给冯·肖尔铁茨看。他记得，每家工厂的蓝图上都“有一片打满红叉的海洋”。

他回了自己的办公室，在那里等他的是他的参谋长冯·恩格尔上校。冯·恩格尔一言不发，交给他一份西线总司令部的蓝色电报。这是冯·克鲁格发来的，上书“火急绝密”。在这第六二三二／四四号命令第四段中的末尾一句话马上吸引了冯·肖尔铁茨的注意。他说：“我下令对巴黎加以瘫痪性的破坏。”

空荡荡的帝王饭店里，满地都是丢弃的物品，在这一片混乱之中，有两个人焦急地跑来跑去找人签署一个文件。但是这天早晨在这些阒无一人的乱糟糟的过道里，似乎找不到一个人可以签这名。法国军事总督府已经撤到领地日益缩小的一个遥远角落里去了。瑞典人拉奥尔·诺德林和他的忠实盟友“鲍比”·本德看来是来得太晚了。

他们原本希望在经过四天努力以后，他们在这里可以大功告成，把留在巴黎的三千六百三十三名政治犯置于他们的保护性看管之下，免遭肯定是在等待他们的屠杀之祸。三十分钟之前，冯·肖尔铁茨告诉他们，他“才不管什么政治犯不政治犯”。他说，只要得到他所需的“法国军事总督府一个官员签字批准”，他就执行协议，释放他们。这是四天来诺德林和本德第一次得到的鼓励。

这时两人一怔，他们刚刚听到空荡荡的过道里传来一声尖锐的金属碰击声，那是军事总督的参谋长约瑟夫·休谟少校在生气地碰上他的档案铁柜上层抽屉。抽屉里的最后一批文件已经丢在他身旁的壁炉里焚烧。休谟大概是这家大饭店里剩下的最后一个军官了。再过几分钟，他也要登上在克莱勃大街等待他的参谋部汽车，向东驶去追上他的参谋部的同僚。

诺德林和本德闯进他的办公室，这个德国人以明显的不耐烦态度听他们开始的解释。最后他告诉他们，没有他的上司基津格将军的授权，他是不能做什么的，而基津格这时已去了南锡。这个瑞典人可不是轻易能够打发掉的。他告诉休谟，他可以向他保证“军事总督如果释放法国政治犯，那么每个政治犯可以交换五个德国战俘”。休谟一闻此言，态度马上变了。他问诺德林对这个建议能提供什么保证。

诺德林严肃地向他申明，他的这个建议得到“盟军最高当局的全权批准”。[1] 休谟现在开始有了兴趣。他

[1] 诺德林当然并没有打算把哪怕是仅仅一个德国战俘交给休谟或任何别人。他唯一的目的是不计代价迫使休谟签字，以此来给冯·肖尔铁茨一个借口，他认为后者是愿意释放政治犯的。

告诉诺德林，如果这样一个协议是用正式的法律形式拟定的，他准备予以考虑。然后他看了一下手表。时间已到正午。他警告诺德林说："在一小时之内，我必须动身离开。"

这个瑞典人和本德飞步奔出大楼，找到一个律师把这人身交易写成为条顿民族所能接受的法律形式。于是休谟在一份长达十二段落的文件上签了字，命令德国监狱当局把在五所监狱、三所集中营和三家医院中的所有政治犯都交给诺德林看管，也许他相信他这样做为德国赢回了一万五千名德国士兵。休谟签字的时候，诺德林看了一下表，正好是一点钟。在过去的一小时十五分钟中，他说服德国人签订了可以拯救成百上千名法国人性命的协议。

自从最后一个车队离开弗莱斯纳以来，原来希望随车队离开的铁路公司首脑路易·阿芒面前一直有一块吃的东西。那是一块罗克福霉奶酪。阿芒一辈子没有吃过奶酪。这块他也吃不下。他已饿得发慌，晕晕乎乎之间听到牢门一扇接着一扇开启的金属碰撞声，起初还以为是自己的幻觉。接着阿芒发现这些牢门开了以后没有再关上。他默念了一遍悔罪祷文，准备面对他肯定以为在下面院子里等待他的行刑队。

在下面的院子里，瑞典总领事拉奥尔·诺德林看着犯人们鱼贯而出，排队点数。一共有五百三十二人，包括三个已判死刑的人。诺德林已得到允诺，他们明天就可以获释。

诺德林等得有些不耐烦。他还有许多事情要做。他还要去看德兰西的犹太难民营、罗曼维尔监狱、巴黎地区以外的贡比涅的一个集中营。然后，他还希望阻止那列把皮埃尔·勒福歇、伊沃娜·巴涅兹以及其他两千四百五十一人运去德国的火车。

狄特里希·冯·肖尔铁茨要来了一张巴黎地图。他的手在上面一挥，胖乎乎的食指随便落在一个地方。然后他看一眼手指落下的地方说："假定在这个地方，那是歌剧院大街，有人向我的一个士兵开枪，我就要把整个街区上的每一幢房子都烧掉，把里面居住的人都枪毙。"

他向他的客人保证，他有充分的力量完成这样一个任务。他说，他手下有"两万两千名士兵，其中大多数是党卫军，一百辆虎型坦克，九十架飞机"供他调遣。

维希政权的巴黎市长皮埃尔·夏尔·泰丁格闻言毛骨悚然。是一个匿名电话把他带到这里来的。那个没有透露姓名的人警告他："德国人已经开始撤空巴黎各座桥梁附近的大楼。他们要把这些大楼炸掉。"如今，泰丁格从这个严厉的普鲁士军人这么随便地说起要把巴黎整块整块地区夷为平地的威胁中，只能看到他的"坚定决心"。他原来是抱着找到一个可以与之讲理的人的希望来到他的办公室的，如今在他前面的却是个铁石心肠的硬汉。

冯·肖尔铁茨又回到地图上来，他的手指沿着弯弯曲曲的塞纳河滑着。他说："泰丁格先生，你会理解，作为一个军官，有一些措施是我必须在巴黎采取的。尽可能延缓盟军向巴黎的挺进，是我的职责所在。"

冯·肖尔铁茨用干巴巴的粗哑的嗓子具体说明了他考虑要采取的措施：破坏全市的桥梁、发电厂、铁路、通讯网。

泰丁格坐在椅上目瞪口呆。他想，这个人"准备像毁灭乌克兰乡间交叉路口上的一个村庄那样毫不在意地毁灭巴黎"。

这位维希政权所委任的市长对于自己手中还有些什么权力并不存什么幻想。在这个八月的早上，他只有一件事能做，那就是想法使面前这个铁石心肠的军人稍微领会一些他对巴黎的情感。冯·肖尔铁茨的愤怒发作突然令人意想不到地给了泰丁格一个机会。这位矮壮的将军感情激动之下，气喘咳嗽起来。泰丁格就建议他们两人到外面阳台上去，阳台下面是雕像遍布的杜伊勒里花园。

他们在那里俯瞰眼前的一片和平景象，泰丁格终于找到了他一直在寻找的论据。在他们的身下，在里伏利路上，一个身穿花布衣裙的漂亮姑娘骑车经过，一手按着被风吹起的裙子。再过去，在杜伊勒里花园的绿色草坪中间，未来的小水手们把他们的玩具帆船放到圆形小池塘里。在河的对岸，中午灿烂的阳光下，荣军院的金色圆顶闪闪发光，在它的背后，埃菲尔铁塔耸立在万里晴空之中。

泰丁格伸手指着他们面前展开的景色，向这个似乎没有感情的军人做了最后一次痛切陈词。他指了一指左边卢浮宫的灰色花岗石侧楼和侧楼之间石块围绕的青葱的花园，又指了一指右边协和广场的无懈可击的对称布局。

泰丁格说："给一位将军的任务常常是毁坏，不是保存。不妨设想将来有一天你有机会作为游客又站到这个阳台上来，再一次欣赏这些使我们欢乐、使我们悲伤的建筑物。你能够这么说：'本来我是可以把这一切都毁灭掉的，但是我把它们保存了下来，作为献给人类的礼物。'我亲爱的将军，难道这不值得一个征服者感到光荣吗？"

冯·肖尔铁茨沉默不语。过一会儿他转过身来向泰丁格说，口气缓和多了："泰丁格先生，你不愧是巴黎的杰出辩护士。你很出色地完成了你的任务。而我，作为德国将军，也同样要完成我的任务。"

朱利乌斯·霍尔姆斯准将在伦敦盟军总部他的办公室里，对着杂音很响的电话机得大声叫喊才能使对方听得见。这是可以理解的。他的充满杂音的电话线的另一头是在三千六百七十英里以外设在美国国务院的负责战争事务的助理国务卿约翰·麦克洛埃的办公室。霍尔姆斯是盟军总部的民政事务首脑，对他来说，这时华盛顿来电话是天赐良机。这次他有机会能够直接同华盛顿讨论一下他桌子上的最重要问题：夏尔·戴高乐将军法国之行的打算。

在麦克洛埃谈完了他要谈的问题以后，他说道："现在有个戴高乐要去法国的问题，我们希望弄清楚，政府方面没有什么不让他去法国的理由。"

"他要去些什么地方，为什么要去？"麦克洛埃问。

霍尔姆斯解释说，这位法国领袖要去视察一下法国解放区，或许还想"在相当近的将来如果需要的话能够随时到巴黎去"。

"他想待多久？"麦克洛埃和他的军事武官威廉·希尔德林少将问。霍尔姆斯答称他不知道。

"这很可能是说他想长待。"华盛顿方面的两个人很快做出了如此推断，"这就一点也不是视察一下了。这是有了一个更加重要的问题。你是不是认为最好问他一下，他到底是想长待，还是仅仅视察一下，这里的决定取决于这一点。"[1]

---

[1] 要是罗斯福知道戴高乐的真实意图他会怎么办？这个问题就只能猜测了。但是当时国务院负责法国事务的三位官员认为，罗斯福至少会设法推迟戴高乐回法国。但他们也指出，不论罗斯福多么不愿意接受戴高乐为法国政治首脑，但到一九四四年夏末，他没有别的现实的方针可以选择。

华盛顿方面提醒霍尔姆斯：“如果这只是视察一下，我们就处理。如果你发现他还有别的打算，请马上告诉我们。”否则的话，霍尔姆斯有权自行批准这次视察，“好像他去视察贝叶的那次一样”。

霍尔姆斯挂了电话后又打电报给亨利·梅特兰·威尔逊将军，要知道进一步的情况。几小时之后，他接到阿尔及尔来的令人放心的回电，戴高乐将军只打算视察一下法国。他没有表示打算要在大陆确立自己的地位。霍尔姆斯根据这一情况，发出了盟军总部同意戴高乐视察的许可。结果证明，这次逗留比盟军总部和华盛顿原来估计的要长得多。

二十五

一阵夏季的微风把杜伊勒里公园里游耍的儿童的尖声欢笑送到莫里斯饭店的阳台上，冯·肖尔铁茨如今单独一人站在上面，闷闷不乐地在回味几分钟以前从皮埃尔·泰丁格那里听到的几句话。他没有很多时间可以沉思，就听到了他身后冯·恩格尔的急促的招呼，接着，还没有等到他的参谋长的通报，一个身穿皮革长大衣的人就冲进了他的办公室。

“莫德尔陆军元帅。”冯·恩格尔通报道。肖尔铁茨听到这个名字，又看到他的风尘仆仆的样子不觉一怔。莫德尔的略带嘲讽的微笑是他很熟悉的。他心里在思忖，这位乌克兰集团军司令到他办公室来干什么？瓦尔特·莫德尔挥着他的元帅节杖回答了他还没有出口的问题。他告诉冯·肖尔铁茨，他是来接替冯·克鲁格担任西线总司令的。他还说，他得到的命令是“不惜一切代价”守住巴黎和塞纳河。他不客气地说，他的总使命是把西线从混乱之中恢复秩序。他告诉冯·肖尔铁茨，从他在梅茨到巴黎的路上看到的那些散兵游勇来判断，这正是需要做的。

像德国陆军中其他的军人一样，冯·肖尔铁茨知道莫德尔的名声。他是个忠心耿耿的纳粹分子，意志坚强，不屈不挠，英勇无畏。他也脾气暴躁，容易轻率做出决定。关于他，盟军有个谍报官员在几天后就会在给盟军总部的报告中写道："他素以对希特勒个人忠诚著称，最喜欢的事莫过于要他完成不可能完成的事。"

他的到达，对冯·肖尔铁茨是件不愉快的意外，他对他的判断没有什么信心。他肯定认为，莫德尔会毫不犹豫地派给他把巴黎烧成焦土的任务。冯·肖尔铁茨知道，莫德尔是个有着"东线心态"的人。

但是，他的到达也带来了喘息机会。冯·肖尔铁茨可以推迟执行冯·克鲁格这天早晨给他的破坏命令。他告诉莫德尔这个行动太轻率。他指出，这只会惊动巴黎的平民百姓，甚至妨碍他自己的卫城准备。莫德尔同意这个意见。他告诉肖尔铁茨，在他有时间研究他的司令新职之前不要采取新的行动。

不过，冯·肖尔铁茨的喘息是短暂的。当他把莫德尔带到要把这位元帅送到新司令部去的霍奇汽车的旁边的时候，这位性格急躁的小个子转身向着巴黎司令。在冯·肖尔铁茨身旁站着他年轻的副官冯·阿尼姆伯爵，伯爵那天晚上会在他的绿皮日记中为后代记下莫德尔说的话——

"相信我，肖尔铁茨，"莫德尔说，"我们在科维尔[1]

---

[1] 科维尔是一座波兰小镇，被莫德尔军队夷平。——译注

花四十分钟干的事，在巴黎要花四十个小时。但是我们干完了以后，这个城市就会夷为平地了。”

拉奥尔·诺德林在那张从法国犹太人慈善组织头领那里“征用”来的路易十六式大办公桌上，看到一碗喝了一半的汤和一碟巧克力布丁，这是德兰西集中营党卫军长官最后一顿午餐留下的残羹剩饭。在这位瑞典人到达之前几分钟，集中营长官和他的部下已逃向南锡。

诺德林走到集中营三座牢房之间的院子里，那里已有一千四百八十二名囚犯集合起来。他竭力提高嗓门，压过他们的激动的叫喊，向他们宣布，他们如今已经自由了，由他负责看管。囚犯们兴奋之下乱哄哄地向这个胖胖的瑞典人拥了过来。

“星，星！”有人叫道。于是留在这所集中营里的这一千四百八十二个犹太人一个接着一个扯下了他们身上好几年来苦难的标记：黄色六角星。诺德林走的时候，院子里的地上尽是被扯下的黄星，“好像秋天的落叶铺的地毯一样”。

在巴黎的灯火管制的街道的另一边，在法国总理官邸那座十八世纪的富丽堂皇的马蒂尼翁大厦里，有一个孤独的人躺在大理石的浴缸里。

皮埃尔·赖伐尔已经输掉了他最后的一局赌博。他把法国前国民议会议长爱德华·赫里欧从纳粹的拘禁中弄了出来，要他重新召开已被解散的议会。赖伐尔打算把他的权力——也许还有他的性命——交给它保管。但是海因里希·希姆莱又把赫里欧逮了回去，如今赖伐尔身边，天已经塌了下来。现在只有一件事赖伐尔还可以做，那就是逃跑。楼下，在马蒂尼翁大厦的沙砾铺的院子里，准备把他朝北送往德国去的党卫军霍奇凯斯牌黑色汽车在等着。

在几分钟之前，他在一对烛光之下，坐在他原来用来统治法国的办公桌前，一个个地倒空抽屉。不久之后，他就要系上白领结，拿起帽子和手杖，下楼到书房里与少数几个来为他送行的忠实朋友握手告别。在那个天花板高高的屋子里，有一对蜡烛点着，好像是个鬼影幢幢的殡仪馆一样。在那里，聚集着死心塌地跟随他执行与法国敌人合作政策的少数几个残渣余孽。

在官邸的门口，他将向他的女儿约茜吻别，走下台阶到等在那里的霍奇凯斯牌汽车。然后，他会从汽车那里跳下来，奔上台阶，嘴里喃喃低语“Toi encore une fois”[1]，给他的独生女最后一吻，做出凄然别去的姿态。她一直要到他坐在巴黎法院的囚犯席上受死刑官判决时才能再见到他。

黑色的霍奇凯斯牌汽车的轮子碾过了铺了沙砾的院

[1] 法语：“再吻你一次”。——译注

子，消失在外面黑暗的街道里。马蒂尼翁大厦的大铁门“砰”的一下关上了。维希政权的大厦已经空无一人；法国历史上悲哀的一章已随着关门声而宣告结束。但是，在这个实行灯火管制的城市的黑暗中，在马蒂尼翁大厦的周围，将要领导一个完全不同的法国的势力，已经蠢蠢欲动。

二十六

那天早上，邦马谢廉价百货商店附近的塞夫勒街上，来往的行人熙熙攘攘。在这些行人看来，这一男一女不过又是一对热恋中的年轻人而已。他们相互俯身趴在人行道边两辆紧靠在一起的自行车上，前额几乎碰在一起，轻轻地在低声细语。那个姑娘深情地把对方拉近了，双手抚摸着他的头发。这时，那个男子灵便的手指把他车上的小打气筒移到了她的车上。

那姑娘安详地骑车回家，走上三层楼梯，到了她在塞迪洛街上的公寓。她小心地把身后的门锁上以后，就从书架上取下一本红色皮面的关于佛莱芒画派的书，翻到了勃鲁盖尔一幅不甚为人所知的油画彩印页，用拇指和食指一搓，就从彩印页下摸出了一张薄纸。然后她拧开情人给她的小打气筒的底盘，手指伸了进去，掏出了另外一张纸片。她把两张纸放在桌上抚平，开始工作。

这个姑娘的名字叫约丝琳。抵抗运动在巴黎有两个密码员，她是其中之一。藏在她书架上的那张纸上印的，是德国秘密警察不惜任何代价，不论是鲜血还是黄金，要想弄到手的情报：戴高乐派地下组织法国总部的密码。把巴黎的所有情报发到伦敦的自由法国总部去，是由一个复杂的地下网来进行的，约丝琳是其中一个环节。在巴黎有三台收发报机——紫色普莱耶尔、黑色蒙帕纳斯和黑色阿波罗——另有三台在郊区。巴黎的电台逢双日使用，郊区的逢单日使用。这天下午，约丝琳把她在邦马谢商店门前收到的情报译成密码后，再把它转给伏尔泰河滨道另一个骑车男子。由他再把它送到伐诺街八号地下室的一间女佣房里，在那里的污迹斑斑的马桶上方的小壁龛里藏着黑色阿波罗[1]。

约丝琳长期受到不可偷阅所译电讯的纪律训练，对她面前抚平放着的这一份，她就没有在意。这是沙邦从伦敦回来后发给伦敦的第一份报告。但是当她译完了最后一组五个字母时，她禁不住吃了一惊，于是她不顾纪律，开始从头读了一遍这份电报的全文：

巴黎形势极为紧张，一触即发。警察、铁路、邮局都已罢工且有发展成为总罢工之势。起义条件皆已成熟。不论自发或敌人挑衅或任何抵抗组织稍有不耐所引起的局部事件都足以导致严重麻烦，德军似已决定并集中必要手段进行血腥报复。由于公用事业瘫痪，形势日益恶化：煤气已断，电力供应每日一小时半，市内局部地方断水，粮食严重匮乏。您有必要向盟军交涉，要求迅速

[1] 收发报机在发报时将天线接在水槽上，另外有一人身携两颗杀伤手榴弹站在扶梯上方警卫。原则上每次发报不超过二十分钟，以防被秘密警察在街上巡逻的货车内的定位装置所发现。采用的波段都是十九米，但有四个频率可供选用。

攻占巴黎。通过英国广播公司以最尖锐最明确语言正式警告居民避免华沙事件重演。

“华沙”，约丝琳心想，真的已经到了这一步了吗？她向窗外望去，看到马尔斯田园大道上一直伸展到埃菲尔铁塔塔下的婆娑的绿色树尖。她心里在想，难道这一切都逃脱不了劫运吗？

在一九四四年八月十八日这个阳光灿烂的星期五早晨，到处都有迹象证明沙邦的悲观预言。维希政权的部长们都已逃遁。他们的身后出现了诱人的政治真空。留下来的民政当局都已烂透，只待有人大胆一推就会倒台。敌伪报纸已经销声匿迹。铁路、地铁、邮电、警察，甚至法兰西银行，都已举行了罢工。尤其是，城市本身举行起义的条件已经成熟。在街头，饥饿的巴黎市民遭受了四年占领的屈辱，一旦没有民政当局的管束，已经感觉到报复的时机来到。举行沙邦奉令要防止的起义，条件确已完备，只缺一件事了，那就是有人登高一呼“Aux Barricades!”[1] 的作战口号。这个口号如今共产党已经准备呼出来了。

巴黎圣母院以南七英里的小克拉马尔交通环岛在中午的阳光下空荡荡的阒无一人，除了有个形单影只

[1] 法语：“到街垒上去！”——译注

的人在生锈的卡登肥皂广告牌下拾掇他的自行车。这时“罗尔上校”从巴黎那边来的柏油马路上骑车过来，悠闲地绕过交通环岛，到坏了车子的那个人身边。两人相互点了一下头。罗尔问他是否需要帮忙。他们说了一会儿话。然后修车的那个人直起腰来，骑车走了。罗尔在后跟着。

雷蒙·布盖是里尔的矿工，他刚才在卡登肥皂厂婴儿画像广告牌下演出的这场戏，三个小时之内已有六次了。每次他都带一个不同的人走，就像他如今带罗尔走一样，把他们一个个带到克拉马尔区阿尔萨斯街九号一所铁皮顶的小屋。这所小屋是在一条饱经风吹雨打的木板篱笆围着的长得稀稀拉拉的菜田后面，只有僧侣修行的斗室一样大小，可是挤得满满地坐着巴黎解放委员会的五个成员。小屋子闷热不堪，他们的衬衫都湿乎乎地黏在一起。

主持会议的是安德烈·托莱，一个脾气急躁、个子矮小的共产党员，他做出了当天的第一个决定:不得抽烟。托莱要确保那天下午没有任何痕迹会泄露他们的位置。

他不能让这次会议中途被破坏。他把这些人叫到这个已被弃置的小屋子来，是为了要他的委员会做出它历来被要求做出的最重要的决定。托莱充分认识到，这个决定可能会造成世界上这个最美丽的城市的毁灭，也许还会造成成千上万的居民为之丧命。在这所乡间小路尽头的小破屋子里，安得烈·托莱要求其他四人同意在巴黎街头举行武装起义。

甚至决心孤注一掷的托莱后来也说，这是“一个极为冒险的决定”。他预计他的决定会给巴黎带来“大规模的报复”。但是托莱在四十八小时之前就已接到党的领导机构的命令。他必须从这次会议中得到大家的批准，这样他们不计代价于明天发动的行动就有了政治上的合法性。甚至号召人们拿起武器的招贴都已印好，秘密存放在蒙鲁日一家工厂的仓库里。

党的计划很简单。他们相信，一旦发动，他们的起义就无法制止。在这个受他们控制的委员会的这次秘密会议上，他们会为他们的行动争取到刚刚够的支持。然后他们就发动起义，他们相信他们会得到成千上万急于同德国人作战而又不是共产党的爱国的法国国内部队的合作。等到戴高乐派知道他们的决定时，生米已经煮成熟饭，他们面临的将是个既成事实：起义已经在共产党的领导下进行了。在这个计划中，有一点很重要，那就是必须把沙邦、巴罗迪以及城里的戴高乐派其他资深领导人蒙在鼓里，不让他们知道这个计划，等到他们要想制止起义，为时已经过晚。

两个小时以后，这五个人一个个从小屋子里溜出来走了。托莱是最后一个离开的。他决心已定，十分高兴。他已赢了。他和他所代表的党将会实现他们要举行的起义，也就是夏尔·戴高乐和盟国所禁止举行的起义。它将在沙邦和戴高乐总部不知情的情况下于第二天早晨开始。

在弗莱斯纳监狱的院子里，路易·阿芒看着几个警卫向他这一批二十一名囚徒走来。他们只说了一句话：“Raus!”[1]路易·阿芒就走出了监狱大门，成了一个自由的人。那天上午释放了五百三十二个囚犯，他是其中最后一个。

因为揍了军官而被关起来的德国兵威利·瓦根克尼希特站在铁窗后看着阿芒离去，就像三天以前他看着押送囚犯的车队离去一样。瓦根克尼希特心里想，这是德国军队愚蠢至极的又一例子。他觉得弗莱斯纳不久将只有一种囚犯了：那就是德国人。

在河滨道尽头处，一个友善的铁路员工在南锡火车站为玛丽－海伦·勒福歇找到了一个角落，她就在那里恢复了她的守望。这已使她在两天半的时间里不睡不息，跋涉了一百八十三英里，走了去德国的四分之三的路程。她一路心情沉重。这是她所能到的最远的地方了。

就像在圣母升天节那天一样，停车棚里虽有铁皮顶棚，但烈日还是蒸烤着列车。玛丽－海伦能够听到车皮内人们想要喝喝水的无力的绝望哀求。有时她还听到一种更加可怕的声音：某个囚犯歇斯底里发作的尖叫。

玛丽－海伦双手抱着她战前买的朗万牌手提包，嘴唇轻轻地翕动着，不时做个祈祷，她昂然挺立在那里，

[1] 德语：“滚吧！”——译注

毫无低声下气之色。在她内心深处，每听到前面牲口车车皮的木板后面传来一声痛苦的叫声，她的心就像刀割了一下一样。

过了一会儿，她记不得有多久了，她看到有一些警卫和铁路工人在列车旁边匆匆地来去。诺德林总领事和“鲍比”·本德的奔走在巴黎取得了成功，但是他们却没有能够制止这最后的一列车。秘密警察不肯终止这一列车的人类苦难。

列车一开动，各节车皮的碰撞很快发出了一阵回荡的响声。接着，这一长列火车就慢慢地滑出了车站。就像玛丽－海伦在庞坦车站听到的一样，她从开出去的列车的紧闭的车门后听到了《马赛曲》自豪高扬的歌词。列车逐渐加速，从车棚的阴处开进车棚外面的阳光底下，沿着河滨开去，消失了踪影。她一动也不动，直到看不到越来越远去的列车影子，直到最后一声车轮滚动的回声消失在空车站的静寂之中。

等到她转身离开时，列车已经爬过阿尔萨斯连绵不断的葡萄园，奔向斯特拉斯堡和莱茵河。它一路不停，直到它把车上两千多名乘客送到拉文斯布吕克和布痕瓦尔德的大门。在这两千多名勇敢的男女之中，日后再会回到巴黎的只有三百个不到。[1]

阳台上的那个男子看着一个身穿白衬衣和条子裙的姑娘消失在蒙马特街的街角。姑娘的身影消失后，三十四岁的伊夫·拜耶从烟盒里掏出一支玉米花丝做的烟卷，点燃以后，深深地吸了一口，心中的不快落了地。拜耶想："这一次，终于会成功了。"拜耶是巴黎警察部队中戴高乐派抵抗组织的头子，当时罗尔要想置于他的指挥之下的这支两万人队伍，共有三方势力争夺对它的控制权，戴高乐派抵抗组织就是三方中的一方。拜耶的联络员苏姗骑着她生锈的标致牌自行车，把藏在她肩上挂的地鼠皮手提包夹层中的三只信封带到沙蒂翁门去。信封中是三封同样内容的手写密令，分送给巴黎警察总署抵抗组织的三派。拜耶知道，这是要他发的最重要的情报。

---

[1] 皮埃尔·安戈在一处盐矿做工时死亡。菲利普·克恩即"阿米可翡翠"的副官被绞死。伊沃娜·巴拉特一九四五年三月死于痢疾。但伊沃娜·巴涅兹和让妮·卢梭都活了下来，尽管身体健康受损。
谁的经历都没有像皮埃尔·勒福歇那样不同寻常。巴黎解放以后，玛丽－海伦乘一辆红十字会救护车越过美国和德国战线，回到南锡。她在那里找到巴黎一些朋友认识的秘密警察的一个官员，通过同他有过黑市交易来往的法国人对他施加的压力，终于说服他带她乘坐法国参谋部汽车到德国境内的布痕瓦尔德集中营里，把皮埃尔领了出来，然后三人开车回到南锡。玛丽－海伦于九月初把她丈夫带回巴黎家中。但是，他们的一生之中悲剧连续不断。皮埃尔战后担任雷诺汽车厂的厂长，一九五六年死于车祸。玛丽－海伦任职于法国驻联合国代表团，一九六四年二月死于路易斯安那州邦却特兰湖的空难。

时间快到八点钟了。再过一小时，大巴黎军事总督的戒严令就会把全市封锁一宿。伊夫·拜耶知道，苏姗会有不多不少的足够时间把三只信封送到目的地，那就是拜耶当作情报转递站的一家饭馆，然后回来。他的脸上露出一丝讽刺的笑容，因为他知道今天晚上冯·肖尔铁茨将军的戒严令正好为戴高乐将军的事业服务。它会使得苏姗送去的三只信封中有一只在明天早晨之前到达不了目的地。而这正是拜耶所希望的。今天晚上送不到目的地的信封是致警察部队中人数最多、势力最大的一派抵抗运动的，那就是共产党所控制的一派。今天晚上，共产党将身受自己的过于讲安全保密的心理之害。不像其他两派的联络网，他们的情报需要两个转递站而不是一个转递站才到达最后目的地。苏姗给他们送去的信息这天晚上就要在他们的第二个转递站过夜了。

苏姗觉得她身下的自行车慢了下来。她趴在车把上一看，就明白了是什么原因：她的车轮前胎漏了气。没有几分钟，它就瘪了。苏姗离目的地还有半小时。她嘴里咕哝着，想重新打气。但是漏出来的气同打进去的一样快。在她身后，她听见另外一辆车的车胎擦地停了下来。她回头一看，是一辆德国参谋部的汽车在她身旁停下来。开车的轻捷地下了车，向她弯下身来。那个德军年轻军官用纯正的法语向她表示愿意帮助这位漂亮的巴黎小姐。苏姗讥嘲地把打气筒交给他。这位热情巴结的德国人并不比她更加成功。他提出另外一个建议。他问她是否可以由他驾车把她送到目的地。她稍为犹豫了一会儿，接受了他的建议，上了他的宝马牌汽车，坐在他身边。

很少有条顿式骑士风度受到这样高卢式忘恩负义的回报。在这位殷勤有礼的德国年轻军官的宝马牌汽车中，苏姗紧紧地抓在膝上的地鼠皮手提包里装的，竟是对巴黎的占领者的不折不扣的宣战书。

原来法国抵抗运动戴高乐派首脑亚力山大·巴罗迪从秘密安插在安得烈·托莱的委员会中的一个戴高乐分子那里获悉共产党第二天要举行起义。接到这个惊人的消息，巴罗迪做出了一个大胆的决定。

如果共产党决定行动，他也要行动。只是他会行动得更快。他不会让他们得到巴黎最重要的那所公共建筑，那座城中之城——巴黎警察总署。苏姗的地鼠皮手提包中带的消息是命令巴黎警察在第二天即八月十九日七点在那座灰沙石大城堡周围的街上集合，那地方距离巴黎圣母院只有几码之遥。在拜耶的指挥下，他们将占领警察总署。

苏姗向那德国人皮笑肉不笑一下，关上了他的宝马车门，走进了一家饭馆。在盥洗室里，她从手提包中取出三只信封。几分钟后，她把它们塞在店主儿子送柠檬汽水来的圆木盘下，交给了他。时间是八点三十分。拜耶的时间不能安排得更好了。明天，在圣母院的有八百年历史的石墙下，巴黎的警察将第一个按时举行共产党这么周密准备的起义。而在起义之时，共产党却不在场。

克劳德·居伊上尉可以看到一万英尺以下摩洛哥的阿特拉斯山脉沐浴在落日的光辉下的一片紫色，慢慢地在法兰西号这架洛克希德公司洛德斯塔型专机的机翼下往后退去。坐在他的对面的是口衔雪茄、用安全带牢牢地固定在座椅上、眼光直瞪瞪地望着前面的夏尔·戴高乐。居伊知道，戴高乐不喜欢飞行。他在搭机时很少说话。自从他们三小时之前离开阿尔及尔以来，将军总共还没有说过三句话。这是戴高乐于一九四〇年六月匆忙飞出法国以来也许是最重要飞行的第一段航程。他已陷落在自己的沉默世界中。

他们这次旅行会碰到不少意外事件，其中第一桩意外就把他们离开阿尔及尔到卡萨布兰卡的时间推迟了好几个小时。阿尔及尔美军司令部担心戴高乐的洛德斯塔型专机不论从航程或载油能力来说都无法满足从直布罗陀飞到瑟堡的长途飞行的需要，因此派了一架 B-17 型飞机连同美国机员供他使用。戴高乐勉强接受了这个好意。但是，这架 B-17 型飞机在阿尔及尔的迈松布朗谢机场降落来接戴高乐时冲出跑道，撞坏了机身下的轮架。戴高乐认为，这次意外事故是美方有意拖缓他回法国的计划的一部分。他看着撞坏的飞机说：“你们总不至于认为他们是出于好意才把这种飞机给我使用的吧？”

居伊相信，这些问题如今是暂时遗忘了。另外一架

B-17 型飞机在卡萨布兰卡等他们。坐在他前面的那个人的心里如今在想着等在他们前面的重要得多的问题。戴高乐于一九四〇年六月十八日发出孤独的号召后就开始走上了长途的征程，对他来说，现在就是这征程的终点的开始。这征程的终点是巴黎，戴高乐四年以前离开它时还是个籍籍无名的准将。为了要回到那里，戴高乐准备违抗他的盟国，扼杀他的政敌，甚至不惜冒生命之险。就是要在那里，而且只有在那里，他在四年以前所采取的大胆行动中所孕育的打算才能找到答案。

此事后来看似乎有些奇怪，当时他竟不知道这个答案会是什么。但是，在非洲落日上空飞行的居伊知道，戴高乐的心中仍有不少的狐疑和问题。首先，他仍不知道，法国的人民会不会接受他为他们的领袖。戴高乐很明白，只有在一个地方，他能找到这个问题的答案：那就是在巴黎的街头。

就在一个星期之内，在这些街头，洛德斯塔型法兰西号专机上的这位心情忧郁的乘客终于与历史相会。

第二部　斗争

一

空气潮湿，阴沉。大片灰色云层越过蒙马特尔山丘地带从北方滚滚而下，带来了一丝雨意。在市内静悄悄的街道上，最后一批德国巡逻兵匆匆地赶回他们的营房里去。戒严时间已经结束。不消多久，首都衣着敝旧、面有菜色的家庭主妇们就会排起长队来，开始她们每天为购买一块黑面包的等候。在四年以来一成不变的这些疲劳累人又习惯熟练的活动中，巴黎又迎来了一个占领下的日子。这会是一个十分特殊的日子。在这个灰沉沉的早晨以后，德国军队就再也不能说巴黎的街道是他们的天下了。

然而，在德国卫戍部队的两万名士兵看来，一九四四年八月十九日这个星期六阴沉的早晨，似乎并没有什么东西显得同巴黎人民即使不愿意但是却和平地接受的一千五百一十八个其他的日子有什么差别。在莫里斯饭店，那个不情不愿参加列队行进的中士维尔纳·尼克斯又生了气。他刚才视察了杜伊勒里花园的哨兵岗哨，发现他的哨兵都在黄杨木丛中为一个矮小的老太太寻觅她走失的猫，真叫他感到丢人。

在他的上方，疲倦而忧伤的丹克瓦特·冯·阿尼姆伯爵在阳台上伸懒腰。三个小时以前，冯·阿尼姆的好朋友从慈悲医院打电话来说，他在诺曼底受伤，右腿给截了肢。使冯·阿尼姆感到十分遗憾的是，他发现除了向他哭泣的朋友说一句陈词滥调以外就没有更可以安慰的话了："至少对你来说，战争已经结束了。"不过这位年轻的伯爵还不知道，对他自己来说，今天早晨战争才刚刚开始。

在巴黎各区的公寓和旅馆里，被苏姗的手提袋中的消息所动员的许许多多警察的家中和藏身之地，成百上千的人都已坚决地行动起来。他们睡眼惺忪地与家人亲了一个吻，喝了一杯难喝的人造咖啡，就匆匆离家，有的单身一人，有的三两成群，有的步行，有的骑车，开始通过巴黎的各条街道，向圣母院赶来。在那里，几分钟以后，这些警察就会采取解放巴黎的第一个大胆行动，向巴黎的占领者第一次显示隐藏在它平静的外表下的深刻仇恨。

对许多普通的巴黎人来说，这个星期六也会是令人难忘的一天。

在他开设在南泰尔的肉铺空荡荡的货架前面，藏匿美国飞行员鲍伯·伍德隆的那个法国人路易·贝尔蒂等着他每星期六必来的常客——附近瓦勒里安山监狱的一批狱卒。他们每星期六必来，从他的切肉机上割下够吃一个星期的肉肠。他憎恨他们。贝尔蒂从他的铺子中可以听到瓦勒里安山行刑队每天枪决他的同胞的枪声。[1]

在狱卒到达之前，贝尔蒂接待了另外一个顾客，那是个不速之客，“从柴迪格来的”人。那是一个暗号，表示贝尔蒂所属的抵抗运动组织已在动员采取公开行动。贝尔蒂取了他的美国客人在德国领空飞行第三十五次时携带的柯尔特四五手枪当作武器。他叫来了急于参加同“从柴迪格来的”人一起作战的十八岁邻居皮埃尔·勒·古恩，把自己妻子藏在现金盒中的六点三五毫米手枪给他。然后在臂上套上了印着“不自由毋宁死”的袖章，贝尔蒂就离开肉铺去同他的国家的占领者作战去了。

在巴黎的另一头，一个头戴蓝色贝雷帽的乐呵呵的胖子喝了一口早晨的白兰地，就爬上了一辆烧木柴的雪铁龙牌 P-45 卡车。他是个偷运者。不过他的运输业务则是合法的业务。维希政权令人憎恶的民兵有三十个秘密粮库，为应付巴黎就要发生的那种紧急情况储备了二百五十吨供应品。自从八月一日以来，保尔·巴尔杜利用伪造文件，已从其中二十三个粮库中偷运了一百八十吨供应品交给抵抗运动组织。

今天，巴尔杜答应执行最后一次特殊使命。他要偷运武器。他要把武器偷运出维希民兵的一个仓库，然后交给计划夺取勒贝勒郊区区公所的法国国内部队。巴尔

[1] 一九四一年以来共处决了四千五百人。

杜发动了木柴发动机后，对自己说这是最后一次了。

对于那些不知道巴黎即将发生什么事情的市民来说，这一天将是他们生命中特殊的一天。莉西安娜·提尔在她的单间公寓中，把她在几个小时后要在第一区区公所举行婚礼时穿的白色丝质衣服喷上几滴水，然后她用熨斗细心地把裙子的褶皱熨平，那只熨斗是她放在纸团炉子上烧热的。莉西安娜·提尔要嫁的推销员纳西斯·费蒂佛却永远不会看到这件结婚礼服了。他身在德国一个战俘营中。莉西安娜是要举行新郎缺席的代理婚礼。

身穿黑色教袍的那个孤寂的身影用缓慢坚定的步伐跨过双桥。三十五岁的罗伯·勒普特尔神父的眼睛盯着他双手捧在胸前的祈祷书，像他每天早上这个时候那样。他的这个习惯从来没有改变过。等到他念完最后一节时，勒普特尔神父正好走到他要去做晨祷的巴黎圣母院圣安娜铸铁大门。这时主宫医院的钟楼正好敲七点。

这天早晨，这位安详的神父却读不完祈祷书了。他走到圣母院前的广场，在平时这么早的时候一般阒无一人的广场上，他看到了令人难忘的景象。有成百上千的人，有的戴贝雷帽，有的戴呢帽，有的光着头；有的穿上衣，有的穿毛衣，有的只穿衬衫；大伙儿都默不作声地向警察总署的大门走去。几秒钟以后，勒普特尔神父在警察总署的灰色阴沉的屋顶上看到一块布在微风中飘扬。四年两月零四天以来的第一次，法国的三色国旗又正式在首都的一所建筑物上飘扬了。勒普特尔神父合上祈祷书，放进教袍的口袋里。他在好奇心的驱使下，同人群一起拥到警察总署里。在以后开始的七天兴奋紧张而又英勇的日子里，这一起义诞生地的被围大楼将有一位教士在场。

巴黎警察总署署长阿梅迪·布西埃尔醒来时，晨曦已经穿过窗上的百叶片透了进来。在过去的四天里布西埃尔成了一艘空船的船长。他的部下警察罢工，把他丢下走了。

他伸手到床头柜上按铃叫唤贴身男仆。五分钟后，他的仆人乔治腰板挺直，像个英国管家那么神气，给布西埃尔端来了早点。

“有什么新鲜事儿，乔治？”布西埃尔问。

“有的，署长先生，”乔治感情不露地回答，“有些新鲜事儿。他们回来了。”

布西埃尔趿上拖鞋，冲到过道里，奔到朝警察总署大院开的最近窗户。他看到下面的景象吃了一惊，禁不住不安地抓住他睡袍的衣领。他看到下面的院子里有许许多多人，有的带着手枪、步枪、手榴弹等武器，有的赤手空拳，围在一辆黑色的雪铁龙牌汽车四周，听一个金头发的高个子讲话。那人身穿方格衣服，臂上套着一个三色袖章。

伊夫·拜耶的声音一直传到布西埃尔的窗口，他宣布：“以共和国和夏尔·戴高乐的名义，我接管警察总署。”

他说完就有一片欢呼声，欢呼声刚停，又有军号不知从什么地方响起，布西埃尔从人群拥挤的院子里听到了《马赛曲》铿锵的激动人心的歌声。

这时经过警察总署窗口下的那个孤单的骑车人也听到了歌声。他停下车来谛听。那天早晨，没有比从警察总署传出来的“《马赛曲》的响亮歌声”更使共产党领袖罗尔感到意外了。罗尔自行车上系的睡袋里藏着几道计划缜密的命令，但是其中没有一道命令规定要占领这所巍峨的建筑。惊奇和愤怒之下，罗尔想要闯进警察总署里，但是被挡在门外。这一举动证实了他的怀疑：有人想破坏他对起义的控制。

他骑车到附近一家修车铺，打开睡袋，取出一套高领军装穿上，打好绑腿，上次他穿这套军装是在把国际旅[1]送出沦陷在即的巴塞罗那的火车上。罗尔用这副正式打扮走向警察总署，决心要对那些没有奉命就起事的造反者建立他的权威，他们这样做有危及他对这场准备周密的起义的指导之势。

但是罗尔晚来了一个小时。几乎在同一时候，伊夫·拜耶从一辆黑色警车上出来，向一个在双钱咖啡馆平台上读报的脸色苍白的人走去。

[1] 指西班牙内战时支援政府军的国际志愿人员组织。——译注

“署长先生，”拜耶说，“警察总署已经占领。如今属于您的了。”

那个人面露笑容，站了起来，戴上呢帽和玳瑁边眼镜，跟着拜耶到汽车那边去。七天以前，在戴高乐将军的命令下，夏尔·路泽空降到了法国南部。他奉有特殊使命，要担任戴高乐的警察总署署长。他的任务是确保巴黎至关重要的警察部队在戴高乐派手中，而不是落在共产党手中。不久之后，这个态度文静而又能干的人将成为戴高乐任命在巴黎执行公务的第一位官员。戴高乐派赢了第一回合。这所大楼本来要成为共产党所策划的起义的象征，如今已在他们的手中。在未来的日子里，这将是他们所依赖的牢固磐石。

在路泽进警察总署的时候，有个羞怯的人手提两只皮包从旁门走了进去，他进了警察总署的实验室，从皮包中取出八瓶硫酸和几磅氯酸钾。弗雷德里克·若里奥－居里从他岳母发现镭的实验室里借来了这几瓶化学品，卷起袖子，开始制造用来保卫警察总署的“莫洛托夫鸡尾酒”[1]。

[1] 即用汽油、硫酸和氯酸钾制作的燃烧瓶。——译注

二

除了在警察总署遭到的意外挫折以外，罗尔计划周密的起义迅速有效地在整个首都蔓延开来。今天早上要实施的命令其实在过去四天中已经缜密地起草和分发出去了。罗尔在巴黎市内的副手是个瘦削的教员，在抵抗运动中化名杜弗莱斯纳，头一天晚上他在福煦大街不远的一间闷热的卧室里准备最后几道命令，不时还要留神谛听街角秘密警察哨兵的脚步声。到早上七点，他已把它们发给孔蒂河滨道的联络员，几乎就在德国兵的眼皮底下。天亮以后，共产党人已经开始在市内街道的墙上张贴标语，号召“总动员”。

对罗尔和他的各级属下来说，这天早晨的第一批问题是复杂的：建立他们自己的联络网，成立总部，把武器从藏匿处取出分发给法国国内部队中他们所控制的突击队。在巴黎电话局，抵抗运动组织做了第一件十分重要的事，后来大大地便利了起义。他们破坏了德国人的窃听设备。

不过对这场游击战中罗尔的部下来说，任务很简单。

它可以用罗尔说的一句话来概括："一人一个鬼子"[1]，这后来成了起义的口令。从早上七点钟开始，在巴黎各地，法国国内部队就开始把这命令付诸实施。小组突击队开始追踪和袭击不论在什么地方发现的孤立德军和车辆，尤其是，他们的目的是解除城市里德国占领军的武装来武装自己。

到九点钟，巴黎的一些地方出现了枪声。起义的第一个报告使冯·肖尔铁茨感到震惊和愤怒。他完全意想不到。他的情报机构没有给他任何预告，除了笼统地说些平民"不稳"的话。在第一批报告送来以前几分钟，他自己给B集团军和西线总司令部的早晨报告还令人放心地宣称全市"极其平静"。第一批攻击的地域这么分散，配合这么一致，冯·肖尔铁茨马上明白，这是"由一个中央权威统一指挥的"。

在这头两个小时里，城市的面貌就改变了。如今，它空旷的街道上笼罩着一种咄咄逼人的阴森气氛。少数过路人都神经紧张地挨着门口窜来躲去。骑自行车的靠着马路边骑，偶尔有一辆两边粗糙地漆着国内部队几个骄傲的白字的汽车在吃惊的看门人面前急驰而过。尤其是，这天早上出现了一种新的、自从一八七一年[2]以来巴黎街头很少听到的声音。那就是枪声。

[1] 原文为法语。——译注
[2] 巴黎公社成立的一年。——译注

离塞纳河几个街区以外的贝勒夏斯路上的一家酒店里，有一小批人聚在一起，在他们听来，这枪声令人不愉快地想起了让－保尔·萨特的一句话："就在我们争论不休的时候，骰子已经掷下了。"抵抗运动的最高政治机构抵抗运动全国委员会的委员们在这家酒馆开会，讨论是否批准头一天下午在克拉马尔由巴黎解放委员会所决定举行的起义，后者在理论上是全国委员会的下属机构。就在全国委员会主席乔治·皮杜尔告诉他们"我们在这里开会，讨论发动起义的建议"的时候，他们楼下街道上就传来了起义者一阵步枪声。作风强硬的共产党工会领袖安德烈·托莱特已按自己的计划向他的同事们亮出了一个既成事实。他向与会的人说，起义将继续下去，不论是否得到他们的支持。

在这房间里代表戴高乐权威的亚历山大·巴罗迪是个态度安详的教师模样的人，托莱特的话使他面临进退维谷的为难境地。他认为"起义与其说是要协力击败德国人，不如说是共产党的一种政治姿态"。然而，他已批准占领警察总署，这行动本身在某种意义上已经接受了起义的不可避免。如今，如果他拒绝进行下去，无异是把指导权拱手让给共产党，公开分裂抵抗运动。他担心的是：共产党这一政治姿态的代价将是巴黎的毁坏。几小时后，他痛悔当时的决定，说了这么一句话："要是我犯了错误，我将在巴黎的废墟中遗憾终身。"

但是现在，他似乎没有别的选择。起义爆发两小时后，发展极为迅速，巴罗迪明白已无制止的可能。剩下来能够做的只有设法加以控制。巴罗迪向皮杜尔表示，夏尔·戴高乐这位自由法国领袖支持原来要他阻止的起义。

在贝勒夏斯路外面的街道上，起义已经进入第二阶段。有组织的国内部队小组手持能够弄到手的不论什么武器，开始在全市向各个公共建筑物动手。他们按照严密的计划，开始接管巴黎二十个区的区公所、警察分局、公共建筑物、邮局，甚至屠宰场、停尸所、法兰西喜剧院。他们所到之处，第一个反抗姿态都是相同的。原来遭禁的法国国旗，从窗口中，从屋顶上挂出，又回到了首都的天空。它们有的因为隐藏多年而蒙上了灰尘，有的则是临时用床单和丝绸衣服拼制的。

保尔·马斯比奥上校仔细地拂拭他已很久没有穿过的褪色军装上衣，伸手穿在身上。然后他对着卧室里椭圆形的镜子，久久地满意地看着自己。他高兴地看到袖上的五条金色军衔绶条和左口袋上的三排彩色绸带。抵抗运动军事组织的成员马斯比奥上校像许许多多其他后备役军官一样，这天上午要恢复现役了。

几分钟以后，马斯比奥上校率领他的六个部下，站在圣日耳曼－罗塞洛瓦教堂的文艺复兴风格的门廊下，得意地观察这一起义的日子里将归于他接管的对象。在几码远以外，在卢浮宫高大的铁门对面，是法国第一城的第一区区公所。站在马斯比奥旁边的是他的副官法兰西喜剧院的提示员马塞尔·杜贝，他带着这个小分队的唯一武器，一支旧式的左轮手枪。但是在这个得意的提示员的口袋中还藏着另外一件更重要的武器，一张盖了第一区解放委员会公章的信笺。马塞尔提示员已被任命为这一区的新区长，而在区政府灰色建筑物里当时正在开始举行一种星期六早晨的传统仪式。

稍早时候在熨烫她的白色新衣服的莉西安娜·提尔如今悲哀地看着她身旁的那张红丝绒空坐椅。三年以来她一直期望这一时刻的到来，能够做纳西斯·费蒂佛的妻子，为这个战俘她已等了这么久。再过一会儿，她的梦想就要成真。态度和蔼的屠夫出身的区长亨利·夏德维尔，腰缠三色绶带，在贝当元帅画像关怀的注视下，准备为莉西安娜·提尔同她缺席的推销员未婚夫结亲。

当夏德维尔开始宣布婚礼时，结婚礼堂的门突然给冲开了。提示员马塞尔手中挥舞着手枪冲进了礼堂。在他身后走进来的是威风凛凛、态度果断坚决的马斯比奥上校，后面跟着突击队的其他四个队员。他们向怔得目瞪口呆的维希政权区长宣布，他已被解职，并遭逮捕。

年轻的新娘坐在红丝绒椅上哭泣起来。马斯比奥上校庄严地宣布，“以解放委员会的名义”，他接管巴黎市第一区的区政府。然后，他用同样庄严的语调宣布，婚礼继续举行。提示员马塞尔从他的刚被革职的前任身上解下了三色绶带，系在自己腰上。然后他取下了贝当元帅的肖像，“根据抵抗运动授予我的权力”，完成了他作为法国首都第一区新区长的第一个公务行动。他宣布莉西安娜·提尔和纳西斯·费蒂佛结为夫妇。

在纳伊区公所里，那天早晨没有婚礼给打断。在四年占领期间，巴黎的各区中，没有一区比布洛涅森林边上这个优雅的别墅群更加宁静的了。一个街区接着一个街区，都是十八世纪盖的市内宅邸，住户之中大概比巴黎任何一区有更多的法奸、维希分子、德国特务和德国人。自从一九四〇年以来，它一直是被占领的巴黎的最安静的一个角落，成为俯首帖耳接受法国的征服者的典范。

在这一区里驻有五千名德军，有两个德国兵就像他们其他的同伴一样，在纳伊区公所转角谢兹路上的饭馆里自在地呷白兰地。他们听到背后饭馆大门的开启声，就互相交换了一个色迷迷的微笑。他们以为这一定是他们到这里来看的漂亮金发女仆让妮娜。但他们回头一看，却是南泰尔卖猪肉的屠夫路易·贝尔蒂，他有生第一次用枪指着德国兵。贝尔蒂解除了他们的武装，押着他们去区公所。一路上他赶开了三个跑上来向他们的脸上吐唾沫的愤怒的巴黎人。他说：“他们是俘虏。”其中一个德国兵回过头来，一边擦脸，一边向贝尔蒂点头说：“谢谢。”

爱弥尔·马里昂站在区公所对面的三层楼办公室窗前，惊异地看着下面的景象，先是贝尔蒂和他的两个俘虏，现在他又看到三色国旗骄傲地昂扬地升到了区公所的上空。这位五十二岁的凡尔登老兵以老虎总理克列孟梭向国民议会发言的正式姿态，向他上了年纪的女秘书宣布：“共和国得到了拯救。”然后他拿起帽子，离开办公室，加入到区公所的新占领者中去了。

另外一双眼睛同样惊异地看着这个场面。那是那两个德国兵来会面的女仆让妮娜，她跑去骑车到德军司令部报告。

在被占领的区公所里，指挥贝尔蒂和同他一起占领区公所的“从柴迪格来的”六十五人的是个名叫安德烈·卡莱特的工厂主，他把部下分散到区公所的三层楼面上去。头发开始花白的卡莱特刚刚部署完毕，就有一辆德军卡车在让妮娜的召唤下开到下面的区公所广场停下。在敞篷的车后部，有五六个德国兵趴在灰绿色的车板后，向区公所开着的窗户挥舞步枪。

一名军官从驾驶舱中跳了下来，他双拳叉腰，抬头看着大楼。“快投降，出来！”他喊道。

卡莱特高踞在上面的白、金两色的宴会厅里，在一幅亨利四世掉入纳伊湖的油画下面，看着这个一九四〇年征服者的形象。他对自己这个第一次公开抵抗的行动引以为豪，在冲动之下脱口说了一句关于自己实力的言过其实的话，这是可以原谅的。他答道：“你自己投降吧！我们是解放的大军！”

那个德国军官拉开他棕色的皮枪套，掏出手枪，向卡莱特发出喊声的窗口乱射。对这个行动，区公所的每一个窗口都向德国人发出了复仇的枪弹。卡莱特看到，那个骄横自大的军官慢慢地倒在便道上，“像个儿童玩的气球泄了气一样”。

最后，枪声停了。区公所广场一片沉寂。从德国兵那里，没有一点声音，没有一声临死的哭喊传来。只有一个德国兵还没有全死，仍在蠕动。其余都一动不动地躺在那里。“从柴迪格来的”人们又惊又怕，在想他们刚才干了什么。这时，他们从四周的街道上听到了开始前来包围区公所的卡车的隆隆之声。

灰色的奔驰汽车车篷合了起来，无声无息地在杜伊勒里河滨道两旁梧桐树的发红的树叶下开过。丹克瓦特·冯·阿尼姆伯爵坐在司机旁边，又一次欣赏在他眼前掠过的卢浮宫的雕琢精美的外表。这位年轻的中尉无法想象除了在他身后隐去的这条安静的阒无人迹的河滨道以外，巴黎还能给他别的什么形象。只有自己的汽车使冯·阿尼姆想到还有一场战争正在进行。在汽车的后座，两个头戴钢盔的中士把他们的机枪架在车顶的窗户上。

冯·阿尼姆向司机示意开过交易桥向圣母院和警察总署开去。冯·阿尼姆常来城岛散步，在俯瞰城岛的司阍楼[1]灰色双塔的远处，年轻的伯爵可以看到圣小礼拜

[1] 在司法宫，路易十六的王后玛丽·安托瓦尼特曾在此囚禁。——译注

堂的尖顶，像一把锋利的剑刺向早晨的天空。在他的左面，在弗勒尔河滨道的尽头，他瞥见几束鲜花，把它们的色彩泼在人行道上。在司阍楼钟楼的顶上，大钟表面的金色指针正指在十一点上。

第一声枪响“像铙钹敲击一样”震动了空旷的街道。从警察总署射来的五六发子弹击中了奔驰车。冯·阿尼姆看到身后两个中士有一个松了手中的机枪，身子向前趴过来。他已死了。年轻的伯爵惊恐之下连声向司机叫喊：“快开，快开！”但汽车的两只车胎已经给击中漏了气，它像在抗议一样发出摩擦声，靠轮圈向前冲。这时第二个中士的钢盔“当”地掉在车内地板上，帽子主人的身子往后倒去。冯·阿尼姆回头一看，只见他的前额开了一个大口子，鲜血直射而出。他想，这种事怎么会发生在巴黎呢？

那天晚上，冯·阿尼姆要挂长途电话给普伦兹劳附近的他家别墅“大林园”。他会轻轻地说：“母亲，巴黎已经成了一个地狱。”

在警察总署里，法律系学生埃德加·皮萨尼摸了摸他的黑胡须。在他桌子旁边的一块斜面板上，有二十四盏红灯不断地在闪着。全巴黎各地的警察分局都在打电话给警察总署。但是新上任的总署署长夏尔·路泽却不知怎么回答他们，因为皮萨尼还没有学会怎么操纵身旁这台交换机。终于，他随便按了一下他前面面板上的一个按钮，戴起耳机来听。他听到有个人在发狂地叫喊："德国鬼子要想袭击纳伊区公所。"对方其余的话都淹没在皮萨尼窗外一声猛烈的爆炸声中了。在司法宫林荫大道，几分钟以前袭击冯·阿尼姆的枪战又爆发了。皮萨尼摘了耳机，奔到窗口。在人行道中间，一辆德军卡车中了一颗燃烧弹，像火炬般起了火。皮萨尼后来回忆，"这好像是射击场一般"。德国兵一个个从着了火的卡车口逃出来，又像铁皮做的小靶子一样倒下。

那天早上在警察总署附近中了伏击的德国人没有一个比刚刚结束在圣阿芒电话交换局埋雷的那个人决心做更坚决的抵抗，他是第一一二通讯团的伯纳德·布拉契中士。

布拉契紧紧抓住敞篷卡车的驾驶舱背，在警察总署和隔壁司法宫射出的第一阵交叉火力中，看到有两个人撞在他的卡车的前挡泥板上，一边尖叫着，一边倒到了人行道上。司机的右脚中了一弹，对卡车失去了控制。卡车向前乱冲，撞到了警察总署窗下的一棵大树。有人在叫喊"都出来"，中士就跳下敞篷车板，伏在车旁。在他上面的车上，一个士兵的肺部受了伤，他双手护着胸口拼命叫："伯纳德，伯纳德，救救我！"在他身后，布拉契看到一个军官跑过街道，一边跑，一边向警察总署的棕色石墙乱开枪。跑到一半，一颗开花弹击中了他的前额。布拉契看着那人的脑袋"名副其实地炸裂开来"，他的身体倒在柏油路面上。在警察总署上面的窗户里，法国人距他这么近，在枪声稀疏下来时布拉契可以听到他们的说话声。布拉契挨着卡车溜到驾驶舱旁。他抬头探看，只见司机趴在驾驶盘上。他已死了。他从死人的头盔上方的卡车车窗向上朝警察总署看去，突然看到一只赤裸的胳膊在石窗台上向外挥了出来。那只胳膊的手上抓着一只用脏毛巾包裹的深绿色玻璃瓶。

布拉契惊恐之下，一跃而起，跑过人行道，向一百码外的交易桥奔去。这个奔跑逃命的德国人可以看到他的周围乱蹦的子弹射在司法宫林荫大道的柏油路上，沥青碎粒四溅的情景。这时他忽然感到人行道在他脚下颤动。布拉契的卡车给警察总署窗口丢下的莫洛托夫鸡尾酒击中起火，烈焰冲天。

在桥边，布拉契跨过桥栏，躲在另一边喘气。他抬头望去，只见桥上有个人向前走来，这是他很难相信的奇观：一个头戴黑帽的矮老头儿，手持手杖安详地在枪林弹雨中走来，仿佛他是在下午散步。刹那之间，说不出是为什么生气，布拉契恨不得一枪毙了这个非常不协调的和平人物。

布拉契从石栏上探头窥视，看到桥的另一头夏特莱广场有一群平民。布拉契双手各抓住一颗手榴弹，发狂地吼叫着跑过了交易桥。这些平民看到布拉契手舞手榴弹，血汗满面，都像一群受惊的鸽子一样四散逃命。如今广场已阒无一人，却有一辆非军用汽车向中士开来。他挥手叫它停住，又挥舞着手榴弹，强迫开车的法国医生把他送到莫里斯饭店。

半疯的布拉契跑进莫里斯饭店大厅，冲上身前的扶梯，手中仍挥舞着手榴弹。他推开第一扇门就冲了进去。“我的天，我的天！”他叫道，“你们在等什么，派坦克去！他们已经在把我的人像香肠一样烧了！”

三

坦克共有三辆，早已来到纳伊区公所。两辆已在区公所给枪火熏黑的弹痕累累的外墙下面的广场上扭转车身摆好了阵势，第三辆绕到区公所后面的花园那里去。区公所里“从柴迪格来的”人在炮火之下被包围已有三个小时，他们的弹药几乎已经耗尽，感到了绝望。宴会厅里的拼花地板上尽是手榴弹弹片、子弹壳、碎玻璃和墙灰渣。墙上挂的油画成了破片。房间里的白金两色交错的嵌壁已被炮火熏黑，被子弹打裂。隔壁，在区公所大理石楼梯的上楼处，死人和将死的人并排躺在从区长办公室搬来的一排办公桌上。在几小时以前，这些“从柴迪格来的”人兴高采烈地占领区公所的时候没有人想到应该带些胶布来。如今既无急救药品又无麻药或者绷带，他们的伤口就在这黏糊糊的共用大床上流血，一直到死。

安德烈 · 卡莱特永远不会忘记一个肚子开了花的人惊恐的眼睛，哀求他救命。在绝望之中，卡莱特做了唯一可能的事，他用自己的皮带想把那个人外露的肠子绑回到他的腹腔中去。

卡莱特的兄弟夏尔从宴会厅的窗口看到一个德国兵

从对面屋顶的一个椭圆形窗口爬出来。那个德国兵开始从灰瓦顶上跳到一根黄色矮烟囱那里找掩护。夏尔开了一枪。那个德国兵倒下身子，又轻轻地弹起来，滑下了黑色的瓦顶，身后留下一道鲜红的血。他用手指抓住了屋檐的水槽，但只有一会儿，终于抓不下去，一边尖叫着，一边掉到五层楼下的人行道上。夏尔是纳伊的神枪手。

他的哥哥有另外一个任务交给他。在区公所后面，两道长满青苔的园墙交叉处，德国兵安了一挺机枪，控制了被围大楼一个侧面的所有窗口。夏尔取了一支第一次世界大战时的莱倍尔步枪，靠在正对机枪的窗台上开火。那个躲在一堆沙袋后几乎看不见的枪手身子冲前倒下。夏尔看到在布满青苔的花园石墙后面有两双手露了出来，抓住枪手的皮靴，把他拉过去。另外一个枪手接替了他的位置。这个枪手发现了夏尔。他把第一串子弹射到他脑袋上面的窗口，打歪了这个法国人的蓝色贝雷帽。夏尔俯身爬到另外一个窗口，用莱倍尔步枪瞄准，又开了火。新枪手跳了起来，双臂高举在头顶上乱舞，接着就倒在地上。夏尔看到从长满青苔的花园矮石墙后面又有一双手伸出来，把倒下的枪手的尸体拖到看不见的地方。第三个人把机枪接了过去。夏尔转移到另外一个窗台，开了第三枪。新枪手倒下去，滚在他还没有开过火的机枪旁。这一次没有手从花园石墙后伸出来了。机枪从此沉默。

安德烈·卡莱特在他四周喧闹的枪声中听到了一种

不协调的声音。这是区长电话机刺耳的铃声。卡莱特从区长办公室地上洒满的碎玻璃和墙灰渣中爬到放在倒过来摞起来的家具堆上面的电话机那里。他拿起听筒，就在一阵接触不良的噪音中听到五十英里以外有个激动的声音在向他大声叫喊。这是沙特尔市警察局的一个警察打来的。这个不知姓名的警察描述了他的警察局窗口下面的盛大场面：沙特尔的解放者乘坐川流不息的坦克和装甲车经过那里。他对卡莱特说："我的天，美国人甚至有一种可以装三辆坦克在上面的大卡车！"卡莱特只是听着，没有做声，他的感觉太麻木了，不知道怎么来对他担心自己永远看不到的景象做出反应，这时一声炮响，震撼了他自己的被围建筑物。原来德国坦克在窗外已经开始向区公所发射爆炸力极强的炮弹。

卡莱特挂了电话，激动得流着泪，跌跌撞撞地回到宴会厅。"小伙子们，"他由于过度紧张，声音沙哑，"美国人已经到了沙特尔！"这些精疲力竭的人互相望了一眼，然后又转向卡莱特。他双足并拢，立正在那里，泪水流下了脸颊，口中高唱《马赛曲》。起初，他们一动不动地站在那里，接着也跟着唱起来。当他们的歌声高昂地掩过枪声从大楼中飘出来时，在窗口、在阳台上观看战斗的许多男女也跟着唱起来。在那意味深长的一瞬间，在被围的区公所内内外外的法国人的歌声，以一种奇怪的交融方式结合起来，暂时抑住了步枪的怒射。卡莱特潜身到一个窗口后面，向外探望，他看到了三个街区以外自己的公寓阳台上有个熟悉的身影在和他们一起唱。在一坛天竺葵的后面是他的妻子，为了躲避秘密警察的追捕，他已有三个月没有见到她了。她甚至不知道他就在这幢大楼里。

情况危急。如今区公所里已有十人死亡，三十多人受伤。在外面，一个德军军官用扩音器发出警告：“快投降吧，否则我们将在你们的头顶上炸毁区公所。”那些“从柴迪格来的”人答以一阵射击，但是他们的弹药已不多了。

在广场上，一辆坦克开始挺进。它用一发爆炸力极强的炮弹炸裂了区公所的铁门，开始爬上大理石台阶。法国人束手无策，没法自卫。急救药品不是他们忘记带到这所大楼来的唯一东西。他们没有莫洛托夫鸡尾酒。卡莱特和他的部下躲在大厅里的大理石楼梯后面，被烟雾和灰尘呛得透不过气来。他们用步枪射击向他们进逼的灰色庞然大物。这是没有希望的。

卡莱特命令同他一起在一层的人撤到地下室去。那里有一个两英尺宽的水泥洞盖，下面有个圆柱形的洞直通一个与大一些的衣柜差不多大小的小间。小间有一道砖墙与另一边隔开，那边就是巴黎排水系统的一道排水沟，可以脱险。这是唯一的出路。正当德国兵在后面蜂拥压过来时，卡莱特和他的屈指可数的几个人跑到地下室，钻进了地洞。在一小时以前，已经有两个人在开始凿地下小间和下水道之间的那堵墙。如今卡莱特和他的部下在黑暗中挤在一起，汗流浃背，默不作声地等待他们完成任务。他们按紧伤员的嘴，以免他们痛得叫出声来。为了要让开凿不出声，两个凿洞的用衬衫包住手斧。

在地洞的铁梯顶上，卡莱特蹲在水泥盖下，细心地听着。在他上面，几寸以外，他可以听见跑到地下室来一边寻找他们一边把掉在后面的人赶出去的德国兵皮靴擦地的声音。接着他听到有一双皮靴正好停在他的头顶上。他听到德国兵的脚在洞盖上的尘土中磨擦，几乎是要把尘土磨到他的秃顶里面去。德国兵在叫喊什么人。卡莱特身子发抖，只等他揭开盖子，向下扔几颗手榴弹。这足以把他和所有挤在这个黑黝黝的地洞里的法国人全部炸死。

在巴黎警察总署，第一发炮弹炸开了这幢大楼的铸铁大门。法律系学生埃德加·皮萨尼给震得晕头转向，崩倒在房间的一个角落里，墙灰碴像下雨般落在他身上。留着黑胡须的皮萨尼在碴土堆里摸索着找他的眼镜时，听到有人在惊慌失措地叫喊："坦克来了！"

坦克共有三辆，是第五保安团的两辆美洲豹型和一辆雷诺型，它们围着圣母院和警察总署之间的大广场转。这时是下午三点三十分。这些警察被围在抵挡不住的沙袋工事后，只有手枪、第一次世界大战中使用的螺栓步枪以及少数几挺发射缓慢的霍奇凯斯机枪作为武装，他们恐惧地看着这些坦克。在圣母院的笨重轮廓前面，这就是他们采取大胆姿态要付的代价。惊恐的情绪支配了他们。先是少数几个，接着是成群结队，他们放弃了壁垒，争先恐后地拥向大楼的唯一安全出处，大楼内部地铁站，从这里的地下通道可以到塞纳河左岸去。

有一个坚决的人制止了他们。他是警官阿芒·佛奈，警察厅里两派抵抗运动组织之一的领袖。他推开后撤的人群，向前挤到楼梯口。佛奈从枪套中掏出手枪，大声地说谁想第一个走过他身旁他就开枪把谁打死。他叫道："咱们唯一的生路是取胜！"大家都给镇住了，感到惭愧，就不再逃跑。

在他们的楼上，法律系学生皮萨尼已经站立起来，向他面前的电报员口授一份紧急呼吁。他说："德军进攻警察总署，危在旦夕。需要国内部队一切可以动用的力量从敌后进攻德军。"在他口授的时候，报务员直接把他的呼吁打在电传机上把它送到巴黎全市的每一警察局。当他打完最后几个字时，伸手按了一下"A.G."的电钮，那是发给巴黎警察部队紧急警报的电钮。

在警察总署灯光昏暗的地窖里，有三个人脱光了衬衫，汗流浃背，在装配大楼里最有杀伤力的武器。堆在他们前面墙边的是警察总署维希政权署长的香槟酒瓶。它们一瓶瓶地被打开了瓶塞，这批由弗雷德里克·若里奥－居里所召集起来的人看也不看一眼就把瓶里珍贵的酒液倒在地上，淹没了他们的鞋跟。他们马上又把汽油和硫酸注入瓶中，按上瓶塞，用浸透氯酸钾的纸包上。旁边等着的警察用接力的方式把瓶子递到大楼的楼上几层去。

在圣母院前面的广场上，第五保安团坦克手维利·林克看到若里奥－居里的一只致命酒瓶在空中扔了过来，“像篮球投篮”一样掉进了他旁边那辆坦克的不够谨慎而打开的炮塔里。一阵黄色烈焰从炮塔中喷射出来。几秒钟之内，这辆坦克就成了一片烈焰。林克关在自己的坦克里，可以听到警察总署里的警察在他头顶上响起的欢呼声。林克怒火上升，下令在自己的八八毫米口径大炮中再装进一枚炮弹，射向警察总署。

五点钟以前不久，负隅据守的大楼里传开了一个令人寒心的谣言。他们的弹药几乎告罄。原来挡住了惊慌失措的警察逃跑的佛奈警官愁容满面地走进皮萨尼的办公室来求证实。他告诉皮萨尼，有的人“只有不到两分钟的火力了”。

年轻的法律系学生拿起电话，拨了一个电话号码。这是他姊姊劳伦丝的家。他告诉她：“我们恐怕不能活着走出这里了。我们的弹药几乎用尽。现在唯一能够救我们的是美军的迅速到达。”他请她为他亲一亲他的两个孩子。说完他就挂了电话。

但是对一百七十五英里以外的二十来个美国人来说，那一天的巴黎“不过是我们向莱茵河挺进时要绕过去的地图上的一点而已”[1]。这二十来个人乘坐在一辆镶板的地图车上，车身有半节火车车厢那么大。他们的地图是代号叫“伊格尔塔克”的美国第十二集团军先遣司令部的地图，该司令部当时停在棉纺小镇拉伐尔附近的马延河河岸上的苹果园里，就在这些地图上不久将绘出巴黎的前途。对第十二集团军司令奥马·N.布雷德莱少将来说，对他周围的参谋人员来说，巴黎是个不计代价要避开的地方。

在这个鼻架金属边眼镜、脑袋开始谢顶的温文儒雅的密苏里人看来，目标只有一个。那就是把他的部下尽快尽远地向前推进，在齐格菲防线上打破一个缺口，在他前面仓皇撤退的敌人能够重新组织力量之前就打到莱茵河。他如今只担心一件事：汽油。

两天以前，盟军总部通知他，巴黎一解放，他的每日汽油分配量要减少六万七千吨，以便为该市居民运送供应品。他对这个数字感到吃惊。这足以把整整一个兵团一天推进二十五英里。他认为“如果我们能够用拨给巴黎的汽油迅速推进到齐格菲防线”，该市就可能得到“早日结束战争”作为回报。

如今在他的车厢里开每日参谋会议的时候，布雷德莱听他的四处参谋一一列举大局所系的燃料供应的重要

[1] 奥马·N.布雷德莱将军：《一个军人的故事》，亨利·霍尔特公司，纽约，一九五一年。

数字：头一天在滩头上岸的汽油数字，在日益拉长的供应线上向前运输的汽油数字，在他所属各师前哨仓库储存的汽油数字。对站在他背后的那个人，他的副官契斯特·巴耶德·汉森少校来说，看着这最后两项数字每天逐渐递减就“像看着一个人患了绝症慢慢死去”。

布雷德莱没有注意到那个通讯员溜进司令部车的尾部，把一张手写的小条交给他的二处处长埃德温·西伯特准将。这是例常截获的德军无线电通讯。西伯特在轮到他自己做报告时附带一笔提到了它。他说：“看来巴黎市内发生了一些民众骚乱。”

布雷德莱直起腰来。

“该死，埃迪，”他命令道，“弄清楚那里究竟发生了什么事。咱们不能让巴黎挡咱们的道。”布雷德莱就是埃德加·皮萨尼和他被困的同伴所指望的军队的首脑，他“决心不受他人劝说而背离我们绕过巴黎的原定计划”。

布雷德莱有充分理由担心这一点。安德烈·托莱特和他的起义同伙选定了盟军决定绕过巴黎的登陆后作战计划那一天发动起义。在这次伊格尔塔克会议之前几个小时，德威特·艾森豪威尔在与他发愁的后勤军官做了长时间的商讨后，已经下令他的部队越过塞纳河。那天晚上，就在困守在警察总署的人们眼巴巴地看着最后一些弹药慢慢用尽耗竭的时候，美军第三一三步兵团就要在芒特－加西库水坝上鱼贯越过塞纳河，把绕过巴黎计划付诸行动。

那天下午，在伊格尔塔克所隐蔽的诺曼底苹果园以东有半个大陆距离的另一个军事会议上，巴黎也是会上所操心的问题。阿道夫·希特勒当时还不知道起义已经蔓延到法国首都的街头。他所知道的关于巴黎的骚乱的唯一情况就是西线总司令部二十四小时以前发来的情报：在“恐怖分子”和德军之间发生了少数零星的冲突。但是，瓦尔特·瓦利蒙特将军仍旧认为这非同小可，特地命令用为了不伤元首眼神而特制的大字打印出来，带到他的地下掩体中去。希特勒看了咆哮道：“这正是又一个不能宣布巴黎是不设防的城市的理由。”

如今，在这个星期六召开最高统帅部会议时，一丝不苟的瓦利蒙特将军记下了盛怒的希特勒提出的第一个愤怒的问题。

“那门迫击炮在哪里？”他问。

布尔将军尴尬得很，他只得承认“卡尔”和装有爆炸力极强的炮弹的特制货运列车还没有开出边界。盟军空袭破坏了德国的铁路，延缓了它的西进。希特勒提醒布尔，他曾经答应过“卡尔”到八月二十二日可以运抵巴黎。他转向约德尔，要求对它的运输给予“绝对的优先”。

接着，他再一次突然打断他的参谋长一向在会议开始时做的东线报告。

“先报告西线。”他这么要求。

希特勒六天以前在一次同样的会议上抓起的那张二十万比一的巴黎地区地图，上面展现了他的整个西线命运所系的焦点。在盛怒的元首看来，地图中心向四面延伸的这块不规则黑块，是需要不计任何代价加以保卫的，他的在塞纳河上阻止盟军挺进和延缓他们攻向鲁尔的势头的一丝希望全系在此。由于塞纳河上的桥梁除巴黎市内以外全被盟军炸毁，巴黎已成了向塞纳河以南所有德军运输供应品的唯一通道。冯·肖尔铁茨反对过早破坏巴黎桥梁的意见得到了充分的印证。除此之外，希特勒现在认识到，巴黎的桥梁神护天佑命不该绝：盟军是绝不会轰炸它们的。

希特勒对腊斯顿堡地下掩体里周围的人重申他早先说过的话，不过这次语气平静和周密多了。守住巴黎是“必不可少的”。他命令把“所有能够调遣的增援部队都交给大巴黎司令调遣”。他还更进一步，亲自调动能够调动的部队来加强巴黎的防务。首先，他考虑把凯塞林陆军元帅的后备部队从阿尔卑斯山开进法国支援巴黎。接着他又找到了另外一个更快的解决办法。他用特急电命令第二十六和第二十七装甲师从丹麦南调到巴黎。他的作战局长瓦利蒙特向他保证，这两师的先遣部队为了躲避盟军空袭，夜间行军，可以在八月二十五日或二十六日之前抵达巴黎地区。

希特勒用明白无误的话口授给选来在西线恢复秩序

的莫德尔陆军元帅第一道命令。他告诉他要“同第一军团和第五装甲军团一起进入巴黎前沿的设防地带”，然后以西南方向撤来的第十九军团做进一步加强。

对那个他期望完成奇迹的人，希特勒如今明确提出第一个奇迹该是什么。他告诉莫德尔：“西线总司令的最紧急的任务是把他们部队集中在巴黎的前沿——他首先必须是巴黎前沿局势的主宰。”对希特勒来说，他征服的这个战利品是不能做妥协的。但是他还不知道，在这个城市中，德国军队的士兵在过去八个小时里已经“像香肠一样在烧了”。

四

风度优雅的汉斯·雅伊上校一看到他的士兵尸体躺在纳伊区公所前面他们的卡车四周，不禁脸色发白。他回头看一眼对面墙前双手高举在头上的那一排俘虏，决定“把他们全部就地枪决”。

路易·贝尔蒂因为德国兵把他们从区公所赶出来时挨了棍棒，腰还在作痛，他和南泰尔的年轻邻居皮埃尔·勒·古恩就在这一排可怜的人中间。他们俩在德军蜂拥而入时都被困在大楼三层上。

纳伊的维希政权区长马克斯·罗杰说服雅伊上校，在墙前排成一队的人中，有几个是他的工作人员。雅伊上校让他把他们挑出来。到他挑完时，身材矮小的上校的气平了一些。他决定不枪决剩下的人了。他命令他们高举双手开拔到他在马德里大街上的指挥所去。这支可怜的队伍蹒跚开走时，沿途的人们都从窗户上向他们欢呼。他们走过时，人行道上妇女们为他们流泪，数念珠。

区公所地下黑洞里，两个偷偷地开凿那道把他们同遁身之路隔开的砖墙的人，如今可以听到哗哗的水声，闻到他们隔墙的污水沟的恶浊臭气。最后他们凿开了一个洞。一个接着一个，相距二十码，“从柴迪格来的”

幸存的人爬过了洞，开始随着齐腰深的排水沟的污水顺流而下。

神枪手夏尔·卡莱特背着第一次世界大战的老兵亨利·古林，古林的假木腿给坦克炮弹的一块弹片炸飞了。古林看它一眼说："感谢上帝，他们总是炸同一条腿。"安德烈·卡莱特仍可听到头顶上德国兵的皮靴在遮在他们头上的薄薄水泥盖上踩来踩去。

在纳伊的德军指挥所，路易·贝尔蒂和同他一起被俘的二十个人奉令排成一圈。一个德国兵推开他们走到圈子里面，在他们面前挨个走过。他就是贝尔蒂六个小时以前在区公所街角那家餐馆里得意地俘获的两个德国兵之一。显然，他奉令来指认俘虏他的人。当那个兵绕着圈走近他时，贝尔蒂吓得全身发软，感到再也没有力气举着双手了。那个德国兵走到他的跟前，直瞪瞪地注视着贝尔蒂细长的眼睛。他在观察贝尔蒂的时候做了一个姿势，好像是"把脸颊上的一口唾沫抹掉"。然后，他没有露出丝毫认识的迹象，就走过去认下一个人了。

在卢森堡宫一间屋子的窗口上，有另外一个法国人看着其他三名国内部队的人员走向死亡，肩上扛着为自己挖掘坟墓的铁镐和铁锹。那是头戴藏青色贝雷帽的态度谦卑的卡车司机保尔·巴尔杜，他曾有计划地偷盗维希政权民兵的库粮运送给抵抗运动。这个星期六，巴尔杜的使命遇到了极糟糕的结局，而他本来是下决心最后一次干这勾当的。他在德军一处路障那里给逮住了。巴尔杜本能地吞下了他用来偷运维希政权供应物品的伪造的民兵证件。他当时决定，无论如何不能冒险让他们把他移交给民兵。

巴尔杜自己的照片噎在咽喉里，由于随身不带任何证件而被逮捕，给带到卢森堡宫这一间屋子。他身后的门开了，进来一个肥胖的德国中士，流着汗的脖子上一圈圈的肥肉鼓在领子外面。他的名字叫弗朗兹。他是卢森堡宫食堂司务长。他向巴尔杜招了招手，把他推过过道，进了厨房。

到了那里，他指一指一大堆油腻腻的盘碟说："明天你枪毙，今天你把厨房收拾干净。"

狄特里希·冯·肖尔铁茨铁青着脸，爬上楼梯到莫里斯饭店他的办公室里。像汉斯·雅伊上校一样，冯·肖尔铁茨刚才看到了他麾下的士兵在突然变得敌意的巴黎街道上遭到杀害的第一批尸体。在塞纳河对岸，在奥塞车站的前面，肖尔铁茨几分钟之前刚刚视察过遭国内部队伏击的六个德国兵烧焦的和流血的尸体。

他决心要还击。他走进办公室时，参谋长冯·恩格尔上校递给他一张纸。上面所说的情况虽然没有肖尔铁茨刚才看到的景象那么富有色彩，却更精确。这是当天的伤亡数字，说明肖尔铁茨已经有了五十多名士兵死亡和一百多名受伤的损失。

生气的将军命令主副手们到他办公室来。他的语音坚定镇静，他分析了摆在他面前的不同的可能性。总结起来只有一个简单的选择。要么把三天前对巴黎市长做的威胁付诸实施，对该市的某一部分进行大规模报复，要么以“可以一劳永逸地粉碎起义的流血行动”来摧毁警察总署，看来这已是起义的心脏。冯·肖尔铁茨一一征求他的助手们的意见，然后自己考虑了一会儿。从他办公室开着的窗户中，他们可以听到警察总署周围地区传来的枪声。

冯·肖尔铁茨决定进攻警察总署。为此，他建议把攻击力量的核心，即第十九保安团和第五保安团的坦克，以及欧仁亲王军营的党卫军坦克集中在共和国广场。此外，他决定要求德国空军在他发动攻击之前轰炸警察总署大楼。

的确，他认为空中支援是必要的。他计划派坦克过两座没有防守的桥——圣米歇尔桥和新桥——这样它们就可以进攻警察总署最暴露的一面。但是在派坦克过桥之前，他要把警察总署大楼炸得无还手之力，这样他的坦克就只需“隆隆开过瓦砾”了。由于空军不会在白天升空，他的计划就意味着必须在天刚黑时或天刚亮时发动攻击。

他决定，在攻击警察总署的同时，派坦克和装甲车进攻其他几个抵抗据点。他相信，他能够通过一次残酷的教训镇住巴黎，让它恢复平静。肖尔铁茨环顾办公室里他周围几个人的脸，看到除了同意他的计划以外没有别的表情。在这个八月的下午，在他的参谋部人员看来，起义的巴黎只有用一种语言来对付，那就是武力的语言。

唯一剩下要解决的问题是什么时候发动进攻。肖尔铁茨的二处处长哈根上校主张当天晚上举行进攻。肖尔铁茨后来记得他曾看了一下手表。这时已是五点三十分，他反对傍晚进攻的主意。等到飞机完成轰炸任务，他的坦克就要摸黑进攻了，而在夜色的掩护下，警察总署里的人可能趁机逃逸。

他命令，进攻在次日进行，日出之后半小时。他告诉冯·恩格尔通知空军，确定进攻时间。

一九四四年八月二十日巴黎的日出时间是五点五十一分。

在纳伊的德军指挥所前面，德国兵把路易·贝尔蒂和他的在纳伊区公所被抓的二十位同志装进一辆敞篷军用卡车。在区公所抓获的俘虏少了一个。那是皮埃尔·勒·古恩，就是那天早晨贝尔蒂的妻子给他一把手枪以便他可以参加向区公所进发的那个十八岁少年。勒·古恩没有丢掉这把手枪，想把它还给她，这件事叫他丧了命。在区公所逮到的所有俘虏中，只有他被发现有武器。他就被枪决了。

贝尔蒂双手抱着后脑勺，前面坐着的人的背顶住了他，他只好蜷起双腿，膝盖顶到了下巴。他当时没有注意到卡车拐弯转到了絮兰纳区的威尔逊总统大街，向着一条多土的旁路开去。贝尔蒂抬头看去。在道路的尽头一座树木稠密的小山顶上，他认出了一个六角形的要塞。他在过去三年中，曾在一英里以外他的肉铺里听到那边行刑队的枪声的回响。那是瓦勒里安山，巴黎最令人谈虎色变的德军监狱。

五

在莫里斯饭店的阳台上，有两个人在看着一个穿红色衣裙的年轻姑娘骑车穿过杜伊勒里花园，她的金黄头发在微风中飘扬。“我喜欢这些漂亮的巴黎女人。”冯·肖尔铁茨将军告诉他身旁的人，“把她们杀掉，毁灭她们的城市，会是一场悲剧。”

瑞典总领事拉奥尔·诺德林听到这句话这么自然地从他身旁连连咳嗽的德国人口中说出来，不觉感到惊异。他失望地问自己，这位神情阴郁的普鲁士军人真的准备干出毁灭巴黎这等荒谬事来？他严肃地警告肖尔铁茨，夷平巴黎，他就会犯下一桩历史永远不会宽恕的罪行。

那个德国人耸一耸肩。他答道：“我是个军人。我奉命行事。”

就在他们说话的时候，他们左方卢浮宫灰色建筑群后面，还有被围的警察总署周围地区传来了一阵枪声。一听到这声音，肖尔铁茨方方正正的脸就板了下来。这位矮矮的将军感到心中怒火上升。

“我会把他们从警察总署赶出去，”他保证说，“我会把他们炸出去。”

诺德林听了一惊，向他转过身去。他不知道刚在几个小时以前肖尔铁茨就已计划把那所警察总署变成一片废墟。他问道："你知道不知道，目标稍一偏斜炸弹就会落在圣母院和圣小礼拜堂？"

冯·肖尔铁茨耸一耸肩。圣母院距离他打算要在天明时夷为瓦砾的那幢建筑只有二百码，圣小礼拜堂只隔一条马路，这不是他关心的事。他对那个瑞典人说："你知道目前的形势。你处在我的地位想一想。我有什么别的办法？"

这位瑞典人在日落时分到这房间里来正是为了向大巴黎司令提出另外一个办法。

在几分钟以前，几个街区以外安茹路上他的领事馆内电话响了。那是警察总署打来的。在电话线那一头，诺德林听见有人焦急地在恳求："我们的情况危急。我们只有可以维持几分钟的弹药了。您能帮什么忙吗？"

诺德林一挂上电话，就打电话要求肖尔铁茨见他。在去莫里斯饭店的路上，他想到了一个主意。现在他向身旁的德国人提了出来。这个主意是实行暂时停火，"收拾死者和救护伤者"。他说，如果奏效的话，停火可以延长。

冯·肖尔铁茨听了瑞典人的建议，不觉一怔。他当兵三十年可从来没有要求过或者同意过停火。但是在他最初的惊奇消退以后，肖尔铁茨开始看到了瑞典人的大胆建议中有几个可取之处。肖尔铁茨那天晚上主要关心的是保持巴黎平静无事。他认为，如果停火能为他做到这一点，它就有一定的好处。他的军队就不会由于要扑灭起义而受到牵制。他们可以调去做更重要的工作。如果停火生效，就意味着他不必动用额外警察力量保持他在市内的交通线畅通无阻。

不过，首先是，如果停火生效，他就可以推迟原定于天明时分对警察总署的进攻。他很明白，这一进攻是一个不可挽回的步骤，是对这个城市宣战。一旦他下令让空军的飞机升到巴黎上空，就没有后退的余地了。这是个重大的决定，而狄特里希·冯·肖尔铁茨不喜欢做重大的决定。

巴黎城防司令一职给予肖尔铁茨的自主权，对他来说，是以前所没有过的新经验。直到现在为止，他一直是牢固地附属于德国的非人格化的军事机器。他的决定，除了次要的战术决定以外，都是别人给他做好让他去执行的。如今，就在腊斯顿堡之行动摇了他对第三帝国及其领袖的信心的时刻，客观情况却把冯·肖尔铁茨置于他必须自己做出决定的岗位。他自然宁可推迟做出决定。诺德林的建议给了他这个机会。

于是他告诉诺德林，如果警察总署里的指挥人员能在一小时的试行时期显示他们能够控制属下，他同意谈判全市的停火。

但是，冯·肖尔铁茨对于自己在做的这件事还有一点不放心。这是违背他所接到的关于巴黎的“命令的精神”的。他不想让莫德尔知道。

他放低声音对诺德林说："我有一件事情要求你。别把我的名字同你的停火联系起来。"

他陪同诺德林到大门口，同他握手告别，然后叫冯·恩格尔过来。他简单地告诉他，对警察总署的进攻"暂时推迟"。然后他上楼回到自己的屋子里去思量他刚才做的事情。

警察总署电话交换台上的不断闪烁的红灯又亮了起来。法律系学生埃德加·皮萨尼拿起听筒。在他身后，他的一个绝望的助手说道："盟军打算让我们下地狱了。他们要绕过巴黎。"在电话里，皮萨尼听到诺德林的声音。他告诉他，德军同意停火。

皮萨尼转过身来，同阿芒·佛奈撞个满怀。佛奈就是在院子里制止惊慌失措的警察溃逃的那个硬汉警察。

"谢天谢地，"他喃喃说，"咱们救了巴黎。"

六

在巴黎一千二百英里外，一架飞机的机尾几乎就歇在直布罗陀岩石要塞旁一条发黑的跑道尽头拍岸的波涛中。在熄了灯火的机舱里，驾驶板上的荧光指针在驾驶员提心吊胆的目光注视下颤动。驾驶员前面一千二百码外短短跑道尽头就是地中海，黑黝黝的令人望而生畏的一片静寂。飞机装载了九百五十加仑汽油，比以前装载的要多。驾驶员里奥奈尔·德·马尔米埃上校知道，飞机已超载半吨以上。

他发动了两个发动机，直到他面前颤动的指针停在每分钟转速两千七。飞机抖了起来，德·马尔米埃可以感觉到身后飞机的尾翼在轻微地颤动。慢慢地，他的发动机温度升到了一百零四摄氏度，一百一十三度，一百二十二度。德·马尔米埃仍旧勒住飞机，把每分钟转速提高到他敢提高的程度。

“准备好了？”他问坐在他旁边的那个人。

“准备好了。”那人回答。

德·马尔米埃一松刹，超载的飞机颤动了一下，然后向前面跑道冲去。德·马尔米埃感觉到超载飞机有些不情愿。黑色的跑道在他眼前往后掠去，把他向着地中海起伏的波涛越拉越近：六百码，八百码，九百码，但是飞机仍旧拒绝升空。现在德·马尔米埃可以看到荧光闪闪的大海的白色浪沫向他涌来：一千一百码。他最后一次强迫他的飞机。他感觉到它慢慢地不情愿地升高了几英尺。德·马尔米埃就在机翼下的波涛上面滑过去，他把飞机保持水平，慢慢地加速。然后他翘起了机翼的阻力板，开始向上爬升。他回头看到直布罗陀高耸入云的黑色岩石落到了身后，不禁松了一口气。他刚刚完成了他一万五千飞行小时中最困难的一次起飞。

在他后面的机舱中，夏尔·戴高乐放松了安全带，伸手到军装口袋中摸雪茄。他一言不发地不顾德·马尔米埃的规定，把雪茄放入口中，点燃了它。

是戴高乐本人不顾他的副官们和英国主人的劝告，下令起飞的。原定派来送他到法国去的第二架飞行堡垒在直布罗陀降落时擦伤了一只轮胎，要花二十四小时才能换个新轮胎起飞。戴高乐听到这耽搁的消息后就对表示不同意的主人说：“我要按预定计划在十一点起飞，我坐我自己的飞机。”

为了洛克希德公司的洛德斯塔型专机“法兰西号”这次最远的长途飞行，德·马尔米埃珍惜他的宝贵汽油，因此把方向对准北方，绕过葡萄牙南部的圣文森角的灯塔，然后沿着葡萄牙海岸北飞。里斯本市就在前面招手，那是灯光管制的世界中一片光亮的奇迹。再往前，在西班牙西北端，是他最后的一个灯塔，菲尼斯特尔角的灯塔。从那里开始，他就几乎向正北直飞，走三五七度航线，沿着黑黝黝的、令人生畏的法国占领区海岸，一直到他在英格兰南端找到一架等在那里的皇家空军护航机。

在黑暗的静寂的客舱里，戴高乐的副官克劳德·居伊呆呆地看着他面前的橘黄色小火光，心里在想，真是奇怪，他的国家的命运如今竟系在“熄了灯的飞机里面一支发光的雪茄烟头上”。

七

[八月二十日]

第一道曙光划破了经过一夜风雨仍有乌云残存的天空。一阵新的沉寂笼罩着全市。巴黎在受到创伤之后仍旧感到晕头转向，在这八月二十日星期天的早晨，似乎可以停下来清点它受的创伤。

这个潮湿的星期天将为从睡梦中醒来的首都带来喧扰、反差和混乱。对于少数巴黎人来说，这不过又是一个星期天。在头一天市内发生最激烈战斗的地方，圣母院南面的塞纳河河岸上，已有五六个钓鱼的在试浑浊的河水了。在布洛涅森林，即使起义也不能阻挠少数几个服饰讲究的星期天骑手在树荫下的专用马道上一试早晨的慢跑。

在星期天一早这几个小时里，瑞典总领事拉奥尔·诺德林于凌晨三点钟谈妥的不稳的停火暂时平息了头一天的暴力行动。不论是对占领者还是被占领者，这次停火都带来了短暂的喘息，有片刻的时间可以衡量一下星期六动乱会带来的恶果。

德国卫戍部队对他们占领四年来一直处于冬眠状态的这个城市突然表现出来的怒火感到吃惊而不知所措，

不过他们之中有不少人还是利用了这几个小时的平静，抓住机会写一封最后的信回家。四十二岁的埃里克·汪达姆中士可以从他克里翁饭店的窗口，看到劳役队的工人把反坦克炮的铁桩打进协和广场的人行便道。他向在另一个首都柏林的妻子写信道："亲爱的乌苏拉：很可能会有很长一段时间你得不到我的音讯。我有一种感觉，这里的情况正在急剧恶化。"在几个街区远的地方，奥托·克希纳准尉却开了个阴森森的玩笑。他在荣军院明信片的背面给妻子弗里达尔写道："这是法国人埋葬拿破仑的地方。好好瞧一眼。此明信片收到之日，它可能已经不再存在了。"第一高射炮旅保尔·夏洛克中士来不及写完信就出去巡逻了。他的信一开始说："亲爱的妈妈：我担心这个我这么喜欢的城市就要变成一堆废墟了。"夏洛克把信折叠好。放进皮夹里。两年后信才送来。夏洛克刚把它放好不久，就被艺术桥附近法国国内部队重伤，做了俘虏。

军事警察奥托·尼茨基上尉以其德意志民族的彻底作风，对巴黎的酒吧和妓院进行了每天早晨的例行检查。在普罗旺斯路一家妓院里，尼茨基在妓院老鸨的惊恐目光注视下，发现有个少校躺在床上，他是那天早晨还留在这些一般来说顾客盈门的地方的唯一的德国人。他拔出手枪打灭了头顶上的吊灯，嘴里还一遍又一遍地说着醉意未消的胡话："要把咱们赶出去，他们还等什么呀？"

但是，这个城市里的德国人所接到的任务中没有比军事指挥部的军事警察鲁道夫·莱斯中士更加奇怪的了。

莱斯头一天还趴在蒙特贝洛河滨道的一垛石栏杆后，向警察总署里被困的警察开枪。今天早晨却在他头一天还要杀死的两个警察的左右护卫下，坐在巴黎警察总署的一辆汽车里，开往各处街道。他们担负宣布诺德林停火的使命。巴黎全市到处有身穿夏季衣裙和衬衫的男女赶到街头阅读墙上琳琅满目的招贴，那已成了他们的报纸，上面有赞成或反对停火的相互矛盾的初步意见。在歌剧院大街和金字塔路转角处，惊奇的莱斯看到一家餐馆老板手持一瓶红葡萄酒和三只酒杯向他们的汽车奔来。于是在几个过路人惊奇的目光注视下，这个德国兵和两个警察相互碰杯，祝贺他们向巴黎宣布的停火成功。

八

亚历山大·巴罗迪和他一伙忠诚的戴高乐分子对华沙疮痍满目的景象心有余悸，因此，军事警察鲁道夫·莱斯和他身边两名警察所宣布的不稳定的停火至少为他们提供了一个机会——也许是他们最后的一个机会——来拯救巴黎。在他们看来，这是个意外得来的控制他们无法防止的起义的办法。他们以一种新创宗教的信徒的充沛精力争取在全市实行。他们什么策略都用上了。巴罗迪那天早晨用一句激动的话概括了他们的最后一丝希望："时间。我们必须赢得时间。"

在巴黎，全市都有神秘的电话像潮涌一样打到法国国内部队的总部来，下令实行停火，往往借用国内部队共产党首脑"罗尔上校"的权威。他的一名助手接起电话，惊呆地发现有个不认识的人用他自己的名义下令实行停火。皮埃尔·柯尼希将军以严肃、有分寸的语气，从伦敦通过英国广播公司向全市人民警告说："对于巴黎市来说，没有比居民听从起义的号召造成更大的危险了。"

夏尔·路泽在警察总署上任还不满二十四小时，就命令他的部下："除非受到攻击或者挑衅，不得开火。"他把警车交给诺德林使用，在全市宣布停火。曾经飞到伦敦去警告盟国有可能发生这次起义的那个人，雅克·沙邦－戴尔马，在罗尔的一批部下面前大声说："罗尔和他周围的那些人正在把巴黎引向大屠杀！"

共产党工会领袖安德烈·托莱特曾经以巧妙和精明的手段在四十八个小时之前强行通过了发动起义的决议，如今巴罗迪以同样巧妙和精明的手段在同一政治机构，即抵抗运动全国委员会，强行通过了停火。这些忧心忡忡的人头一天没有选择余地只好接受共产党的既成事实，如今巴罗迪向他们提出德方的停火要求。诺德林作为肖尔铁茨和巴罗迪的总部之间的中间人谈妥了停火的四点内容：承认法国国内部队是正规军，享受战俘待遇；德国人同意法国国内部队占据他们已占的公共建筑物；法国国内部队同意不攻击市内德军据点；德国人可以自由使用一系列明确规定的通道调动军队。用巴罗迪的财务主管亚历山大·德·圣法勒的话来说，巴罗迪告诉他前面那个人："如果你签了一个停火协议，一方，不论你喜欢不喜欢，曾经是世界上最强大的军队，另一方则是还没有打过什么仗的法国国内部队的乌合之众，那么，因为签停火协议而丢脸的，是德国人，不是我们。"

为了支持他，沙邦－戴尔马勾画出严峻的军事现实状况：德国有半个军团等着通过巴黎撤退，这些军队和武器足以在巴黎街头制造阿道夫·希特勒的错乱神智所要求的瓦砾。沙邦和同他在一起的人们当时都不知道，就在他在抵抗运动全国委员会会议上说话的时候，乔治·巴顿中将正在对他的参谋人员第一次做出对过早的起义生气的评论。他说："既然是他们发动了这场该死的起义，那么就由他们来收场吧。"

巴罗迪和他周围的人由于行动快速和协调，似乎取胜在望。他们觉得他们可以把这场他们当初不能阻止的起义放"在水箱中"了。共产党人因为他们进攻的迅速而猝不及防，还不知怎么还击。不过他们很快就会用暴力来进行反击。

但是，在这个夏季的星期天大清早，就像婴儿学步一样胆怯和不稳的停火已开始在全市蔓延。巴黎人心中的一块石头放了下来，兴奋地拥上头一天还阒无一人的街头。对巴黎的千千万万普通市民来说，他们给星期六的暴力行动吓怕了，如今好不容易又可以放心呼吸了。在这闷热潮湿的早上，许多人觉得巴黎已经得救了。

埃梅·布莱少尉焦急的眼光又一次扫过了他前面仪器面板上的四根燃料指针。每根指针都代表他四只油箱中一只的存油量。三只已空了。布莱用手泵早已抽空了它们的最后一滴存油。如今第四只油箱的白色指针也开始降向零点。这位三十三岁的航行机械师心中明白，最后一只油箱中的油已不够半小时的飞行了。洛克希德公司的这架洛德斯塔型"法兰西号"专机在暴风的袭击下迷失于雨雾之中，在英国海岸上空徘徊已有一个多小时了，还在寻找护航的皇家空军战斗机，把它带到诺曼底去安全着陆。坐在前面的那个人的话打断了布莱的愁思。

“燃料？”

“咱们快用光最后一只油箱了，”航行机械师回答驾驶员里奥奈尔·德·马尔米埃，“你玩不了多久了。”

德·马尔米埃的手因为神经紧张而出汗，他心中明白，他必须找到陆地。他必须靠自己的力量这么做，没有仪器，不用无线电，不知高度，而同时，他的汽油将快用尽，机舱里还坐着那个抽着雪茄烟、肩负法国命运的人。德·马尔米埃把发动机减了速，慢慢地降下飞机的高度。布莱看着高度计下降到地面的水平，心中默默地祈祷，他们是在海峡上空，不是在陆地上空。在他们身后的客舱里，夏尔·戴高乐沉默无言，不动声色，望着窗外阴郁的世界。

“燃料？”德·马尔米埃问。

“还够用几分钟，上校。”

现在，在飞机下方，布莱可以看到海峡的白色波涛。接着，在他们的前面，英国海岸的灰色轮廓从雾中露出来。客舱门开了。戴高乐的副官克劳德·居伊走了进来。

“发生什么事啦？”居伊问道。

“咱们给抛弃了。”马尔米埃回答，“没有护航机。”他告诉居伊，他们只好在英国降落。

年轻的副官回到客舱。他对面前那个不动声色的人报告，护航的战斗机没有出现。

戴高乐叹了一口气。“这次是谁？”他问居伊，“是英国人？是美国人？还是他们串通一气？”

然后居伊报告他们的燃料快用尽了，只好在英国降落。

戴高乐伸直身子。“英国？”他问，“那绝对不行！告诉马尔米埃，我只在法国降落。”

“燃料？”马尔米埃又问他的航行机械师。

这次布莱咽了咽口水才说：“几乎空了。”

在海峡的汹涌海面上掠过的洛德斯塔型飞机只有一百码不到的能见度，现在转过头来向南面的法国海岸飞去。布莱握着手泵，把他们最后一个油箱里的最后几滴油抽出来。德·马尔米埃神经紧张地舔着嘴唇。布莱觉得他一辈子从来没有像这次在机舱里度过的几分钟那么难熬。这时，在他们前面出现了长长的低低的法国海岸。很快，那架飞机掠过了到处尽是碉堡和瓦砾的被人遗弃的海滩。德·马尔米埃茫然看着这一景色。他什么都认不出来。他知道他已没有时间去观察下面的乡野，弄清他究竟在什么地方了。

“布莱，”他命令说，“把这张地图送到后面的客人那里，看他是不是认得出咱们在哪里。”

戴高乐戴上眼镜，审视地图，又向窗外窥看了一会儿。然后他回过头来，把手指戳在诺曼底顶上一块陆地说：“咱们在这里，正好是瑟堡的东面。”布莱马上回去。

这时德·马尔米埃已经找到了方位。他们确是在瑟堡的东面，正好是戴高乐指的地方。德·马尔米埃已在俯降，在下面一条临时性的战斗机跑道上着陆。

飞机滑过预制模件铺成的跑道时，布莱的仪器面板上的一盏小红灯开始闪烁。这是洛德斯塔型“法兰西号”专机最后一个后备油箱的燃料耗尽的警告灯。它说明机上剩下的油只够一百二十秒钟的飞行了。戴高乐就是靠这两分钟之差，安全地返回法国——没有在英吉利海峡惨遭灭顶之灾。

没有人在莫佩图斯这条小小的跑道上迎接他。没有盛典，没有群众，只有泥泞和诺曼底的细雨。他的副官克劳德·居伊向一所谷仓走去，那谷仓已改成临时机场的管理处。有个神情倦怠的官员走了出来，用他的轻机枪枪口对准居伊。他问道：“干什么呢，你们在这里？那架飞机上乘的是谁？”

“你把机枪挪开。”居伊告诉他。他宣布，机上的客人“是戴高乐将军本人”。

戴高乐及其一行坐一辆呼哧呼哧的木柴汽车开进了瑟堡。在那个疮痍满目的海港里，这一行精疲力竭、风尘仆仆的人只找到一把刀片可以刮胡须。戴高乐享有首先使用的荣誉。一行中其他的人按地位高低挨个儿使用。然后戴高乐叫居伊做两件事情：弄一张纸写他的讲话稿；安排与艾森豪威尔尽早见面。

几分钟以后在瑟堡市政府，柯尼希将军告诉戴高乐，“巴黎发生了暴动”。将军的反应很少有这么感情冲动。他的政敌已经向他提出了他久已怀疑会提出的挑战。如今骰子已经掷下。在入夜之前，他已决定，他必须让艾森威豪尔决定进军巴黎。

亚历山大·巴罗迪要迟到了。他推开吃了一半的午餐，那是他的巴黎总部唯一的俘虏，一个德国司务长为他精心准备的。在各餐之间，他被关在圣法勒的暖房里。巴罗迪向他的两个助手罗兰·普雷和爱弥尔·拉封做个姿势，就从桌边站起来，取起装满文件的黑色公文包，前去与他的负责军事的同僚雅克·沙邦－戴尔马会面了。他在入夜之前，也有一个目标要完成。他希望为戴高乐、为历史保存巴黎，而那天中午唯一可以做到使巴黎不受毁坏的办法只有诺德林的停火。

在外面等他的是一辆由一个身穿藏青制服的漂亮姑娘驾驶的雪铁龙汽车，她的衬衫袖子上戴着洛林十字袖章。圣法勒在窗口上看着他们的车开走。他心里想："这真是太棒了。解放就在眼前，我们又可坐在司机驾驶的汽车里四处走了。"

九

在夏尔·戴高乐回到法国的那条雨中跑道二百一十英里以外，有个地下掩体，在掩体的底层，四十一岁的汉斯·斯派德尔中将在等候他的新任总司令瓦尔特·莫德尔陆军元帅回来。这个深藏在巴黎以北六十英里处苏瓦松不远的马吉瓦尔村村外已被弃置不用的采石场下面的B集团军新总部，代号叫“WII”。四年以前，就在这个走廊、会议室、通讯中心交错的地下迷宫中，阿道夫·希特勒本人曾经策划对英国的进犯。如今，在这些房间惨白的日光灯的照射下，莫德尔元帅却要监督一项不那么光彩的任务，即把德国武装部队撤出法国。自从莫德尔离开这里去做上任后的首次视察以后，四十八小时以来最高统帅部的急电就开始在斯派德尔的办公桌上堆积起来。这个态度温和的人是莫德尔的参谋长，这些命令使他心中对希特勒为法国首都注定的命运不存任何幻想。他是很少有办法防止的。由于自己也深陷于七月二十日的密谋中，斯派德尔已经怀疑自己在这个总部里的日子不多了。

门突然打开，莫德尔闯了进来，汉斯·斯派德尔吃了一惊，连忙合上他面前的一本皮面厚书。今天上午，这位蒂宾根大学毕业的哲学博士正在阅读蒙田的《随笔》第三卷。

斯派德尔后来记得，这位通常精力充沛的矮小元帅显得精疲力竭。他没有刮胡须，面容憔悴。一种不合他的性格的颓唐情绪笼罩着他。他一屁股坐在椅中。他告诉斯派德尔，他刚才结束的视察是一场噩梦，可以与他在东线受到的最严酷的考验相比。他吃惊地发现，情况比他预料的要严重得多。他的部下官兵全都精疲力竭，士气不振。前线——如果说还可称得上是前线的话——一片混乱。这次视察使希特勒的这位创造奇迹的人看到，他的第一个奇迹应该干什么。不管怎么样，莫德尔总得把西线的混乱整顿一下，恢复秩序。在这条拉得过长的分崩离析的战线上，莫德尔总得在什么地方为重整他的败军队伍进行一次争取时间的赌博。莫德尔不顾他几乎是盲目效忠的那个人发来的明确命令，不顾斯派德尔交给他的一大堆正式函电，做出了他自己的决定。他决定在巴黎身上进行他的赌博。

有两个因素导致他做此决定。一是肖尔铁茨。从起义爆发之初，肖尔铁茨就有意地、有计划地低报巴黎动乱的程度。这天早晨从大巴黎司令部发来的报告是八月二十日星期日八点二十分发的，内称“一夜平静。只在晨间发生一些孤立的小接触”。星期六的报告也同样令人放心。根据那天上午放在他前面的这些报告，莫德尔没有理由相信，除了一些“恐怖”行动外，巴黎有什么问题。[1]

二是西线总司令部参谋部二处I.G. 斯陶勃瓦塞尔中校仔细斟酌过的每周敌情报告。那是在头天晚上准备好的，像往常一样。报告的核心问题是对敌人意图的估计。报告称，“盟军共有五十三个师”[2]准备沿卡昂－利雪公路向东推进，同时由北方和西北方从德里厄出发企图包围巴黎以南的塞纳河西岸的德军。该报告预言，他们会“在巴黎南面的奥尔良向东进击”。

报告最后说：“目前暂无大举进攻巴黎的危险。”作为最后的佐证，放在莫德尔面前的报告表示在法国首都正面的战线上只有“侦察活动”。莫德尔告诉斯派德尔，一切都证实他原来的看法：盟军不会直接进攻巴黎。这样莫德尔感到放心了，巴黎一时不会受到什么威胁，他就决定，他的第一桩事情就是解救巴黎南面塞纳河西岸受到威胁的德军。他要在盟军包围他们之前，把他们撤到塞纳河的这边来。然后他就建立希特勒作为首要任务交给他的“工事地带”。当最高统帅部命令中所答应的增援部队第二十七和二十六党卫军装甲师到达时，他们和他所能调动的第七军团余部就可以开过巴黎到郊外的

---

[1] 二十年后在巴登－巴登，冯·肖尔铁茨透露他为什么向他的总司令低报巴黎的动乱。像大多数德军将领一样，他害怕莫德尔的火爆脾气迅速发作。他不想把莫德尔的注意力吸引到他自己身上和巴黎上来。

[2] 德军将领一贯过高估计与他们对阵的盟军兵力。事实上，盟军那天部署在诺曼底的只有三十九个师。

坚固防御阵地上去。莫德尔向B集团军参谋部三处处长汉斯·冯·坦贝尔霍夫上校口授了一系列的命令，把他就任西线总司令以来的第一批决定付诸实施。不过他忽略了一件事。他没有告诉大巴黎司令，最高统帅部已把两个装甲师拨给了他。这点疏忽后来造成了严重后果。

莫德尔走后，斯派德尔沉思地站在办公室中央。在办公室墙上挂着他十四年前在索尔邦当大学生时买来的三幅画的复制品。这些年来，不论他到何处，它们一直跟在他身边，甚至到这个地下要塞中来。它们是十八世纪的作品，画的是杜伊勒里花园、凡尔赛宫、圣母院。戴眼镜的斯派德尔忽然想，它们是否也会成为希特勒对欧洲造成的疯狂灾难的一部分而被毁灭掉。

狄特里希·冯·肖尔铁茨在莫里斯饭店的总部却没有复制的画装饰。在他的办公桌后面，在巴黎地图的对面墙上，冯·阿尼姆伯爵挂了一幅诺曼底前线大地图。冯·肖尔铁茨可以在上面看到盟军对巴黎的钳形攻势的逐日推进，这在六十英里以外莫德尔的谍报头子也已看得很清楚。冯·肖尔铁茨早已预料到了。那一天他的估计是，盟军对巴黎市本身的进攻“在九月初以前不会进行”。

届时，冯·肖尔铁茨希望能保卫巴黎。这位性格拗强的矮壮的普鲁士人如今心里明白，这会是一项极不愉快的任务，但是他希望能完成它。他在巴黎的使命仍旧

是冯 · 克鲁格在他到达后不久说的话所规定的："巴黎必须予以保卫，而你的任务就是保卫它。"

他心里明白，希特勒的主意是把巴黎变成"巴黎要塞"[1]，逐家逐户进行争夺。这将意味着给这个城市带来不可估计的破坏。但是肖尔铁茨自己不得不承认，这是一个"从军事上来说很好的主意"。要做到希特勒所预期的，需要五个师。他知道他绝不可能从西线被打得七零八落的军队中抽调到那么多的军队。但是，冯 · 肖尔铁茨知道，只要有三个师自己就能把巴黎变成一个杀人如麻的战场，可以拖住敌军几个星期，最后把这个城市变成弹壳和瓦砾成堆的废墟。这样结束他的军人生涯并不光彩。但是冯 · 肖尔铁茨知道，一旦这些军队调到他的麾下，他就没有别的选择，只好这样做了，而他也是会这样做的。

这位矮壮的普鲁士人忧郁的沉思被他办公桌上那没有面容的黑色电话机的急促铃声所打断了。这是通过楼上冯 · 布莱森斯多夫的交换台给他直接接通最高统帅部和柏林的电话。现在，约德尔上将第三次打电话给他。约德尔嘶哑的声音向冯 · 肖尔铁茨表明，元首的这位总参谋长情绪极为愤怒。

他说，元首要他亲自解释，最高统帅部原来命令他在巴黎地区实行破坏，为什么至今连一份这方面的报告也没

[1] 原文为德语。——译注

有从他那里收到。冯·肖尔铁茨对这问题既感到担心又感到难堪。柏林派来的四名专家那天早晨已经完成了他们的工作。他们的工作结果就放在他的办公室里，那是一份准备十分缜密的计划，要把二百多个工厂毁坏，其中包括两家自行车厂，这不由得使肖尔铁茨感到好笑。这四个人不久就要回到柏林了。他不能再辩称他们的准备工作还没有完成来掩饰他没有开始进行奉命要进行的破坏了。在电话线另一端那个不耐烦的人的催促下，肖尔铁茨做了一个解释。这是他唯一能做出的解释，也是他马上就后悔做出的解释。他告诉约德尔，他不能开始破坏是因为他的部下忙着对付首都各处爆发的“恐怖”活动。

肖尔铁茨后来回忆，约德尔闻言“大惊”。这句话是最高统帅部第一次听说，巴黎局势已经何等严重。约德尔沉默良久，显然是惊呆了。他刚刚离开希特勒的第一次每日例会。希特勒的命令还记在他的速记本上。希特勒再次强调了“对巴黎的保卫所赋予的极其重要的意义，因此，必须采取一切措施来保卫”。

约德尔告诉冯·肖尔铁茨，元首听到巴黎发生动乱一定会震怒万分。他向巴黎司令警告，他必须采取一切可能的步骤恢复市内秩序。

然后，为了使冯·肖尔铁茨充分理解他说话的分量，约德尔用一本正经、字斟句酌的口气说：“不论发生什么情况，元首都期望你对指派给你指挥的地区进行最大程度的破坏。”

听着外面诺曼底的细雨落在树上的簌簌声，最高统帅在他的舍尔勃斯特前沿司令部地图帐篷中的木板地上踱来踱去，这个前沿司令部设在科唐坦半岛南部的格朗维尔。艾森豪威尔是在耐心而坚定地等待他的访客。他认为他完全知道在这个八月的雨天里夏尔·戴高乐要的是什么：巴黎。他决定他还不能得到它。

像戴高乐一样，艾森豪威尔在几小时以前获悉巴黎爆发了战斗。他知悉此事后“十分生气”。在他看来巴黎的暴动造成了“恰巧是我不想要的那种局势，这种局势不在我们控制之下，但可能迫使我们在准备好以前改变我们的计划”。艾森豪威尔相信，就是为了要改变这些计划，戴高乐才到他的舍尔勃斯特总部来。他不喜欢这个。他认为这又是一个例子，说明戴高乐“企图让我们改变计划来适应他的政治需要”的讨厌习惯。对统率盟军的这位美国将军来说，“巴黎的政治因素是次要的”。他只操心一件事：同德国人作战。他不允许任何事情，哪怕是巴黎，把他的进度拖慢。当他听见来访客人的脚步声时，他又一次立誓“不让自己在巴黎问题上做出承诺”。

脾气倔强的夏尔·戴高乐心情忧郁地踩着湿草走向最高统帅的帐篷。他这天早晨回到法国来，搭的飞机汽油耗尽，着陆的空机场上只有一个态度冷漠的工作人员，刮胡须的刀片还是借来的，但他还是回来了，目的是要领导他的国家。在他的国家里，有千百万人听到过他的声音，但是没有见到过他的脸。对这千百万人来说，他是个影子，是个理想。如今他得让自己添上血肉，实现这个现在必须变成政治现实的理想。对他来说，巴黎的政治因素是至高无上的。由于共产党人已经叫嚷要夺权，对戴高乐来说，巴黎不仅是他个人的目标，也是国家的目标。当他拨开门帘走进最高统帅的帐篷时，戴高乐下定决心，在这次会议上他的意志要占上风。

里奥奈尔·德·马尔米埃上校坐在洛德斯塔型专机“法兰西号”的驾驶舱里，看着那三个人踩着高及脚踝的野草慢慢地向飞机走来。戴高乐双手交叉在背后，独自走在前面两步。他的脑袋微微低着，垂着双肩，在他的驾驶员眼中，他似乎比以前所看到的“更加忧郁，更加茫然”。德·马尔米埃心中想，“全世界的重负”似乎都压在戴高乐的肩上了。

夏尔·戴高乐失败了：艾森豪威尔没有同意改变计划，立即进迫巴黎。

他们的会见一开始就转入正题。艾森豪威尔用他有橡皮包着的指示棍一一指着各幅地图，向戴高乐解释“我们的目的和我们的计划”。艾森豪威尔在地图上勾划出他的后海神计划研究报告中提出的对法国首都实行钳形包围的计划细节。那个文件的最后定稿刚刚在四十八小时以前送到他的桌上，也就是在巴黎警察总署升起三色旗之前二十四小时。由于战线不断变化，最高统帅对巴黎的解放没有确定具体的时间表。但是在久经阅历的戴高乐将军眼中，艾森豪威尔的地图所传出的信息是没有什么神秘的。艾森豪威尔的时间表不是他的时间表。

艾森豪威尔后来回忆，戴高乐“马上要求我们重新考虑巴黎问题。他对此毫不掩饰。他说有来自城里共产党人的严重威胁”。

他警告最高统帅，如果他迟缓不进，他就有可能发现“巴黎出现灾难性的政治局面，可能对盟国作战努力具有破坏性”。

尽管艾森豪威尔对戴高乐的判断能力极为尊重，但他仍然拒绝改变计划。戴高乐怀疑他的犹豫是政治性质的，[1] 最高统帅后来坚持说这是“纯粹军事性质的”。在艾森豪威尔看来，时间“太早了”。他仍旧担心“我们可能因此陷入那里的一场大战”。[2]

---

[1] 戴高乐在他的《回忆录》第二卷中（第二九六页）写道，“我有这样的感觉，艾森豪威尔同意我的想法，但是，为了不完全是战略上考虑的原因，他还不能在这个问题上干什么事情。”这指的是他相信，华盛顿支持赖伐尔最后一分钟利用赫里欧的诡计。

[2] 使他担心的原因之一可能是还在等待他的谍报部门分析的两份报告。一份的日期是八月十九日，它说：“第二十六装甲师调出丹麦，目的地不明。”第二份报告的日期是二十四小时以后，它说：“地面来源指明党卫军第二十六装甲师内定调往巴黎地区。”这两份报告表明，希特勒的命令执行得多么迅速，也表明盟军在被占领国家的谍报工作是多么有效率。这也可以证实艾森豪威尔自己在那一天的怀疑：“莫德尔会把两到三个师换到那里进行一场消耗极大的巷战……他会跟我们好好打一阵子小规模战斗。”艾森豪威尔的主意是“避免他的这一场小规模战斗”和他自己的补给问题，那么到莫德尔醒悟时“我们已挺进到兰斯附近，他的军队正好落入我们的怀里”。

对这个垂肩弯腰神情严肃地回到马尔米埃的飞机上的人来说，艾森豪威尔的答复成了一个严重的难题。它使戴高乐面临一个很难做出的决定。几分钟以前，他曾对他面前的那个皱着眉头的美国人暗示这可能是什么决定。戴高乐以一本正经的得体态度告诉艾森豪威尔，巴黎的解放对法国具有头等的重要性，因此，如有必要，他准备把法国第二装甲师从盟军指挥部下抽出来，由他自行派往巴黎。[1] 对戴高乐来说，巴黎这么重要，他为了得到它不惜粉碎盟国四年的团结。

戴高乐在登上他的洛德斯塔型专机“法兰西号”前，回头向他的年轻的担心的副官问了一句：“勒克莱尔将军在哪里？”

[1] 艾森豪威尔闻言微笑，他没有认真对待这彬彬有礼的威胁。他相信，第二装甲师，“如果我不让，是一英里也移动不了的，而且也不会移动的”。后来，在凸出地带作战时，战局更为紧张，戴高乐又做了一个类似的威胁，这次是要把最高统帅需要的法国第一军团各师撤出斯特拉斯堡。于是生气的艾森豪威尔告诉他：“将军，这些军队我要尽可能长期留在斯特拉斯堡。不过如果你要撤回，你就撤吧。记住一点。你再也得不到一颗子弹，一磅供应品或者一加仑汽油。但是如果你要撤回这些师，将军，那你就去撤吧。”

十

诺德林的停火开始在全市生效。对巴黎的法国国内部队共产党头目来说，这是叛国的行为。“罗尔上校”一早从电话中得知以后就倾全力来破坏它。在这个性格直来直去的布列塔尼人看来，这不仅是政治上的背叛，也是对他个人的背叛。四年以来，他一直孤身一人在暗中作战，等待这一可以领导一场公开的战斗来驱赶他的国家的征服者的时刻。现在，没有人可以剥夺他进行这场战斗的权利。

正像戴高乐派对手运用一切可能的手段在全市实行停火一样，罗尔也用他所能找到的一切手段来破坏停火。罗尔通过电话、信使，乃至他本人，重申他头一天的命令。他说：“起义是命令。只要巴黎的街道上还留有一个德国兵，我们就要继续战斗。”他对共产党领导的纪律严明的突击队自由枪手游击队发出紧急命令，不论在何处，一见德军就开枪射击。他决不让巴黎街头听不到枪声。寂静意味着停火已经被接受了。到了中午，为了支持他，共产党开始在巴黎墙头到处张贴标语，谴责停火是“消灭巴黎工人阶级”的诡计，以便让“那些仇恨和害怕人民的人做肮脏交易”。

罗尔以他布列塔尼血液中的顽强天性，努力要重建法国国内部队被戴高乐派为削弱他的地位而中断了的指挥系统。没有一场解放战争会比这场更加充满恶意，没有一个战场会比这场解放战争的战场更加奇异多变。认为共产党人要暗害他的那个骑自行车的戴高乐派伊冯·莫朗达觉得，好像“共产党人已准备成立新‘公社’，而我们戴高乐派已被选来扮演凡尔赛宫的绅士角色”。在安德烈·托莱特的心中，戴高乐派由于停火已犯了“叛国罪”，巴罗迪是在力图“削弱抵抗运动，抑制法国国内部队，一直到戴高乐准备好由他自己来解放巴黎”。

不论对戴高乐派或者他们的政敌来说，警察总署的庞大建筑物是他们的共同战场。在它迷宫一般的走廊和办公室里，两派都在争夺控制权。那天下午，走廊里在进行着激烈的辩论，其程度不亚于头一天同德国人的作战。莫里斯·克里埃歇尔－瓦利蒙是共产党安插在那里煽动群众脱离戴高乐派的领导的，他要求警察们不服从他们的领袖。有一次激烈争辩时，戴高乐派财务负责人亚历山大·德·圣法勒一把抓住那个胖乎乎的共产党人的手，愤怒地叫道：“如果你继续进行你的起义，你的这只手将沾满千千万万被杀的巴黎人的血。”圣法勒后来回忆，瓦利蒙怀疑地看着自己的手。

隔几扇门，在另一会议室里，雅克·沙邦－戴尔马的一位年轻助手洛林·克鲁斯向他面前的那个毫不动摇的人竭力劝说，要他接受停火。他很焦急，因为共产党的这一政治行动的代价将是二十万条性命和一个城市的涂炭，以及成片的废墟。但是站在他面前的人岿然不动，只是用蔑视的眼光看着他。然后，罗尔在面前桌上用力一拍，用跟他的对手同样冲动的话语做出了他的答复。克鲁斯永远忘不了他的话。

罗尔声称，“巴黎值得二十万条性命”。

在罗尔的不断催促下，起义一点一点地恢复了它在那天早些时候失去的势头。引人注意的九、十点钟的时候消失的枪声，如今又慢慢回到巴黎的街头来了。罗尔的共产党自由枪手游击队在全城都有纪律严明的组织，他们又向途经的德国巡逻兵开火。至于德国兵，有许多人本来不服冯·肖尔铁茨的停火令，就立即予以回击，或者自己率先开火。就像一件毛衣给拆开一样，停火开始垮了下来。

星期天上街闲逛的人，原来是由于好奇或者习惯出来的，一下子给夹在弹雨中间。[1] 几个小时以前还兴高采烈地在窗户上挂出三色旗的住户如今发现已成了德国巡逻兵的靶子。

在塞纳河和圣日尔曼·德·普莱之间的弯弯曲曲的小巷里，在“捕鱼猫路”和“心安息路”这样名字古怪

---

[1] 尽管停火开始时颇有生效的希望，但这一星期天有一百零六名法国人被打死，三百五十七人受伤，略低于前一天死一百二十五人，伤四百七十九人的数字。

的街道上，埋伏的法国国内部队小分队截获了四卡车的德国兵。他们有的人因为军服溅上了莫洛托夫鸡尾酒而着了火，叫着四散逃命，穿过这些独具风光的陋街小巷，成了这千年人间娱乐古城中的人体火炬奇观。

巴黎作为一个城市，整体来说，在这个时候已经自己组织了起来。原来在秘密印刷所印地下报纸的那些人，如今印出许多传单，告诉大家怎样制造莫洛托夫鸡尾酒或者树立街垒。巴黎的药剂师们由于有氯酸钾而成了军火库供应者。各医院早已秘密组织起来，现已由抵抗运动接管。学医的学生和姑娘们在公寓里、商店里建立了急救站。全市各地都有志愿担架员待命，他们大多数是青少年。在中央菜市场，法国国内部队仓库工人没收了他们所能找到的所有食物供应，把许多饭馆改成施粥站。他们给挨饿的和没食物的居民一天发一盘热汤。

但是在这忙碌的城市里，没有一个地方的抵抗运动的活动组织得比王宫广场一所正方形灰色建筑物里更有声有色了。那里是莫里哀之家，法国全国首屈一指的剧团。法兰西喜剧院的男男女女把这所古典剧场变成了医院和街垒据点。法兰西戏剧界的声音沙哑的女王玛丽 · 贝尔，两位最漂亮的年轻女演员丽丝 · 德拉马尔和莫妮 · 达尔美翻遍她们的戏装箱，找出了十七世纪的睡袍来改做临时性的护士制服。在志愿的担架员中有一位戴玳瑁边眼镜的态度安详的人。他主动担任值夜班，以为这样会安静一些。他想把这些天的印象记在纸上。他的名字是让－保尔·萨特。演员们在锅炉房打开了一个苦心积攒起来的军火库。为了补充他们不足的库存，他们还翻遍道具箱。雅克·达克米纳穿上了他上一部影片中的服装。当时他演的是第一次世界大战中的法军上尉，他还一直保存着他这个角色使用的老式温切斯特步枪。另一个演员乔治·马夏尔是法国年轻人的鬈发偶像，他用一件少见的古老武器来武装自己。那是一支俗称“大笨蛋”的十八世纪大口径短程霰弹枪。

十一

狄特里希·冯·肖尔铁茨内行的眼睛一望而知，天际的一片灰云预示他面前的这个城市又要遇到新的暴风雨。肖尔铁茨每天午饭以后总要站在莫里斯饭店的小阳台上平静地呼吸一下八月的温暖空气。在这个时刻，世界上没有别的东西比把这个城市似乎沉醉于其中的中午睡意再拖长一些更使这位矮壮的德国将军感到惬意的了。但是，他已经可以听到轻型武器交火的隐约劈啪声在他前方的天际不断传来。它们的回声在肖尔铁茨的心中引起了不安的反响。

诺德林总领事建议的停火为肖尔铁茨的对手带来了意外的喘息，给肖尔铁茨也带来了同样的意外喘息。他看着罩在塞纳河上的树尖，心里在想，没有停火，警察总署也许还有整个城岛都已变成一片瓦砾了。这个想法倒并不叫肖尔铁茨感到寒心。他的命令毕竟是要不计代价维持市内秩序。对大巴黎司令来说，停火首先是避免流血摊牌的最后一个机会，否则巴黎和他的军队就会陷入不可挽回的冲突之中。在他看来，这场冲突能避免最好，否则是一点好处也没有的。他的军队还有另外更好的用途。但是如今看来，这个最后机会似乎已在迅速消失。

冯·肖尔铁茨一边听着这四处响起的枪声，一边在回想刚刚一个小时以前他同约德尔的谈话。他不得不承认，他不得不警告最高统帅部巴黎形势的严重性，这就使他不能再希望转移元首对他发生困难的任务的注意力。现在，他知道，希特勒不会让他有什么安宁。这位矮个子德国人心里明白，如果瑞典外交官不能以他的停火建议恢复巴黎秩序，希特勒就会逼迫他用暴力恢复秩序——或者派个愿意这么做的人来取代他。

电话铃声又打断了他的沉思。他回到办公室里拿起听筒。这次是一通普通电话。他听到打电话的人要求同大巴黎司令本人通话。

“说话的就是。”冯·肖尔铁茨粗声粗气地说。

打电话的人自报了身份。这是圣克卢军事法庭的一名军官。他的话音十分得意，他向肖尔铁茨报告他在一辆满载军火和文件的汽车中抓获了三个自称是“戴高乐的部长”的平民。他说看来这是他们近几个月来在巴黎最重要的抓获。他问肖尔铁茨，这些人身带武器，是不是要当场枪决，还是交给来要人的保安处。

冯·肖尔铁茨的军队奉有见到平民携带武器格杀勿论的命令。他根据最初的本能就回答说：“是啊，当然，把他们枪毙掉。”接着他又转念一想。如果这些人确如他们自己所称，是戴高乐派在这个城市的代表，那么，肖尔铁茨觉得，他们可能是能够恢复首都秩序的人。

“把他们送到我的办公室来。”冯·肖尔铁茨命令道，

“在你们处决他们以前我要见见他们。”

他们到来之前不久，诺德林总领事和“鲍比”·本德气喘吁吁地出现在他的办公室里。是意外的巧合把他们送到这里来的。有个漂亮的巴黎姑娘在亨利－马丹大街像每个星期天一样闲逛时看到有手铐铐着的三个人被押在一辆德国军队卡车上疾驰而过。她认出其中一个是她的未婚夫。诺德林恳求冯·肖尔铁茨找到这三个人，在他们被处决以前从党卫队那里救出来。他告诉这个德国人，他们是他在头一天晚上与之谈判订出协议的人。没有他们，这个城市的领导权肯定要落入共产党之手。其中一个甚至是戴高乐的一名部长。他的名字，据诺德林告诉冯·肖尔铁茨，是亚历山大·巴罗迪。

将军的脸浮起了少有的笑容。“领事阁下，”他说，“看来他们就是我现在正在等待的三位先生。”

大巴黎司令轻轻地扶一扶他的单片眼镜，好奇地看着两个体格魁梧的德国军事警察推进来三个人。冯·肖尔铁茨在过去二十四小时中常常寻思，领导这场没有面孔的起义来反对他的人究竟长得什么样。他们是不是像他的谍报部门所说的那样？是“痞子”还是“共党”？这位德国人意外地发现站在他面前的是三个怯生生的人，同每天下班时充斥巴黎街道的许许多多小职员没有什么差别。

他仔细观察他们。接着，他忍不住露出一丝微笑，他感到奇怪，一个秘密抵抗运动的三名领袖居然蠢到这种程度，在光天化日之下，坐着一辆满载军火和惹祸的文件的汽车，由司机驾驶着大模大样地逛大街。他问他们："你们以为我的兵是童子军？"

但是冯·肖尔铁茨把他们带到办公室来不是为了一试他的讥嘲本领。叫他们到这里来是让他们从他的嘴里听到，如果他们已经接受的停火失败，等待巴黎的灾难将会是什么规模。他说，全市各处枪声又起。作为巴黎负责治安和他的军队的安全的军事总督，他没有别的选择，只有以暴力对付暴力。他向面前的三个人发出警告，他已下决心要保持进出巴黎的交通畅通。如果战斗再启，首都及其人民的后果可能是悲惨的。

冯·肖尔铁茨看到巴罗迪在他的恐吓下脸色有些发白。他马上不喜欢这个人了。巴罗迪腰板挺直，态度强硬，毫不妥协，一点也没有表示出肖尔铁茨认为处在他的地位应有的谦卑和恭顺。现在轮到法国人回他话了。他告诉冯·肖尔铁茨，他也希望维持巴黎的秩序。但是他又说："你，将军，指挥一支军队。你下命令，你的部下都遵守。抵抗运动是由许多派别组成的。我并不控制他们全部。"

冯·肖尔铁茨看了他很久。在几分钟以前，他还恨不得把这个傲慢的矮小的法国人在他窗户外的杜伊勒里花园枪毙掉。但是，他仍希望这次会见能有所收获。如果他的威胁确能使这三人信服，那么他们的权威可能有助于维持诺德林的停火。他转身向瑞典人说："领事阁下，既然这些人是在停火后捕获的，我决定把他们交给你看管。”

说完话，这个德国人就站起来，绕过办公桌走过来。他问巴罗迪是不是军官。法国人答是的，是后备军军官。“那么，”冯·肖尔铁茨说，“在两个军官之间，是允许这个姿态的。”这位普鲁士将军向刚被他饶了性命的人伸出手。

巴罗迪拒绝握手。

诺德林看到冯·肖尔铁茨骄傲的受到伤害的脸红了起来。这个姿态使冯·肖尔铁茨二十年后想起来仍耿耿于怀。但是他的怒意还不如把三个俘虏押来的那个军事警察大。当那个军官押着三个人下楼时，另外一个军官尖锐的耳朵听见了他在嘟囔“我们饶不了他们”。“鲍比”·本德抢在这些人的头里，先到街上。在他的左方，在里伏利路的路边，他看到有一辆派克车停在那里，发动机在空转。在司机身旁坐着一个穿便服的人在看着他们。在那人的面前，本德看到一架机枪的黑色枪口露在驾驶板上。

这位军事情报局人员走到诺德林的汽车打开的窗口边。他告诉那个瑞典人和同他一起的三个法国人，在他把自己的车发动之前别开车离开。

“鲍比”在几码以外的地方把他的雪铁龙跑车打着了火。跑车车盖下面有个秘密，等会儿就会救诺德林和同他在一起的三个戴高乐派领袖的性命。本德在战前就是雪铁龙代理商，在自己的车里安装了三速的赛车发动机，使它成了巴黎车速最快的汽车。他看到，诺德林的汽车启动后，不出所料，那辆黑色派克车就马上跟在后面。本德踩大了油门加速。

车胎擦地的“吱吱”声使冯·肖尔铁茨赶到阳台上来看。在里伏利路尽头，协和广场的口上，他看到本德的雪铁龙跑车超过黑色派克车，以直角的角度切入，拦在它前面不让它过去。而诺德林的黑色雪铁龙车车头飘着瑞典小国旗，已消失在广场对面。冯·肖尔铁茨明白了。独立于法律之外的保安处那些好杀成性的人本想要回他刚释放的这三个戴高乐分子。他们准备用机枪扫射他们，连同和他们在一起的瑞典总领事，就在他自己的大门口。

“我的天，”冯·肖尔铁茨想，“他们真幸运。”

那两个人在烛光下削梨当晚餐。那天晚上他们在圣农拉布勒泰什村这所年久失修的别墅中藏匿，在别墅里他们只找到几个熟过头的水果可以果腹。在别墅生锈的十七世纪的大门外，他们可以听到雨水泼溅在鹅卵石铺的街上的声音和更加不祥的占领小镇的党卫军士兵走过的皮靴声。罗杰·加洛瓦少校和他的向导罗贝尔·莫诺医生都十分泄气。他们试了半天，最远只能走到这个村子，它距巴黎只有十八英里，仍在德国的战线里面。

加洛瓦是罗尔的巴黎法国国内部队的参谋长，他奉令跟随莫诺穿过德军防线，去执行他为抵抗运动承担的最重要的使命。他是由罗尔派去要求盟军大批空投武器，罗尔希望以此完成起义，在巴黎确立共产党所领导的抵抗运动一派的胜利地位。

加洛瓦和莫诺是老朋友，但他们一起在这个潮湿的别墅过夜则纯属巧合。莫诺医生是巴黎周围地区的卫生督导，同时又领导该地区为抵抗运动服务的医疗活动。他有一辆汽车，还有足够的德军通行证，如果要去柏林也能办到。就是由于这稀有的特权，他产生了这个“求援使命”的念头。

几个星期以来，莫诺一直看着共产党在抵抗运动的每一个环节中安插自己的人，甚至打入了他自己的办公室。莫诺认为起义是共产党政变的第一步。他下定决心要尽可能阻挠他们。星期六晚上他通过他的一个下属发现德军防线有个缺口，可以派使者溜过去找盟军。他就向罗尔建议由他做向导领个人出去“跟盟军建立联络并要求军火”。不出他的所料，罗尔抓住了这念头。

在这潮湿阴暗的别墅里，莫诺用他的安详的、有条有理的职业口气告诉加洛瓦，要求在巴黎空投武器是个残酷而又轻率的错误。要求美国人在巴黎空投哪怕是“一盒子弹”，只会有一个结果：帮助共产党政变。这位医生主张，这次使命的目的不应是武器，而是促使盟军，尤其是戴高乐尽快开进巴黎。

加洛瓦知道罗尔并不急于看到盟军的薛尔曼型坦克开进巴黎街道，装甲板上漆着巨大的白星。法国国内部队共产党领袖要的是艾森豪威尔的机枪，不是他的士兵。要得到这些武器，罗尔犯了一个策略错误，他派了他的参谋人员中唯一可能听信莫诺医生的迫切呼吁的人去担负这一使命。

房间里的那支蜡烛烧尽熄灭了，黑暗的别墅沉寂了很长时间。最后加洛瓦说："罗贝尔，我想你是对的。"

雨仍泼在他们头顶的灰瓦上，两个人睡着了。几个小时以后，抵抗运动中一个无名的法国人罗杰·加洛瓦伪装成一个男护士，终于完成了甚至夏尔·戴高乐都没有完成的使命。他将说服德威特·艾森豪威尔改变他的计划，派他的军队进攻巴黎。

十二

［八月二十一日］

这是个阴谋之夜。无月的夜空下，诺曼底的苹果园一片黑暗和静寂。树林之间分布着低低的帐篷，它们的尖顶轮廓几乎看不清楚。离黎明还有一个小时。从果园出来通向埃库歇小村的那条窄路旁，停着一辆指挥车。车灯熄灭，发动机轻轻空转。一个高大的身影无声无息地踩着沾满露珠的野草进了汽车，坐在司机旁边。他随身带着一只用乍得羚羊皮制的公文包，里面有张白纸和一张十万比一的地图，上面盖有编号 10G 的印戳。地图中心的一个不规则的大黑块就是巴黎市。

指挥车开始轻轻向前滑动时，另外有一个人影从黑暗中出现，他的手杖拍打着潮湿的野草。他对汽车中的乘客轻轻说了一句话："你真幸运。"

持杖的人是雅克·菲利普·勒克莱尔将军，法军第二装甲师师长，他的司令部帐篷正隐藏在这个果园里。他未经授权，自作主张，下令偷偷进军。

勒克莱尔刚才轻声送别的那个人是三十四岁的雅克·德·吉列朋中校，经过埃库歇的这条路通向他所携地图上的那个黑块。解放大军所有的官兵中，是他第一个向法国首都进军。他率领十七辆轻型坦克、十辆装甲车和两排步兵，就要在“自由的首都中代表法国军队”，担任巴黎第一任法国军事总督。

吉列朋离开后，他的精选部队的其他官兵都悄悄地爬上车辆，开始向埃库歇村外集合点开去。他们选自隐藏在诺曼底乡间的该装甲师的各个营地，这样别人就很难注意到他们的缺席。他们的炊具箱、背包、油槽车都满装足够的弹药、C 型军粮、燃料，足可以把他们送到斯特拉斯堡。每个军官在出发以前都收到一张黄纸条，上面有吉列朋亲笔写的“机密”字样，其中有他给他们做这次一百二十二英里征途的最重要的一条指示。归结起来就是这么一句简赅的话：“不计代价避开美国人。”

勒克莱尔独自坐在他指挥车的踏板上沉思，一边听着吉列朋的指挥车的声音在夜色中远去，一边想着他刚才采取的大胆行动。他知道，他这样做是公开违抗他所依赖的盟军司令部的行为。但是，勒克莱尔有个诺言要实现，这是他三年以前在利比亚沙漠中攻克第一个敌军阵地、一个叫考夫拉的要塞时所许下的诺言。在那里，距离法国首都一千八百英里，他立誓有一天要解放巴黎。

在他和诺曼底前线唯一的法国师的官兵不耐烦地等候在苹果园的时候，盟军司令部的其他各师已经快逼近巴黎了。他担心盟军会丢下他径自进攻巴黎。六天以前，他曾写信给巴顿将军，如果他的师不参加解放巴黎，就请免去他的师长职务。为了确保这一光荣不致完全在他的手中溜掉，他派吉列朋开车去埃库歇的那条路。

在夏尔·戴高乐扬言要把法军第二装甲师撤离盟军司令部的三天以前，勒克莱尔就已在独立准备该师采取这样一个行动了。德威特·艾森豪威尔错了，第二装甲师有能力不需盟军帮助就进行调动。它可以一直调动到巴黎。四天以来，在勒克莱尔的命令下，他的油车领双份的油，一天四吨，而不是两吨。他的各团团长没有呈报车辆损失，因此可以继续为他们被击毁的车辆和大炮领取原来配给的燃料和弹药。而且，在过去的三个夜里，该师官兵躲开美军岗哨，趁夜色从盟军的供应仓库中把他们需要的余下燃料和弹药取走了。在今天天还未明的时候，法军第二装甲师的两千辆军车和一万六千名官兵都已准备就绪，可以随雅克·德·吉列朋指挥车的车辙开往巴黎，如果勒克莱尔——或者戴高乐——给他们下命令的话。不过，尽管勒克莱尔拼命向美国上级呼吁，除了要他“耐心静候”以外，他没有接到别的命令。

现在，坐在指挥车的踏板上，勒克莱尔是满足的。他的师至少有一支象征性的先遣队，由像他一样的一个庇卡底人指挥，已在去巴黎的大路上了。他自己不久也将走上这条路。他现在只有一件担心的事：不能让他的美国上级发现他的这个行动，要把他们蒙在鼓里，直到他们来不及制止。

他在去睡觉以前，又采取了一个预防措施。他叫醒他的警卫长阿兰·德·布瓦修上尉。勒克莱尔用手杖指一指他前面的一辆吉普车和帐篷，告诉布瓦修把那个帐篷里的两个人变相绑架一天。勒克莱尔命令道：“带他们去观光游览一下。”在他师里的一万六千官兵中，狄克·里夫坎德中尉和鲍伯·霍伊上尉是唯一可能把吉列朋的失踪向勒克莱尔的美军第五兵团上级报告的。他们是他的美军联络官。

房间里的唯一声响是狄特里希·冯·肖尔铁茨的钢笔的簌簌声。在外面，巴黎的黑暗街道笼罩在沉寂之中。在编号10G地图上的那一大黑块中央，距黎明还有一小时。

放在冯·肖尔铁茨的臂肘旁，用一张棕色牛皮纸包的，是德国将领的厨房今年夏天能够提供的最珍贵的礼物：一包咖啡。这是他的勤务兵赫尔穆特·梅耶头一天晚上从莫里斯饭店的厨房里“征用”来的。冯·肖尔铁茨没有刮胡须，他身穿绒布睡袍，写完了要同那包咖啡一起发出给他在巴登－巴登的妻子的信，这是三年半来他发出的最后一封信。

他写道：“我们的任务十分艰巨，我们的日子越来越难过。我总是努力去履行我的职责，常常必须祈求上帝帮助我寻找履行职责的道路。”接着他问妻子，他们的四个月的儿子铁莫是否开始长乳牙了，并要她代他亲一亲他们的女儿玛丽亚·安吉莉卡和安娜·芭芭拉。他说：“不论将来发生什么，她们一定会为自己的父亲感到骄傲。”当他听到卧室门外有人在轻敲时，他几乎快写完了。

站在黑魆魆的门口，等着把他的最后一封信送到巴登－巴登去的是狄特里希·冯·肖尔铁茨在全巴黎唯一信任的人。阿道夫·冯·卡洛维茨是他的表兄弟，也是他的亲信和顾问。冯·肖尔铁茨是从柏林把他带到巴黎来的，他在柏林是赫尔曼·戈林飞机机身制造厂的厂长。如今巴黎已经发生战事，阿道夫·冯·卡洛维茨就要趁最后一小时天黑的保护回德国去。

两人互相拥抱了一下。“好好干，狄特。”冯·卡洛维茨对穿着绒布睡袍没有梳洗的矮小将军轻轻地说，然后他转身就走了。冯·肖尔铁茨看着他身后的门碰上，心里在想，他是不是能再见到这个人，或者他送信去的那个女人。他听着表兄弟的皮鞋声在饭店走廊中逐渐远去。脚步声最后消失时，狄特里希·冯·肖尔铁茨忽然想起，在这个有三百五十万人口的城市里，他如今是孤身一人，完完全全的、彻头彻尾的孤身一人。

在巴黎的另一头，有一批人偷偷地在黎明前的黑暗中溜过。在这批无声无息地钻到巴黎给水排水局总部地下室一道活动地板门下面去的人中，有狄特里希·冯·肖尔铁茨最不可调和的敌人“罗尔上校”。罗尔悄悄地走下了一百三十八级石阶，到了他的新地下指挥所。在最后一级石阶下面，一扇钢板门开了。在这里，在四十代巴黎人的骷髅和骨架中间，在巴黎的地基上，就是他如今要指挥距头上九十英尺的街道上的战斗的秘密要塞。这个要塞的代号叫“杜洛克”，那是另外一个法国军人拿破仑麾下一位元帅的名字。它的门通向城市地下的一个城，那就是在巴黎地基下通过，供它排水、地铁和墓窖使用的三百英里长的隧道。

罗尔走进“杜洛克”，把手电的光束扫过里面房间的每一角落，做了他第一次满意的视察。罗尔在二十年后还记起他当时很觉意外，在他头顶上的通风机上，他的手电光照到了通风机制造厂家的名牌。他很熟悉那个名字和那定制的机器。八年前，在他离开法国去西班牙时，亨利·唐居伊还是在内西兄弟公司做工的一个普通钢铁工人，曾经把这台通风机的铁板焊接在一起，如今这台通风机要在他一生最光辉的时刻为他过滤所呼吸的空气。

这天清晨他遇到的意外还不止于此。在这个秘密的藏匿处有一台电话机，这是一种特殊的电话机，与巴黎的电话系统没有联系，只通巴黎给水排水局的二百五十个控制站。因此它不受德军的监听，罗尔不久就要用它来指挥起义。电话铃响了。在暗室中听到这铃声，同罗尔一起下来的人都吓呆了。他们的向导是这地下室的专职看管人，他拿起听筒。罗尔听到从听筒中发出两个清晰的喉音字，整个小屋都能听到。它们是：“没事？”

“是的，是的，”罗尔的向导答，“没事。”

两英里以外，在克里翁饭店三四七号房间里，军事指挥部的奥托·杜默勒中尉感到了放心，他挂了电话。

杜默勒是唯一一个知道杜洛克的存在的德国人，他熟悉巴黎的下水道就像他熟悉他的故乡斯图加特的街道一样。他是负责维持下水道的保养、安全和防御的德国军官。两年以来每天早晨，他像机器一样准时，打电话给杜洛克的看管员，问那个问题。在这一星期内，每天早晨他都在这固定的时间里打电话，并从他的同胞正在与之作战的起义总部接到这同一的叫他放心的回答："没事。"

一个送信的跑下石阶到了杜洛克，他跨过门槛后就把一包匆忙包扎的东西掷在桌上。这是新时代开始的第一批报纸，仍散发着油墨的气味。这些报纸的名字宣布了新时代的来临：《解放了的巴黎人报》、《解放报》、《保卫法国报》。罗尔连忙打开。报纸的头版通栏标题是像巴黎地上铺的石块一样历史悠久的战斗口号。这是罗尔自己提出来的口号。他想以此事使起义具有新的动力，动员首都人民。如今他能够通过这个新的媒介向他们直接说话了。在八月二十一日星期一这些报纸的头版上，大字标题是："到街垒去！"

十三

从圣克卢区的塞纳河岸到庞坦和圣但尼阴暗的工业区贫民窟，从蒙马特尔的斜坡经过拉丁区的弯弯曲曲小巷到蒙帕纳斯的远处，罗尔的街垒就像四月雨后的水仙一样出现在巴黎的人行道上。到日落时已有好几十个。到盟军到达时就将有四百多个不同形状和大小的街垒出现，像筑起它们的人一样伟大。

在圣雅克路转角处，教区神父嘴里衔着烟斗，教袍束在膝盖以上，向教区的教民们示范，教他们怎么筑街垒——他原来是个工程师。他们在街垒上面竖了希特勒和戈林的巨幅肖像。在距塞纳河一个街区的小木箱路，被围的警察总署对面，带领大家筑街垒的是个叫科莱特·布里安的妇女，她精力充沛的脑袋被一顶德军大钢盔遮没了。

凡是能够搬动的东西都堆起来当街垒。妇女和儿童从街上挖起铺路石，又传递给下一个人。民防沙袋、下水道铁格栅、树木、烧毁的德国军车、庞大的钢琴、床垫、家具、上面漆着“全国彩票今晚开奖”和“禁止小便”的旧招牌，全都用上了。在太子路和城岛尖端的新桥，一只生锈的绿色小便桶神气活现地成了街垒的核心。

在布西路，一家古董店老板把地窖里的存货都清理出来加固他门前的街垒。

全市最神气的街垒也许是一群工程系学生在拉丁区中心圣日耳曼林荫大道和圣米歇尔林荫大道转角处筑的石块街垒了。这个街垒全部由铺路的石块筑成，六英尺厚，控制着巴黎市内一个关键的交叉路口，不久就以“死亡十字路口”闻名。

在法兰西喜剧院对面的宇宙咖啡馆门前，剧院的演员们筑了自己的街垒，用布景库里的剩余布景来充实它的规模。他们觉得不够壮实，也不显眼，决定用心理战来抵御德军坦克，在街垒周围放了许多瓶瓶罐罐，上面写着：“注意！地雷！”整整一个星期里，没有一辆德军坦克胆敢进入他们这一脆弱的堡垒射程之内。

对罗尔来说，街垒的迅速出现是一件令他极其满意的事。现在他操心的是另一个问题了：武器。他在前一天曾经向沙邦－戴尔马的年轻助手洛林·克鲁斯发过誓，为了巴黎值得死二十万人，如今他向他要求得到武器，以求这些死者中占相当大比例的是德国人。他不知加洛瓦和他使命的结果。他要求盟军在全市大规模空投武器。他向克鲁斯提出一份清单，要求一万枚加门手榴弹，五吨塑料，几万英尺毕克福导火线以及其他武器弹药。提出这要求是抱着厌恶和怀疑心情的。这些要求必须经过沙邦－戴尔马控制的电台，罗尔怀疑不会到达伦敦，即使到达，也无人理睬。

那个壮硕的年轻人“砰”的放下了电话听筒。伊冯·莫朗达急需三十名忠于戴高乐的法国国内部队人员。但在巴黎所有的武装人员中他连一个也没有找到。这位工会活动家十天以前还相信共产党要杀他，如今在戴高乐派一个名叫“夺权计划”的大胆赌博中饰演关键角色。他心里明白，他得单独，或者说几乎是单独进行这场赌博。他要占领法国总理府马蒂尼翁大厦，只有一个人准备协助他：他的脸上长有酒窝的金发女秘书兼未婚妻克莱尔。

在莫朗达和克莱尔所在的圣奥古斯丁路这所朴素的公寓里，亚历山大·巴罗迪在几分钟以前决定发动这个行动。巴罗迪和莫朗达后来承认，经过周密策划并得到伦敦批准的“夺权计划”不过是“一次心理上的虚张声势”而已。

巴罗迪知道，狄特里希·冯·肖尔铁茨头天晚上的姿态救了他一命，但这可能有损他的权威。他原本希望能拯救巴黎的停火正在分崩离析，他希望冻结的起义又在向前推进。在他看来，如果要停火成功，时间似乎不多，也许只要几个小时。当他对手的注意力仍放在停火上时，巴罗迪决心利用这最后几个小时来保证将来，而不是保持目前。

巴罗迪打算以一个迅雷不及掩耳的姿态，在起义的巴黎公开树立夏尔·戴高乐的政府。他要用“夺权计划”

抢在共产党之前先占据巴黎的权力中心。

戴高乐内阁的每一位部长在首都都有一个缜密挑选出来的替身，他们在部长们到达之前代理部长职务。根据“夺权计划”，巴罗迪要尽可能把他们安置在各部里，然后，他决定要在总理府马蒂尼翁大厦召集他们开一次象征性的内阁会议。在那里，他将以挑战的姿态公开向首都宣布，戴高乐政府已转入地上，开始执行职责。如果共产党要篡夺这些权力机构，他们就必须先把巴罗迪的人赶走，然后公开否认他建立的权力机构。

为了支持他，在法布里的突击队等待“午饭吃得好吗，雅各？”[1] 暗号的图松高地上，巴罗迪的总代表处的戴高乐派已经开始从他们隐藏的军械库偷运武器进巴黎了。他们将用这些武器来武装自己的禁卫军，名叫“政府卫队”。这是由忠诚的戴高乐分子和警察部队、宪兵队、别动队中的可靠分子组成的。在未来的日子里，这些人将奉令守住法国首都以待夏尔·戴高乐的到达，他们知道他们可能需要保卫他们如今占据的那些建筑物。而且，他们也担心，向他们攻击的人可能不仅限于穿灰绿军装的德国军队。

现在，二十六岁的工会活动家莫朗达决定开始进行这场政治权力的争夺，他拉开圣奥古斯丁路公寓的窗帘，以抵抗运动战士的本能，检查了下面的街道。令他吃惊

[1] 原文为法语。——译注

的是，街口尽是德国兵。这所大楼给包围了。他绝望地想，他们的会议给出卖了。离解放还有好几天，他就要落入秘密警察之手。

莫朗达忽然发现他弄错了。他真的有点不相信，但感到放心。原来他窗下的德国兵在搜查隔壁一家妓院。

莫朗达下了楼。骑了一辆自行车去接管法国总理府。克莱尔坐在前面车梁上。精细的笛卡尔式的逻辑使他直奔香榭丽舍脚下的马蒂尼翁大街。他意想不到地发现，马蒂尼翁大街上唯一的公共建筑飘扬着卐字旗，由德国兵守卫。莫朗达蹬车追上这条空荡荡的街道上唯一的一个法国人，那是一个遛狗的头戴圆礼帽的老年人。莫朗达不好意思地向他问路。派去占领法国总理府的这个年轻的戴高乐分子这才发现自己不知道总理府在哪里。

十四

在法国德占区北部铁路指挥部工作的三十九岁的铁路工人海因里希·豪塞在这阳光明媚的八月早晨不需要向别人问路。肥胖而自满的豪塞和他的四十八名同事知道自己要往哪里去。他们要回德国家中去。

豪塞作为巴蒂尼奥勒车站扳道工长，在巴黎已经待了八个月。他的生活一半是在车站，一半是在他所住的克里希广场的士兵之家度过的。头天晚上，豪塞和他的战友们在士兵之家的大餐厅里庆祝他们在巴黎度过的最后一个晚上。他们在吃普通的通心粉时喝了一大通香槟酒，醉得糊里糊涂，心情阴郁。豪塞的眼睛里满盈着泪水，挥舞着香槟酒杯，领着这批人高唱"在那莱茵河上，在那美丽的莱茵河上"，士兵之家的女子乐队跟着他的忧伤歌声做最后一次演奏。豪塞和他的朋友接着在他房里继续他们的告别宴会，整宵狂饮白兰地和香槟酒来浇去他们最后的占领痕迹。

眼下，他酒后头痛欲裂，使他毕生难忘。他等待着他的上级铁路总监瓦克答应派来撤退巴蒂尼奥勒车站的铁路工人的卡车。从黎明开始，维尔纳·埃伯纳赫上尉的第八一三工程兵连的士兵就一直忙碌着在车站及周围所有设施底下埋雷。豪塞知道在几小时以内就会爆炸，他们如果不快离开，就只好听任已经充斥附近一带的法国“恐怖分子”的宰割了。

卡车没有到达。不过这并不使海因里希·豪塞担心。在整个战争期间，他只担任一个任务，这个任务不会赢来铁十字奖章。他管的是铁路。他可以利用铁路把自己送出巴黎。在这空荡荡的火车站里，路轨上有一台旧机车，后面挂着一节货车。豪塞和他的战友们可以把它开到莱茵河去，他们的美丽的莱茵河去。这事做起来很容易。他们对巴黎铁路线网了如指掌。豪塞爬上了他的扳道塔，做了一件他闭着眼睛也能做的事：他扳了一下扳道器，这样他们的机车就可以驶过勒布尔热机场，一路开向斯特拉斯堡和德国了。

在机车启动时喷出的一阵蒸汽中，这四十九个人就像任何一批干完了一天的活回家的铁路工人一样，缓缓地出了车站，把巴黎咄咄逼人的气氛全都丢在身后了。对豪塞和他的同伴来说，如今只怕一件事了——盟军的飞机。豪塞在货车小后窗里，长久地望着圣心教堂的白色穹顶在他身后的落日阳光中闪烁。接着他就瞌睡了一会儿。

几分钟后醒来时，豪塞朝窗外一看。他惊奇地擦一擦眼睛。太阳好像改变了方向。现在它是从机车的前面，而不是从后面照过来。他跳了起来，盛怒之下，开始猛推他的同伴。“这些猪猡！”他叫道，“他们扳了道岔。

咱们又回巴黎来了！”

伊冯·莫朗达终于到了他要去的地方。他找到了马蒂尼翁大厦。它是在香榭丽舍大道的塞纳河对岸瓦伦路上，地处左岸的深处。他把自行车靠在它的黄色石墙边不引人注目的地方，然后与克莱尔走向漆成绿色的大门，在四天以前皮埃尔·赖伐尔走后大门就关上了。莫朗达坚定地敲了门。门上的窥视孔打开了。莫朗达对孔眼里的那张脸说，他来见警卫队长。木板大门恭顺地开了。

门开后所呈现的景象，令莫朗达惊得目瞪口呆。在砾石铺的院子里，有一百多名赖伐尔的警卫，他们的武器整齐地码放着，手榴弹插在他们黑色制服的皮带里。在一片沉寂中（莫朗达希望这是谨慎的尊重的沉寂），莫朗达挽着克莱尔，站在院子的一角。

“给你，伊冯，”克莱尔轻声耳语，“把这套上。”她把三色袖章递给莫朗达。然后，她手指灵巧地把自己的袖章也套上衣服的袖子。警卫队长是个矮矮的神气活现的人，他走过白色沙砾，向他们走过来。莫朗达不知怎么是好。巴罗迪曾经告诉他“如遇反抗，立即离开”，莫朗达心里想：“如果有反抗，我是要躺在棺材中离开了。”

“我是这里的队长，”那个矮个子在他面前粗声粗气地说，“你有何贵干？”

就在这一瞬间，莫朗达决定了该怎么办。他用自己也感到意外的一种洪亮的声音、权威的口气宣布："我是以法兰西共和国临时政府的名义来接管这里的。"

那个矮个子四年以来一直效忠于维希政府，一听到这话就马上立正。"遵命，"他说，"我一直是个坚定的共和派。"

他下令全体警卫立正，于是身穿夏季连衣裙的克莱尔和上身只穿衬衫的莫朗达走过他们的行列，上了这雄伟庄严的府邸的大理石台阶。在台阶顶上等候他们的是身穿黑色燕尾服，系白色领结，胸前用一条链条挂着沉甸甸的银制官印的总理府总管。

他煞有介事地一鞠躬，用戴了白手套的手优雅地一挥，表示欢迎他们莅临府邸。然后他带他们做了一次巡视。他给他们看了赖伐尔的空办公室，办公桌上的抽屉还打开着没有关上。他又引他们到楼上看居住层，经过精致华美的套房，大理石铺地的浴室，皮埃尔·赖伐尔四天之前还在烛光下在这里洗了最后一次澡。总管后来提示，也许莫朗达想把隔壁的绿色房间留作个人自用。

莫朗达问，什么是绿色房间？戴着白手套的府邸总管一点儿也没有露出意外神色，告诉这间房间的新主人："这是法国总理的卧室。"

机工热尔曼·贝尔顿平伏在布特肖蒙铁路隧道口上沿克里米亚路边的护壁后面，看了一眼手表。在七分钟之后，巴蒂尼奥勒车站的老机车就要出现在他步枪的射程之内了。十五分钟以前，在一家幼儿园教室改成的法国国内部队总部里，他得到消息，有一列德国货车开向伊夫里郊区，将在一刻钟之后经过布特肖蒙隧道。贝尔顿和他的部下就连忙进入他们的阵地，准备伏击这意外送上门来的猎物。

在过去一个小时里，这列货车车轮的滚动一声又一声地把海因里希·豪塞和他的四十八名同伴越送越远离目的地。他们的机车和唯一的一节货车呼哧呼哧地直奔伊夫里郊区。过不了多久，他们将在这迷宫一般的岔道中自北至南穿过巴黎。海因里希·豪塞和他的宿醉未醒的同伴将直奔美军战线，而不是美丽的莱茵河岸。

突然车厢里一片漆黑。他们进了布特肖蒙隧道。在隧道另一头，热尔曼·贝尔顿在克里米亚路桥上向前望，校准他的莱倍尔步枪的瞄准器。

他的部下一见机车就开了火。机车司机猛地倒过方向，把列车倒进隧道。在车厢里，豪塞趴倒在地。在黑暗中，他注意到有另一列车在旁边的轨道上刹车。他划了一根火柴，向它走过去。在颤动的火柴光中，他看到一大堆木板箱，每一只木板箱上都贴着一张白色标签，吓得连忙把火柴头扔在地上。这白色标签上面画着一个骷髅头和两根交叉的骨头，下面的字是“注意—危险”[1]。豪塞和他的四十八个同伴现困在隧道里，而旁边却是一

[1] 原文为德语。——译注

列满载炸药的火车。

海因里希多年之内的最后一次旅行结束了。这个灰心丧气的铁路工人双手举在宿醉未醒、头痛欲裂的脑袋顶上，沿着隧道向等待在那里的热尔曼·贝尔顿的部下走去。

对罗尔派去向盟国要求武器的使者罗杰·加洛瓦来说，他的旅行也快要结束了。一个德国兵蹲在一堆乱七八糟的干草后面，盯着这个筋疲力尽的法国人。这个德国兵是把罗杰·加洛瓦同五百码以外的小股美国兵隔开的最后一关了。加洛瓦在离开了他和护送他的医生度过了一个雨夜的别墅以后，几个小时来一直在想方设法摸到巴黎以西五十六英里的交叉道口的普赛镇来。

现在他已是单独一人，于是他决定有意冒一下险。他心里想，这个德国人不会对单身一人的平民开枪而把自己的阵地暴露给美军。加洛瓦大着胆开始从德国兵的身旁走过去，他的心在揉皱了的衣服里面扑通扑通地跳着，中午喝的香槟酒在他干燥而紧张的口里留下了苦味。正如他所希望的那样，那个德国兵看着他过去，除了直瞪瞪地看着他以外没有更加威胁性的姿态。

成了！他越过了德军战线！这个衣衫污秽、胡楂满脸的法国人因为冒险成功而欣喜若狂，几乎像发疯一般向他头一次见到的美国人奔去。

他碰到的第一个美国兵蹲在路边小沟中，正从一个草绿色的罐头中掏东西吃。加洛瓦向他兴高采烈地宣布："我从巴黎来，给艾森豪威尔带来了信息！"

那个美国兵从罐头中又抠出一口黏糊糊的东西，抬头看加洛瓦。"是吗？"他说，"那又怎么样？"

十五

在从前像这样的八月的日子里，坐在狄特里希·冯·肖尔铁茨身旁这位体格矫健的少校所代表的德国空军第三航空队的飞机早已以吓人的阵形，遍布法国的天空，不断地飞越英吉利海峡到伦敦和全英各地去了。但这已是四年后的另一个夏季。现在这支驻在法国的航空队的核心就是距离莫里斯饭店他们谈话的房间七英里以外的勒布尔热机场上的一百五十架轰炸机。不久之后，甚至这些飞机也要北逃，否则就有毁灭的危险。但在它们离开之前，他们的新司令建议为这支功劳簿上已有鹿特丹、伦敦和考文垂的名字的航空队再添一份荣誉。

奥托·德斯洛赫将军已于八月十八日中午接替肥胖无能的胡戈·斯比埃尔元帅为第三航空队的司令，他奉到的命令是要把飞机送回到西线上空。作为第一个姿态，他派这位少校来向冯·肖尔铁茨“建议由空军协助镇压巴黎的暴乱”。肖尔铁茨的第一个反应是重新提出他本已取消的对警察总署的进攻。但是少校有另外一个建议。攻击可以在夜间对更大的目标地区进行。不会有地面炮火或盟军战斗机的骚扰。这是个简单、安全、尽管有些野蛮的方法，可以用来结束大巴黎司令管辖地区的骚乱。他建议一整夜轮番轰炸，夷平巴黎市的东北角。

少校用他粗胖的手指在冯·肖尔铁茨的地图上指出他心中所想的一块巴黎工人聚居区。它从蒙马特尔斜坡向东到破败的庞坦郊区，从布特肖蒙向北到拉维莱特门空空的调车场。他选择这块地区是因为勒布尔热机场就在五英里外。他建议从该机场派他的飞机起飞，袭击这个有八十万居民的无防御地带。他估计，每架飞机至少可以轰炸十次，这样可以甩掉勒布尔热地下仓库中的炸弹，否则那里储备得满满的炸弹是撤出的德国空军永远无法用光或带走的。

这位少校保证，对明白确定的不会遇到抵抗的目标进行一夜低空轰炸后，巴黎东北部就不会再有"一只狗或猫"活下来走动。他说，这个地方将会是一个"小汉堡"。这是冯·肖尔铁茨永远记得的一个比方。他面前的军官是在汉萨同盟的海港城市出生的人。一九四三年七月该市遭到"火力袭击"时，他的妻子和两个孩子都丧了命。

这个计划对冯·肖尔铁茨部下的所有要求不过是他们全部撤出该地区，然后用闪光弹清楚地标出它的范围，破坏水管干线，这样袭击引起的大火就会大肆蔓延。如果他们愿意的话，也可以提早几分钟让居民知道空袭即将发生。

这天上午，冯·肖尔铁茨一直在寻找用什么武器来"教训居民一下"。他头天晚上释放亚历山大·巴罗迪和他的两个副手的姿态没有产生结果。释放他们看来不但没有抑制起义，反而帮助了起义的蔓延。全市各处的人行道上都出现了街垒。他的桌子上放着他部下伤亡的名单，这是他迄今收到的对起义的势头最令人痛心和信服的评判。在他与起义一方商定停火的星期日那天，他损失了七十五人，比起义爆发的星期六那天的损失还大。

他的首要职责在哪里，这一点已很明显。他的职责是他的士兵的生命。少校的建议固然“残暴嗜血”，但是冯·肖尔铁茨认为“这将让居民看到我可以动手保卫自己”，他对他的士兵有这个责任。他告诉少校，他会下令让他的参谋部草拟一项空袭计划。

在路易十六式办公桌的清漆桌面上的一堆电报中有一张普通白纸。法兰西共和国临时政府总统在它的左上角印了一个简单的黑色信笺头衔“戴高乐将军”。对腰板挺直、态度从容地坐在这张办公桌后面的那位威风凛凛的人物来说，这五个字就足以代表法国的主权了。夏尔·戴高乐现在单身一人坐在雷恩省省政府的办公室里，用他清晰的向上倾斜的书法，在那张信纸上起草了给艾森豪威尔将军的最后呼吁。

头一天整个晚上加上这一天整个上午，雅克·沙邦－戴尔马和亚历山大·巴罗迪的秘密电台“紫色普莱耶尔”、“黑色阿波罗”和“黑色蒙帕纳斯”一直在像雪片一样向他发来紧急呼吁，要求“盟军立即开进”巴黎。最紧急的一份这么说："起义星期六发动，靠停火抑制两天……但无法再拖过今晚。似乎可以肯定，明天巴黎将发生战斗，双方力量悬殊，后果悲惨。"

这些电报所描述的日趋恶化的情况在戴高乐看来十分严重，他认为不能允许以什么理由再拖迟他自己和盟军开进巴黎。他知道，多拖一小时就对他的政敌多一分有利。他觉得，他们用起义所挑起的混乱和无政府状态不久将蔓延，他们想借以建立自己政治蓝图的混乱将会一发不可收拾。如果行动不及时，他自己进入首都恐怕都已太晚。他感到危机如此紧迫，因此他以法国的主权代表说话，愿意接受连盟军也不愿冒的风险。他写道，攻占首都一事极其紧迫，因此必须立即进行，"即使这会在市内引起战斗，造成损失"。

为了让这封信由专人亲手交给艾森豪威尔，戴高乐选了在法国除了自己兄弟以外唯一有权利向他用亲切的"你"称呼的人。戴高乐在把信交给蒙特卡西诺[1]的光荣征服者阿尔丰斯·茹恩将军时，又向盟军最高统帅加了一句附言，不过这是用口头带去的。他说，如果他的这一紧急呼吁得不到理会，他就不得已要把法军第二装甲师从盟军司令部麾下撤出，由他自己下令派往巴黎。

茹恩走后，戴高乐又拿了一张纸写第二封信，这是

[1] 意大利中部一地名，有一著名中世纪修道院，一九四四年德军在此据守。

写给第二装甲师师长勒克莱尔的。这位急不可耐的年轻将军非法派出的头一批先遣队已溜过了沙特尔大教堂的尖顶。戴高乐对他发出了正式的通知。戴高乐对艾森豪威尔的威胁并非空洞的姿态。这个主意虽然令人痛苦，后果也可能代价极大，但戴高乐是准备好为了巴黎而不惜分裂盟军司令部的。他告诉勒克莱尔，他准备不顾上级盟军司令的命令，把自己视为直接受命于法国政府。如果艾森豪威尔不打算派勒克莱尔去巴黎，戴高乐打算派他。

万一盟军企图阻挡勒克莱尔去巴黎，戴高乐还有最后一个办法让自己出现在法国首都。在纳穆尔森林稠密的树丛里，法布里的突击队正焦急而不耐烦地监听着收音机。在他们临时修建的跑道上，一切都已准备就绪。对这些人来说，他们只待一件事了，那就是从他们的收音机的噪音中听到“午饭吃得好吗，雅各？”[1]的暗号。

狄特里希·冯·肖尔铁茨耳边的电话听筒中传来的话清楚得令人痛苦。瓦尔特·莫德尔元帅以他专门用在属下将领身上的特别傲慢口气，训斥巴黎司令未能维持巴黎秩序。他告诉冯·肖尔铁茨，他甚至听到谣言说他在招待城里的恐怖分子。

冯·肖尔铁茨涨红了脸，害怕地否认了这种指控。

---

[1] 原文为法语。——译注

莫德尔接受了他的否认，但是他警告冯·肖尔铁茨不要“逾越你在巴黎的权限”。莫德尔很恼火和不耐烦。他说，他要求冯·肖尔铁茨的只是维持巴黎秩序，希望他会“用一切可能的手段来实现秩序”。冯·肖尔铁茨向莫德尔保证他会做到这一点。但是他向元帅声明，一旦骚乱无法控制，他需要增援部队。莫德尔闻言怒斥了一大通。“你有多少军队，你就凑合着吧。”他这么告诉巴黎司令。最后，在冯·肖尔铁茨的再三请求下，他才同意把从荷兰撤出的第四十八步兵师腾出一部分给他。

莫德尔的不耐烦和恼火是可以理解的。差不多四十八小时以来，这位矮矮的元帅就一直同那个认为他能为自己制造奇迹的人的做法大相径庭。这种事情出自一个对元首无限忠诚的将军，是无法解释的。[1]

星期天，他当着斯派德尔的面决定首要任务是把他受到威胁的军队撤过塞纳河，几个小时后他又接到新的命令，这次是用最明白无误的话说，他的首要任务是保卫巴黎桥头堡。这个命令是用第三帝国的主宰的私人图章发出的。它告诉莫德尔要“不计代价守住巴黎桥头堡”，要坚守不放，不论这会在巴黎造成什么破坏。莫德尔比谁都明白“不计代价”是什么意思，在电报上署名的那个人看来，“不计代价”意味着抵御到最后一个人，也

[1] 在美军官方军事史专家马丁·布鲁门森看来，莫德尔的态度从指挥角度来衡量不仅是无法解释的，也是“不可原谅的”。

就是斯大林格勒、斯摩棱斯克、蒙特卡西诺所代表的那种抵御。

这个命令是元首晚间战略会议发出的第一个命令，于晚上十一点三十分传到西线总司令部。它到达的时候，莫德尔早先给第五装甲军团开始准备撤过塞纳河的命令已经发出了。这位元帅显然觉得已经太晚，来不及阻止了。于是希特勒要调到巴黎的装甲部队名副其实地夹在中间，进退两难。

从某种意义上来说，莫德尔也是如此。他唯一的安慰是他在巴黎前方争取时间的赌博可能获胜。他的作战处报告，那里“只有敌军有限的侦察”。也许是因为他自己感到陷入塞纳河一带太深，也许是因为他怀疑为争夺巴黎打一场恶战是否明智，那天后来他建议在巴黎以北和以东的地方进行保卫战。他从约德尔那里得到的答复将是极不客气，不容商量的。约德尔会用使他没有任何选择的话告诉他，巴黎不是从北方或者从东方来保卫，巴黎要在巴黎市本身进行保卫。

现在，莫德尔结束了他同巴黎司令的愤怒通话，在二十四小时之内第二次忘记告诉冯·肖尔铁茨这个重要的事实：西线司令部划归他指挥的两个装甲师正在向南进发。对于冯·肖尔铁茨，出发时只有一句干脆的话：“不计代价恢复市内秩序。”

十六

巴黎的街道在几个小时以前还响彻“到街垒去”的豪迈口号，现在却有惊恐的叫喊声从不堪一击的第一批防御工事后传来。那就是“坦克开过来了”。德国军队指挥部对巴黎街头人行道上出现的抵抗象征的挑衅极感震怒，按照莫德尔恢复秩序的命令采取了第一个步骤。在一九四〇年曾为阿道夫·希特勒开道进入巴黎的装甲兵，如今从巴黎各处的坦克停车场出发再一次大举涌入首都街道。

对其中一个抵抗者，坦克的到达是在电话中彬彬有礼地正式通知的。从与第五区警察局里法国国内部队总部只隔一个街角的卢森堡宫打来的电话中，党卫军指挥官告诉“法国国内部队先生”，他必须“拆除街垒”，否则坦克就将为他代劳。年轻的法律系学生雷蒙·萨朗听到德国人正确的法语和生硬而又无懈可击的口气不觉惊得不知所措，他迟疑了一会儿，然后尽可能用冷漠的口吻答道：“您如今不能再在这里发号施令了，上校。”

十分钟后，坦克来了。萨朗看到每辆坦克的炮塔前都用绳子绑了两个穿平民服装的法国人。党卫军指挥官为了保护坦克不受萨朗的莫洛托夫鸡尾酒的攻击，决定用活人作盾牌。它们摆出整齐的队形，着手摧毁萨朗的街垒。

欧仁亲王军营来的两辆坦克从共和国广场用连续的炮火扫过伏尔泰林荫大道。有两个妇女，一人拎一个用白桌布包着的洗衣用的大藤篮的篮把，赶忙奔向藏身的地方。洗衣用的大藤篮中装满了莫洛托夫鸡尾酒。这是共产党议员的妻子克拉拉·邦特和她的女儿玛格丽特自己装的。她们同其他的女街坊在不远的第十一区妇女俱乐部建了一个莫洛托夫鸡尾酒工厂。她们的丈夫们等在共和国广场一个建筑物的窗口，看到那两辆坦克向两个奔去藏身的妇女开火，准备向坦克投掷莫洛托夫鸡尾酒。

在巴黎的另一头，法国国内部队推出一辆堂吉诃德式的废坦克同德国坦克作战。他们那辆战前的索穆亚型坦克是在圣乌昂附近一家工厂缴获的，当它出现时，欣喜的群众在炮塔上竖起一面三色旗。可惜的是，这面旗是巴黎抵抗运动唯一一辆坦克的唯一武器。法国国内部队的这辆坦克没有炮弹。

不过，在这多云的一天里，并不仅仅有冯·肖尔铁茨的坦克对许多巴黎人构成威胁。在瓦勒里安山监狱六角形要塞的牢房里，在纳伊区公所作战时被俘的卖猪肉的屠夫路易·贝尔蒂听着一种熟悉的声音。三年以来几乎每一天，这声音的回响一直传到距他牢房不到一英里的南泰尔小肉铺。这是瓦勒里安山监狱忙碌的行刑队的枪声。这个肩缠“不自由毋宁死”的袖章去同祖国的敌人作战的小个子如今知道，不久之后，这枪声将为他响起。

在瓦勒里安山墙外树木丛生的小斜坡脚下，有一群人在听着一个妇女的苦苦哀求。在贝尔蒂家藏身的美国驾驶员鲍伯·伍德隆和另外两名飞行员以及贝尔蒂抵抗小组其他幸存的成员想偷袭瓦勒里安山。露西尔·贝尔蒂求他们千万不要这么做。这只会叫他们送命，还搭上她丈夫的性命。这些男子汉只好忍痛放弃他们的打算。

在巴黎市中心，党卫军上校得到"盾牌"庇护的坦克离开卢森堡宫时，抵抗运动的偷运者保尔·巴尔杜在旁看着。他第二次看到一群平民肩上扛着镐头和铁锹从面前走过。这次是四个人。几分钟以后，巴尔杜听到一阵急促迸发的枪声，明白了那些人已被丢入他们自己刚刚挖好的墓穴里。指使巴尔杜干活的红脖子德国司务长弗朗兹听到那枪声就回过头来，好像已经有一百次似的用他唯一能说的法语向他重复说："明天你枪毙。今天你打扫厨房。"

在同一建筑物的上面两层，另外也有个人听到了枪声。那是几天以前艺术馆馆长看到德军埋雷时找来的电工弗朗索瓦·达尔贝。他的工作做得很好。迄今为止，他已造成了十七小时的停电——在这十七个小时中，埋雷钻洞的气钻无法工作。但是在三十六小时以前，达尔贝曾经受到卢森堡宫指挥官明白的警告：把电路接通，否则对你不客气。现在达尔贝听到枪声后心里在嘀咕，不知在多久之后，他也将扛着镐头和铁锹去挖自己的坟墓。

在塞纳河的另一边，有个人在莫里斯饭店的前厅里不耐烦地踱着步。经过六天辛苦和坚定的工作，维尔纳·埃伯纳赫上尉的第八一三工程兵连已快完成任务。他们利用海军地下仓库皮尔斯的水雷，已经在全市各地埋上了十二吨以上的炸药。头一天，两个焦急万分的警察跑到法律系学生埃德加·皮萨尼在警察总署的办公室，向他报告德国人甚至在圣母院门前的两座桥下也埋了炸药。并且，考虑周到的埃伯纳赫还另外留下炸药，准备炸毁巴黎的象征埃菲尔铁塔的塔基。

现在他需要叫他起爆的命令。他恼火地不耐烦地在莫里斯饭店等了两个小时要见冯·肖尔铁茨，结果只得到了大巴黎司令一句很短的回话，还是通过副官冯·阿尼姆伯爵传话过来的。他说，埃伯纳赫继续进行准备，以“待进一步的命令”。

那天晚上又有新的一场暴雨开始掉点，同时也传来令人难以置信却极受欢迎的传闻。它大大激扬了巴黎全体居民的精神。剧作家安德烈·卢辛在他位于巴克路的公寓里记下了这个传闻，他写道：“以恐惧开始的一天最后以希望结束。看来美国人已经到了朗布耶。明天他们就可以到巴黎。”

美国人确已到了朗布耶，距巴黎只有三十英里。但是，安德烈·卢辛有些过高估计了他们的人数。他们只有三人，而且都没有什么正经的事要到那里去的。第一个是个名叫大卫·布鲁斯[1]的彬彬有礼的弗吉尼亚州人，他是美国战略情报局派驻法国的代表，一个上校。如果他被俘获，将使法国人无比高兴。第二个是吉普车司机，来自西弗吉尼亚州的一个名叫“赤党”佩尔凯的沉默寡言的大兵。第三个是战地记者，欧纳斯特·海明威实现了他很久以前就立下的誓言，率先带领美国记者团到巴黎。

他的第一个行动是解放巴黎郊区“王家犬猎队长”旅店的酒吧，那是巴黎人和他们的女伴们过周末的好去处，长满忍冬的一家乡村旅馆。他在酒吧里存放了一箱手榴弹，一支冲锋枪，一瓶老板为表感激之情而送他的上等白兰地酒，还有一张战前出版的米歇林道路地图，他已开始用这张地图去侦察附近的德军阵地了。当时开始陆续光顾这一酒吧的法国国内部队成员叫他“我的上尉”。到巴黎解放时，海明威成了“我的将军”，这是法国军事史上擢升最快的一例。

这三个人是这块法国国王和总统的狩猎禁地的唯一解放者，比盟军部队早到四十八小时，他们发现遇到了一个令人尴尬的问题：德军太多了。布鲁斯发现，“我

[1] 曾任驻德、英大使，后在中美建交前夕为首任驻北京联络处主任。——译注

们每打一个转身，就有一个德国兵从门、梯后面爬出来投降”。海明威命他们脱下裤子，到厨房去削土豆，以供人数越来越多的法国国内部队成员的用餐。

十七

墙上彩色绘画的复制品中那一圈围坐的脸色红润的教士，他们面带笑容，与阿尔丰斯·于热的空气潮湿的公寓里坐成一圈的几个愤怒的人显得有些不协调。在他们窗下，细雨窸窣地拍打着蒙苏里公园大街枝叶繁茂的树尖。在屋子的一个角落里有六支还愿用的蜡烛，那是于热放在那里准备天黑时使用的。这天早些时候，于热在附近的圣多米尼克教堂，向圣母马利亚道歉地行了个屈膝礼，“征用”了祭坛上这几根纤细的蜡烛。他的妻子独自在厨房里听着隔壁屋子里这些男子愤怒的低声细语，因为在这燠热的晚上，她除了几杯淡如白水的人造柠檬汽水以外，没有什么可以招待他们，她感到十分抱歉。

不过，这些心中有事的汉子们有比找什么喝的更加严重的事情要考虑。除了在德国秘密警察的牢房里，从来没有这么多的抵抗运动领袖像现在这样聚在一起，聚在阿尔丰斯·于热的三层楼公寓里。也从来没有一次抵抗运动的会议像在这个烟雾腾腾的小客厅里的这次会议那样发出这么多的怨气。这些人是来决定诺德林总领事快要解体的停火的命运的。

这天早些时候感到那么绝望的亚历山大·巴罗迪如今相信可能他能挽救停火。坐在他旁边的是两个星期前飞到伦敦去的二十九岁的橄榄球运动员雅克·沙邦－戴尔马将军，他为停火辩护，仿佛他在保卫凡尔登的一条战壕似的。他最后说，这是同冯·肖尔铁茨的“君子协定”。

一听到这话，屋子里就爆发了一阵愤怒的反对声。有人叫道：“你同杀人凶手是不能订什么君子协定的！”

“那么你呢，”沙邦反驳攻击他的人，“你要白白屠杀十五万人！”

坐在沙邦对面的罗杰·维永是屋子里资历最高的共产党员，他愤怒地反唇相讥：“我从来没有见到过这样一个没有种的法国将军！”

屋子里剩有的一点点秩序都消失得无影无踪了。沙邦站起来，双拳紧握。于热太太在厨房里吓得双手捂脸。她心里想，德国兵会来的。突然，在你一言我一语的愤怒的吼声中，她听到玻璃打破的声音。于是一片沉默。

在客厅里，面带羞色的男人们互相看了一眼。戴高乐派作家雅克·德布－布里代尔用议会斗争里的老手法，打破了一块玻璃窗，把屋子里的人吓了一跳，恢复了秩序。

会议恢复以后，一个说话轻声轻气的非共产党人士站起来反驳沙邦－戴尔马的论点。他的姓氏像法国一样古老。三年以来，让·德·伏古埃伯爵一直秘密地生活在工业区的贫民窟里，那里同他诞生的巴黎的大客厅和优雅环境有天壤之别。有一次天还在下雨，他在街角遇见他的母亲，还故意躲开她，拉下了旧帽子的帽檐盖住眼睛，这样她就认不出已有三年不见的儿子了。如今，这位贵族用疲劳得发干的声音，代表成千上万不要求别的，只要求不惜代价同德国人作战的普通巴黎人说话。他陈说道："我们必须在街垒上洗雪一九四〇年的耻辱！"

维永接着对巴罗迪希望能拯救巴黎免于毁灭的停火协议补上致命的一击。在共产党人维永看来，巴黎是"世界上进行游击战最好的城市"。他宣称，戴高乐一九四〇年拒绝签订停战协定，共产党"如今也不会因为他要我们签订而签订一个停战协定"。然后，他简直就是向巴罗迪和他周围的人提出公开宣战，如果接受停火的话，共产党将"在巴黎的每一道墙头贴上标语指责戴高乐派在巴黎人民的背上捅了一刀"。他告诉巴罗迪，这些标语已经在印刷了。

巴罗迪被压倒了，他精神颓唐地坐在椅子上。[1]他受到了讹诈。不论什么代价，他可不能让共产党公开分裂抵抗运动。他的停火眼看就要被击败了。几分钟以后，它确是被击败了，只有一票之差，就是他自己的一票。巴罗迪对抵抗运动的团结竟这么重视，在维永的威胁面前，他甚至觉得必须把团结置于祖国的首都之上。

[1] 就在这些人辩论不休的时候，柯尼希将军在英国广播公司的广播中再次呼吁："除了牺牲法国人的性命以外，起义是一点儿也没有好处的。"真是具有讽刺意味。

这位精神颓唐的人觉得，他们现在只有等待肖尔铁茨的大炮粉碎巴黎神圣的建筑了。在那天晚上，沙邦－戴尔马的秘密发报机会向夜空不断地发出最后的焦急的呼吁。沙邦和巴罗迪绝望之余只好竭力恳求戴高乐设法请盟军进入巴黎了。

如今，在于热太太公寓狭窄的门廊里，精疲力竭的巴罗迪吃力地把上衣穿上，遮没了紫红色的背带。他抽噎着几乎站立不住，靠在那个刚刚发出恶意的威胁断送了停火的人的身上。

“我的天，”他向罗杰·维永笑着说，“他们如今要毁灭巴黎了。咱们美丽的圣母院就要被炸成废墟。”

维永态度傲慢，得意洋洋地反驳：“巴黎被毁又怎么样？咱们会一起被毁灭掉。巴黎宁可像华沙一样被毁灭掉，也比偷生下来再经历一次一九四〇年好。”

十八

在燠热的饭店中度过的这一晚，也许是狄特里希·冯·肖尔铁茨一辈子所度过的最长一晚了。二十年后，甚至他的勤务兵赫尔穆特·梅耶也还记得，这是他们在一起服役的四年中冯·肖尔铁茨第一次向他发火。“滚出去，别烦我！”那是当一向乐呵呵的下士出现在门口要为他整理房间以备他上床的时候。

在已经黑下来的房间里，这位矮个子将军光着脊梁还汗流浃背。在这潮热的晚上，他对巴黎的命运所负的责任比夏尔·戴高乐或美军全部将领都要大。他孤身坐在那里，一个普鲁士人的良心的内疚使他感到痛苦。唯一可以解他孤寂的人已经走了。肖尔铁茨心中想，他的表弟阿道夫·冯·卡洛维茨这时可能已到巴登－巴登了。

冯·肖尔铁茨从窗口看着杜伊勒里花园的轻轻婆娑的树梢，听到在这些像哨兵一样站在那里的树顶上传来的枪声划过巴黎的夜空。天气是那么闷热，汗珠流下了他的肚子。

那天晚上，他的秩序井然的世界似乎在他四周垮了下来。他曾在诺德林的停火建议上冒险一搏，可是失败了。他只要听几分钟就可以测量出失败到什么程度。他担心柏林和莫德尔知道了他同敌人谈判过。

他从最高统帅部那里收到的命令没有一项执行过。在他办公室的外间，也就是最高统帅部四位爆破专家二十四小时以前刚刚离开的地方，整齐地码放着他们的蓝图。然而在今天八月二十一日的晚上，距离冯·克鲁格命他开始破坏巴黎的工业已有四天，距离约德尔用电话亲自向他重申这命令已有二十四小时，冯·肖尔铁茨还没有下令破坏哪怕是一家工厂。当天下午，他甚至还拒绝接见埃伯纳赫上尉。他丢在高背安乐椅旁床上的军服上衣口袋中，还塞着最高统帅部发来的最新又是最短的命令，上面说："约德尔上将命令不计代价破坏巴黎桥梁工作应准备就绪。"他确信，他的姓名"在最高统帅部已蒙上了阴影"。

他认识到，这是他担任德国军官二十九年以来第一次"违抗命令"。一想到这点，他就回忆起全国劳工领袖罗伯特·莱伊在从腊斯顿堡到柏林去的火车烟雾腾腾的车厢里浮现的脸。在他的床边小几上，放在《普法战争史》上面的，是个普普通通的皮镜框，里面嵌着三个人的合影，这三个人正符合莱伊用令人钦佩的精确措词定的《连坐法》：他的妻子乌蓓塔和他的两个女儿。战争中，这张照片他带在身边已有四年了，拍照的时候，他的儿子铁莫还没有出世。

今天晚上他形单影只，心情颓唐，有"一种失败的感觉"，认为他把巴黎的任务处理得很糟。他心里想，对这场像传染病一样蔓延的起义，对开始暗暗怀疑他在巴黎的作用的最高统帅部，他必须“大胆地维护自己的权威，显示一下武力”。那个脸色红润的德国空军少校的建议不断地出现在他的心中。那个无名军官的建议的好处是简单易行。他心里明白，只消拿起床边的黑色电话机，勒布尔热机场和那位少校就近在咫尺。

他现在后悔的是决定取消对警察总署的攻击。二十年后他仍记得那天晚上对释放亚历山大·巴罗迪及其两名助手的“错误”所感到的遗憾。他心里想，他可以用那位少校的计划来挽救他这两个错误。一度他还跳了起来，大声咒骂，发誓要执行轰炸计划。眼前，房间里闷热得使他透不过气来。他脱掉裤子，身上只剩短裤衩，走到窗前。

夜已深。在这个城市两英里以南一所普通的公寓中，一群愤怒的人刚才还发誓要对他进行无情的斗争，现在一切又安静了下来。他能听到的唯一声音是他窗下里伏利路人行道上哨兵来回踩踏发出的有节奏的令人放心的皮靴声。这个曾经把塞瓦斯托波尔轰得粉碎的人，如今汗流浃背，只穿一条短裤衩，实在不可想象。他在窗边望着夜空下巴黎的屋顶，心里在计算，为了恢复他眼前这个城市的秩序，要造成多少废墟。

他在独自辩论时，一个新的因素出现在他脑际。狄特里希·冯·肖尔铁茨在四十九年的生活中，从来没有怀疑过他的西里西亚教养的正确性，他对德国前途的信心，他的普鲁士军官的纪律规范。如今他却怀疑了。

自从两个星期以前在腊斯顿堡没有窗户的地堡里度过半个小时以后，冯·肖尔铁茨一直有个念头萦绕在心，那就是，他所盲目效忠的那个人已经疯了。从那一天起，另一个同样可怕的现实开始钻入他的脑袋。他担心，对德国来说，已不再会有奇迹出现。从但泽[1]开始的道路是走向战败的道路。

在过去二十四小时里，他同约德尔和莫德尔的谈话都证实了这一点不能释怀的怀疑。那就是最高统帅部把他派到巴黎来，不是要他扮演军事上的角色。保卫巴黎抵御来犯之敌，哪怕是以毁灭巴黎为代价，也是一件在军事上站得住脚的行为。但是，仅仅为了把欧洲奇迹之一从地图上抹掉，而肆无忌惮地破坏这个城市，则是一件在军事上没有理由的行为。他已开始怀疑，这就是希特勒派他来这里做的事。他怀疑这个疯子是要他毁灭这个城市，“然后坐在余烬上承担后果”。

二十年后，冯·肖尔铁茨仍旧忘不了那年八月晚上他同自己的良心进行的那场揪心的辩论。在服从命令的本能与这些命令可能把他引向什么惨祸之间，他发现自己已经陷入了进退维谷的可怕境地。历史决不会宽恕毁灭巴黎的人，这对冯·肖尔铁茨来说，是个极有说服力

[1] 波兰在波罗的海的一个港口，今名格但斯克，希特勒由此开始入侵波兰。——译注

的论点。而这样做的那个人可能在巴黎的灰烬上被绞死，则更加具有说服力。冯·肖尔铁茨准备在巴黎作为军人去死，但是却不准备当作罪犯去死。那天晚上，他把约德尔的最近一个命令给冯·阿尼姆伯爵看时，简单地说了一句：“我将坐在最后一座桥梁上，与它一起把自己炸死，因为这是我唯一能做的事了。”

对他所处的可怕的进退维谷的处境来说，似乎只有一个答案：盟军的长驱直入，这就可以解除他讨厌的负担了。这天早些时候，他曾了解到一个惊人的事实。第一军团司令库特·冯·德·薛瓦莱里将军告诉他，根据莫德尔的命令，他要把军队从巴黎前面的阵地调向南边。肖尔铁茨明白，这意味着巴黎的前门已经洞开，正向敌人招手。盟军只需改变一下计划，就可以直捣巴黎，使他或任何别人都无法挡住。

电话铃声打断了他的沉思。冯·肖尔铁茨“砰”地关上了百叶窗，在黑暗中摸到电话那边去。在电话线的另一头，冯·肖尔铁茨听到了最高统帅部威廉·伯格多夫的说话声，就是这个人选他担任这项职务的。在一九四二年，傲慢的伯格多夫有一次告诉塞瓦斯托波尔的英雄：“我手头的将军多得可以喂猪。”今夜，他打电话来给冯·肖尔铁茨，告诉他最高统帅部已没有将军剩下了。肖尔铁茨原来要求派个将级军官来指挥城外军队，如今伯格多夫告诉他，希特勒决定不派，只是把休伯特斯·冯·奥洛克从中校提升为少将，此人就是冯·

肖尔铁茨在圣克卢一所别墅中与之一起喝过香槟酒的人。冯·肖尔铁茨感谢伯格多夫的“关心”，便挂了电话。

然后他躺在床上，眼睛看着天花板。他在四十八小时以前曾经优柔寡断过，以致接受了诺德林的停火建议。如今他仍然优柔寡断，还想最后宽限自己一次，再等二十四小时才去叫勒布尔热机场的脸色红润的少校。做出了这个决定后，他才转过来考虑一个简单一些的军事问题。他心里思忖，在这个多难的城市里，他到什么地方能为休伯特斯·冯·奥洛克少将的那副肩章找到新军衔的两颗将星？

十九

罗杰·加洛瓦不顾他的共产党上司的命令，自行担当起呼吁盟军开进巴黎的任务，但是他要去见的那个人的名字，对他来说还是一个谜。不过他知道，从与他一起在这个伪装帐篷中的美国人的态度来看，此人很重要。过去的几个小时，这个精疲力竭但心情愉快的法国人是在紧张和忙碌中度过的。

加洛瓦自从看到第一个美国兵并受到冷漠对待以后，就给安排在一辆吉普车上。孩子气的吉普车司机奉命不得随便交谈。加洛瓦在第一次见到盟军而满怀惊喜和好奇的心情中，在这头两个小时里听到的只有他的向导嚼口香糖的“吧嗒”声。

吉普车最后终于停在一丛白杨林里，里面尽是帐篷。他的美国主人核实了他的身份，其程式之怪令加洛瓦至今仍感到奇怪。纽约建筑师出身的罗伯特·I. 鲍威尔上校对抵抗运动的情况了如指掌，用地道的法语向他提出了许多问题，态度随便，好像是在谈论天气一般。接着，表面上似乎仍在提一个平常的问题以核对他对抵抗运动的了解，鲍威尔问加洛瓦是否遇见过一个名叫安德烈·德·布拉波瓦的抵抗运动战士。加洛瓦模糊地记起他十天前在巴黎的街角曾经遇到过一个叫这名字的人。鲍威尔问，他后来又见过没有。加洛瓦想了一想，又记起他们曾约好另一次会面，但布拉波瓦没有露面。为什么？鲍威尔问。加洛瓦承认他不知道什么原因。

“我让你知道为什么。”鲍威尔回答。他转过身去，向他身后的一个副官低声说了些什么。

过了一会儿，一个身材瘦削穿军装的人进了帐篷。一时间，加洛瓦吃惊得说不出站在面前的那个人的姓名来。他就是安德烈·德·布拉波瓦。

现在，帐篷的门帘开处，又进来一个人。他的头发蓬乱，卡其衬衫只有半截塞在裤子里。“对不起，”他说，“我在睡觉。”然后他说，“好吧，我在听着。你要说什么？”

加洛瓦以他的高卢人心灵中被抑制的全部热情说了他要说的话。他说完后，面前的那个美国人说：“你是一个军人，我也是一个军人。如今我以军人的身份回答你的要求。”他告诉加洛瓦，答复是不行，原因有三。盟军是在“歼灭德军，不是收复首都”；抵抗运动未接命令擅自发动起义，现在“得承担后果”；盟军缺乏汽油，不能“承担供养全市的道义责任”。说完话他向加洛瓦伸出手。他的话蛮横而又坚决，口气又是那么有权威性，因此，在加洛瓦看来，他的答复似乎是不容更改的。说实在的，很可能就是这样。这位被加洛瓦半夜从睡梦中叫醒的美国将军是乔治·S. 巴顿。

这个一身肮脏、满脸胡楂的法国人原来是靠他以为此行能拯救巴黎不致遭到华沙的命运的信念才历尽艰险而来的，现在听到这个答复，不禁灰心丧气到了极点。他后来说，他当时是“处在感情崩溃的状态”。

巴顿走开了，过一会儿又回来了。他问这个法国人，愿不愿意再走一次，到一个名叫拉伐尔的小镇去见另外一位美国将军。

在那个诺曼底小镇郊外的苹果园里，那天晚上有另外一个法国人在为法国首都的命运操心。他坐在行军床边上，借着煤油灯的闪烁灯光写信。阿尔贝·勒贝尔上校自从担任驻美军联络官以来，几个月中第一次想改变他为之服务的人的决定。勒贝尔在一张普通信纸上用与夏尔·戴高乐的话同样关切的话，写完了一个无名法国军官为他祖国的首都提出的个人呼吁。

他写道：“如果美国军队眼见巴黎发生起义而坐视不救，这将是法国人民永远不能忘掉的过失。”

他叠起信纸，放在一边。明天，他的司令奥马·布雷德莱将坐飞机去与最高统帅一起开会。勒贝尔决定把他的个人呼吁夹在布雷德莱带去开会的一些文件中。他坚定地相信，这次会议对他祖国的历史将具有压倒一切的重要性。如果巴黎要逃脱破坏，在几小时后开的这次会议上必须做出向首都进军的命令。

二十

[八月二十二日]

查克·赫夫林中校在英国潮湿的夜里冻得瑟瑟发抖，他双手紧抱厚厚的咖啡缸子取暖。在他的临时房屋外面，他指挥的“外来客”中队B-24型轰炸机的影子黑魆魆地连成一片直到英格兰西北角哈林顿小镇前面隆起的小山。赫夫林中队的士兵们已在把二百磅一箱的武器弹药装在这些飞机上，他们不久就要把它们空投到欧洲占领区。

赫夫林和他中队所辖的三千个军人是一支非常专业化的部队。他们所投的“炸弹”有一种“缓爆雷管”。他们与英国皇家空军的一个姊妹中队一起负责供应武器给欧洲抵抗运动。自一九四三年一月以来，“外来客”已执行了三百次飞行使命，把成千上万吨武器和弹药以及成百上千的人空投给法国、比利时、荷兰、挪威和波兰的抵抗力量。那些使命中没有一次像这天早晨“外来客”要完成的那么困难。它的代号叫“乞丐行动”。赫夫林的部下要在四百英尺低空作白昼飞行，所飞越的地区满布德军高射炮，而有些目标只比足球场大一些。

“罗尔上校”得胜了。他要求空投武器的无线电紧急呼吁终于到达了目的地。几个小时以后，一等到英国上空出现第一线灰色曙光，“外来客”中队的一百三十架飞机就会在一次“最大努力”的行动中把二百吨武器投到巴黎的市中心，投到布洛涅森林，奥特伊和隆尚赛马场，荣军院广场的平台，共和国广场……还要直接投到被围的警察总署院子里。

为巴黎在半夜写呼吁信的阿尔贝·勒贝尔上校看到他的一身污秽、满脸胡楂的同胞在布雷德莱将军第十二集团军总部伊格尔塔克保安帐篷前从吉普车上下来，这无异是天赐良机。勒贝尔想，如果世界上真有在恰当的时间、恰当的地方出现一个恰当的人的话，那么在他面前的这个精疲力竭的人就是。几分钟以后，在六点钟，勒贝尔将与他的上司第十二集团军情报处长埃德温·西伯特准将见最后一面。见了以后，西伯特就要随同布雷德莱将军前往艾森豪威尔总部。这三个人将讨论巴黎的命运。

在过去四十八小时里，西伯特一直反对改变盟军计划而立即向巴黎进军的主意。这次见面是勒贝尔改变他的主意的最后机会。从目前站在前面的眼睛满布血丝、一身污秽不堪的罗杰·加洛瓦身上，勒贝尔有了一个比他自己能够提出的任何激情呼吁更加直接、更加有说服力的论据。

加洛瓦经过又一次的吉普颠簸，精神委顿，这是在十二小时内他同缄口不言的美国兵司机第三次跋涉。他一到就马上知道了正在发生的事情的重要性。原来，头天夜里巴顿将军不客气的拒绝并不是最后的。他还有第二次机会。他对自己说："昨天晚上，我的话不够有说服力。这一次我要做得更好一些。"

他的确做到了。加洛瓦要求的不是美国的武器，而是美国的士兵。他的诚挚和自信感动了在场的美国军官。

他说："巴黎的人民要自己解放他们的首都，把它呈献给盟军。但是他们没有办法结束他们开始的事。你们必须来帮助我们，否则就会发生一场可怕的屠杀。将会有几十万法国人遭到杀害。"

他说完后，屋里一片沉默。西伯特将军轻轻咳嗽了一下，向加洛瓦道谢，然后收拾起文件。他走出屋子的时候，在勒贝尔上校的胳膊友善地拧了一下："你们性急的狮子勒克莱尔今天要来。好好照顾他。咱们今天晚上可能有好消息给他。"

然后，这位新英格兰的扬基佬腋下夹着文件，沉思地低着头，走向等待他的小飞机。加洛瓦的话"深深地打动了"西伯特。他系好飞机上的安全带，一边在想："如果我们在一两天内赶不到巴黎，就会发生一场可怕的大屠杀。"

在格朗尚村外面法莱斯战场附近树丛的边缘，德威特·艾森豪威尔在这星期二的凌晨也在考虑巴黎问题。他的指挥车中涂清漆的办公桌上放着一张普通的信纸，就是二十四小时以前夏尔·戴高乐提出解放巴黎的紧急要求的那张纸。艾森豪威尔用雄健整洁的书法，一点也不热情地在上面做了很不情愿的批示。那是他写给他的参谋长沃尔特·比德尔·史密斯将军的："看来我们将被迫开进巴黎去了。"

这个行动是艾森豪威尔在万不得已的情况下才会采取的极其勉强的行动。发怒的乔治·巴顿已经一天三次打战地电话来向他的负责供应的军官要求拨给更多的汽油了。

然而，艾森豪威尔尽管两天以前答复戴高乐时态度十分坚决，但是自从会见以来，他就一直在思考那个法国人对他说的话。他对戴高乐极为敬重。如果戴高乐担心巴黎的秩序，他也得担心。主要是，两年的经验使艾森豪威尔认识到那个领导自由法国的人有一个特点不容忽视。他知道，戴高乐"是不达目的决不罢休的，他绝不会让任何人阻止他"。如果说，艾森豪威尔"被迫"打进巴黎去的话，那不是德国军队而是这个严峻的法国人逼迫他这么做的。

最高统帅在开始早晨的约见之前，向他的华盛顿上司乔治·马歇尔将军发了一个简短的电报，概括了他的烦恼。他说："由于解放巴黎涉及的供应责任，最好推迟对该市的占领，直到歼灭当前面对的敌军，包括加来海峡的敌军这一重要任务完成之后。"

但是他警告马歇尔，这也许是不可能的。如果很快就实现解放，他向他建议说：“在这以后几天，就要允许戴高乐正式进入该市。”艾森豪威尔的计划则是，在盟军把德国人推到离首都适当距离的时候，允许戴高乐进巴黎，“可能在盟军某种联合安排下”。《伦敦每日先驱报》在这个八月的早晨甚至引用高层外交人士的话宣布，罗斯福和丘吉尔将在解放后某一时候率领“盟军胜利开入巴黎”。该报还说，“戴高乐可能会得到一个荣誉地位”。

不存在他一到法国就可以待着不走的问题。原来告诉最高统帅，戴高乐到法国只是进行短期视察。法美民政事务协定七月间已获华盛顿原则上的同意，但还没有签字。作为艾森豪威尔的民政事务副手朱利乌斯·霍尔姆斯准将知道，国务院起草该协定的计划工作人员，没有一个打算在一定时候让戴高乐把他的权力机构从阿尔及尔迁到巴黎。他们以为戴高乐会太太平平地回阿尔及尔去，再从那里让他把权力逐步转移到法国某一大城，最后，只有在他得到华盛顿正式的承认以及德军基本上被驱逐出法国以后，才转移到巴黎。

戴高乐深知他的盟友的保留态度。这个和暖的早晨在他暂设在勒芒省政府的临时总部里，他无意让艾森豪威尔或任何别人“允准”他正式进入巴黎。他打算同第一批盟军一起进入巴黎，然后就待在那里。而且，不管艾森豪威尔喜不喜欢，他已决定，法国第二装甲师要在几小时之内向首都进军，不论是根据最高统帅的命令，还是他本人的命令。

夏尔·戴高乐决不会在他盟国的主持下进入他祖国的首都。他打算以自由法国首脑夏尔·戴高乐的身份单独进入巴黎。然后他再欢迎盟军到他的首都来。他甚至已经命令他的副官克劳德·居伊为他觅一辆法国汽车作此用途。居伊已在头天晚上从雷恩的一个瑞士商人那里征用了一辆豪华的霍奇凯斯车。

戴高乐打算坐这辆由法国司机驾驶的法国车，在法国军队的护卫下单独开进巴黎。正如他当初有意不告诉他的盟友，他“视察”法国是长期的一样，他这次也没有告诉他们另外一个事实：他一旦到了巴黎就无意离开。对戴高乐来说，他本人进入巴黎不过是一系列迅即采取的步骤中的第一个步骤，这些步骤将把他的临时政府设立在巴黎，不管人家承认不承认。[1]

戴高乐深知他的盟友不愿意接受这样一个行动，这天上午他就决心不让美国最后一分钟外交活动挫败他的计划。他对助手们说，从这天上午起他的确切下落要对他的盟友“谨慎地不予提供”。[2]

---

[1] 头一天在致阿尔及尔的电报中，他告诉他的政府成员，他已任命皮埃尔·柯尼希将军为巴黎军事总督，以求“立即确定在什么条件下从盟军进入首都之时起确立政府的权威”。

[2] 他这样做的成功程度可以从艾森豪威尔的参谋长二十四小时后对美国新派驻戴高乐那里的少校联络官的问题所做的答复中看出。“我怎么知道他在哪里？”沃尔特·比德尔·史密斯说，“你以为他会告诉我们吗？”

绿色保密电话的尖锐刺耳的铃声惊动了“外来客”中队作战室里的人们。这台电话把他们在哈林顿的这个空军基地同伦敦战略情报局总部直接联系起来。鲍伯·沙利文中校拿起听筒。在保密电话的杂音中，打电话人的声音似乎像在水中过滤过一样。他告诉沙利文：“暂停‘乞丐行动’。”伦敦说，这一行动改到次日，八月二十三日，星期三。

像狄特里希·冯·肖尔铁茨一样，法国国内部队首领皮埃尔·柯尼希将军刚刚决定给自己二十四小时暂息。柯尼希原来下令进行“乞丐行动”，在沙利文的保密电话铃声响起几分钟之前，又决定推迟这一行动。柯尼希和伦敦布莱恩斯顿广场自由法国总部的其他人都认为，在巴黎上空空投武器十分危险。它可能使赶来捡收武器的巴黎人遭到屠杀。其中许多武器会落入德军之手。尤其是，他们知道，大多数武器会落入戴高乐的对手共产党的手里。在三年的空投活动中，该总部没有一项禁令有像下列这项禁令更加严格遵守了，那就是不得向大量武器会落入共产党之手的地区和城市空投武器。在法国解放的最后几星期中，这项禁令不会轻易抛开不顾，而把武器投给法国国内共产党最密集的一个地方。

但是，尽管柯尼希和伦敦的自由法国总部不赞成起义并迟迟不开始这项空投，他们却不能站在一旁，眼睁睁看着他们的同胞在巴黎街头用手枪和老式步枪同德国坦克作战。柯尼希心存犹疑，但还是决定空投，后来又决定再等一天。如果在二十四小时内战斗失去控制，他决定不论政治后果，他要把成千上万支步枪像下雨似的投向巴黎屋顶。

二十一

巴黎却没有二十四小时暂息。天明之后，全市各地战斗恢复，程度越来越激烈。八点钟刚过，足智多谋的党卫军上校的四辆坦克又出现在雷蒙·萨朗的警察局门外，这个法律系学生在头天曾告诉那个上校："您不能再在这里发号施令了。"这次，上校的坦克手们没有带上活人盾牌。在两小时的激烈战斗中，他们把萨朗和他的人赶出了大楼。萨朗的部下在爬上邻居屋顶逃走之前，令对方付出了代价。他们中的一人冒着生命危险，奔向德军的一辆坦克，投了一瓶莫洛托夫鸡尾酒在它的通风口上，使它起火报废。

在第十七区，头一天曾经出现过抵抗运动仅有的一辆无声的坦克。如今德军炸毁了几所公寓房子，显然是对他们的无声对手的答复。在塞纳河左岸，法国国内部队如今成了从塞纳河到圣日耳曼林荫大道之间弯弯曲曲的小巷的主人。德军不敢进到这些坦克开不进去的狭窄弯曲的小巷。在圣日耳曼和圣米歇尔林荫大道的交叉口那个"死亡路口"，激动的法国学生把一辆辆德军卡车炸得起火。从一辆卡车上他们俘获了十多个俘虏和一架重机枪，他们马上把它架在他们码放整齐的街垒上。在里昂车站，一卡车德军遭到伏击，退到一家餐馆。里面的十多个顾客看到他们的困境笑了起来。德军开枪把他们都打死了。警察总署的院子里有一堆缴获的德军卡车残骸，它们创痕斑斑的车身上都漆有“法国国内部队”的白字。

亚历山大·巴罗迪身边的一小批人没有时间品尝头一天“夺权行动计划”的戏剧性胜利。就像他们原来计划的那样，他们头天下午在总理办公室举行了夏尔·戴高乐政府的全体会议。伊冯·莫朗达的未婚妻克莱尔忠实地为这次非常会议做了记录。然后，她像第三共和国的任何一个新闻秘书宣布新的政府危机时那样庄重严肃地向聚在外面的巴黎各报记者宣读了会议记录。如今，他们的对手还在专心致志地对付怎样进行起义的问题，而巴罗迪的人却已开始搬进至今还空着的政府主要各部。头天占领总理府的伊冯·莫朗达给降了级。这次他被分到一个简单的部，内政部。

在二十四小时以前占领的巴黎市政厅那庞大的文艺复兴时代风格的建筑里，巴罗迪的对手们开始建立他们自己的堡垒，与戴高乐的要塞警察总署唱对台。这里也遭到了肖尔铁茨部下的进攻。安德烈·托莱特，那个第一个迫使发动起义的人，还在里面教一批十六岁的孩子怎样开手枪，四辆德军坦克就在外面进行炮轰了。托莱特潜身到窗口亲自去开火。他向窗外望去，只见一个年轻姑娘爬过塞纳河的堤岸，奔向最近的一辆坦克，她的红色裙子像开花一样从身上飘了开来。她迅速敏捷地爬上坦克的侧面。他看到她举起胳膊，手中握着一只绿色香槟酒瓶在空中举了一举就掷进了坦克的炮塔。塔口喷出了一股烈焰。那姑娘从坦克上跳了下来，奔回堤岸边。没跑几步她就中弹倒下了，她的红裙子盖在人行道上，“像一枝郁金香被一刀切断花茎一样”。余下的三辆坦克开走了。

对几百万巴黎人来说，第四天的战斗带来了新的讨厌的威胁：饥饿。面包师没有面粉和烧炉的木柴。还有几袋面粉的少数面包师就砍布洛涅森林的树木烧烘炉。巴罗迪的临时粮食供应部长对他周围一些不快的人宣布：“如果几天之内没有卡车能开出巴黎，那么到本星期末就会发生饥馑。”

在这个星期二，巴黎的饥饿市民中没有比保尔·巴尔杜这个被关在卢森堡宫的抵抗运动偷运者更加惊异的了。那个不断宣布巴尔杜刑期即将到来的胖事务长弗朗兹在送他去行刑队之前给他吃了最后一顿饭，一盘弗朗兹故乡符腾堡的名菜烤牛肉。

另一个被俘的人是态度拒人于千里之外的显贵威廉·冯·齐格萨－贝恩斯上尉，他是使巴黎赛马场继续开放的德国男爵。香榭丽舍大街不远的大宫的警察局警察没有什么可以招待他，只有一盘占领期间的特色菜，淡而无味的水煮甘蓝。在过去的二十四小时里，这位戴单目镜片的骑兵军官一直被锁在大宫的一间地窖里。他对这个建筑物了如指掌。战前，冯·齐格萨－贝恩斯在这宫中曾经比较风光地住过一小段，他是德军骑术队明星之一，不知多少次出人头地地驰骋在赛马场上，耳边响彻成千上万钦佩他的法国人的欢呼声。如今，冯·齐格萨－贝恩斯从窗口看到一个德国兵像漫画人物一样带着一群粉红色的肥猪走过香榭丽舍大街。马尔佩夫路总参谋处车库的头子海因里希·缪勒上士奉命把这些猪送到杜伊勒里花园。那天晚上，他带的猪有两头被法国国内部队开枪打死，在铁签上烤着为缪勒上士和他的二十几个部下提供一顿巴黎风味的最后美餐。

在挨饿的巴黎，最悲哀的人也许是拉辛路上拉着一辆小木车的那个老头了。在小车上他有四磅珍贵的土豆。机关枪的流弹打掉了他的小车和土豆。看到土豆滚到阴沟里，老人哭着对一个旁观者说："至少，现在有一点点木柴可以煮剩下的土豆了。"

二十二

瑞典总领事拉奥尔·诺德林心中在嘀咕，不知狄特里希·冯·肖尔铁茨在办公桌后的小柜中摸什么。他从来没有看到过肖尔铁茨当着他的面打开那小柜。在玻璃的一声碰撞中，将军取出了一个酒瓶和两个杯子。然后，他面带诡秘的笑容从办公桌上俯过身来。“别告诉英国人，”他说，“我可要喝一杯威士忌。”他给了诺德林一杯。瑞典人心里想，这个矮矮的德国人肯定是个怪人，他脸上第一次挂着淡淡的笑容，这是他从未见到过的。他心中在嘀咕，冯·肖尔铁茨甚至提议派一辆装甲车去请他来，难道仅仅是为了请他喝一杯酒？

冯·肖尔铁茨倒了两杯酒。他举起酒杯，喃喃地说一句客气的“请”，一口就喝干了他自己杯中的威士忌。

然后他靠坐在椅上，狐疑地看了外交家一会儿。“总领事阁下，”他开口说道，“您的停火似乎并不十分顺利。”诺德林还来不及回答，他又补充了一句，语调有些尖刻。他说，星期天他释放的三个俘虏并没有做什么对得起他的姿态的事情。他说，起义在日益扩大。

诺德林叹了一口气。他指出，法国国内部队真正服从的只有一个人，那就是戴高乐将军，但他不在巴黎。

他大概在诺曼底的什么地方同盟军在一起。

肖尔铁茨又很快地看了诺德林一眼。然后，他用一种平静、直接的语气对这位瑞典外交家说："为什么没有人去见他？"

瑞典外交家一时说不出话来回答。肖尔铁茨在开玩笑吗？他面前这位矮矮的普鲁士军官莫非真的建议派人负着使命去盟军司令部？

诺德林问肖尔铁茨，他是否愿意授权派个人穿过德军战线去盟军司令部。

"为什么不？"德国人答道。

诺德林吃了一惊。他把喝空了的酒杯在办公桌上推到肖尔铁茨面前。他告诉他，作为中立的外交官，他愿意担当去见盟军的使命，只要他有有效的通行证。

冯·肖尔铁茨点了点头，但是他似乎无动于衷。诺德林觉得他显然心中另有念头。将军把酒杯放在桌上，解开灰色军装上衣的一个扣子，从里面取出一张蓝纸，铺开在桌上。

他没有请诺德林看这是什么，他只告诉瑞典人，这是一道命令，是过去几天里他接到的好几道命令中的一道。他告诉他，时到如今，他早该开始执行这些命令中有系统的破坏计划了。他提醒诺德林，尽管最高统帅部不断施压力，尽管希特勒坚持要他采取残暴行动扑灭起义，即使这意味着破坏市内大部分地方，他还是愿意试一试停火。如今停火已告失败，他就要被迫执行这些命令了。

肖尔铁茨对这个稍微有些吓怕的沉默的瑞典外交家宣布说，“很快”他就要执行这些命令，否则就要被解除职务。他俯过身来，用一种非常严肃的口气慢慢地告诉诺德林，唯一可能阻止执行命令的事是盟军迅速抵达巴黎。

由于哮喘，他说话有些呼哧，他补充说：“你必须知道，我把这告诉你，这种行为可以被视为叛国。”一时间，在燥热的八月中午，屋子里什么都静止不动，停止呼吸了。接着，冯·肖尔铁茨字斟句酌地说了最后一句：“因为，”他说，“我实际做的是要求盟军帮助我。”

诺德林感到了肖尔铁茨每一句话的分量。他凭着多年外交工作的本能，意识到他自己的话很可能不足以使盟军相信他刚才听到的话。他就问肖尔铁茨，是否能给他一个书面文件交给盟军。

德国人惊异地看着他。“我绝不可能把我刚才对你说的话写在纸上。”他说。

接着，肖尔铁茨用钢笔为诺德林草草写了几笔，那是他愿意给他的唯一书面保证。他写的是“大巴黎司令将官授权瑞典总领事拉·诺德林离开巴黎和它的防线”。他把那张纸递给办公桌对面胖乎乎的瑞典人。诺德林由于兴奋不安而出了些汗，他要求肖尔铁茨再给他一些其他保证，让他通过德军战线。

冯·肖尔铁茨告诉诺德林带着“鲍比”·本德一直可以走到德军的最远岗哨。他还极其勉强地同意，如果他们穿越战线有困难，他会用电话口头重申他的指示。

冯·肖尔铁茨站了起来，绕过办公桌，把诺德林送到门口。他感到“良心上一块大石头放了下来”。他找到了警告盟军巴黎面临的危险的办法。他希望他们明白，至少在眼前，到巴黎的道路是开放的。开放到多久，他就不知道了。如果向他答应派来的援军在盟军之前到达，军人的荣誉感就要迫使他亲自关闭这条道路，以消耗和破坏极大的巷战来保卫巴黎了。他既然已给了盟军警告，如果他们不及时采取行动，那么，他想，要对历史承担后果的将是他们，而不是他自己。

他以亲热的姿态挽着诺德林的肘弯，一边轻轻呼哧着把他送到门口。到了那里，他突然抓住他的手说：“快去。您一共只有二十四小时，四十八小时。在这以后，我就无法向您保证这里会发生什么了。”

二十三

拉奥尔·诺德林总领事在他三十五年的外交生涯中很少遇到过这样复杂的任务。穿越德军防线是一回事，说服戴高乐和盟国相信他说的话的真实性又是另一回事。他这么想：如果他要把握成功的机会，必须有个盟军知道的人与他同行。诺德林没有告诉冯·肖尔铁茨就决定为他这一行增加两人：亚历山大·德·圣法勒和让·劳伦，前者是巴黎戴高乐派抵抗运动的财务主管，后者是一九四〇年曾在国防部任戴高乐参谋人员的一位银行家。他相信，他们的在场会在戴高乐的眼中增加这一行人的可信性。但是这位瑞典人错了。他没有办法知道内情，这两个人都不是能见到将军的亲信。

不过，他们不是这位瑞典人给胡乱拼凑的奇怪的一行人所添加的仅有的两个人。在下午三时左右，诺德林还在等待圣法勒报告通向盟军战线最佳路线的时候，他听到总领事馆门铃响了。等在门外要见他的是个秃顶的大汉，有一双深邃的蓝色眼睛。他告诉诺德林，他的名字叫阿尔努，代表红十字会。他要随行同去。他说，他的在场可能能帮助他们通过德军防线。瑞典人又生气又吃惊。在中立国小小的妒忌的世界里，他看不出有什么理由要惊动红十字会的人来参与他的使命。使他吃惊的更重要的一点是，他此行的消息已经泄漏。

他用干脆和明白的话告诉阿尔努，此行既没有他的位置，也没有请他参加的必要。这时圣法勒来了，进行斡旋。他坚持让阿尔努一起去。诺德林勉强同意。几星期以后，他发现了红十字会这个好奇的阿尔努先生是谁。瑞典人把德军大巴黎司令授权的代表团中的一个位置给了法国全境英国谍报网的头子。阿尔努就是克劳德·奥利维埃上校，近三个星期以前那个无月之夜阿兰·佩帕扎跳伞空降前来联系的“阿米可翡翠”。

至少，诺德林认识下一个前来按门铃的不速之客。那是十天前为他找到“鲍比”·本德的那个高大的年轻奥地利人。诺德林知道，他衬衫胸口口袋上精致地绣的三个字母 E.P.P. 代表埃里克·波希－帕斯特。瑞典人怀疑他是德国谍报人员，他还怀疑他奉冯·肖尔铁茨之命在过去一星期里监视他。

这次，诺德林的估计是部分正确的。波希－帕斯特是谍报人员，但不是为德国人服务。在戈莱特抵抗运动组织成员眼中，波希－帕斯特胸口上的三个缩写字母 E.P.P. 有另外一个含意。它们代表艾蒂安·保尔·普罗伏斯特，那是这位二十九岁的奥地利贵族自从一九四三年十月参加抵抗运动以来所采用的假名。波希－帕斯特是奥匈帝国最后一任驻梵蒂冈大使的儿子，在他参加抵抗运动期间，他为盟军提供了可观的军事情报，其中包括一些偷来的V-1火箭的最初设计图样。这位年轻的中尉最近为德国军队担任的工作是在大西洋海岸尼奥尔一家制造近发引信的工厂的保安军官。在那里，他缜密地重新安排他的保安任务，把那家工厂的产量从每月一万三千支引信减到一千还差一点。

如今，他对意外得有些不愉快的诺德林宣布，冯·肖尔铁茨派他随同他们一行去见盟军。[1] 这位瑞典人

---

[1] 冯·肖尔铁茨与波希－帕斯特之间的关系究竟属于什么性质，以及这位奥地利人究竟扮演什么角色，至今仍不清楚，这是十分遗憾的事。作者准备写本书时曾访问过成百上千的有关人士，其中只有波希－帕斯特一人断然拒绝谈论他在解放巴黎期间的经历，他当时是一家德国冶金公司苏黎世办事处的职员。埃里克·波希－帕斯特·冯·坎帕菲尔德一九一五年六月十五日生于因斯布鲁克，德奥合并时任奥地利军队中尉。他所属的团是少数几个反对纳粹的团之一，因此他曾在达豪被监禁一年。他在俄国受伤后于一九四二年二月到法国，一九四三年十月参加法国抵抗运动。他后来获抵抗运动奖章，授奖证书上说："有八个月之久，他毫不松懈地为盟国递送极其重要的经济和军事情报，其中包括一些V-1火箭的最初设计。"一九四四年七月，他在尼奥尔因工作不能胜任而被解职，奉令到意大利一支步兵部队报到。他当了逃兵，回到巴黎。在巴黎解放期间，他和德国军事情报局人员"鲍比"·本德都享有相对的自由，可以进出莫里斯饭店。冯·肖尔铁茨向作者愤然否认他曾命令波希－帕斯特参加诺德林一行，他声称，这个奥地利人是毛遂自荐的。波希－帕斯特不愿谈论此事。不过在他到达盟军战线后对他进行过讯问的美国战略情报局人员丹尼尔·克洛兹后来回忆说，波希－帕斯特马上被英国谍报处认出要了去。巴黎解放后一天，波希－帕斯特就出现在巴黎，这次身穿盟军制服。

波希－帕斯特关于他在巴黎解放中所扮演的角色说过的唯一一句话是，八月二十一日星期一，他在肖尔铁茨办公室外的房间里听到这位德国将军"救了他的命"。波希－帕斯特说，他隔墙听到保安处三个特务在问肖尔铁茨是否知道他在哪里。他惊恐地听到这位矮矮的将军告诉那三个人说，他"从来没有听说过有个叫波希－帕斯特的人"。冯·肖尔铁茨回忆过这件事，但他只说："他不会把一条野狗交给保安处的。"在巴黎，这位神秘的艾蒂安·保尔·普罗伏斯特留下的唯一痕迹是在罗耶－科拉尔路一所两室公寓中一份尘封的档案。那里是戈莱特组织存放褪色的档案的地方，在一只标有"CLAYREC RJ4570"记号的牛皮纸夹中留有波希－帕斯特为该组织工作的记录和一份表彰信。

相信他是肖尔铁茨派来监视他的，没有好脸色地接受了他。

诺德林身体虽然结实，这一阵子忙碌可把他累坏了，但是在这意外事情不断的下午，还有最后一桩令他不快的意外事情发生。他在做此行最后安排时，感到胸口一阵绞痛。他喘不过气来，跪倒在地。

这位被选来为狄特里希·冯·肖尔铁茨到六十英里外盟军那里递送紧急警告的人勉强才把自己拖过办公室到几英尺远的一张空床上。他刚才心脏病发作了。

在他病倒后半小时，他还半昏迷地躺在总领事馆里，他的黑色雪铁龙汽车离开那里朝凡尔赛宫方向开去。冯·肖尔铁茨的信息已在去送给德威特·艾森豪威尔的路上。

坐在诺德林的黑色雪铁龙汽车里的，是夏尔·戴高乐并不想见的两个戴高乐分子，两个互不认识的盟军谍报人员，以及一个不是正选的瑞典外交家。拉奥尔·诺德林派了在巴黎唯一能替他完成这一使命并且其姓名缩写符合冯·肖尔铁茨的通行证上手写的“R.诺德林”的人代替他自己。那就是他的兄弟罗尔夫。

诺德林的汽车在留神观察的“鲍比”·本德驾驶的雪铁龙超级跑车引导下，经过了四十五分钟的路程，闯过三道路障，终于穿过了圣西尔村，经过法兰西岛的绿色田野，朝远处的沙特尔大教堂城和美军战线开去。

在十字路口的塔拉普村外，有一个头戴德军军盔，身穿圆点游泳裤的半裸人物从路旁沟渠中跳出来，他把手中的轻机枪生气地一挥，要他们停车。他把枪口插进圣法勒开着的车窗问道："这是怎么回事？"[1] 圣法勒的唯一反应是呆呆地看着德国兵脖子上链子挂着的银色奖章。这是铁十字奖章。接着，圣法勒从德国兵的赤裸的肩上看过去，看到了路旁一丛树木中蒙了伪装的八辆虎型坦克。他心里想："我们迷了路了。"他在后视镜中瞥见了红十字会的"阿尔努先生"的手指在数着一串黑色的念珠。坐在他身旁的是波希－帕斯特，面带毫不在意的笑容，在吸一支玉米花丝做的烟卷。圣法勒后来才知道，波希－帕斯特那天傍晚随身带的唯一证件是一张伪造的法国身份证，用的是艾蒂安·保尔·普罗伏斯特的假名，塞在他左脚的袜底里。

现在圣法勒可以听到"鲍比"·本德对截住他们的人用德语发出的怒斥声。这时一个身穿战地伪装服的党卫军上尉从路旁停坦克的地方走了过来，到了他们汽车前。本德向前来的军官喊了一声"希特勒万岁"，把他军事情报局的证件交给他看。然后又从圣法勒那里取来冯·肖尔铁茨给这奇怪的车队签发的通行证，交给了那个上尉。但是党卫军上尉很不客气地马上把它推回给本德。他说："我才不管哪个将军签发的呢。从七月二十

[1] 原文为德语。——译注

日起，我们不听军队将领的命令了。”

本德愣了一下，马上就发起脾气来。上尉没想到他反应这么强烈，终于同意打电话给大巴黎司令部请示。他走开了，本德跟上他，把圣法勒和他的伙伴们留下来，他们惊魂未定，都沉默不语，只有雪铁龙汽车后座上的那个红十字会的人在轻轻诵念万福马利亚。

一个小时以后，两个人回来了。本德扮演的角色十分出色。他在电话中成功地找到了大巴黎司令部唯一知悉这一行人使命的人。肖尔铁茨生气地告诉这个顽固的党卫军军官，如果他不放行这批人越过防线，他就亲自“出来监督他这么做”。

上尉毫不在意地一耸肩膀，挥手让圣法勒开车过去。本德任务已经完成，留在后面看着他们离开。

圣法勒刚刚开始加速，又有一个德国兵从路旁沟中跳了出来，扑在雪铁龙汽车的车头上。圣法勒紧急刹住车。他听到那个德国人拼命叫喊一句德语：“地雷”。离雪铁龙汽车前轮三英尺处就是第一块周密埋置的地雷阵。只要其中一枚地雷就可以把这几个人炸烂，跟他们一起炸掉的还有巴黎命运所系的呼吁。

德国兵从口袋中取出一张纸，在汽车前面仔细观看。然后他招手叫圣法勒跟在他后面，他的眼睛小心地盯在沥青路面上，领着雪铁龙弯弯曲曲地前进。车上五个人汗流浃背，像在进行一场惊险的障碍滑雪一样通过了布雷区，历时三十五分钟。在最后一个交叉口，德国兵直起腰，把那张纸塞回口袋。然后他的手指着西方，骄傲地宣布：“美国人。五百公尺。”

圣法勒载着一车三百五十万巴黎人和忧心忡忡的狄特里希 · 冯 · 肖尔铁茨的希望，转到路边的一条岔道，驶向诺夫勒勒维厄去找那些美国人。对这个一头淡发的银行家来说，这是一种出于本能的行动。他一生几乎每星期天都走这条路。它通向他祖母的房子。

二十四

那个被他的美国上级称作“性急的狮子”的雅克·菲利普·勒克莱尔将军，在伊格尔塔克总部外多草的小机场上来回踱步。他气恼地用手杖猛打来回路上的高高野草。在他身后默默地恭敬地跟着“罗尔上校”从巴黎派来的那个人，罗杰·加洛瓦的矮小的身影。奥马·布雷德莱还没有从艾森豪威尔那里开会回来，而几分钟之后，也许十五或二十分钟，勒克莱尔就要飞离这条跑道，回到他自己的师部去了。

他们在这跑道上来回已经走了五六十次了，在第一次时，加洛瓦就同将军做了深谈，最后将军的谈话只剩下了一句不断重复的话：“今晚我必须得到命令。”

勒克莱尔一听到飞机发动机的微弱响声就站住不动，张望着天际。一架幼鸽型小飞机出现了，降落在跑道上。它的螺旋桨还在转动，勒克莱尔就迫不及待地冲上前去。机舱里，埃德温·西伯特将军解开安全带，在发动机的闹声中向“性急的狮子”喊叫：“你赢了。他们决定派你直奔巴黎。”

不久前，在格朗尚会议帐篷里，最高统帅向来访的一个劳工领袖代表团介绍前线情况后，西伯特向布雷德莱和艾森豪威尔汇报了当天上午加洛瓦提供的情报。艾森豪威尔习惯地皱起了眉头，额上的皱纹由之加深。他叹了一口气向布雷德莱说：“好吧，真是没办法，布雷德。我想我们只好开进去了。”

现在，布雷德莱的幼鸽型小飞机也滑过来停在他们的身后。这个安静的密苏里人跨下飞机，把勒克莱尔和加洛瓦叫到他身边。他告诉他们：“已经做出了开进巴黎的决定，咱们三个人要对此分担责任。我，因为我下了命令；你，勒克莱尔将军，因为你要去执行这个命令；还有你，加洛瓦少校，因为主要是根据你带来的情报我们才做出这个决定的。”这个矮小的信使两夜之前在大雨湿透的一所别墅里被说服不顾他共产党上级的指示，转而要求盟军派兵而不是送武器，如今已经完成了甚至戴高乐将军本人也不能完成的目标。由于罗杰·加洛瓦，盟军就要在几小时内出发前往受到威胁的法国首都。

接着布雷德莱转身向勒克莱尔，用侉声侉气的美国腔向他大声说：“总而言之，我要你记住一件事情：我不要巴黎发生任何战斗。这是我给你的唯一命令——巴黎绝不许有任何重大战斗。”[1] 奥马·布雷德莱见到过圣洛[2]的惨况。密苏里农村少年出身的他见到这种

---

[1] 这些命令在布雷德莱第十二集团军第二十一号战地命令中更加详细地做了规定。他写道：“必须强调，向巴黎进军绝不能用重大战斗来完成。我们只要能够避免，不希望在该市进行任何轰炸或炮击。”

[2] 芒什省会，一九四四年诺曼底登陆后因战事被毁严重。——译注

惨况，当天就发誓，如果他能做到，他决不允许那样的悲剧在他一向景仰而从未见过的城市——巴黎重演。

勒克莱尔向自己的幼鸽型小飞机奔去，布雷德莱在他背后叫喊："到你的兵团司令那里去领命令。"[1]勒克莱尔回到自己的师部时，天几乎已经黑了。他像一个学童一样一蹦就跳下了飞机。他对等在那里的三处处长安德烈·格里比乌斯少校快活地叫喊道："格里比乌斯，马上进军巴黎！"那是四年来他一直在等待着要叫喊的一句话。

德威特·艾森豪威尔麾下的所有部队中，没有一支比这支在它的年轻师长一声兴奋的叫喊下马上就要动员起来采取行动的法军第二装甲师更加奇怪、更加杂牌的部队了。它的队伍中有法国人，他们不怕逮捕和押解，一句话也不说就抛妻离子，步行数百英里到冰封的比利牛斯山，常常在西班牙的集中营中待上好几个月，纯粹为了参加这支队伍；也有的人用偷来的划艇和渔船越过英吉利海峡；有的是从德国战俘营中逃出来往东走过波兰到俄国以求再参加一次他们曾经

[1] 这项命令正由一个名叫约翰·希尔的美军上校在美军第一军团总部一张废纸的背面上起草。为支援法军第二装甲师开进该市，该命令要求美军第四步兵师担负该市南翼的进攻，在首都以南越过塞纳河。希尔结束起草时，原来在星期天还告诉过勒克莱尔巴黎是个"次要目标"的第一军团司令考特内·H. 霍奇斯将军又最后加了一句。他说："希尔，从这几个师里抽掉两营炮兵。我不希望他们以为一遇上一支机枪挡道就可以用迫击炮还击，而毁坏巴黎。"

战败过的战斗的一九四〇年战俘；还有的家人不知他们是死是活或者因为他们背叛了另一个法国即维希法国而宁愿他们已死。还有从未到过法国本土的法国人，说不来几句法国话的阿拉伯人，从喀麦隆丛林里来的非洲人，从撒哈拉沙漠来的图阿雷格人，西班牙内战时代政府军的老战士，忠于法国的黎巴嫩人、智利人和墨西哥人。甚至还有在叙利亚和突尼斯各自站在夏尔·戴高乐一边和亨利·菲利普·贝当一边互相厮杀过的法国人。对这些人来说，欧洲的这场战争的确是场十字军讨伐。他们的目标“耶路撒冷”如今就在前面，那就是兴高采烈的雅克·菲利普·勒克莱尔向他的作战处长叫喊的那句话的末尾提到的那个城市。

他们中很多人从来没有到过巴黎。对那些到过巴黎的人来说，那个城市是个痛苦的记忆：一个不再属于他们的首都的形象。这是他们在利比亚的沙漠中，摩洛哥的阿特拉斯山脉间，英格兰潮湿的青山上日思夜想的城市。如今，下一个目标就是巴黎这一消息传来，他们就闹腾开了，他们用各种语言奔走相告，他们的下一个目的地就是他们国家的首都。

炮手让·雷纳·香比翁是一个来自墨西哥的从来没有在法国生活过的法国人，在他看来，解放巴黎是“不完美的世界中太完美的梦想”。香比翁靠在他以第一次世界大战一个战场命名的“莫特霍姆号”坦克上，听到他的梦想就要实现了。乍得团的雷蒙·德鲁尼上尉听到这消息态度平静，他让他的坦克连开始准备起来，然后到他的指挥车拿了一面小圆镜。他把镜子挂在苹果树上，开始修剪他一脸红色乱胡须。他要在到巴黎时让巴黎女人有个好印象。四十八小时后，精疲力竭的德鲁尼全身污秽，汗臭与油味夹在一起，就会看到这些巴黎女人，在她们中的许多人看来，德鲁尼将是她们见到过的最美的男子。他将是第一个进入巴黎的法国兵。

对于反坦克装甲车“西蒙号”的战士来说，八月二十二日晚上本来就已经是个特殊的晚上。他们要庆祝连长保尔·基尼翁中尉的三十六岁生日。为此，他们准备了一餐美味，那是炮手助手居伊·罗宾从附近农庄弄来的一只鸭子。鸭子已经拔毛，收拾干净了。正准备烤时，有个气喘吁吁的军官跑来告诉他们：“快收拾好，咱们开动了。这次是巴那姆[1]。”炮手罗伯·马迪后来记得大家惊得发呆的沉默。后来，他们异口同声地说：“真可惜——那只鸭子！”

第十二重骑兵团的夏尔·多尔热上尉听到目的地的消息时感到泪水刺痛了眼睛。四年两个月零九天之前，多尔热骑着一辆摩托车，曾经是最后几个保卫首都入口要道的人之一。这批人孤立无援被德国军队的坦克制服了。如今多尔热要回去与那些坦克再决雌雄。这次他有了一辆坦克，不再是一辆摩托车，那是他在诺曼底暮霭

[1] 那是战前伊迪丝·比亚芙唱红的歌中对巴黎的爱称。

中靠着的那辆薛尔曼型新坦克。它的名字用白漆刷在炮塔旁。它是“巴黎号”。

解放大军的随军记者们也准备对巴黎做极富竞争性的进军，他们急不可耐的心情也许只稍逊于勒克莱尔和他的法军第二装甲师官兵。已经有好几十个记者蜂拥奔上了欧纳斯特·海明威已经奔向的巴黎之路。事实上，记者大军中看来只有一人没有奔向巴黎。他几乎是朝相反的方向到英国去。但是，哥伦比亚广播公司的拉里·勒苏尔有特别的原因要在解放巴黎时在场。他是一九四〇年六月十日他三十岁生日那天从自由的巴黎发出广播的最后一个美国记者。他立誓要做从解放了的首都发出广播的第一个美国人。

三天以前，勒苏尔遇到了一件倒霉的事。他在咬一块 K 军用粮时，军用粮反咬了他一口。他的门牙掉了一块。在新闻界其他同事身上，这是小事一桩，稍微感到不舒服而已，但在广播记者勒苏尔身上，这却是致残的创伤。他说话时齿间漏风，嘶嘶作响。他想方设法修补它：用口香糖、手指、舌头、面糊等去挡那个口子，但都不管用，面糊一进嘴巴就化掉。勒苏尔说话像工厂中午的汽笛，没有办法广播。

如今他只好做看来唯一可能做的事情，回伦敦去治牙。他飞越海峡时，只有一个念头可以安慰自己。在决定离开之前，他问过美军第一军团司令考特内·霍奇斯将军，巴黎有没有可能在今后几天内解放。

“不可能，”霍奇斯将军告诉他，“我们至少要两星期后才能到巴黎。”

正当勒苏尔飞回伦敦时，他最担心的一个竞争者已经在宣布巴黎的解放了。他是哥伦比亚广播公司派驻盟军的第二个记者查尔斯·科林伍德。科林伍德在勒苏尔走后偶然发现了一条珍贵情报。他碰到刚回到第十二集团军司令部的布雷德莱将军。将军顺便谈及“法国国内部队已在巴黎起事。看来法国第二装甲师要去解放该市了”。

当时哥伦比亚广播公司在该战区使用两台试验性的录音机。科林伍德在其中一台上事先录了一则宣告巴黎解放的新闻备用。他深知盟军总部在通讯方面常常发生混乱。他不想遇到这种情况。很可能首都解放消息最初传来时，他一时找不到播发台，而这则关于那个时刻的兴奋和戏剧性的报道则早已放在伦敦，可以立刻向美国全国转播。

他口授道：“法军第二装甲师在巴黎人民一起起来击败守卫该市的惊慌失措的德军以后已于今日开进巴黎。”

科林伍德录完音后，极感满意，把录音带包扎好准备转给盟军总部的检查官。没有人能在巴黎解放的消息上抢在查尔斯·科林伍德之前。

坐在莫里斯饭店办公室的椅子上，冯·肖尔铁茨将军明显地吃了一惊。他的参谋长弗里德里希·冯·恩格尔上校以他特有的不露声色的态度刚刚向他宣布，有四个党卫军军官等在外面要见他。这位矮矮的将军只能推测一种可能性：他们发现了诺德林使团，他就要给逮起来了。

四人踏步进来，并紧脚跟，齐声高叫："希特勒万岁！"其中一个瘦瘦的人，颧骨上有一条长疤，走到肖尔铁茨的办公桌前。他是个党卫军中校，冯·肖尔铁茨在他军服的袖子上看到党卫军最出名的一支部队"阿道夫·希特勒警卫"坦克师的袖章。他向肖尔铁茨宣布，他在巴黎以东四十英里从指挥车的无线电中收到海因里希·希姆莱的一个个人命令。一提到党卫军和秘密警察头子的名字，肖尔铁茨觉得他的担心得到了最后证实：他确是要给逮起来了。

然而，这个党卫军中校宣称，希姆莱命他立即前来向巴黎报到，任务是取卢浮宫的一件艺术珍品，那是从诺曼底城市贝叶博物馆撤到巴黎来的一块挂毯。中校说，这块挂毯无论如何不能落于盟军之手。他奉有正式命令，要把它带回德国保存起来。

肖尔铁茨听了如释重负，禁不住要笑出声来。他对四个党卫军军官说："啊，孩子们，你们来帮助拯救这些宝贵的东西免遭破坏，真是再好不过了。"他甚至向面前这个军官建议，利用这次机会把卢浮宫其他一些珍品也置于他的保护之下，如“长翼的胜利之神”和“蒙娜丽莎”。[1]“不，不。”中校回答，“希姆莱和元首只要贝叶挂毯。”

冯·肖尔铁茨把四位客人带到阳台上，他手肘靠在栏杆上，指着左边的卢浮宫的轮廓给他们看，在夜晚的黑暗中，它显得坚固和宏伟。就在那一瞬间，一阵猛烈的枪声似乎就从卢浮宫传来，撕裂了黑夜。肖尔铁茨说：“恐怖分子看来已占领了那所宫殿。”有些担心的党卫军军官表示同意。肖尔铁茨补充说，他相信，一小股法国恐怖分子不会对党卫军的四位军官构成特殊威胁。

党卫军中校沉默了一会儿。然后他问冯·肖尔铁茨，他是不是认为法国人已经把挂毯转移到别的地方去了。“不会，不会。”肖尔铁茨回答，“他们为什么要这样做？”这时卢浮宫周围又爆发出枪声，党卫军军官又表示怀疑挂毯是否还在宫中。现在，冯·肖尔铁茨对他们来访的每一分钟都感到是莫大的享受，便按一下铃，叫来了一位上了年纪的军官，他的头衔也许是肖尔铁茨参谋部中最虚有其表的头衔。他是负责“保护法国文物和艺术作品”的上尉。他向党卫军军官保证，挂毯确实还在卢浮宫。

为了缓解他们的担心，肖尔铁茨表示愿意提供一辆防弹车，并在四位军官去找挂毯时派兵“从街上掩护该

[1] 冯·肖尔铁茨从来没有去过卢浮宫，因此不知道法国人早已把其中最珍贵的藏品撤走，以免遭到这种“关怀”。

建筑物”。

脸上有伤疤的党卫军中校似乎对此情况感到不知所措。他告诉肖尔铁茨，他要打电报给柏林请求进一步的指示，一小时后再来。他又行了一个利索的希特勒式敬礼就离开了。

冯·肖尔铁茨没有再见到这四个人。他们奉命要从盟军手中抢救的那块珍贵的挂毯，也就是代表历史上一个独特时刻的挂毯，仍在卢浮宫中。在这块八十四平方码的编织物上，征服者威廉宫中的贵妇们在九个世纪以前绣制的场面是阿道夫·希特勒的摄影师常常预言要摄制但从来没有拍成的场面：入侵英格兰。

二十五

埃库歇村前的小苹果园笼罩在四十四小时以前掩护雅克·德·吉列朋中校偷偷离开时同一种鬼鬼祟祟的黑暗中。但是今晚，掩盖在果实累累的树下的帐篷，既不是沉默无声，又没有偷偷摸摸。雅克·菲利普·勒克莱尔将军在原来看着吉列朋离去的指挥车里，听着他秘书的打字机的“咔哒”声，秘书正在打他刚刚口授的八点正式命令的最后几个字。在六个半小时之后，也就是早上六点三十分，菲利普·勒克莱尔就要率领他一师的官兵开始走上他四年前在法属喀麦隆对岸的英属尼日利亚乘一只独木舟开始的旅程中剩下的最后一百二十二英里。勒克莱尔把秘书递给他的命令重新读了一遍：“为了这次我师向法国首都开拔的行动，我要求你们全体将士做出肯定会做出的最大努力。”勒克莱尔看了一下表，然后叹一口气，在命令上签了字，并写上日期。这时正好是午夜。

往东一千一百英里，在比埃库歇的苹果树高出四倍的另一树丛下，也就是腊斯顿堡的枞树下，阿道夫·希特勒的每晚战略会议在八月二十二日午夜几乎正点开始。围在元首会议桌旁的有凯特尔陆军元帅、瓦利蒙特将军、伯格多夫、菲格莱因和希特勒的党卫军副官根舍上尉，他们肃然无声地听着约德尔上将双手趴在面前桌子上汇报西线的形势。希特勒又一次要求先汇报西线形势然后再汇报东线。瓦利蒙特后来在日记中记道，元首坐在那里，右手按着他面前地图上盖的透明纸，在听约德尔汇报时有些轻微颤抖。

约德尔汇报结束后，希特勒猛地抬起头来。他声音嘶哑地生气地问："那门迫击炮在哪里？"这次，瓦利蒙特将军有好消息告诉他。"卡尔"和它的一列车弹药已经到达距巴黎不到六十英里的苏瓦松了。瓦利蒙特告诉希特勒，再过二十四小时，"卡尔"就可运到法国首都。

一想到这门破坏力极大的大炮不久就可运到巴黎，希特勒喃喃地说了一句满意的话。然后，他又厉声道："约德尔，你记下。"他口中像急流一样迸发的话是那么狂热，使得从容不迫的约德尔的铅笔几乎跟不上它的速度。

他宣称："巴黎桥头堡的保卫在军事和政治计划中具有极关键的重要性。这个城市的丢失会导致塞纳河以北整个海岸前线的割裂，剥夺我们对英国长距离作战用的火箭发射场。"

"在以往的全部历史中，"他说，"巴黎的丢失必然带来法国的丢失。"

希特勒提醒他的西线总司令，他已指派两个党卫军装甲师去保卫巴黎。他下令要用一切现有的残暴手段摧毁巴黎起义，其中包括“夷平整个城市街垒”——这一任务待“卡尔”到达后即可加速实行——和“公开处决肇事首犯”。

他最后说：“巴黎绝不能沦于敌人之手，万一发生此情况，他在那里找到的只能是一片废墟。”

希特勒说完，地堡里一片沉寂。唯一的声音是通风设备的“嗡嗡”声和约德尔拼命记下元首最后几句话的书写声。

在距法德边界仅仅三十五英里的灯火管制下的梅斯城里，黑影幢幢的装甲车隆隆开过鹅卵石铺的街道，鹅卵石的光滑表面已经给沿着这条大道通向法国心脏地带的三轮德国入侵者磨薄了。在颠簸的车上，士兵们经过从日德兰半岛开始的长途跋涉已疲惫不堪，尽可能打个瞌睡。这些官兵的到达并没有通知冯·肖尔铁茨，增援部队将迫使他为自己的防区打上一仗。他们是党卫军第二十六装甲师到达法国的第一批部队。像在埃库歇苹果园中的第二装甲师的官兵一样，他们也是朝巴黎进发。他们只有一百八十八英里的路程了。

二十六

[八月二十三日]

那个给太阳晒得黑黑的人以一种真诚和满足的崇敬神态抬头仰望从他的头顶一直升到大宫玻璃圆顶的一排排空座位。他的名字叫让·胡克，是瑞典一家马戏团的老板，在巴黎进行演出。他以高昂的代价为自己的马戏团租用了这一坐落在塞纳河和香榭丽舍大街之间的宏大建筑，对岸正好是拿破仑墓。这是巴黎最大建筑之一。从一九〇〇年以来，它那爱奥尼亚式[1]的外表，比足球场长两倍半的场地把巴黎人招徕来观看这个城市的每一次重大展览。

胡克心里想，再过几天，巴黎就要解放了，这座宏伟的建筑物将同样会招徕成千上万庆祝解放的巴黎人来观看他的马戏团，这将是首都仍在演出的唯一盛大奇观。他的马戏团是欧洲剩下的最大马戏团，为了把它送到这里来，他已投下了所能找到的所有资金。胡克什么都有。在这个饥饿的巴黎，他的笼子里尽是狮子、老虎和豹。他有丑角、马匹和高空演员，足可与美国著名的巴农马

[1] 一种古希腊的建筑风格。——译注

戏团媲美。他的一个丑角甚至排练好了庆祝解放的新节目，是这位瑞典老板要他特别为此准备的。这个节目就是模仿希特勒。胡克所有的一切都在这个场地里，甚至他剩下的一点点现金也藏在楼下办公室的一只手提箱里。在这个闷热的星期三早晨，他站在地上铺着锯末的演技场中，已经能够预见成群的观众拥入大宫来占座了。让·胡克相信，巴黎的解放会使他发大财。

在演技场下面，在占了大宫一侧的第八区警察局的地下室里，警员安德烈·索蒙看到一列德军卡车在香榭丽舍大街的树下停了下来。二十分钟以前，索蒙的同事曾经伏击了一辆在那条大街上行驶的德军汽车，把车上的人都打死了。“这些德国鬼子，”索蒙心里想，“是要来找我们算账了。”突然，索蒙看到一个像甲壳虫一样奇怪的车辆开始向这座建筑物爬来。他转身问他看管的那个俘虏威廉·冯·齐格萨－贝恩斯上尉：“这是什么？”这位军官战前曾是德国军队的马术队长，那阵子他就住在这所建筑物里，比这会儿风光。

冯·齐格萨－贝恩斯看着那辆车对着他们的窗户爬来。它好像是一辆玩具坦克。他像帝王一样从容不迫地转身对索蒙说：“这是一台装满炸药的特制机动车，咱们如果不赶快离开这里，就要给炸得粉身碎骨。”

半个巴黎城都听到了胡克马戏团爆炸的声音。爆炸声的回响最后消失时，一柱黑烟开始从大宫升起。为了结束索蒙所看到的由无线电指挥的装满炸药的坦克所开始的行动，外面的德军坦克开始向这座建筑物发射燃烧弹。在里面，烟雾、尖叫、动物和人的奔跑声，造成了一片惊惶和混乱。胡克马戏团的狮子和老虎在惊恐中怒吼。马匹在火中东窜西突。在警察局里，警察赶紧打开牢门，放出他们头天晚上搜捕来的妓女，惊恐的女人的尖叫声在烟雾和尘埃中同胡克的吓坏了的狮子的吼声混成一片。

在外面，包围建筑物的坦克连开枪打掉了救火员手中用来灭火的水管。很快，这座大建筑物成了一片火海。胡克的马有一匹逃了出来，窜突在子弹横飞的街头。它马上中弹，嘶鸣着倒在柏油路上。从附近的每一所房子里都有饥饿的巴黎人手持盘子和刀子蜂拥而出，奔向那匹垂死的马，它的身上还裹着胡克为庆祝解放的演出而定制的红白蓝三色缎带。

大宫里的警察被困在德军、烈火和胡克的东奔西跑的动物中间，他们明白处境危殆，毫无希望。他们中一部分人便转向警察局里的唯一德国俘虏，那个神态凛然的小个子男爵，要求他为他们安排投降。在头天晚上，他还和他们一起分吃一盘甘蓝当晚餐。冯·齐格萨－贝恩斯拿起胡克的驯狮员用的一条长铁棍，扎一块白手绢，在烟雾和尘埃中走出去，把俘虏他的人交给了他的同胞。

大宫外壳上的烈焰烧尽以后，一个失声痛哭的人颓然倒靠在一棵树上，喃喃地重复道：“完了……全都完了。”一个同情他的过路人过来安慰让·胡克。他拍着他下垂的肩膀，安慰说：“别着急，几天之内盟军就会到这里了，你瞧吧。”马戏团老板胡克气得说不出话来，狠狠地瞪他一眼。然后他又哭起来，哭声更高了。

整整一天，大宫喷出的黑烟像某种黑色的不祥预兆，玷污了巴黎灰色的天空。对一个没有见到过十来辆坦克或一次大空袭所造成的结果的城市来说，一辆机械操作的坦克和少数几枚燃烧弹就能轻而易举地破坏一座大建筑物，确是一件令人震惊的事。随着时间在令人压抑的燥热气候中过去，这所起火焚烧的建筑物不断地提醒在全市不胫而走的传言：德国军队准备毁灭这个城市。

经过四天半的战斗，法国国内部队的斗志第一次衰退了。弹药即将告罄。伤亡人数很大。德军反击更具报复性。到这个血腥的星期三夜幕降临时，将有五百名巴黎人死于该市街头，两千名负伤。任何地方都没有援军到来的迹象，而许多人都以为在起义开始后几小时有援军会到来。

在全市每一地区，战斗的节奏都增快了。在拉维莱特，一支法国国内部队背靠空空如也的牲畜场打退了五十多名德军的不断进攻。在热圣路靠蒙马特尔的那侧，由二十几个强硬的共产党铁路工人把守的一个街垒挡住了德军一辆坦克和两卡车军队的进攻。

第六十五通信连的奥托 · 伏格尔准尉在莫里斯饭店的办公室接到了一个电话。他听到一个德国人在呼叫：

“许普诺斯[1]，快救命！”许普诺斯是莫里斯饭店的新代号。那人又说：“恐怖分子在进攻我们。快来救我们。”接着伏格尔在没有挂上的电话中听到了一阵枪声。“他们已经越过了院子！”那个没有报姓名的人叫道。又是一阵枪声。伏格尔听到一声喘气和慢慢的、渐渐弱下去的声音：“妈呀，妈呀，快救命。”[2]电话里没有声音了。伏格尔隐约听到用法语说话的声音。他挂了电话。

双方滥杀无辜的行为都很普遍。在歌剧院广场，一个德国兵从汽车中跳出来，奔向一个在读当天新出的《解放报》的法国人，一枪把他打死。

然后，他转向卖报的老妇人。她连声说她不识字才救了自己一命。

在竖琴路，安德烈·科奇太太借圣文森特·德·保尔小学教室的急救站收容一个负了轻伤的十八岁德国兵。押他前来的法国国内部队人员对她说：“没有关系，反正我们要把他们统统枪毙。”那个德国兵抓住科奇太太的手，用一个儿子的哀求眼光望着她，嘴里用德语喃喃地向她说了些什么。她让押解他的法国国内部队的人答应不杀他。他们走了，几秒钟之后，她听到了枪声。她的一个担架员说：“他们还是杀了他。”

但是像往常一样，总有正派的行为来作为平衡。

[1] 许普诺斯是古希腊、罗马神话中的睡神，德军用作代号。——译注
[2] 原文为德语。——译注

在主宫医院的病房里，法国国内部队担架员刚把军事法庭译员阿尔弗雷德·施仑克准尉抬进来，他就看到了他的床铺上层有个满身血污的法国平民。柏林人施仑克工作的军事法庭一直没有让瓦勒里安山监狱的行刑队歇息过。三小时以前他在圣米歇尔林荫大道的“死亡路口”附近受了伤，这次确信“恐怖分子”要把他结果掉了。他看着那个人手伸进了口袋。“他在摸枪出来。”施仑克心想，便闭了眼睛。几秒钟后他再睁开眼睛时，只见有一只手向他伸过来，手中夹的是一支烟卷。“你很幸运，德国佬，”那个法国人把烟卷给他，“对你来说，战争已经结束了。”

在危及巴黎人民的所有威胁中，在这个星期三，没有比武器和弹药日益告缺更加紧迫的了。在警察总署，尽管通过地铁通道偷偷运来了其他供应品，但是军火只够用几个小时了。在“罗尔上校”的地下指挥所“杜洛克”中，要求更多武器和弹药的呼吁纷至沓来，而这两种物资正是他所缺乏的。罗尔诅咒他的戴高乐派对手，确信他们没有把他的紧急武器呼吁递到伦敦。

但今天早上，并不是戴高乐派玩弄的手段挫败了罗尔。皮埃尔·柯尼希将军像他自己所保证的那样，下令对巴黎进行他头一天在最后一分钟取消的大规模武器空投。“外来客”中队一百三十架飞机满载罗尔万分焦急地希望得到的大量武器和弹药已准备好起飞到巴黎上空。只有一件事情拖了它们的后腿，那是比任何政敌都更加无法通融的敌人：雾——无法穿透的英国浓雾。从清早开始，它就把赫夫林上校的飞机牢牢地钉在哈林顿的飞机场上。赫夫林现在对是否会做这次飞行感到了绝望。

他身边的绿色保密电话响了起来。在伦敦，皮埃尔·柯尼希将军总部刚刚获悉，法军第二装甲师已奉令开向巴黎。没有再作武器空投的必要了。根据如释重负的柯尼希将军的命令，“乞丐行动”再次取消，这次是永远取消了。在几分钟之后，赫夫林的士兵就会开始为一百三十架飞机卸货。他的“外来客”中队的飞行人员后来也对巴黎做了一次不同寻常的飞行，不过是在三天以后的八月二十六日。他们运的不是罗尔这么迫切需要的手榴弹和机关枪，而是成袋的煤和粮食。

二十七

从清晨开始，像一对十三英里长的巨蟒一样，第二装甲师的两个纵队在诺曼底丘陵起伏的农田中间蜿蜒前进，在瓢泼大雨中奔向被围的巴黎。他们一路所到之处，车轮不断地在雨水淋湿的狭窄道路上打滑、颠簸，震动着诺曼底农舍的橡树房梁。这一师四千辆军车和一万六千名将士组成一支多姿多彩、喜气洋洋的车队，朝着那个向他们招手的首都逼近。

从他们的坦克和装甲车打开的炮塔上，露出摩洛哥骑兵的红色军帽，法国海军陆战队的猩红绒球帽，乍得团的黑色贝雷帽。沿途两旁都是诺曼底农民组成的没有尽头的人墙，激励着他们前进，疯狂地欢呼他们的薛尔曼型坦克和军用卡车，欢呼他们的坦克炮塔上漆的白字，那些纪念法国其他战役的名字：马恩、凡尔登、奥斯特利茨。

第二装甲师坦克、装甲车、大小卡车焦急的司机们的眼睛因为雨水和车辆尾气的刺激而发痛，但是他们尽力把握住车轮打滑的车辆在滑溜的道路上前进，保持纵队的紧密连接，把这一尾难调的庞大装甲行列向前推进，缩短与巴黎的距离。

从队伍前哨的摩洛哥骑兵的装甲车到殿后的笨重的运输车，整师官兵都像充了电一样活跃，有着一种期望的感觉，一想到这次他们是在向巴黎进军，就有一种几乎歇斯底里般的欢悦。

那个从墨西哥来、要回到他从未见过的祖国首都去的法国人让·雷纳·香比翁，一边开车，一边用眼睛不断地来回望着他前面坦克的履带印和他自己车上存油的白色指针的慢慢下沉。一等那枚指针降到告急红线以下，香比翁心里明白他的解放巴黎的“美梦”就要结束了。像这一纵队中的其他每个人一样，在这大雨不止的星期三，他只有一件担心的事，那就是因为车辆抛锚而不得不退出。

这些情绪兴奋的人以发疯一样的充沛精力向前推进，对于他们中许多人来说，这次在雨中匆忙穿越法国国土充满了回忆，或者是未来的见到几英里以外一张亲人的脸的希望。亨利·卡歇尔中尉把一张照片插在他的半履带式卡车的挡风玻璃上。这是一张小男孩的照片，那是卡歇尔从未见过的四岁儿子。卡歇尔要多看几眼，这样他就有把握在头一次看到他时就认出他。

在该师两个纵队之一的队首，反坦克装甲车“西蒙号”炮手罗伯·马迪看到前面出现的景象吃了一惊。“在一片金黄色的麦浪中”，马迪看到远远的沙特尔大教堂的雄伟尖顶。接着马迪产生了另外一个念头。“他们怎么啦，”他对自己说，“他们还没有收割麦子。”[1]

对勒克莱尔的警卫连三十岁的连长阿兰·德·布瓦修上尉来说，沙特尔大教堂多层的影子有着比历史更多的意义。对他来说，这就是家。在大教堂的背后，在厄尔河的河岸上，在他有五年不见的美轮美奂的市内宅第里，住着他的双亲。布瓦修踩了他的吉普车的加速器，把车开到路边，超出了前进中的纵队。他风驰电掣地开到城里，经过大教堂，一直开到夏尔－贝玑林荫大道的尽头。他在那里跳下吉普车，奔向河岸和他要跨过才能到父母家的那座桥。他猛的一回首，就看见了前面的那座桥，或者毋宁说，那座桥的残骸，几根折断的钢梁和挂在上面的水泥板。河的对岸是一座屋顶给掀掉了的房子，侧面都给炸掉了，只有它破残的正面，就像电影布景中一所人工制造的房子正面一样，还留在那里。这就是他的家。

悲痛的布瓦修奔向附近一个邻居。她告诉他，德军撤空了这地区所有的人，包括他的父母，然后他们炸毁了桥梁和沿河的大多数建筑。她说，就在他自己房子前面的桥上，德军埋了额外的地雷，“这样让布瓦修太太知道，有一个儿子在戴高乐那里会有什么结果。”

布瓦修神情麻木地看着他四周的这一片废墟，心里

---

[1] 沙特尔农民这一疏忽是故意的：伦敦法国国内部队总部指示他们推迟收割麦子，免得被德军征用。

突然冒出个可怕的想法。“我的天，”他对自己说，“如果他们在巴黎也这样干，我们明天会看到什么样的惨景！”

那个携带可能使巴黎免遭华沙和斯大林格勒的命运的紧急信息的人，在过去十二小时中经历了二十四小时以前罗杰·加洛瓦经历过的核查和汇报。如今，就在布雷德莱头天晚上命令勒克莱尔兼程开往巴黎的那个诺曼底小机场上，罗尔夫·诺德林把他的信息递交给了这位美国将军。

布雷德莱的钢盔推在后脑勺上，露出了秃顶，他默默地听了瑞典人的汇报。诺德林告诉他，防守巴黎的德国将军得到“正式命令”要尽量破坏该市。他还没有开始执行这个命令，但是，诺德林警告，他“已给逼到墙角”，如果这样的局面再拖下去，他就得根据命令行事了。诺德林说，那位德国人已经感到他有被免职的危险。看来他希望的是在他得到援兵或不得不开始执行命令之前盟军能够到达巴黎城。

布雷德莱马上采取了行动。他在头天晚上下命令开始的作战行动突然具有了万分火急的性质。像艾克一样，布雷德莱知道德军第二十六和第二十七装甲师以及其他好几个德军师正在开进法国。他心里明白，其中一部分可能开向巴黎。如果盟军不能赶在他们之前开到巴黎，巴黎就会成为一个可怕的战场。尤其是，布雷德莱担心肖尔铁茨。他想：“我们可不能冒险让这个家伙改变主意。”布雷德莱对身旁的西伯特将军说：“告诉霍奇斯要法国师赶紧到那里。”然后，想到第二装甲师要走的漫长的距离，他又做出了另外一个决定：“告诉他让第四师也准备赶到那里去。咱们可不能冒险让那位将军改变主意毁了这个城市。”

二十八

狄特里希·冯·肖尔铁茨一言不发地把蓝色电报交给了他身边矮小的上校。自从他们一同以下级军官身份服役于同一团起，冯·肖尔铁茨认识汉斯·雅伊已有二十年了。两年以前，冯·肖尔铁茨与雅伊一起在柏林的阿德隆饭店庆祝他的第一颗将星。在雅伊读电报时，冯·肖尔铁茨望着窗下的杜伊勒里花园。今天早晨，没有欢笑的儿童在勒诺特尔优雅的水塘里玩白色的帆船。除了冯·肖尔铁茨自己手下士兵阴森吓人的影子以外，这有两个半世纪历史的树丛和小径没有人迹。

雅伊叠起电报，还给冯·肖尔铁茨。冯·肖尔铁茨想在他脸上找到一些感情表露的痕迹，但是没有成功。他原本希望从他相知二十年的老朋友那里听到一句表示理解的话，表示安慰的姿态，或者表示他并不孤立的暗示。因为那蓝色的电报纸上贴的是狄特里希·冯·肖尔铁茨所接到的最残暴的命令，希特勒在头天晚上口授的野蛮命令。他命令这位矮胖的将军把他眼前的这个城市化为“一片废墟”。

雅伊只说了一句话："太糟糕了。"说完叹了一口气[1]。

十分钟以前，狄特里希·冯·肖尔铁茨从除他们两人之外唯一他给看了这份电报的人那里听到了完全相同的这句无可奈何的话，那是他冷静的拒人于千里之外的参谋长弗里德里希·冯·恩格尔。

冯·肖尔铁茨转身离开窗口，步履坚定地走到电话机前。他生气地拿起话筒，要求接通B集团军群。

在巴黎以北六十英里处的马吉瓦尔地堡的人工灯线下，汉斯·斯派德尔中将的皮肤由于五天没有接触新鲜空气已经有了一种黄蜡一样的颜色。如今，听到狄特里希·冯·肖尔铁茨的挖苦和恶言恶语，B集团军群参谋长的脸就更加苍白了。

"您大概很高兴听到，"肖尔铁茨开始说，"大宫已经成了一片火海。"接着他"感谢"斯派德尔把那份"好"命令发给他。

"什么命令？"斯派德尔问。

"把巴黎化为一片废墟的命令。"肖尔铁茨回答。斯派德尔马上声明，B集团军群只是转发了那份电报。

[1]二十年后，在爱尔兰都柏林的家中，雅伊上校透露，那个八月的上午，他没有勇气向冯·肖尔铁茨说出他在读电报时心中出现的话："别理它。"自从他们两年前在柏林共进午餐以来，他无法知道这位塞瓦斯托波尔硬汉英雄心中的想法。此外，自从七月二十日以后，雅伊和他在巴黎的同事觉得最好不要泄露自己心中的想法。

他告诉肖尔铁茨："那是元首那里发来的。"但是肖尔铁茨不去理他，继续说，他已经在国民议会埋了一吨多的炸药，在荣军院地下室埋了两吨，在圣母院的地窖里埋了三吨。

"我想，亲爱的斯派德尔，"肖尔铁茨说，"您同意这些措施？"这中间有一段尴尬的沉默。斯派德尔抬头看一眼挂在头上的圣母院和杜伊勒里的复制画，然后他用低得几乎听不清的声音说："是的，是的，将军阁下，我同意。"

肖尔铁茨继续说下去。他告诉斯派德尔，他已准备"一举炸毁圣马德莱娜教堂和歌剧院"。他很快就要计划炸掉凯旋门，开辟一个火海一直到香榭丽舍，"炸掉埃菲尔铁塔，使它的废墟堵塞已经被炸掉的桥梁入口"。

斯派德尔在他一片沉默的地堡中，心中忖度，肖尔铁茨是疯了，还是想说笑话。肖尔铁茨不疯，也不想说笑话。他对 B 集团军群转发来的命令生气，只是想"让斯派德尔知道一个得到了这样的命令而又非要执行不可的军人的可怕处境"。

与冯·肖尔铁茨办公室隔塞纳河相望，附近阒无一人的圣阿芒电话交换局，伯恩纳德·布拉契中士的斧子像枪声一样劈啪作响。布拉契的部下四天以前还在警察总署的门前"像香肠一样在烧"，如今在一台台地破坏交换局里的一百三十二台电传机。他的战友马克斯·施奈德铺了六百英尺长的导火线，分别通到埋在这三层楼建筑物各处的二十五个炸药包。这条导火线经过一个半街区通到他们的指挥官冯·柏立普施中尉藏引爆器的标致二〇二型汽车中。布拉契劈坏了最后一台电传机，六个人就飞奔出这座建筑物。布拉契听到身后有圆舞曲的轻声演奏。原来是他们急着离开电话交换中心而忘记把收音机关掉了。

在一百码远的地方，军事警察的封锁线以外，布拉契看到附近的居民没有表情的脸，他们都茫然回头看着自己的家。冯·柏立普施中校的手用力一按，引爆器的把手就给按了下去。没有几秒钟，从挪威到西班牙的全部帝国军队原来接受命令的电话交换站就在一阵尘埃和碎片中消失了。这时是上午十一点五十五分。阿道夫·希特勒下令的大巴黎全境破坏计划的第一小步已经执行了。

在荣军院的地窖里，另外一位军官陶勃中校看着他的部下把导火线接到两吨炸药上，那是他们埋在地下通讯中心的。除了炸药以外，他的部下还把几十个钢制氧气筒的压力调在一百八十个大气压。炸药爆炸时，这些氧气筒就有好几十个燃烧弹的威力，烈火会在通讯中心蔓延，极有可能烧掉总面积达三十英亩的荣军院大厦，连同它的法国军队博物馆、军事技艺陈列廊、有四百年历史的兵营以及拿破仑·波拿巴这位前欧洲征服者的金顶墓。

在卢森堡宫，尽管勇敢的弗朗索瓦·达尔贝设法造成了三十五小时的停电，劳工队的工人还是很快钻完了他们埋放炸药的地方。他们已开始在这座一六二七年为玛丽·德·美第奇[1]修建的宫殿里埋了七吨黄色炸药，足以把它的八角圆顶和三十一幅德拉克洛瓦的油画炸得粉碎，碎片可撒遍半个左岸。

在美丽绝伦的协和广场，在过去四年里德国海军军旗飘扬的加布里埃尔豪华饭店科林斯式圆柱的背后，已经存放了五吨多的地雷和弹药，足以炸掉这所建筑物以及这个街区的一切建筑和隔壁的塔列朗大厦。

在路易十五的协和广场的另一头，塞纳河对岸的国民议会院子里，维尔纳·埃伯纳赫上尉的第八一三工兵连已得到第七十七步兵师第一七七工兵连的支援。埃伯纳赫的部下结束了塞纳河上四十五座桥梁的埋雷，在巴黎这个人烟稠密的地区只需引爆几下，就足以使阿兰·德·布瓦修早先在沙特尔看到的惨状小巫见大巫。新来的工兵连也结束了在国民议会周围的钻凿。他们已经钻凿了法国议会波旁宫以及它后面沿着美丽的波旁宫广场的办公楼建筑群，并且埋好了地雷。如今他们的风钻正在钻凿国民议会议长办公室所在的美轮美奂的十八世纪宫殿和门前有圆柱的外交部，准备埋雷。沿着塞纳河和协和广场的这二十英亩大小的美丽地方

[1] 玛丽·德·美第奇（1573–1642），法国亨利四世的王后。——译注

有许多无价之宝的建筑，一下子就可以消灭殆尽，广场的两边，除了对称的废墟以外，什么也都不会存在，从而完成世界上这个最美丽的广场的对称。

在这使人意气消沉的早晨，一辆蒙着树枝伪装的军车开到玛尔斯校场弧形地段的埃菲尔铁塔南面停下。四个人下了车，挨个视察这高耸入云的高塔的四根钢筋混凝土支柱。在一小时之前，他们接到了柏林来的命令，要在“巴黎的象征”之处埋雷。莱比锡人汉斯·施纳特少尉和他三个同伴环观了这座钢架建筑暴露在外的支架以后，认为这不成问题。在他们看来，埃菲尔铁塔就是巴黎的象征。

在巴黎的所有地方——火车站、发电厂、电话局、卢森堡宫、国民议会、外交部、海军部、荣军院以及四十五座桥梁——最高统帅部下令破坏大巴黎地区的准备工作都已接近完成。现在只需要再工作几个小时和莫里斯饭店里举棋不定的普鲁士将军的一声命令了。肖尔铁茨在那里下不了决心，一边等待，一边思量，在下令把巴黎的一部分最美丽的建筑炸成齑粉之前，还可以拖多少时间。

二十九

收音机在播放一组悠扬的美国舞曲。那个说话漏风的人舒服地坐在伦敦一家牙医诊所椅子上，看到他的麻烦快要结束了。在拉里·勒苏尔眼前晃的是那位牙医准备为他的破门牙作修补用的新制塑料牙套。

勒苏尔心里想，他是幸运的。如果这意外发生在一星期之后，他很可能错过无论如何不愿错过的事件：巴黎的解放。当牙医俯身对着他张开的嘴巴时，勒苏尔旁边的收音机里的音乐停止了。

广播员以勒苏尔十分熟悉的一种标准方式告诉听众准备收听“重要的宣布”。

然后，另一个广播员完全不像英国广播公司传统，感情激动地宣布：“巴黎已经解放。我重复一遍，巴黎已经解放。”

拉里·勒苏尔懊丧至极。

在伦敦的另一头，哥伦比亚广播公司的办公室里，勒苏尔的伦敦同事理查德·C. 霍特莱特这时是英国首都最快活的人之一。霍特莱特手中有一只圆铁盒，里面藏着一份非常有价值的文件。这是勒苏尔的直接竞争对手和同事查尔斯·科林伍德头天晚上事先录好的宣布巴黎解放的消息。盟军总部的战地检查官无法试放这盘试验性的录音带，把它转送到伦敦。而伦敦的检查官以为它已在战地经过检查放行，便把它发还给哥伦比亚广播公司。霍特莱特一听到英国广播公司的紧急广播，兴奋之下就把它向全世界播出了。查尔斯·科林伍德抢新闻成功。

几分钟之内，他关于解放的生动描述传遍了全世界千百万的家庭。纽约有两家报纸改排版面，用大字标题逐字逐句地刊登了这个报道。在墨西哥城，《至上报》的大楼顶上用灯光打出了“巴黎已解放”几个字，该市所有报纸都出了号外。在一千英里以南庇隆统治下的布宜诺斯艾利斯，自一九三九年以来，兴高采烈的群众第一次胆敢高呼“要民主，不要轴心”。魁北克挂出了三色法国旗，市长吕西安·波恩叫他的市民别去管战时灯火管制，夜里在家开灯大放光明。从华盛顿，罗斯福称这个消息是“全面胜利的令人激奋的过渡”，约翰·J. 潘兴将军[1]在医院的病床上称它是“走向胜利道路上跨出的伟大的一步”。

在纽约，莉莉·庞斯身穿美军慰问队的制服在洛克菲勒广场向两万名兴奋的美国人高唱《马赛曲》，这时

[1] 潘兴（1860–1948），第一次世界大战期间指挥美国远征军的将军。——译注

有三十二名头戴猩红绒球帽的法国水兵升起了三色旗。伦敦发了狂。人们在索霍，在匹卡迪莱圆形广场，在特拉法尔加广场的纳尔逊铜像四周互吻跳舞。对日子极不好过的伦敦来说，这个消息是欧战胜利日的愉快前奏，看来这个日子不可能很远了。安东尼·艾登在庆祝法英民事协定的宴会上高兴地向他的法国同事勒内·马西利敬酒。国王本人也向戴高乐发了热情的贺电。

在英国广播公司快讯广播后的一片兴高采烈之中，没有人注意到盟军总部对这消息发表的措词尴尬的否认。整天整夜，英国广播公司的消息和科林伍德的广播报道由美军电台播向大西洋彼岸，一遍又一遍地像一张不断播放的密纹唱片。

而这一切都是一个可怕的错误。

在显然还没有解放的巴黎，冯·肖尔铁茨将军越来越凶相毕露的部下仍旧盘踞着。这消息使人听了感到生气和发呆。

美国飞行员鲍伯·伍德隆中尉坐在路易·贝尔蒂家后院阳台的台阶上听到了这个消息，当时他还在思量，不知他那卖肉的朋友和主人是否还活着。他从收音机上听到了莉莉·庞斯在纽约唱歌的转播。他也听到另一种不那么动人的声音，德国军队在附近一条街道奔过的声音，“见人就开枪”。他们的一颗子弹飞进到头顶上的屋瓦，伍德隆决定躲到屋子里去。他心里想：“肯定有人没得到消息。”伊冯·莫朗达和他的秘书克莱尔在总理府的绿厅里听到了这消息。莫朗达听着大笨钟向伦敦宣布巴黎解放的深沉的钟声。他觉得要哭了。克莱尔十分生气。“这些笨蛋，”她说，“他们真是不了解情况。”

三天三夜以来，安德烈·维尔农上校第一次以一种近乎满足的心情看着他在伦敦布莱扬斯顿广场法国国内部队总部的办公桌上那碟干硬的夹肉面包和那只破茶缸里凉了的茶。这位长着一头鬈发，做事一丝不苟的人是使全世界千百万人欣喜若狂的大骗局的制造者。

六个小时以前，也是在这个办公室中，维尔农译出了雅克·沙邦－戴尔马从巴黎发来的最新紧急呼吁，要求盟军赶紧在他们全都感到巴黎要发生屠杀之前赶到。维尔农不知道第二装甲师头天晚上已接到命令兼程前去援救巴黎。沙邦－戴尔马的电报使他不放心，他想找个办法来帮助巴黎“打破僵局”，迫使盟军向首都进发。突然，他拿起了一张纸，写出了一则完全出诸想象的新闻公报，宣布该市已“自己解放”。然后他叫他的下属未经盟军总部检查就送往英国广播公司。他的精明推理是这样的：如果英国广播公司向全世界宣布巴黎已解放，盟军总部就没有理由不把军队开进他大笔一挥就过早解放了的这个城市。

正午以前不久，英国广播公司每日法语新闻节目开始之前几分钟，自由法国新闻处一个年轻军官把维尔农的急电用电话传给了英国广播公司。他向广播员保证，这公报已经得到盟军总部检查官口头通过，这是他们两人为了发最新消息而常采用的手段。几秒钟以后，广播员兴高采烈、毫无戒心地把这违背事实的急电送上了去全世界各地的旅程。

三十

在巴黎三十英里外的朗布耶，盟军总部新闻处的山姆·布莱特曼中尉看着挤满街道的被雨水淋湿的一大堆人群。坦克、吉普车、卡车、法国兵、美国兵、法国国内部队、新闻记者和法国平民都挤在朗布耶王家犬猎队长旅店他的餐厅窗外。布莱特曼心里想：“他们唯一需要的就是戴高乐了，这样德国人就有了登陆日以来他妈的最好目标了。”

布莱特曼至少脸上还挂着一丝微笑。在他的手肘边，还有这个镇上少见的一件珍品。镇上本已储量不多的食品柜早被友好的侵略者搜刮一空了。这珍品是一瓶冰镇的雷司令，现在，王家犬猎队长旅店漂亮的女侍者送来了一盘加热的C军粮给他佐酒。她走到他的桌边时，忽然倒吸了一口气，手中的C军粮盘子滑了下来，打翻了布莱特曼的酒瓶。布莱特曼看着他珍贵的酒淌在地板上，而她却站在那里一动不动，眼睛里满盈泪水看着窗外，嘴里再三念叨着：“戴高乐，戴高乐，戴高乐。”

夏尔·戴高乐确是刚刚到了朗布耶。在这里，就在他国家首都的大门口，在这支奉命前来解放它的大军的先锋队里，这个孤傲的人物自一九四〇年六月开始流亡以来，已在漫长的回国途上走到了倒数第二站。在他的副官克劳德·居伊的心目中，在这个八月的傍晚，有一个印象将始终萦绕不去。朗布耶的居民并不会像王家犬猎队长旅店的女侍者那样认出了戴高乐孤独的身影。许许多多的人欢呼戴高乐的名字，但是，由于他们不认识他的脸，所以在他经过的时候，他们不知道该向谁鼓掌。

戴高乐一行直接走到朗布耶城堡，那里的大门、床单，甚至银器仍旧有原来维希政权主人的“法兰西国家”的标志。居伊看到戴高乐从书柜中选了一本皮面的书，这将在未来的时间里镇静一下他急躁的神经。这本书是莫里哀的《贵人迷》。戴高乐把它夹在腋处，然后他们一行四人下楼到城堡的美轮美奂的宴会厅。在那个查理五世宣告逊位，从路易十六、拿破仑到普恩加来的法国国王、皇帝、总统举行过宴会的黑魆魆的壮丽的大厅里，夏尔·戴高乐和他的三个忠实副官坐下来，打开C军粮的罐头，开始用餐。

戴高乐一吃完晚餐，就马上召来了勒克莱尔。他急不可耐地要到巴黎去。对他来说，如今每一个小时都关系重大。

勒克莱尔研究了海明威的私人特遣部队提供的情报和好几十个法国国内部队人员溜过战线提供的情报以后，做出了一个重要的决定。他的美军上级给他的命令是，经过朗布耶和凡尔赛宫的最短路线直捣巴黎。但他的情报表明，在过去的二十四小时里，德军已新派了六十辆坦克进入该地区，并且到处埋了雷。勒克莱尔便自作主张，决定绕过这个地区，向东十七英里到阿尔巴容和朗吉莫，从东南方经奥尔良门进入首都。他没有征得第五军团上级的同意，这点疏忽在几小时内就引起了尖锐的、愤怒的反应。

如今，在朗布耶城堡里，勒克莱尔向戴高乐概述了他的进攻计划。他们两人都知道时间非常紧迫。他们前面的德军实力正在急速增强。二十四小时以前似乎还是一件长驱直入的事，如今却变成一场激战了。更糟糕的是，如果问题不迅速解决，勒克莱尔很可能在去巴黎的路上陷入泥潭而德军却乘机在首都扑灭起义，并且为应付他的进攻而调来援军。戴高乐的眼中也流露出渴望的眼光，他仔细研究了他的年轻指挥员的计划。经过长时间的深思熟虑，他批准了这项计划。[1]

然后，他看了一眼勒克莱尔。戴高乐对这个直言无隐、性格急躁的庇卡底人特别眷爱。在自由法国这位孤傲的领袖的心中，勒克莱尔几乎是个儿子。他喃喃地说："你运气好。"经过了长时间的停顿后，他又说："快去吧。咱们不能再出现一个公社。"

---

[1] 很可能，勒克莱尔没有通报他的军团司令他未经授权就改变了他的师的界限和进攻路线，是因为他决心向全世界表明，解放巴黎纯粹是法国的事，戴高乐批准他的计划就足够了。

三十一

三天以前，朗布耶的德军战地指挥官还在这张床上睡了最后一夜，如今路易·路斯塔洛下士正在把床上的德军床单叠起来收走，铺上他自己的一套新床单，然后又仔细地把一块巧克力放在床头几上。路斯塔洛下士知道，“头儿”喜欢在发动进攻的早晨吃一块巧克力。雅克·菲利普·勒克莱尔刚才在几个街区远的地方还被催促“快去”，明天早晨就要率领他的师一万六千名官兵展开他一生中最难忘的进攻，那就是攻克巴黎。

勒克莱尔的部下在瓢泼大雨中经过十四小时长途跋涉赶到朗布耶，个个全身湿透，疲惫不堪，长时间在露天行军，眼睛酸痛。他们分散在朗布耶周围的树林和村庄里，抓紧时间睡一会儿。该师的供应车通宵偷偷先行，沿途卸下燃料油罐，给坦克和装甲车添加。如今坦克和装甲车已摆好了三个进攻梯队，准备黎明出击。大伙儿心中都在盘算，想象，回想他们最后一次见到巴黎时的情景，祈祷，或者因为实在太疲劳了，干脆倒头就睡，进了梦乡。第四十炮兵团的亨利·米朗波少校在他的帐篷里与美军中校在油灯下制定了炮火计划，后者的一五五毫米迫击炮将在次日支援他。反坦克装甲车“西蒙号”的炮手罗伯·马迪和他的同伴嘴馋地看着炮弹架上放着的还没烧的鸭子。他们都太累了，谁也不想动手烤它，只好匆匆吞下C军粮就睡觉了。

亨利·卡歇尔中尉的眼睛因为长时间受车辆废气的刺激而发红，他又看了一次面前的儿子照片就不知不觉地睡着了。四十八小时以前奉命偷偷地走在全师之前的三十四岁的中校雅克·德·吉列朋看到同伴们跟着到达，百感交集。二十四小时以来他一直想实施自己的一个大胆计划，潜入被困的首都，以他的这支小部队支援起义者。但是巴黎历史上这位最年轻的军事总督的计划始终没有获得勒克莱尔的批准。勒克莱尔的副官在头天晚上不敢因吉列朋的这个要求而叫醒他。吉列朋失望之余只好在朗布耶等待全师官兵追上他。

也许，在第二装甲师中，没有别的士兵比二等兵保尔·兰德留更兴奋的了。兰德留躺在布雷小村子边上“马恩号”薛尔曼型坦克旁的一个单身壕里，他的坦克连刚刚接到第二天行动的命令。他们的目的地是十五英里外的郊区弗莱斯纳。对保尔·兰德留来说，这十五英里是他历经西班牙集中营、乍得和利比亚沙漠到这单身壕一共一千八百英里的旅途剩下的最后一小段了。那是三年以前像今天一样的一个夜晚开始的，当时他对妻子说：“我出去买包烟，十分钟就回来。”这样，兰德留就走出了弗莱斯纳镇他公寓的门。明天，这十分钟就满了。

在弗莱斯纳的街头上，兰德留将为自己家的解放而战，为不知他生死下落的妻子而战。为了让她惊喜，他决定带去他三年前离家去买的那包烟。不过不是高卢女人牌，而是C军粮的骆驼牌。

当第二装甲师精疲力竭的官兵在朗布耶周围的森林中分散过夜时，另一师官兵开始了第二装甲师刚刚完成的同一长途行军。在距巴黎一百三十二英里处的卡鲁日，美军第四步兵师在倾盆大雨中和灯光管制下向首都进发。布雷德莱接到罗尔夫·诺德林的报警，决定派该师去支援第二装甲师，这件事做得适宜。自从登陆以来，该师和第一师、第二十九师一起成了美军在欧洲的第一梯队。它在犹他海滩登陆，攻下了瑟堡，然后在莫尔坦挡住了德军三个装甲师，挫败了德军最高统帅部派瓦尔特·瓦利蒙特前去督战的诺曼底绝望的反攻。对通宵行军的先遣部队第十二步兵团来说，这条通往巴黎的道路已成了一条血路。这个团在雨中挺进时，一路留下的死伤人员达四千零三十四名，这是他们自六月六日以来七十八天中的全部伤亡人数。

现在，第四师官兵挤进他们的六轮大卡车时，也怀着第二装甲师弟兄们同样兴奋的期望和等待心情。他们受到第一次世界大战时美国远征军充满异国情调传说的刺激，受到已被忘却的教科书的记忆的刺激，受到历史和好莱坞的刺激，受到大仲马和《钟楼怪人》

的刺激，受到埃菲尔铁塔和圣母院教堂景象的刺激，在雨中乘卡车前进时，其热烈情绪只稍逊于那个法国师的回家的弟兄。

“我们的军服里，咖啡里，军粮里，脸孔上都是雨，”马萨诸塞州洛克斯伯里来的医助乔伊·加那在他的秘密日记中写道，“但是使我们坚持下来的，是要看到巴黎的迫切心情，而我们是越来越近了。”在颠簸的卡车上坐在他旁边的是二等兵戴维·戴维逊。他告诉加那：“他和别的人都可以享用酒和女人了。”戴维逊说，他所要的不过是“在一张真正的床上睡一晚”。

对有些美国兵来说，巴黎是回家的路。战略情报局的丹·亨特中尉一生大部分时光都生活在那里。如今在负责检查全市情报目标的巴黎特遣部队指挥员的帐篷里，亨特的手指在全市各入口通道地图上滑动，他奉命要为该部队找个前进基地。他存心要开玩笑报复一下，手指在一个熟悉的地名上停下，亨特做出了选择。他的选择是他原来的学校。

在沙特尔，战略情报局的约翰·哈斯基尔上校决定不管怎样要试一试，打个电话到巴黎。他决定打给他的老朋友咪咪·吉尔古德，那是名演员约翰·吉尔古德的嫂子。整个战争时期，她在被占领的巴黎度过，哈斯基尔不知她活得怎么样，或者她是否还活着。他拨了电话，使他又惊又喜的是，他听到了电话的另一头那位英国妇女从容不迫的清楚的话声，她是在五十英里以外一个仍然充斥着德军士兵的城市里。

“哦，约翰，”她漫不经心地说，好像他打电话来是请她去打桥牌，“我正在等你的电话。”

尽管第二装甲师和第四步兵师的官兵们兴奋不已，但即将实现的巴黎的解放是要付出代价的。在这八月的夜晚，盟军总部各处的后勤军官都在准备应付。等在布里斯托尔和南安普顿的有五十三吨医药品，两万三千三百三十八吨饼干、罐头肉、人造黄油、汤、维生素巧克力、奶粉等，这些物资要优先紧急运往大陆和巴黎。其中三千吨将由“外来客”中队空运到那里。为了运送其余的物资，英国第二十一集团军被调走两千辆卡车和三百辆能牵引三吨拖车的重型卡车。另外一千辆卡车则从美军供应线上调拨。

此外，蒙哥马利的第二十一集团军奉命要用军用车辆每天向巴黎运交五千吨供应品，美军另运五百吨。这样做一天要消耗七万加仑的宝贵汽油。在以后两个重要的星期里，共要消耗一百万加仑在横贯法国的驰骋中。

乔治·巴顿将军在四十八小时以前曾对加洛瓦和巴黎说了一声“不”，如今在同一帐篷里，他又生气又失望地在研究一份紧急报告。报告称，就在八月二十三日当天，他的向前驰骋的装甲纵队自从阿夫朗舍突破以来，所消耗的汽油第一次超出了已收到的汽油量。布雷德莱的副官切斯特·汉森少校四天前预见到的“绝症”开始发作了。在一个星期之内，在梅斯的大门口，距莱茵河只有令人焦急的一百英里近的地方，德军在他们面前溃不成军、节节败退的时刻，巴顿的第三军团坦克的汽油就要用光了。

汽油一点也没有了。他们还需要整整一百万加仑才能打到莱茵河，这正是巴黎过早解放所消耗掉的。等他们九月底到达那里时，他们面前的德军将得到增援和重新部署，等候在齐格菲防线上。但是巴顿要再过七个月，到一九四五年三月二十二日才到莱茵河。[1]

黑色的拜尔发动机公司的汽车熄了车头灯，在夜色里无声地驶向前去。休伯特斯·冯·奥洛克少将的法国卷毛狗“密斯特”蜷缩在后座上无声无息地睡着觉。像平时一样，将军自己开车。这天晚上，好几天来第一次，冯·奥洛克感到了放心。他为保卫巴黎主要入口通道的万人防线所要求的援军终于开始来到。在不到六小时之内，他已接到东线独腿老战士狄特马尔·布洛夫斯基上校指挥的一个坦克团，为了支援他的防线的西端，还有

[1] 巴黎的过早解放对盟军向莱茵河挺进所造成的确切损失可能是永远无法算清的。无论如何，不管有没有巴黎，盟军的汽油危机早已形成。艾森豪威尔说过：“关键的问题是，这是整个战役的至关重要的部分。这两个星期是极其重要的两个星期。很难确切地说巴顿可以推进到多远。他肯定可以拿下梅斯和梅斯以东的大部分地方。”布雷特莱将军说：“如果我们能打到莱茵河，这也不会是什么很大的一步。我认为我们要做到这一点需要再有两个星期的汽油。这是我对巴黎的想法。我不想在那里失去这两个星期，也许我们是失去了。”

麦塞施密特突击营。更重要的是，冯·奥洛克整个晚上都接到报告，说第五军团的一些部队将在今后两天内划归他指挥。

现在，冯·奥洛克经过一天精疲力竭的巡视防线以后，同他的副官提奥·乌尔夫上尉一起回他在圣克卢的别墅去。这条防线在几个小时之内就会成为法军第二装甲师的猛攻对象。但是，在这个天气糟透了的潮湿的夜晚，不论冯·奥洛克或者乌尔夫都一点也不知道，在不到十五英里之外，有一师像饿狼一样躲在朗布耶森林里的官兵正急不可耐地等待着黎明的到来。

事实上，对冯·奥洛克来说，这次视察是很优哉游哉的。在听了他在凡尔赛地带的指挥员赛德尔上校的报告以后，他甚至还有时间喝一杯本尼克丁酒，并且让这位德累斯顿钢琴家为他演奏了一些乐曲。冯·奥洛克对于他的防线状况感到满意，想到如果第五军团增援他，就可以大大增强他的防线，他禁不住热情奔放地拍了拍他的副官的膝盖。

“相信我，乌尔夫，”他说，“他们要是来，咱们就要他们为他们的巴黎付出代价。”

在市里，在拉菲尔饭店的酒吧里，运输军官瓦尔特·纽林看着他身旁的上尉开始喝第三瓶香槟。上尉告诉纽林，他的人生目标本来是做建筑师，如今却成了破坏专家，他刚刚完成了他所做过的最大的一项工作。维尔纳·埃伯纳赫告诉纽林，他刚刚完成对“半个巴黎”

的埋雷。埃伯纳赫喝光了杯中的酒，向纽林承认，这不是一件令人愉快的任务，但是当他得到命令要引爆时，他会引爆的。“他们在柏林也会听到爆炸声。”他说。

当两个无声的人影在塞纳河上那座小桥上停下来观看大宫烧剩的空壳上仍在冒烟时，时间正是午夜。这是亚历山大·巴罗迪所看到的最惨不忍睹的景象。巴黎已粮尽弹绝，没有了希望。四天前那么英勇地开始的起义没有外界的支援是不能维持多久的。但是，在巴黎没有人知道支援终于已经来了。对巴罗迪来说，就像城里许许多多别的人一样，今晚的巴黎似乎已听任它的命运来支配了——这个命运的象征是从大宫废墟中升起的灰色烟柱。

巴罗迪眼里满盈泪水，他转身对莫朗达轻声说：“啊，伊冯，如今他们要把整个巴黎都烧光了，历史会要我对此负责的。”

三十二

在不到二十四小时之内，阿尔弗雷德·约德尔上将第二次不能跟上阿道夫·希特勒滔滔不绝的怒斥。最高统帅部的电传机整天滴滴答答地打出巴黎形势恶化的报告。冯·肖尔铁茨在他最后一次报告中终于被迫承认“恐怖分子”在全市进行“紧张活动”。这些报告惹得希特勒大发脾气，令人难忘。这顿脾气因为他的倒霉的军械专家布尔将军的报告更加火上添油，布尔不得不说出来，盟军一系列猛烈空袭使巴黎周围的铁路交通陷于瘫痪。雅克·沙邦－戴尔马的紧急呼吁及时达到了目的。布尔不得不硬着头皮向希特勒承认，“卡尔”整天没有移动一步。

希特勒向约德尔尖声叫喊，如果德军不能把巴黎街道上的“可卑的暴民压垮摧毁”，它将“蒙受它历史上的最大羞辱”。他告诉约德尔，莫德尔要把每一辆可调拨的坦克和装甲车派到那个城市去。至于冯·肖尔铁茨，希特勒命令他集中装甲车和大炮，组成特别进攻部队“无情地摧毁起义中心”。他命令，德国空军要随之进行猛烈轰炸，用燃烧弹来“消灭”巴黎市内仍威胁到他的部队的区域。

在瓦尔特·瓦利蒙特将军心中，希特勒在星期三晚上表现的无法控制的怒火，将永远是他在地堡里所看到的元首最猛烈的一次发作。如今，瓦利蒙特在自己的笔记里记下希特勒的话时，刹那间产生了一个念头，那是许多法国人心中也曾想到过的。他对自己说：“巴黎就要像华沙一样了。”

在马吉瓦尔B集团军群地下指挥部里，沃尔特·莫德尔元帅在研究西线每晚形势报告。这些报告没有给他任何理由怀疑他部署在巴黎门外的部队屏障就要遭到的打击，那是他的巴黎司令官有意招来的打击。就像过去四天一样，西线总司令部每晚形势报告指出，在首都正面“只有轻度的装甲试探”。它甚至乐观地补充说，盟军必须“调来新的部队”才能对该市发动重大攻势。莫德尔的总部没有人指出第二装甲师的迅速前移或者美军第四步兵师的调动。

尽管如此，莫德尔显然在二十四小时以前就已断定，他在巴黎门前已经尽可能地拖延了时间。起作用的也许是瓦利蒙特根据希特勒的命令打来的一个客气然而态度坚定的电话。瓦利蒙特告诉他，希特勒要知道为什么没有做到更多的事情。“告诉元首，”生气的莫德尔回答，“我知道我在干什么。”不过从此以后，他开始把他所能搜刮到的零星部队用来加强冯·奥洛克在首都大门外的防线。

在这个星期三晚上，莫德尔由于意识到盟军空袭限制了第二十六和第二十七装甲师只能在黑夜调动，这两个师不能很快开到巴黎，他就要寻找临时办法来支援首都大门外的部队。他采取了三个行动。他命令第四十七步兵师在首都正北的梅吕－纳伊地区周围集中，准备在首都的西北侧翼据守阵地。他命令第一军团在距巴黎二十六英里的莫城集中四十七辆坦克，以备立即支援首都。最后，他命令第十一炮兵旅开到市里。他预期这些部队能在三十六到四十八小时内准备好作战，那就是八月二十五和二十六日。在发生紧急情况下，他们能够帮助冯·肖尔铁茨度过难关，以待第二十六和二十七装甲师的到达。然后，莫德尔相信，有了三个多师归他统率，这位塞瓦斯托波尔的英雄是能为这座城市作一血腥死战的，足以满足希特勒的悻然不满的要求。莫德尔现在需要的只是再多一些时间，只要足以把这些部队在今夜移入阵地。事实上，他需要的正好是再有四十八个小时。

三十三

在平静的夏夜暮色中安静下来的这个德国小镇里，战争似乎十分隐约和遥远。在阒无人迹的街道上，除了菩提树的婆娑之外没有什么声音。现在，响起了一个女人皮鞋跟的急速“咯噔”声。那是忧心忡忡的乌蓓塔·冯·肖尔铁茨赶着回家。几分钟以前，她在巴登－巴登有白色门廊的歌剧院看她最喜欢的歌剧瓦格纳的《飞行的荷兰人》时，一个领座员向她低声耳语，家中有“急事”等她。

肯定那是她才四个月的儿子铁莫出什么事了，乌蓓塔·冯·肖尔铁茨匆匆经过黑了灯的俄罗斯东正教堂，走在维多利亚街上。她气喘吁吁地爬上三层楼梯，推开房门，看到婴孩平静地躺在摇篮里睡觉，她不禁双手抱在胸前感到了宽心。这时她的女仆、三星期以前为她丈夫买来最后的早餐面包的约翰娜·费歇尔把一张纸片交给她。她的丈夫打了电话来，他不能老占着线，只好挂断电话。纸上写的是他要给她的留言。这将是一年多以内乌蓓塔·冯·肖尔铁茨接到的最后一次电话留言。

留言说：“我们正在尽自己的责任。”

三十四

［八月二十四日］

赫尔穆特·梅耶下士以轻盈熟练的步子走在铺了红地毯的长长过道里。他一只手托着早餐盘，内容是四年习惯所固定的：一壶黑黑的咖啡，一罐英国柠檬果酱，四片面包。另一只手抓着一只黑色文件夹，那是冯·阿尼姆伯爵几分钟以前交给他的。这是头天夜里来的给大巴黎司令的一些电报。梅耶注意到，这是他到巴黎以来送过这条过道的最厚一沓电报。

梅耶在二三八号房间门外停下步，推开门，放下餐盘，拉开了灯火管制时用的窗帘。窗外的第一道亮光穿破了黑暗，肖尔铁茨在床上蠕动了一下。他睁开眼睛，看到了梅耶。然后，就像七年来每天早晨做的那样，肖尔铁茨问态度恭顺的下士："天气怎么样？"

天气沉闷灰暗，时间是八月二十四日，星期四，七点整，这将是梅耶下士一生中为狄特里希·冯·肖尔铁茨送来早餐的最后一天。

冯·肖尔铁茨伸手到床头几上取他的单片眼镜，然后一份份翻阅梅耶送来的黑色公文夹中的电报。第一份是头天夜里希特勒口授给约德尔的那个野蛮命令，叫肖尔铁茨“摧毁起义的各个中心……以轰炸和燃烧弹消灭城中仍坚持起义的地区”。下面是莫德尔元帅发给第四十七步兵师、第一军团、第十一炮兵旅的派援兵到巴黎的命令的抄件。但最重要的是，黑色文件夹中有B集团军群三处的一份电报，这是莫德尔两次不愿提供给他的巴黎司令官的情报，那就是第二十六和二十七党卫军装甲师已开进法国，正在赴巴黎途中，听候他的调遣。[1]

这位矮小的将军一动不动地靠在床上过了很久。好几天来使他忐忑不安的难题如今解决了。肖尔铁茨原来希望有另外一个解决办法。但是自从罗尔夫·诺德林离去以来的三十六小时里，不论肖尔铁茨或者巴黎别的任何人都没有这个瑞典人的消息。大巴黎司令很清楚，盟军或者是不愿利用他的姿态，或者是不能利用他的姿态。他们是不会在莫德尔的援军把巴黎门前的空隙堵上以前趁机冲过它了。相反，他就要得到援军，而被迫进行防守。在一场已经打败的战争中，这是一场没有任何用处的战斗。它只能为德国赢取少数几天的时间。它的代价将是全世界不会很快忘记、而法国也不会原谅的一大堆的废墟。但是肖尔铁茨已被逼到了墙角。他的责任感，他的

[1] 冯·肖尔铁茨认为莫德尔没有把这两师调动的情况告诉他是故意的。他认为这是由于莫德尔相信他们放在别处更有用处，因此这位元帅想尽量推迟公开把他们投入巴黎。

军人信条，都使他没有任何退路。他只有拼死一战。

这是鹿特丹和塞瓦斯托波尔的征服者一生中第一次对未来的一场战斗这么毫无热情。但是不论他对进行这样的一场战斗是否明智，有什么保留意见，他还是会绝不手软地进行作战的。

肖尔铁茨虽然感到悲哀，但是决心却增强了，他一口咽下了咖啡，赤脚走到梅耶下士刚刚给他放了水的浴室去。

在安茹路一所房子的二层楼上，距离德国将军在热气腾腾的澡盆里思量着他刚刚接到的电报的那个浴室不到五百码，一个年轻的法国人惊异地听着他前面坐着的德国人的谈话。德国军情局特务“鲍比”·本德舒服地躺靠在生病的瑞典总领事拉奥尔·诺德林床边的一张安乐椅上，向法国抵抗运动的一个代表重复大巴黎司令刚刚接到的秘密电报的内容。

本德在过去十天里在莫里斯饭店享有特殊的行动自由，他在七点以前就到了饭店，仔细地记下了放在大巴黎司令早餐盘中的电报内容。本德知道半小时以后他就要同雅克·沙邦－戴尔马将军的这位副官洛林·克鲁斯碰头。

本德告诉克鲁斯，情况一小时比一小时危急。他列举了就要开到巴黎的援军清单，并指出已有党卫军两个师正兼程奔来巴黎这个严酷事实。本德说，如果他们在盟军之前开到巴黎，肖尔铁茨就会用他们来进行残暴的防御行动。本德告诉克鲁斯，希特勒关于在城里实行破坏和报复的命令一天比一天野蛮。肖尔铁茨不得不开始执行这些命令，否则自己有被捕、家人有被杀的危险。本德的口气紧张，克鲁斯甚至觉得有些悲哀。他警告说："如果盟军不在几个小时以内赶到巴黎，便将会发生一场大灾难。"

听到这话，克鲁斯站了起来，匆忙地向本德和他的瑞典主人点头称谢，就跳上自行车走了。几分钟后，上气不接下气的克鲁斯冲进沙邦－戴尔马藏身的地方。"赶快，"他告诉他说，"我们得警告盟军。肖尔铁茨就要得到援军。他接到了把巴黎炸掉的命令！"

三十五

黎明以来，第二装甲师的车辆就开始经过朗布耶森林中被雨水淋透的百年老橡树，直指仅仅二十英里外受到威胁的法国首都。雅克·菲利普·勒克莱尔肩上披着一件上尉的雨衣，站在法国统治者古老的游猎禁地边的一块高地上，看着他的第一批军队向前挺进。

为了这次进击，勒克莱尔把他的部队兵分三路，在首都西南角朝着一条十七英里宽的战线推进。第一支纵队是兵力最弱的，由法朗索瓦·莫勒尔－德维尔少校指挥，这是声东击西之举，沿着第五兵团原来派给他的那条轴线前进，通过特拉普、圣西尔，经过凡尔赛宫的巍峨建筑，从塞弗尔门进巴黎。它的任务是“虚张声势”，使得德国人认为他们是进攻主力。第二纵队由保尔·德·朗格拉德中校指挥，部署在莫勒尔－德维尔挺进线的东南五英里，通过谢弗勒斯山谷，到图叙勒诺布勒、科尔贝村，经旺弗门入巴黎。勒克莱尔的主力由皮埃尔·比洛特上校指挥，计划经过朗吉莫、安托尼、弗莱斯纳工业市镇，从南路的奥尔良门直入巴黎。

在这清晨时刻，第二装甲师的挺进很少遇到德军抵抗，在人海般狂喜的同胞名副其实的夹道欢迎下，成了一场兴奋得发狂的游行。

他们沿途所到之处，都有欢呼的老百姓手挥国旗，高声歌唱和放声哭泣。妇女和姑娘们都跳上卡车的踏板，爬过坦克的履带，向她们的解放者献上鲜花、水果、亲吻、美酒和热泪。从墨西哥来的法国人让·雷纳·香比翁开着“莫特霍姆号”坦克，看到一个上了年纪的妇女拼命向他打手势。他打开铁罩，一包东西就滑了进来。这是一盘塞肉的番茄。阿兰·罗德尔中尉从半空中接住一只烤鸡和一瓶香槟酒，那是一个面包师向他的坦克掷过来的。在有些人看来，姑娘们虽然平常，但同样感动人，比如克劳德·哈迪下士从一个羞怯的小姑娘手中收到了三色花束。

在奥赛挤满人的街道上，在自己的卡车挡风玻璃上插着从未见过的儿子的照片的亨利·卡歇尔中尉仔细地观察他经过的许许多多的妇女和儿童。他对他的司机里昂·泽波尔斯基说：“你知道，如果我自己的孩子也在人堆里，我也认不出来。”他的孩子确是在人堆里。卡歇尔第二天就会知道，他的妻子和一九四〇年六月三日出生的儿子让－路易一直在那条街上观看他的纵队经过，让－路易一直在问他母亲：“爸爸在哪里？我要看爸爸。”

第二装甲师的官兵们惊喜地发现，通往市里的电话线没有断，还在工作。他们纵队的挺进暂息下来时，他们就拥到人们的家里、小饭馆里、商店里打他们多年没有拨的电话号码。一九四〇年离开巴黎的帕特里克·德香是抢在头里的人之一。他高兴地叫道："母亲，快拿出香槟酒来。我们回家来了！"有些人听到熟悉的声音惊喜得想不出什么话来说。"嗯，嗯，"二等兵艾蒂安·克拉夫特对他母亲说，"是我呀。"有些电话没有人接。雅克·陶尼中尉从他叔父那里才知道他的父亲在二月里被秘密警察抓走了。

在阿尔巴容，莫里斯·波维拉下士在他的纵队暂息时听到他的吉普车旁一所房子里有个妇女在要巴黎的电话。他求她："夫人，请你要爱丽舍六十－六十七号——那是我父母家。"那个妇女挂了自己的电话，要了他的号码。但那时波维拉的纵队启动了。他回头对那妇女叫道："夫人，请告诉我母亲，她的儿子回家来了。我在戴黑色贝雷帽的一个团里！"

几分钟后，庞伊耶弗尔路三十二号公寓里，伊维特·波维拉太太接起电话，知道她儿子跟"戴黑色贝雷帽的一个团"一起回来了。她高兴得发呆了，只是哭着说"多谢"，就挂了电话。

接着波维拉太太跳了起来。她叫道："是哪个儿子呀？"原来波维拉有两个儿子在戴高乐的军中。三年来她没有他们任何一个的音讯。

突然，在这灰色多云的早晨，第二装甲师的三个纵队在阿尔巴容郊外，在马西巴拉索，在特拉普，遇到了休伯特斯·冯·奥洛克少将严阵以待的官兵的抵抗。几乎在同一时候，德军的二百门掩蔽得很好的八八毫米大炮第一次向勒克莱尔的三支纵队的先锋部队开了火。对第二装甲师来说，游行已经结束。

三十六

狄特里希·冯·肖尔铁茨立刻听出了给他打电话的人的声音。这是三天以前表示愿意为他把巴黎的一部分地区化为“小汉堡”的那个脸色红彤彤的空军少校。肖尔铁茨在等他的电话。肖尔铁茨知道，这次少校不是根据自己的权力或者他的司令奥托·德斯洛赫上将的权力给他打电话。他是奉元首之命给他打电话。在肖尔铁茨用早餐时收到的电报命令的右上角，就在他自己的名字下面，他看到过第三航空队的名字。这是希特勒选来执行他要把巴黎一些坚持起义的地区加以“消灭”的命令的工具。

果然不出肖尔铁茨所料，少校的第一句话就是简单地宣布，他打电话来是为了协调“轰炸巴黎”的计划。他通知肖尔铁茨，自从他们上次谈话以来，他主要的工作就是把德国空军驻在布尔热机场的飞机撤出。因此他原来建议的对巴黎某一部分进行大规模轮番轰炸的主张已不可能实现了。

现在，少校告诉肖尔铁茨，他计划对巴黎进行一次性的全面恐怖空袭。肖尔铁茨问他准备在白昼还是黑夜进行。少校显然被巴黎司令的问题惹得恼火了，他答道：

“当然是在夜里。”

肖尔铁茨告诉少校，巴黎已充满了德军，西线总司令部刚才通知他援军已在途中，很快就要开抵市内，也许就在今夜。夜间盲目空袭而没有一个明确规定的目标，他挖苦地指出：“炸死的德国人会与巴黎人一样多。”少校叹了一口气。他告诉肖尔铁茨，他没有选择，他接到的命令是“明白的”。第三航空队奉命轰炸巴黎，他们没有别的选择，只有执行。由于他们不能把仍留在法国的少数德国轰炸机暴露给盟军战斗机的袭击，空袭只能在夜间进行。他补充说，在目前的情况下，一架轰炸机的损失“要比少数人员的损失严重得多”。

肖尔铁茨竭力想控制自己的怒火。他用挖苦的口气告诉少校，只要把他准备袭击的日期和时间通知他好了。那样他就可以把他的部队从可能受到空袭的地方撤出，换句话说，从整个巴黎市撤出。他告诉对方，空军可以在最高统帅部对此承担责任。

少校意识到他们已陷入僵局，就告诉肖尔铁茨，他要进一步请示上级，下午再亲自见他。然后，他们可以确定空袭的细节，越快越好，希望是在当晚。

冯·肖尔铁茨厌恶地挂了电话。然后他又读了摆在面前的电报的最后一行，就是这道命令使得少校打电话来的。它说：“空军将消灭市内任何一个起义仍在坚持的地区。”冯·肖尔铁茨耸一耸肩膀。他嘲弄地想，现在要做到这一点，少校的空军得把大部分巴黎“消灭”掉。

三十七

在圣日耳曼昂莱再过去的一座小山顶上，可以俯瞰从西面进入巴黎的通道。那里有另一位德国将军在用战地望远镜视察田野。在小山脚下，根舍·布鲁门特里特中将的司机奥托·皮希勒上士同将军的十只宠物小鹦鹉一起，坐在他的八汽缸霍奇汽车中等着。像蒙哥马利将军一样，布鲁门特里特喜爱小鸟。这位两个星期以前提出对巴黎实行“有限的焦土政策”的军官决定，在这个八月早晨，“只是为了玩一玩”，他也要给自己找一点小刺激。布鲁门特里特在离开圣日耳曼西线总司令部旧总部到兰斯附近新总部去会同一个星期以前北迁的同僚之前，想要看一眼进攻法国首都的第二批敌军坦克。

就在几分钟以前，布鲁门特里特向西线总司令部的法国园丁道了别，摘了最后一朵玫瑰，爬上这座小山。如今，在远处，他看到了一列挺进中的薛尔曼型坦克所扬起的滚滚尘土。他看着它们，一直到它们的炮火回响传到了山顶他站立的地方。他心里想，他生命中一个时代已经结束了。

布鲁门特里特爬进汽车要离开这个他快活地住了两

年的城市时，听到他的司机宣布了一个坏消息。他说："将军，鸟食已经没有了。你得要蒙哥马利给你寄些来。"

在布鲁门特里特的山顶以南十二英里，在俯瞰图叙勒诺布勒机场的一块高地上，另一个德国军官看着一纵队盟军坦克向前挺进。第十一高射炮团的二十二岁中尉海因里希·布兰克迈耶在山顶上不是来玩的。同他周围其他人的炮一起，他的任务是阻止这些坦克，而不是观看它们。在威斯特伐利亚来的这个年轻人看来，法军的挺进"好像是游行"。他甚至可以看到绷在坦克两边的玫瑰色布条，那是为了盟军飞机易于辨认。

他一下命令，他自己的拖拉机牵引的八八毫米反坦克炮开火，周围的山脊就震裂了。在他同胞们的炮弹轰击下，布兰克迈耶看到向前挺进的坦克一个个都"像小玩具一样"冒出烈焰。

在布兰克迈耶的望远镜下那个机场一边的小沟里，《新闻周刊》战地记者肯尼恩·克劳福德也在观察。他大声地咒骂着。五分钟以前，"老爸"海明威还若无其事地向克劳福德保证，他的法国国内部队已经侦察过这条经过小机场的路，没有发现情况。再往前一些，炮兵营长亨利·德·米朗波少校也俯卧在这条小沟里，他吃惊地看着第十二重骑兵团的薛尔曼型坦克纷纷滚下山脊，掉到机场上，"像一队冲锋的骑兵一样"。它们一个个在德军至今仍隐藏不露的大炮的准确火力下爆炸了。

从那小沟里，米朗波觉得他终于侦察出了德军最有威胁的阵地。炮火似乎是从机场另一边的一片麦田上一长溜麦秸堆后发出来的。他跑到他还完整无损的吉普车那里，命令他的机动化的大炮把火力转向麦田。第一批炮弹在他头顶上呼啸而过时，米朗波惊异地发现整整一长溜麦秸堆开始移动了。原来在每一堆麦秸下面，德累斯顿来的杰出钢琴家赛德尔上校都隐藏着一门反坦克炮。

在机场远处一边终于肃清了以后，克劳福德发现海明威脸带傻笑从他后面上来。“你这狗娘养的，”克劳福德说，“我还以为你告诉过我，你已侦察过这个地方，没有发现什么德国人！”

海明威耸一耸肩说：“我总得找个人充当我的试验品。”

第二装甲师三个纵队在前进路上，都遇到了像图叙勒诺布勒那样难以通过而且要付出代价的瓶颈地带，拖慢了进展速度。在该师每个纵队的挺进路上，前面的乡野如今都已是一片平坦，村庄和郊区联成网络，中间道路交叉，都给德军提供了理想的反坦克炮阵地。第二装甲师的官兵急于打到巴黎去，常常向这些反坦克炮迎头而上，而没有用步兵来一一摘除。这个战术一路节省了时间，但是每个挺进的纵队身后一路都痛心地留下了越来越多的烧焦的坦克。

在八月这灰色的一天里，首先需要节约时间。在每一纵队里，命令总是“快些，快些”。毫不容情，毫不宽容。就在比耶夫尔河边的一个拐弯处，二等兵乔治·西蒙宁在他的薛尔曼型坦克“旋风号”里为一坦克排开道，看见他坦克前面的公路上有五个受伤的德国兵躺在那里。其中一个用手肘撑地拼命往路边爬，想要让开道。西蒙宁本能地把脚从油门上抽回，这时他听到耳机里排长的怒喊:“‘旋风号’,我的天,快前进！”西蒙宁哆嗦了一下，闭上眼睛，踩下了他的油门。

三十八

就像远处波涛拍岸一样，挺进中的第二装甲师炮火的回声从西南方向传到了首都。每过一个小时，这令人欢迎的声浪就越来越逼近，它的落地声越来越清楚。这次是动真格了：盟军真的来了。

市内德军总部的烟囱里又冒出了一阵阵飞扬着纸灰的浓烟，四年占领的最后一批档案从此消失。德军巴黎军事法庭秘书玛丽亚·福赫斯在大陆饭店餐厅两头的壁炉之间跑来跑去，一个个地烧毁推到这个房间里来的四只档案柜中成百上千个卷宗。为了烧得快些，她用扫把棍捅着火，在薄薄的一层黑色纸灰中，在瓦勒里安山监狱被处决的那四千五百名法国人的踪迹就在灰蒙蒙的天空中消失了。

对法国国内部队来说，远处的炮弹落地声是在催促他们做最后的推进。罗尔的部下尽管极其缺乏弹药和武器，但是他们把起义推进到市内尚未扎根的地区。

市内最激烈的战斗发生在共和国广场开阔的空间周围。那里欧仁亲王兵营的一千二百名德军向包围他们的法国国内部队的包围圈出击，法国国内部队也无情地反击。德军为从敌人后方袭击，也想取道广场下面漆黑的地铁通道。在这些热得人淌汗的通道里，双方人员都吹着口哨以便在黑暗中辨认，互相拼死作战，手榴弹爆炸的火光和步枪子弹的迅速而耀眼的闪光，照亮了他们的战斗。

但是这一天法国国内部队最蔚为奇观的胜利却几乎没有人注意。他们埋伏在那里，准备伏击慢慢向国民议会大厦驶来的六辆卡车组成的车队，但没有一个人知道卡车上装的是什么。

在最后一辆卡车上的汉斯·弗里茨二级军士长却是知道的。他只需从驾驶舱的后窗中往后张望一下就可以看到堆在他后面拖车上的令人害怕的黑色水雷。这是维尔纳·埃伯纳赫上尉需要在波旁宫和波旁宫前面的协和桥结束埋雷的最后一批水雷。弗里茨神经紧张，一言不发，在沉默中他只听到一种声音，它象征了他的不愉快的处境。那是他捧在膝上的定时器纸盒中发出来的不规则的“滴答”声。在从圣克卢开车回来的缓慢而难受的路上，这个奇怪小装置的滴答声代表着弗里茨一生最长的旅途上的分分秒秒。

第一阵开火击中了他身旁的司机。卡车往前冲了一下就刹住了，弗里茨跳到街上，朝着车队中其他五辆梅赛德斯卡车叫喊。但是他们没有停住。弗里茨看着他们在他面前消失。于是，弗里茨在他那辆该死的一车水雷爆炸之前，奔向藏躲的地方。几个小时以后，当他终于设法回到国民议会这个藏躲地时，他才获悉那些载着水雷的卡车没有一辆到达目的地。它们一辆一辆给法国国内部队除掉了。

在被围的警察总署里，留有山羊须的法律系学生埃德加·皮萨尼刚刚获悉巴黎起义的这个中央堡垒的弹药几乎用尽了，这是五天来的第二次。三辆德军坦克像猛鹰似的在圣母院前广场上徘徊，看来是在等待时机，一到他们最后的储备告罄就猛扑上来。

听到远处的枪炮声，皮萨尼决定打电话求援。他的电话打到了二十五英里以外的朗吉莫的警察局。“盟军到了没有？”他问接电话的宪兵。

使他吃惊的是，那个宪兵回答：“他们现在就在这里。他们正好从前门开过。你听。”皮萨尼叫宪兵把能找到的第一个军官带到电话机前来。他是阿兰·德·布瓦修上尉。皮萨尼要他紧急传话给勒克莱尔。“瞧在上帝份上，赶快！”皮萨尼叫道，“我们再也支持不下去了。我们就要被坦克碾过去了。”

三十九

吕西安·达望杜尔下士把额头紧顶着潜望镜的口，拼命地掉转他薛尔曼型坦克“维金号”的方向，他是在巴黎以南十二英里的一个名叫奥尔热河畔萨维涅的灰瓦屋顶的村子边上陷入八八毫米大炮的交叉火力的。突然，在他前面咫尺远的地方，达望杜尔看到一团绿色、黄色、紫色的火焰从路旁一所房子里喷出来。接着他的眼前一团漆黑。德军的炮弹几乎命中，把他的潜望镜给打掉了。他在惊恐之中意识到“维金号”如今成了一头瞎眼的象，这是德国人和他们在到处搜索目标的八八毫米大炮不会错过的目标。

就在这个瞬间，达望杜尔从耳机中听到他的坦克指挥员镇定、干脆的声音。“吕西安，”他说，“按我的话去做。往后倒。往右。再往后倒。快些。”达望杜尔像一台机器似的执行命令，坦克里尽是油烟，令他喘不过气来，他心想，不知什么时候一颗八八毫米炮弹会把他和“维金号”炸得粉碎。“往右。往左。再过去点。再往左一点。快些。现在往前直开。全力往左。”这些话像步枪子弹一样劈劈啪啪地在他耳边响着。接着，当他把“维金号”狠狠地转过去时，他听到指挥员冲着他不敢相信的耳朵直叫：“吕西安，停下来。咱们成了。”

坦克沉默了片刻。达望杜尔倒在他的座椅上。然后，他喘着气，眼睛发痛，流着泪，他打开炮塔，抬身到新鲜的空气中。达望杜尔突然见到亮光，两眼直眨，开始时什么都看不清。接着，他揉掉眼睛中的烟，向前望去，他这么做的时候，以为心脏快要停止跳动了。在他前面，就像在他一直想象中的那样风度优雅和神态高傲，是吕西安·达望杜尔下士从来没有见到过的一个景象：埃菲尔铁塔。

第二装甲师所有三支挺进纵队的官兵，在这同一个正午时刻，都开始看到神奇的铁框架在前面的天际向他们招手，而他们的到达又是警察总署署长夏尔·路泽急切盼望的。

路易·瓦拉皮奥上校觉得，他的部下一看到这个景象好像给“电流充了电一样”。乔治·布伊上尉在他的坦克炮塔中神情肃然，望着远处铁塔的轮廓，心里想“看到耶路撒冷城墙的十字军或者第一眼看到里约的圆锥形高丘的航海家”一定也有流过他全身同样的几乎是肉体上的快感。

像一块磁铁，铁塔把勒克莱尔这一师的官兵吸引到塔基去，使他们已经做了流血牺牲的纵队又有了新的精力踊跃向前。

但对有些人来说，铁塔的骨架是永远不能实现的目标了。在几个小时以前还高兴地告诉他母亲“拿出香槟酒”来庆祝他回家的那个孩子，二等兵帕特里克·德香，也看到了它，但在几秒钟后，一颗八八毫米炮弹就炸裂了他的坦克。德香立时死去，蜷缩在他的钢铁棺材里，眼睛对他回家来解放的巴黎的象征永远地闭上了。

第二装甲师中没有一个士兵在那个八月下午比二十八岁的让·卡莱会更加接近这神圣的铁塔。铁塔现在就在卡莱的幼鸽型小飞机的机翼翼尖下，他正在天空上浏览塞纳河，向警察总署飞去。在他的后面，他的观察员埃蒂安·曼图抓着一块用绳子系着一块铅的麻布。缝在这块麻布上的是对埃德加·皮萨尼绝望求援的答复，给下面被围建筑物中的人们的六个希望的字。

卡莱看到他的机翼下展现的景象，高兴得几乎忘记了他在首都上空单机缓慢地飞过的危险。他一一数着首都所有的著名建筑，从左边的圣心教堂到就在他下面的荣军院的金色圆顶。“巴黎完整无损，”他喃喃自语，“我的青年时代的巴黎。”他飞过圣母院和停在它的广场上的三辆坦克。卡莱看到它们的机枪枪火的小火星向他的飞机射来。他可以看到德国兵在奔跑，屋顶上他的同胞挥舞的白手绢。他瞥见了一对爱侣在塞纳河边拥抱这一毫不调和的美丽景象，仅有的可爱的一瞬间。

在警察总署上空，卡莱将他的小飞机假装失速，使德国人以为他被击中了，好像一片落叶似的向地面飘落。当他掉向空院子时，看到下面铺开了一面洛林十字旗，曼图的系了铅块的粗布就像一支箭似的丢了下去。卡莱马上加速，飞机猛地升到附近的屋顶上空，安全地飞走了。

在下面，罗伯·勒普特尔神父，就是那位出于偶然而成了警察总署神父的教士，是首先看到卡莱的信息的人之一。有人把它打开，高声读了出来。上面写着："坚持，我们就到。"

四十

威利·瓦根尼希特喝了一口白兰地，暖一暖肚子。他的眼睛牢牢地盯着安在弗莱斯纳监狱大门口的那门八八毫米大炮，他一边听着，一边等着。这个德国囚犯曾经极其悻悻不满地看着成百上千的法国人鱼贯地离开弗莱斯纳到德国的集中营去，如今给委托来守卫自己的牢房了。他的八八毫米大炮炮筒指着五条空荡荡的街道，瓦根尼希特从其中一条街上听到坦克履带缓慢地行进所发出的“咯噔”声。

就在瓦根尼希特右方的第二号国道旁边，琴尼特·德芙雷老师从弗莱斯纳女子学校的三年级教室中，看到了他所听到的坦克。她整天都等在那里看这一眼。“他们来了！”她叫道，热泪流下了她的脸颊。“哦，我的上帝，他们来了！”

三辆薛尔曼型坦克——“马恩号”、“乌斯克伯号”[1]、“道阿蒙号”——一辆辆悄悄地开过她站的窗外。三年前离开这个镇去买一包高卢女人牌香烟的二等兵保尔·

[1] 以拿破仑在俄国的一次战役命的名。

兰德留回家来了。他的“马恩号”坦克的履带碾碎了他幼时在那里踢足球的人行道。

在这个暮色将临的灰蒙蒙的下午，第二装甲师的三支纵队，像兰德留的坦克一样，已经开到了巴黎的大门口。他们挺进的战线在早晨时是十七英里宽，如今已缩短到十英里不到，准备要突破该市的西南角。在最西面一点上的莫勒尔－德维尔少校的纵队奉命在原来的进攻线上“虚张声势”，如今在过了特拉普后遇到了猛烈抵抗而停顿下来。他旁边的保尔·德·朗格拉德中校的纵队是勒克莱尔三支先锋队中最成功的。朗格拉德的部队在图叙勒诺布勒做了消耗很大的战斗后，把德军驱赶过了比耶夫尔河，经过维拉库布莱机场，穿过了阴郁的克拉马尔郊区。现在他们准备向左面的塞纳河挺进，在日落之前，可以跨过塞夫尔桥，在市内夺得一个立足点。但是最东边的皮埃尔·比洛特上校的主力纵队在向市区挺进时一路都遇上激烈抵抗。如今在巴黎的郊区，比洛特遇到了一个奋力防御的三角地带，像瓶口塞上了瓶塞一样，阻止住了他向首都开进。这一三角地带横跨第二十号国道。它的右边基点是国道东面的弗莱斯纳监狱构成的要塞。另外一个基点是国道西面的工业小镇安托尼，三角的尖端是一英里外的贝尔尼交叉口，它挡住了从南面进入的四英里外的市区的通道。

弗莱斯纳的灰色石墙里，九天以前还关着皮埃尔·勒福歇以及他那些命运不济的同伴，如今已由瓦根尼希特和他三百五十个同牢德国囚犯在第一三二步兵团的一营兵力支援下改成一座吓人的路障。瓦根尼希特安在监狱大门口的八八毫米大炮两旁有一对小一些的反坦克炮，还有机枪作掩护。大门在监狱围墙的中央，使得瓦根尼希特有个很理想的射程范围，把通向监狱的五条街中的三条处于他的火力控制下。

二等兵保尔·兰德留的薛尔曼型坦克“马恩号”向其中一条街共和国大街的尽头开去，他向他的炮手指出他在那里结婚的教堂的方方正正的钟楼。旁边是一家烟铺的关上的橱窗。就是这家烟铺，兰德留三年以前去找他那包虚构的高卢女人牌香烟。接着两个人不说话了。三辆坦克拐了弯，小心翼翼地沿着共和国大街向弗莱斯纳监狱的门口开去。在那里，一千英尺外的地方，威利和他的八八毫米大炮在等着。

在另一辆沿着弗莱斯纳石块狱墙驶向监狱大门的薛尔曼型坦克“老阿芒号”里，二等兵皮埃尔·肖韦把他的野战望远镜对准设防的大门口，不断地问自己：“我的上帝，他们还等什么才开炮？”

蹲在八八毫米大炮后面的威利·瓦根尼希特也在问自己这个问题。现在，他可以看到他原来只是听到的坦克了，一共有三辆，经过共和国大街敝旧的住房，偷偷地向他开来。瓦根尼希特把大炮的瞄准器对准带头的坦克，准备数到十就开炮。他刚开始数，他身后的一个军官就叫道：“快开炮，你这笨蛋。你是要等他们从你身上轧过去吗？”

杜邦上尉和副手马塞尔·克里斯坦中尉为了更好地指挥作战，徒步沿着狱墙溜过去，他们听到了八八毫米大炮的第一声巨响。克里斯坦看见在共和国大街推进的为首那辆坦克给炮弹震上了天，然后烧成一团烈焰落在地上。杜邦和克里斯坦看见有一个人双腿给炸飞了，爬出坦克，滚到地上，接着又有一个人衣服起了火，从炮塔上跳出来，奔跑寻找掩护。

现在，杜邦的挺进的坦克从各个方向朝监狱大门喷射炮火。克里斯坦认识到：“如果我们不能把八八毫米大炮那‘婊子’拔除，它就会把我们全连消灭掉。”克里斯坦可以听到头顶上炮弹接连不断，那是“老阿芒号”的皮埃尔·肖韦在炮轰监狱入口。突然一声爆炸的巨响。肖韦的一枚炮弹正好击中瓦根尼希特大炮后的一辆弹药车。瓦根尼希特奇迹般的居然没有受伤，这时他只有一个念头。他丢下了八八毫米大炮残骸，在监狱门口弥漫的烟尘中冲出去逃命。他逃过这几辆他刚才还向它们开炮的坦克，没有被它们发现，就沿着与狱墙并行的那条路，奔向村里的墓地。一跑到那里，他就气喘吁吁地倒在一条小沟里。他一边喘着气，一边突然产生了一个念头。这个前囚犯瓦根尼希特对自己说：“感谢上帝，我自由了。”

在监狱门口，烟雾和枪弹仍继续向挺进中的法国人喷射过来。离大门口不到五十码的地方，克里斯坦和杜邦紧挨着狱墙前进。突然有一个制服撕破和烧黑的德国兵从前面的烟雾中露出身来，用轻机枪向他们迅速开火。克里斯坦听见身旁“哦”的一叫，转头看到杜邦上尉的脑袋被干净地射穿了一个窟窿，倒在人行道上。就在这一刹那，克里斯坦看到他身后有辆坦克“洛莱特圣母号”向前冲击。它在监狱门口向右一转，坦克所有的枪炮齐放，迎头冲过瓦根尼希特的大炮残骸和仍在大门守卫的德国人。因为对这辆坦克的司机来说，弗莱斯纳监狱没有秘密。二等兵雅克·尼尔熟悉它的院子如同熟悉他在巴黎的家中一样。他在逃出去参加自由法国之前曾在这里当过秘密警察的十三个月囚犯。

在“洛莱特圣母号”后，杜邦上尉的其余坦克攻克了监狱，使它的守军枪炮不再出声。

代价不低。五辆烧焦发黑的坦克排在弗莱斯纳周围的街道上。在共和国大街街中心，坦克“马恩号”烧掉的躯壳里，一双无光的眼从打开的炮塔中发呆地望着天空中飘向巴黎的云彩。保尔·兰德留死了，他的胸膛给威利·瓦根尼希特的第一枚瞄得很准的炮弹碎片划了开来。在他烧黑的军服口袋里有一包没有打开的骆驼牌香烟，那是他从走向永恒的长途旅程中带回到弗莱斯纳家中的。

四十一

“我的上帝，”那个吃惊的法国人心里想，“这人是在犯叛国罪！”在不到八小时内，雅克·沙邦－戴尔马的助手洛林·克鲁斯第二次站在瑞典总领事拉奥尔·诺德林的床边，听着德国军情局特务“鲍比”·本德圆润低沉的话音。本德一手拿着一杯威士忌，一手拿着铅笔，俯身对着铺在诺德林床头的快要翻破了的米歇林出版的巴黎地图。本德用铅笔尖精确地一一指出通向巴黎各条道路上德军的每一设防工事。

“这里，”本德指着克拉马尔郊区说，“是有两连坦克增强的一个团。你们的勒克莱尔将军必须绕过他们。”本德用铅笔迅速地在地图上红黄两色向巴黎汇集的路线上移动，向克鲁斯说明应该怎么办。当他的铅笔移到市区范围时，克鲁斯看到本德想了一下，然后划一条线到塞纳河，过了河到夏特莱广场，从里伏利路向西一直到协和广场。他告诉克鲁斯，这是勒克莱尔的部队应该走的路线，如果他们要不遇抵抗就到达市中心的话。他说，这可以使他们“未经一战就到莫里斯饭店”。

这个一头银发的德国人刚从莫里斯饭店回来。他在那里有机会衡量一下把巴黎与灾难隔开的距离。那是六十英里，也就是莫里斯饭店与党卫军第二十六装甲师在拿破仑战场蒙米拉伊附近等天黑的先遣部队之间的距离。那天晚上，他们兴许就要对首都进行下一步，大概也是最后一步的跳跃。本德警告克鲁斯，盟军必须抢在他们前面进巴黎。如果勒克莱尔的薛尔曼型坦克在这些德国坦克之前到达莫里斯饭店的门口，肖尔铁茨就有可能在做了象征性抵抗以满足自己军人的荣誉感以后把城市拱手交出。但是本德警告，如果德军坦克先到那里，这位矮个子将军就要坚持战斗。因此，他对这位皮肤晒得黑黑的年轻助手说，一切取决于勒克莱尔将军。

这位一度风度优雅的花花公子一甩他发白双鬓的头发，咽下了最后一口威士忌。他锐利的绿色眼睛盯住面前的年轻人说："如果说我刚才透露的一些情况使你感到惊异，那是因为我真诚地相信这符合我的国家的最大利益。"

于是本德放下酒杯，伸手到腰间棕色枪套把它解开。"现在，"他把手枪交给身边的法国人，"我认为自己已是你的俘虏了。"

克鲁斯没有接受手枪。他没有时间。他告诉本德，他要到明天才把他带去当俘虏，在此以前，他得待在诺德林的领事馆里。然后克鲁斯跑出去骑上了自行车。

四十二

整整一天，夏尔·戴高乐的不可接近的孤独身影在朗布耶城堡里铺了石板的平台上踯躅。这天一清早起，戴高乐就在别墅屋檐下他简朴的顶楼住所里，怀着阴郁的心情，沉思地看着第二装甲师浩浩荡荡大军的各路纵队在灰蒙蒙的细雨中向巴黎进发。他心中很不痛快地回想，要是在一九四〇年就有“七个那样的师”会对法国造成“怎么样的不同”。

如今，一个小时接着一个小时，戴高乐密切观察着这一师官兵向巴黎前去的痛苦进程。他原来希望在入夜的时候就可以到巴黎。但是随着“遭遇重大抵抗”的报告一个接着一个送来，情况很明显，这是不可能了。对自由法国的这位首脑来说，从流放中回家来的长途旅程还要再度过一个晚上。

下午，从城里带出来的第一批抵抗运动的报纸证实了戴高乐对他政敌动机的疑虑。不出他的所料，起义的首领们如今准备把他们自己当作一种欢迎委员会，把他置于他们的卵翼之下，欢迎他进城。戴高乐一点也不想这样。他只愿有一种拥立方式，没有起义首领的份，那就是人民的拥戴。

城里带出来一个建议：他在到达时在市政厅大厦接受起义领袖的“接待”，对此，戴高乐回敬了一个干脆而冷淡的答复。他说，他将直接去国防部，在他自己安排的时间里，在那里接见起义领袖。至于那些领袖和他们的委员会，戴高乐已为他们选定了出路：“在解放的光荣历史”上享有荣誉性地位，然后就湮没无闻。

这一天戴高乐已两次招呼他的亲密助手杰弗洛·德·库塞尔陪他在别墅的花园中散步了。现在他又把库塞尔叫来。戴高乐吸着一支英国烟，隐退到一道静悄悄的墙的后面。库塞尔很清楚，不要去打断他的沉思。因为，像戴高乐周围的其他人一样，库塞尔知道，戴高乐并不单纯以一个政治家的眼光来密切注意巴黎大门口出其不意发生的重大战斗。他也是以一个父亲的眼光来密切注意的。那天早上在川流不息开出朗布耶的海军陆战队反坦克装甲车中，有一辆上面，腰板挺直地站着一个骄傲的年轻海军陆战队中尉。他是夏尔·戴高乐的独子菲利普。

在距离朗布耶巍峨的高塔十几英里的地方，也就是曼特农村附近一簇帆布帐篷里，有另外一位将军对巴黎表现了不亚于戴高乐的不耐烦情绪。自从头一天午夜以来，勒克莱尔所属的美军第五兵团司令里昂纳德·T. 格罗少将就没有从挺进中的第二装甲师那里接到过任何消息。更糟糕的是，他获悉勒克莱尔个人决定要把该师进攻线向东南移十七英里，倒不是离开了第二装甲师原来的路线，而是离开了它的侧翼美军师。格罗向第一军团发出了一份愤怒的电报，报告说“第二装甲师……下令从阿尔巴容和朗吉莫向巴黎市中心发动进攻。这违反八月二十二日战地二十一号令，而且不管第二装甲师和第四师之间的界限”。

如今，格罗在他的指挥帐篷中来回踱步，向他的三处处长约翰·希尔上校发誓，勒克莱尔要是美国人，他早就把他就地革职了。使得格罗格外恼火的是盟军司令部来的压力，他们认为巴黎前沿防务虚弱如同薄纸，勒克莱尔到中午即可进入市内。

布雷德莱接到诺德林的报告后十分担心，每隔一小时就催问巴黎为什么还没有攻下。这位说话温和的美国将军不想冒巴黎德军司令改变决心的险。焦急的布雷德莱终于发了一项新命令。他宣布：“去他妈的什么威信不威信，告诉第四（美军步兵）师发起猛攻，实现解放。”

格罗在对勒克莱尔的下落进行了没有结果的搜寻之后不久，就接到了布雷德莱的命令，这令他又难堪又生气。这个措辞强硬的命令告诉他：“你军必须毫不耽搁地进入巴黎。”这命令指示他第二装甲师要加速挺进，并派美军第四师进去，“不管”第二装甲师的下落。换句话说，如果法军没有能力先到巴黎，格罗的部下就先去。

格罗把这命令下达给第四师，然后写了一封干脆严厉的信给勒克莱尔，命令第二装甲师师长“今天下午和晚上做有力的推进”。但他仍没有任何办法与勒克莱尔取得联系，他怒气冲冲地命令希尔亲自把命令送去。希尔爬上吉普车时，格罗告诉他：“我不管你这么做是否要到地狱去打个来回。但是你不找到那个法国人就不要回来。”

这时候，雅克·菲利普·勒克莱尔正把他的马六甲藤手杖的铜尖头戳着距巴黎仍有十英里的一条乡间人行便道。在左边半英里外，他可以听到他的装甲纵队要想杀过贝尔尼交叉口的炮声。无论格罗或戴高乐都不必催促勒克莱尔赶快打进巴黎去。他担心他的军队到首都时德国守军已经引爆了埋在巴黎街头遍地的炸药。勒克莱尔既生气，又失望，他不得不接受这个事实，他要再过十二小时才能到达那里。

率领一支装甲小分队坐在吉普车里向勒克莱尔开来的那个红头发的上尉也很生气。在过去的半个小时里，雷蒙·德鲁尼两次坚信，去巴黎的道路已在他面前打开。但是他两次被顶头上司干脆地命令重新参加主力进攻。他一见到勒克莱尔，就跳下吉普车，向司令官报到。

“你在这里干什么？”勒克莱尔问。德鲁尼告诉了他。“德鲁尼，”勒克莱尔说，“你不知道可以不听愚蠢的命令吗？”

这个说话温文尔雅的上尉在他麾下服役已有四年了。他抓住他的手肘说："我要你打进巴黎去。你有什么就带什么去。别去想同德国人作战。不管用什么办法快到那里去。告诉他们再坚持一会儿，我们明天就到。"

德鲁尼率领他的小分队拐了弯，在二十分钟之内组织好了阵形向巴黎突进。为了把法军军旗带回到他祖国的首都，德鲁尼有三辆薛尔曼型坦克，以拿破仑的三次战役命名："罗米莱号"、"蒙米拉伊号"和"香波伯号"，还有六辆半履带式卡车。这位红发上尉原本想在巴黎女人面前显得英俊些，但事实上一身污秽。他已有四十八小时没有睡觉了，双眼臃肿发红，胡须上汗水和油污结了块。他一身沾满油腻、火药和污秽，军服已给汗水浸得发黑。在巴黎，大家对法国军队的记忆是一九四〇年享受最后一次"奇怪的战争"[1]休假的戴白手套的军官。对于这样一个城市来说，德鲁尼倒是一个新时代的恰当象征。

这位被历史的命运选来做第一个回到法国首都的法国军官最后看了一眼他的小分队，然后爬上了吉普车。他对四周围观的好奇的群众问了最后一个问题。

"嗨，"他叫道，"谁知道去巴黎怎么走？"

---

[1] 指法德宣战后德军忙于入侵波兰，西线双方按兵不动的一段时间。德国人叫"按兵不动"，法国人叫"奇怪的战争"，英美人叫"假战争"，此处用的是法语。——译注

四十三

几英里以外，在朗吉莫人群拥挤的街头，一个美国军官伸手到吉普车板上的一只麻袋中摸出两包烟，交给了一个笑容满面的老百姓。那个法国人回赠了一张叠得方方正正的纸。第四师第十二团第二营的作战参谋比尔·米尔斯上尉高兴地一笑接了过来。这是一幅巴黎地图，它解决了米尔斯在这个八月傍晚最紧迫的问题。

第四师从诺曼底开来这么快，它得到的进巴黎的任务又来得这么突然，因此师部没有巴黎市区和入口要道的详细地图。几分钟以前，该师师长雷蒙·巴尔顿少将才获悉第四师要进巴黎。当时他发现他不知他们的目的地警察总署的位置。

米尔斯紧紧抓握着这宝贵的资料，立即回师部去。在它的左上角，他看到了出版商的名字："A. 勒康特"。下面是字体整洁的地图名。在几小时之内，第四师的先头部队就要用这张地图同第二装甲师的官兵竞赛谁先攻进法国首都。地图的名称是，"外国游客巴黎名胜实用导游图"。

第四师的官兵在严格的灯火管制下在雨中作长途汽车行军，天空中又有德国飞机的袭扰，因此已疲惫不堪。他们散布在巴黎南侧三个集结区里。对有些人来说，例如从马里兰州泰勒斯岛来的技术兵中士米尔特·申顿，到巴黎是“实现穷孩子的梦想”。对别的人来说，例如从佐治亚州莱诺克斯来的步枪手威利·汉考克，他们作为步兵，对设防的地区充满了恐惧，巴黎“只是在通往柏林和回家路上又一个由德军把守的大城市”。

对有些人来说，前面的那个城市有着特殊的意义。第·斯通中校听到这个消息时拍了拍军装口袋里那只揉皱了的信封。这信是他的护身符。从一九四三年十一月离开纽约州林山市家中启航去英国的那个夜晚起，他就一直带着它。它同他一起在诺曼底登陆，跟着他经过诺曼底血迹斑斑的树丛，把他活着带到巴黎郊外。明天，斯通要信守发信者的嘱托，把它在巴黎投寄。

第二十二步兵团“I”连三排排长杰克·诺尔斯少尉和排里的中士“快手”·斯通对进军巴黎十分恼火。他们的连长告诉他们，这次进军会是一场“游行”，他们得给战士提供领带。领带可是斯通和诺尔斯离开英国以来没有见过的东西。但是斯通是师里的搜刮能手，他告诉诺尔斯到次日早晨就可以弄到手。对“快手”·斯通来说，巴黎是值得作一次“游行”的。

在特拉普镇外潮湿的白杨树树丛里，拉莱·凯里中士很高兴。这个从宾夕法尼亚州的阿尔托那来的爱尔兰裔金发巨人对法国几乎有一种神秘的迷恋。一九一七年他十五岁的时候，曾谎报年龄参军，在法国作战八个月，两次负伤。这次他随第八十二空降团在登陆日空降到法国，受了伤以后调到野战炮兵团。如今作为支援莫勒尔－德维尔少校的纵队的那个美军营的前哨观察员，凯里十分高兴。他曾经立誓，要做第一个进巴黎的美国人。如今看来这很有可能。

在那天傍晚薄暮时分，第二十二步兵团“A”连的一名排长瓦伦·霍克中尉爬上一座中世纪的古老望塔，地点正好是在奥利机场的南面。在塔顶，霍克看到展现在眼前的景色，惊叹不已：巴黎的轮廓，它的每一块神圣的石头，霍克在历史书上和大仲马的小说中读到过。巴黎圣母院、埃菲尔铁塔和圣心大教堂的轮廓，在霍克看来“好像是老朋友一样”。霍克凭他的步兵的冷酷经验，心里很明白，他没有缘分去访游这些他幼年就梦想一见的景物。他的师的命运是“在城里流够了血然后再向前移动”。霍克悲哀地想起了他在高中时背熟的罗伯特·弗罗斯特[1]的几行诗句：

但是我有诺言要履行，
我在睡觉以前有好长的路要走，
我在睡觉以前有好长的路要走。

[1] 罗伯特·弗罗斯特（1874–1963），美国著名诗人。——译注

在巴黎的一端，从俯瞰塞弗尔的小山顶到奥利机场侧翼，第二装甲师的历经苦战筋疲力尽的官兵在向市里推进的路上歇下来过夜。但是他们不知道，他们已经粉碎了他们到达首都中心以前会遇到的德军最后几个据点。通往巴黎的大路已经敞开。

这天晚上，也就是第二装甲师官兵原来希望在巴黎胜利度过的晚上，勒克莱尔的所有部队里都有缺员。休伯特斯·冯·奥洛克少将是信守诺言的。他使这一师为打通巴黎的关键要道付出了惨重的代价。该师三个纵队一路上都遗下了令人心酸的烧焦的车辆和尸体。乍得团有一个连，总共十六辆半履带式卡车损失了十五辆。第五十一坦克团第三连在弗莱斯纳一地就损失了三分之一的坦克。

第二装甲师官兵的损失和十足的疲劳打击了他们的士气。他们唯一的安慰是，知道了巴黎与他们相距只有一箭之遥了，就在下一排屋顶的另外那一边。他们回家的旅程几乎结束。

不论是美国人还是发动机失灵都无法拖住让·雷纳·香比翁的“莫特霍姆号”。在他看来，那天晚上的巴黎似乎是个等他去唤醒的“睡着的情妇”。乔治·布伊上尉在他的薛尔曼型坦克“挪威号”旁唱着他在利比亚沙漠中作的歌，他的炮手吹口琴伴奏。它的歌词开首是“我们的路都只是通向巴黎的大道上的一步”。马塞尔·比齐恩中士在弗莱斯纳附近躺在“杜奥蒙号”后面，懒洋洋地望着天空，大声许愿，明天他要让他的布列塔尼祖先感到骄傲。他会做到的。坦克手比齐恩会把他的坦克直撞协和广场上一辆德国坦克的侧面。

但是，第二装甲师的官兵中，没有人比乍得团一个四十岁的中尉看到率先对市内进行最后冲刺的人员进入阵地时感到更加情绪激动了。雷纳·贝尔特中尉看到那个高大的金发少年昂然直立在一辆经过的第九十七司令部连半履带式卡车上时，心中感到十分自豪。那是他的儿子雷蒙。两年以前，这个晒得黑黑的二十岁少年没有对母亲说一句话就把几件换洗衣物塞进背包里，从巴黎步行到比利牛斯山，去跟随他父亲加入了自由法国行列。爷儿俩一起随第二装甲师杀到巴黎城下。在这八月的傍晚，在城里等待他们的路易丝·贝尔特不知他们父子俩的生死下落，更不知道他们离家只有十英里了。

雷纳·贝尔特看着他的细高个儿子消失在去巴黎的路上，想到他们一家在几个小时之内就可以团圆了。这时他忽然又想起，明天八月二十五日是路易丝·贝尔特的本名日。“我的天，”他想道，“这会是她一生最快活的本名日了。”

在弗莱斯纳监狱大门口，两个法国国内部队人员押着一名一脸不高兴的德国战俘经过第二装甲师的征服者，来到碎片遍地的院子里。对弗莱斯纳这个不情不愿的守卫者威利·瓦根尼希特来说，这是战争中最不高兴的时刻。他被俘了，他在巴黎的逍遥日子今天晚上是在开始的地方结束的：弗莱斯纳的一间牢房里。

巴黎被占领的最后一夜，就像第一夜一样，是在远处传来的炮声中来临的。日落时分，打先锋的这阵炮声好像就要袭击这座城市的浪峰一样停在天际不动了。巴黎的德国守军如今几乎已被罗尔的法国国内部队孤立起来，死守在他们的各个据点中，准备抵御几小时以后的袭击。

这三十个重要据点的指挥员都宣过誓，保证要守到“最后一发子弹”。这不是空口说白话。这是希特勒在三个星期之前亲自要求的。元首在西线仅有几次命令每个军官的誓言上要有这一保证，这就是其中的一次。最近的一次是在圣马洛。该岛守军信守这一誓言，对盟军进行了激烈抵抗，其激烈程度不逊于盟军在德国国境以南所遇到的任何抵抗。

在巴黎，德军据守该市一些最漂亮的建筑物，准备进行同样坚决的抵抗。在共和国广场被围的党卫军兵营里，一个党卫军少校召集他的部下，告诉他们，有两师党卫军正兼程赶来援救他们。他告诉他们：“我们要坚守到他们赶到，救出我们。”在军事学院，一个星期以前手下的人曾在警察总署前面“像香肠一样在烧”的伯纳德·布拉契中士听到奥托·缪勒少校告诉他们，他们将“像元首所命令的那样战斗到底”。然后布拉契就被送去吃一顿战斗打响之前的美餐，一块肥厚的威斯特伐利亚州特产火腿。缪勒的话和为军事学院而捐躯的前景使布拉契倒足了胃口，他碰也没有碰它。

在卢森堡宫，马塞尔·麦卡里和他的电工弗朗索瓦·达尔贝看着把他们关起来的德国兵在宫外筑起街垒准备做最后抵抗。达尔贝知道，尽管他做了努力，德国人还是基本上完成了对这所漂亮建筑物的布雷。他担心他们在最后大毁灭中会把自己、建筑物和他们的俘虏一起炸得粉身碎骨，同归于尽。卢森堡宫的街坊邻居也这么担心。他们匆匆忙忙把四周的街区都撤空了。

全市最重要的据点是莫里斯饭店，保卫巴黎重任在身的那个人在饭店堆了沙袋的大厅里召来了他手下的军官。狄特里希·冯·肖尔铁茨怒火中烧，他很少这样当众发作。几分钟以前他的一个军官要求准许他“跳出这只捕鼠器”。不论肖尔铁茨以后的行动方针如何，他决心要做到一件事情。那就是对自己的部下官兵保持铁的纪律的控制。

他提醒面前的那些军官，他们都要听他的命令。他的命令是“保卫巴黎，这就是我要做的”。他警告说，“如果有必要，我会握着手枪”来强制执行命令。他告诉在场吃惊的军官说，他会“在我自己的办公室把下一个到我这里来建议我们不经一战就弃守巴黎的人亲手枪毙”。

他说完话，全场沉默，这时驻在大巴黎司令部的一位威斯特伐利亚医生克劳斯·恩格尔迈耶心里想：“我的上帝，他要强迫我们全都死在这家旅馆里。”

四十四

在朗吉莫村外一个废弃的采石场的层层岩石表面下，第二装甲师的司令官眼睛盯着他半履带式指挥车前盖上铺开的地图。菲利普·勒克莱尔或者他身边的参谋官很少那样焦急地研究过地图。这是巴黎地图。上面尽是红笔画出的小圈，每个小圈都代表狄特里希·冯·肖尔铁茨的军官宣誓要保卫到“最后一发子弹”的德军据点。几乎每个地方都是这样：红圈圈都划在第二装甲师要来解放的市内某个美丽的建筑物周围。如果德军坚守这些据点像他们今天进军路线上所遇到的那么顽强，勒克莱尔心里很明白，只有坦克和大炮的猛轰才能把德军赶走。他心中很不痛快地想，明天巴黎得在协和广场、国民议会、卢森堡宫和里伏利路的断垣残瓦中计算它获救的代价了。

勒克莱尔向集合在他周围的沉默无言的参谋官再次警告，未经他的同意，不得在市里使用大炮或爆炸力强的炮弹。他告诉他们，他们到这里来是为了“要解放巴黎，不是毁灭巴黎”。

然后这一小批人就走开去到几英尺远的地方，盘腿围坐在勒克莱尔的阿尔及利亚勤务兵艾哈迈德在一块大石头上铺的兽皮四周。艾哈迈德向每个人分发了一盒K军粮。在迅速降临的暮霭中，这支新建的法国军队的代表在沉默中用他们多年在非洲沙漠中养成的简单方法，吃了流亡在祖国首都之外的最后一顿晚餐。这些瘦削沉默的男子汉在非洲的“高炉”中已熬干了他们身上的脂肪，烤焦了他们的灵魂。他们是一九四〇年那场“假战争”中的军官们的远房兄弟，但是前者却是在远离战场上令人心烦的炮声的别墅中吃的烛光晚餐。

十几英里以外，在巴黎的市中心，在市政厅大厦的地下室大食堂里，抵抗运动的首领们也坐下来吃晚餐。他们坐的是木凳、椅子、倒过来的木箱。他们的步枪、手榴弹都随便放在木板饭桌上。这所建筑物的法国国内部队精疲力竭的守卫者一言不发吃起放在他们面前的食物。

他们互相碰着盛了红酒的锡壶，由十几个头发剃得光光的脑袋像弹球一样的女法奸端送唯一的一道菜，灰色的面条拌扁豆。

三天以前靠了雅克·德布－布里代尔的及时干预才防止了抵抗运动激烈争吵的会议濒于破裂，如今他在想，这顿饭真是一顿“冷冷清清令人沮丧的晚餐”。市政厅里的这些人四十八小时以来一直在等待着灾祸的降临。如今他们也听到了谣言，说是有两师党卫军开来。在德布－布里代尔和这屋子里吃这顿严肃的晚餐的许多人看来，似乎他们五天来竭力盼望的胜利就要被命运骗走了。

就在市政厅所在的阒无一人的里伏利路约一英里外的另一头，狄特里希·冯·肖尔铁茨站在卧室的镜子前面，看着勒着了脖子的衬衫硬领。他发现，他到巴黎后体重增加了。这是他来巴黎后第一次穿硬领。他身后的床上放着新熨过的白色上衣，过一会儿他就要把它穿上，配上灰色军裤，两边镶有将官的红条。冯·肖尔铁茨以前只穿过一次这件礼服上衣，那是在安齐奥滩头堡[1]后庆祝他擢升少将的酒会上。今晚他穿这套礼服去参加另一次酒会，这将是许多年内的最后一次。在莫里斯饭店的第一层，在他的办公室套间的一间屋子里，他的同僚们要为他举行告别宴会。

莫里斯饭店留下的德国人中，很少有人对等待他们的命运抱有什么幻想。一整天，在肖尔铁茨办公室的大幅巴黎地区地图上有红色图钉标明没有预见到的盟军迅速的挺进。如今这些图钉已经到了巴黎市的大门口，西线总司令部送来的全线每晚战况报告同样令人沮丧。它告诉了肖尔铁茨一些“鲍比”·本德所不知的情况。美军在桑斯附近越过了塞纳河，毫无阻挡地进入德军防区。为了制止他们，两师党卫军即第二十六和二十七装甲师

[1] 意大利中部一地名，在罗马以南，一九四四年初盟军在此登陆，曾有激战。——译注

已奉令到塞纳河畔的诺让和特鲁瓦。对肖尔铁茨来说，如今没有援军了。

肖尔铁茨对着椭圆形镜子打黑领带，他心里很明白，再过几小时，也许是在黎明时分，盟军就会开进来厮杀。甚至那天上午说话那么咄咄逼人的空军少校也没有来他的司令部。肖尔铁茨悻悻地想着那个少校、希特勒、约德尔、莫德尔。他们没有派援军来防守巴黎，却送来了空话和第八一三工程兵连的气钻。西线总司令部没有能力保卫巴黎，就反而为自己提供毁灭巴黎的乐趣。

如今他们只期望肖尔铁茨一个行动：下令引爆维尔纳·埃伯纳赫细心埋好的地雷。

这位塞瓦斯托波尔征服者这么想，到明天晚上，他不是死在这家饭店的瓦砾中，就是当了俘虏。当他在那个五月早晨在鹿特丹机场从容克式飞机上跳下来时，他为他自己和为德国梦想的是另外一种结果。但是他如今认识到，他把诺德林派到盟军那里去，也就把如今他面临的结局带给了自己。

肖尔铁茨拿起梅耶下士十天前给他买来的科隆香水，洒了几滴在脸上，然后决定在这悲惨兮兮的晚上，他至少要在部下面前强颜欢笑，装得高兴一些。他把考究的香水瓶放回架上。他偶尔才用它，他第一次注意到了它叫什么名字。这香水名叫“夜巴黎”。

然后，仿佛是个穿好礼服准备随船下沉同归于尽的船长，肖尔铁茨离开房间，平静地稳步走向他的告别晚宴。

在旅馆的另一房间里，一个漂亮的黑头发姑娘穿上了一件饰有银色装饰片的黑色绸衣。二十三岁的西塔·克莱本看着镜子里自己的映像想，她的巴黎小裁缝为她缝制的这最后一件衣服肯定是个大成功。

这位慕尼黑女秘书是少数留在巴黎的德国妇女之一。她天生丽质，再加上经常光顾她的巴黎女裁缝，使她成了一个绝色佳人。几分钟以后，她走进肖尔铁茨参谋部人员在等着的烛光餐厅，所有的眼睛都会盯上她。冯·肖尔铁茨亲自倒了一杯红绶带香槟酒建议："为所有杰出的德国妇女的健康干杯，她们在这场战争中的支援减轻了惨重的打击。"

这间小屋子里的人都举起了酒杯。丹克瓦特·冯·阿尼姆伯爵心中想，这是"一个感人的时刻"。他仔细观察周围人的脸：冯·恩格尔像惯常那样冷漠和疏远；雅伊甚至在这最后一晚也依然潇洒活跃；来巴黎采访的战地记者克里门斯·波德维尔斯因被困在巴黎而显得垂头丧气；阿尼姆的学者朋友、科隆来的文学教授奥托·凯塞是最郁郁不欢的。那天下午，凯塞给冯·阿尼姆看了从法兰西喜剧院附近墙上撕下来的抵抗运动的一张标语。这是罗尔的露骨的口号："一人一个鬼子。"

他们强颜欢笑地聊天时，冯·阿尼姆注意到有个通讯员把肖尔铁茨请出去接电话。

肖尔铁茨听出了电话另一头瓦尔特·克鲁格将军熟悉的声音，虽然很轻，也很不清楚。克鲁格是他战前同事，现在担任第五十八装甲兵团司令。他是从二十五英里外的尚蒂伊城外打战地电话来的。“我要到巴黎来了，”克鲁格开玩笑说，“咱们一起去司芬克斯[1]玩。”

但是，克鲁格打电话来不是为了开玩笑。莫德尔命令他集中第五十八装甲兵团的全部可以调遣的坦克，兼程前往援救肖尔铁茨。克鲁格如今只好向他的老朋友承认，在这八月的夜晚，他没有坦克可以调遣。第五十八兵团在诺曼底战役开始时有十二万人，八百辆坦克，如今只剩下屈指可数的兵力了。他们在尚蒂伊以南的乡间溃不成军。

克鲁格告诉肖尔铁茨，目前他已命手下军官在巴黎四周地区仔细搜寻要他支援肖尔铁茨的坦克。克鲁格悲哀地向他的老朋友承认，前线崩溃，乱成一片，他恐怕无法及时找到坦克。

两人一时沉默无言。然后克鲁格问肖尔铁茨，他打算怎么办？“我不知道，”大巴黎城防司令回答，“情况很糟。”接着又是沉默，然后两人同声向对方说：“折断你的脖子和双腿。”[2]这是德国军队流行的一句老话，意思是“祝你好运”。

莫里斯饭店的总领班有板有眼地把整整齐齐盛着芦

[1] 这是巴黎战前最有名和吃香的妓院的名字。——译注
[2] 此句原文为德语。——译注

笋的厚重的银盘传给大家。为了这次最后的晚餐，曾经为德国军队操办过多次成功的宴会的女主人安娜贝拉·瓦尔德纳亲自选了莫里斯食品储藏室的最佳菜肴。在吃了用荷兰式蛋黄奶油酸辣酱浇的芦笋以后，客人们的下一道菜是肥鹅肝酱和她的保加利亚厨师的特色巧克力松饼，这是隆美尔陆军元帅最爱吃的。

在安娜贝拉·瓦尔德纳为这次晚宴摆出的银烛台的烛光下，这一小批人开始就餐。冯·肖尔铁茨坐在西塔·克莱本和希尔德嘉德·格吕恩之间，想为他的参谋部人员充当一个消遣逗乐的主人。他告诉他们幼年在萨克森王后宫中充当侍童的生活。但是大家的说说笑笑都很勉强。慢慢的，这些客人又都陷于沉默之中，气氛低沉，情绪忧郁。

冯·阿尼姆伯爵一边拨弄着芦笋，一边心不在焉地胡思乱想。突然他给餐盘底上刻的形象吓了一跳，又回到了现实。那是凯旋门。为了在巴黎吃的这顿最后晚餐，狄特里希·冯·肖尔铁茨用的餐具是他的前任向塞弗尔几百年老店定做的一套瓷器餐具。每只菜盘底上手绘了阿道夫·希特勒命令他毁灭的城市的丰碑式建筑物，上面还有德国军队的徽记。

四十五

沿着一百二十九年以前拿破仑·波拿巴从厄尔巴岛流放回来的同一条道路，在慢慢消失的夜色中，有几个字一直出现在雷蒙·德鲁尼上尉的前面。那是“巴黎—意大利门”。

德鲁尼指挥下的几辆坦克一阵猛冲，越过了市区的界线，冲进了巴黎的大门。刹那间，红胡子上尉意识到他在四年连续不断的赛跑中已经取得了胜利。他是第一个回巴黎的法国军人。在他背后，挤在他这一小队坦克和半履带式军用卡车中的官兵都大喜若狂地欢呼起来。

在意大利广场周围，许许多多巴黎人原来听到德鲁尼的坦克开近的履带声纷纷到处躲藏，如今他们细心谛听，看着这些不熟悉的影子开过广场。他们只糊涂了一会儿，马上领会这些士兵戴的不是德国兵的方角军盔。他们是巴黎的第一批解放者。

“美国人！”有人叫道。一听到这叫喊，人们像狂潮一般从广场的每一个街角和门洞里拥出，向德鲁尼的车辆奔去。这个原来想在第一批见到他的巴黎女人面前显得英俊一些的红胡子上尉突然淹没在人海中间透不过气来。年老的，年轻的，漂亮的，丑陋的，红发的，金发的，褐发的，大家都拥过来吻他，抱他，同他握手，甚至摸他肮脏的制服。一个身材矮胖、穿着阿尔萨斯红裙子和黑背心的姑娘跳上他的吉普车，把他放下的挡风玻璃都打破了。

这个姑娘狂喜地放声歌唱，一边挥舞着三色旗。德鲁尼的部下继续前进，走过了广场，重新加快速度，开进意大利大街。为了避开德国人，他们拐进了横街，行动十分迅速，到沿途的巴黎人看到他们的薛尔曼型坦克上的白色洛林十字标志时，他们已像梦一般在黑暗中消失了。他们沿途的德国兵只有一次来得及向他们开枪，那是在奥斯特里茨车站。德鲁尼的坦克没有开炮就冲了过去。它们冲过了无人守卫的奥斯特里茨桥，开上了塞纳河旁的河滨道。尽管肖尔铁茨接到了那么多命令，这座桥仍完好无损。当德鲁尼的吉普车在则肋司定会修士河滨道呈弧形前进时，精疲力竭的他第一次感到了感情的寒颤。在他的左边，在这无月之夜仍显得十分雄伟和庄严的，是圣母院永恒不变的轮廓。他转向右边望去，他的三辆坦克和六辆半履带式军用卡车在一片火星和履带转动中已把巴黎市政权力的象征市政厅大厦团团包围住了，像把它套上了铁箍一样。德鲁尼在这所文艺复兴风格的建筑物的大石阶前跳下了吉普车，它的正面墙上弹痕斑斑，窗户挂着三色窗帷。它的钟楼的钟面上，两条金色的指针记下了时间。那是九点二十二分。在一九四〇年六月十四日五点三十分第一批德军开过维莱特门以后，经过了一千五百三十二天三小时五十二分钟，法国军队重又回到了法国首都。

在几秒钟以前，乔治·皮杜尔弱不禁风的身影在市政厅下面拥挤的食堂里爬上了一张摇摇晃晃的木头餐桌。皮杜尔因为感情冲动以致说话声嘶力竭，他叫道：“法国军队的第一批坦克已经开过了塞纳河，到了巴黎的市中心！”他的话音未落，仍在这惊得发呆的房间里回响，这些人已经听到外面广场上坦克朝市政厅开来时履带擦地的声音了。他们在一片碗碟碰撞声中都猛地站起来高唱《马赛曲》。国歌的最后几个音符还在食堂绕梁，里面的人都来不及向门口挤去，其中许多人为了等待这一时刻已经秘密战斗了四年。他们狂喜地扑向筋疲力尽、激动得说不出话来的德鲁尼，他们汗津津的拥抱把这个站立不稳的上尉闷得透不过气了。

五天以前抵抗运动从法奸掌权者手中夺取了法国电台，它的记者皮埃尔·克莱纳斯奔向德鲁尼指挥的领头坦克“香波伯号”上爬下来的第一个精疲力竭的士兵。他对着手上的话筒，兴奋地向听众尖叫：“你们就要听到第一个到达巴黎的法国兵，第一个普通法国兵的说话。”

克莱纳斯把话筒伸向那个惊呆了的人，提出了在这胜利时刻首先出现在他心中的问题：“你是从哪儿来的？”

“君士坦丁。”[1]二等兵弗尔米安·皮尔里安回答。

法国电台一个小时以来就一直像发疯似的在播放一系列报道、谣言和自豪的法国歌曲。如今，为了向整个首都传播德鲁尼到达的消息，巴黎发电厂的电工打开了他们的所有开关，把电台的广播传到巴黎的每一个角落。

“巴黎人，庆祝吧！”皮埃尔·谢弗尔在电台主播音室里叫道。“我们现在向你们广播我们得救的消息。勒克莱尔师已经进了巴黎。我们欣喜若狂！”为了表达他自己的感情有多深，谢弗尔诵读了维克多·雨果的《惩罚集》中十分动人又贴切的一节诗：

醒来吧！不要再感到羞耻！
要再成为伟大的法兰西！
要再成为伟大的巴黎！[2]

人们高兴地大喊大叫，拥上街头，打开关得严严的窗户，同几年来互不说话的邻居拥抱。有巴黎各个电厂的全部电力支持，电台不断播放激动人心的《马赛曲》。这时，一件极不平常的事情发生了，在成千上万的家里，巴黎人自发地把收音机的音量开到最大，他们还打开了窗户。

---

[1] 在阿尔及利亚。——译注
[2] 原文为法语。——译注

从阳台上，楼道里，窗户里，从人行道上，街道上，街垒后，整个没有灯光的城市又恢复了生命，骄傲地跟着电台高唱。刹那间，巴黎沉没在国歌声中，歌声高昂地响彻所有受到灯火管制的街道。

雷蒙·德鲁尼站在市政厅的台阶上，累得骨骼都要瘫了，对他来说，这是他一生中最难以忘怀的时刻。那雄壮、神秘的《马赛曲》似乎“把整个城市都托了起来，浮到声音的浪潮之上”。德鲁尼满布血丝的眼睛里满盈泪水，他只能想起一件事情。那就是维希政权的宣传是多么不正确，它在德鲁尼及其部下的四年流亡中一直把他们说成是祖国的弃儿。

《马赛曲》一歌未了，谢弗尔又抓过他的话筒。“告诉能够听到我广播的所有教区的神父，告诉所有可以通知到的神父，”他这么要求，“请他们敲响教堂的钟，宣布盟军已经开进了巴黎！”

四年来巴黎各教堂的钟都沉寂无声、无精打采地挂在那里。在占领期间它们从来没有响起过洪亮的声音叫巴黎人去望弥撒，或者宣布“国王诞生”或“基督复活”的消息，或者甚至为某个去世的教民敲响丧钟。如今，在谢弗尔的号召下，它们卸下了沉默和悲痛的外衣，掸掉了四年来积下的灰尘。

从圣母院的南钟楼，巴黎大教堂的这座十四吨的大钟就已经开始发出欢悦的钟声了。从蒙马特尔高地，圣心大教堂的那座十九吨的大钟“萨伏耶德”原来是为了感谢巴黎上次被德国占领的结束而铸造的，如今也响了起来。

一个接着一个，从城市的这一头到另外一头，巴黎的各个教堂都加入进来，响起了钟声。在几分钟之内，巴黎的整个天空都震荡着庄严的钟声的雷鸣般合奏。巴黎人倚在窗口，在黑暗中听着钟声，泪流不止。

在圣日耳曼德普雷，一对情人在他们藏身的阁楼里一听到钟声就到唱机那里，把手摇机的弦上得紧紧的，然后放上一张唱片。他们的邻居在教堂骄傲的钟声中可以听到四年来遭禁的一种声音的高奏：美国爵士乐。这是战前录制的路易斯·阿姆斯特朗唱的《贝辛街伤感曲》的唱片。

德国军事警察鲁道夫·莱斯星期日曾经与一名法国警察一起宣布瑞典总领事诺德林的短命的停火，他懂得钟声的意义。莱斯对他的朋友奥托·威斯特曼准尉简单地说了一句："咱们玩完了。"阿尔弗雷德·霍尔希下士在邮电大楼屋顶上看到了全部"难忘的景象"。他首先听到了周围没有灯火的街道上响起了《马赛曲》，接着是四周响起教堂的钟声，围绕着他像怒涛拍岸一样。霍尔希感动之余心里想："我们束手无策地眼睁睁看着我们自己的自由的最后几个小时。"

也有没有听到教堂钟声的巴黎人。十三岁的多米尼克·德·塞维尔对自己教区的圣菲利普·杜·卢尔教堂的钟默不作声感到十分愤慨，打了好几次电话给香榭丽舍大道不远的教堂执事。电话总是占线，钟始终沉默。这个十分生气的小男孩不懂是为什么原因。星期天在为解放望弥撒的时候，年轻的塞维尔知道了为什么。让·缪勒神父在开始讲道时说："我要感谢星期四晚上想到打电话叫我敲响教堂的钟宣告盟军到巴黎的所有人。我也想提醒你们，那天晚上你们在兴奋之中忘记了一件事：圣菲利普教堂的钟楼上没有钟。"

接着这位好心的神父道："因此，在这解放后的第一个星期日，没有比我们大伙儿捐钱为圣菲利普教堂钟楼买钟更合适的了。"[1]

但是全市没有哪个地方的钟声比莫里斯饭店第一层烛光中的小房间里听到的震撼力更大了。

远处钟声刚刚响起，声音还很微弱，冯·肖尔铁茨和他的军官们心不在焉的谈话就戛然而止了。钟声像向海滩袭来的海浪一样，涌进了他们开着的窗户，深度和密度不断增强。

西塔·克莱本转身问肖尔铁茨："将军阁下，钟声响起来了。您听见了吗？"

冯·肖尔铁茨把椅子推后一点，看了她一眼。他本来想用生气的结果却是无可奈何的口吻回答："是的，我听到了。我没有聋。"

"它们为什么敲？"漂亮的二十三岁的姑娘问。

[1] 他们真的捐钱买了钟，如今圣菲利普教堂的钟楼每天都响起钟声。

“它们为什么敲？”肖尔铁茨重复她的话说，“它们是在为我们敲，我的小姑娘。它们敲起来是因为盟军到了巴黎。你认为它们还为别的什么原因敲？”

肖尔铁茨看一看四周的军官，他在他们的脸上看到了惊奇和震动，好像他们能用什么奇迹说服自己盟军不会真的到来似的。

“你们还指望什么？”他问道，他的声音现在因为愤怒而提高了，“你们在这里坐在你们的梦幻世界里许多年。对于战争，你们知道些什么？你们从来没有看到过别的东西，只有你们自己在巴黎的舒服生活。你们没有看到过德国在俄罗斯和诺曼底遇到了什么。”

他的口气开始挖苦和辛辣起来。“先生们，”他告诉他们，“我可以告诉你们一件事情，这是你们在巴黎的安逸生活中所没有注意到的。德国在这场战争中已经输掉了，我们把它和德国一起输掉了。”

他残酷的话把他们的告别宴会上残存的一点点欢快气氛一扫而光。雅伊上校为自己倒了最后一杯香槟，把酒杯举到眼睛前面若有所思地转了一下。然后这位巴黎夜游神做了这天晚上，也就是他在巴黎的最后一个晚上所能做的唯一一件事情。他上床睡觉去了。

丹克瓦特·冯·阿尼姆伯爵也悄悄地溜回了自己的房间。他在日记中记道：“我刚刚听到了自己葬礼的钟声。”然后这位年轻的伯爵打开了放在床头几上的《法国史》。他看到这天晚上该读的一章，不禁打了个寒颤，把书合上。这一章写的是关于圣巴塞洛缪节的屠杀[1]。

肖尔铁茨独自在自己没有开灯的办公室里拿起话筒打电话，这是二十四小时以内他第二次向B集团军群打的电话。冯·恩格尔刚刚证实了大巴黎司令早已预料到的事情：盟军先锋部队已在城内。他知道，其余盟军会在天亮后向他们扑来。在电话线上夹杂的喀嚓声中他终于听到了B集团军群参谋长的声音。

“晚安，斯派德尔，”肖尔铁茨说，声音严肃庄重。然后他又添一句：“你听。”肖尔铁茨把电话话筒往外一杵，外面的夜空里震荡着巴黎各个教堂的庄严的钟声。在六十英里以外斯派德尔的日光灯管照亮的整洁的地下指挥部里，这钟声似乎要涌过他的小小办公室。斯派德尔看一眼同他一起谛听的副官恩斯特·迈希上尉，然后看前面墙上的圣母院图片。

“你听到那声音了吗，斯派德尔？”肖尔铁茨问。

“听到了，”斯派德尔说，“我听到了。听起来这是钟声。”

“这是钟声，亲爱的斯派德尔，”肖尔铁茨说，“巴黎的钟楼在向全市报告盟军已到了这里。”

接着是长时间的沉默。然后冯·肖尔铁茨告诉斯派德尔，他已按照所获命令准备好“把桥梁、火车站、公

---

[1] 指一五七二年八月二十四日圣巴塞洛缪节法国国王查理九世下令对巴黎胡格诺派新教徒的屠杀。——译注

用设施以及自己的总部炸毁”。他问，他是否能够“指望B集团军群”在破坏工作开始后让他自己和部下官兵撤出该市？又是长时间的沉默。

“不，”斯派德尔说，“我恐怕不能，将军阁下。”

肖尔铁茨疲乏地咕哝了一声。然后他问：“你有什么最后命令给我吗？”斯派德尔说没有。

“那么，亲爱的斯派德尔，”冯·肖尔铁茨说，“我就没有别的事情好做，只有向你告别了。请照顾我在巴登－巴登的妻子和儿女，我求你。”

“我会的，”斯派德尔回答，他的声音因为感情激动而抽紧了，“我向你保证。”

在莫里斯饭店里，这位精疲力竭的矮个子大巴黎司令把话筒放回到电话机上。他不会再用这个电话了。

四十六

午夜。在莫里斯饭店一层楼的阳台上，有两个人影并肩站在黑暗中。在狄特里希·冯·肖尔铁茨的短短的任期内，这是他第十五次，也是最后一次呼吸他面前展现的城市的新鲜空气。默不作声地站在他身旁的是那个金发姑娘。在过去四年里，她的笑声曾经多次使得占领下的巴黎夜生活轻松愉快。安娜贝拉·瓦尔德纳回不了自己的旅馆，只好在肖尔铁茨办公室的沙发上过她在巴黎的最后一夜了。到了天明，安娜贝拉就要同城里留下的其余德国妇女一起被交给红十字会遣返德国。

在黑魆魆的天际，有另外一种声音取代了巴黎各教堂庆祝的钟声。这是肖尔铁茨两万守军的愤怒炮火，它提醒全市，解放时刻还没有来到，德鲁尼上尉的三辆坦克只是一种象征，不是一支军队。一阵机关枪火打破了市政厅的欢庆，打掉了路易十四雕像上的大理石假发，几乎把乔治·皮杜尔手中的香槟酒杯也打掉。几分钟以前还号召市民到街上去的电台，如今要求巴黎人“回家去，关上窗户，不要上街，战争还没有结束”。

在警察总署，巴黎的第一个解放者筋疲力尽地准备享用他渴望的唯一礼物：洗个澡。雷蒙·德鲁尼的到达曾经引起这么大的激动，现在当他踩进澡盆中的冷水时，为他放水的那个羞怯的年轻人向他做了自我介绍，他的名字叫菲里克斯·加亚尔。他们下次见面时，他就会是法国的总理。

肖尔铁茨听着天际爆发的炮声说："我该怎么办？我该怎么办？"安娜贝拉·瓦尔德纳觉得他一半是在问她，一半是在问他们面前的黑夜。

安娜贝拉看着他的驼着背的疲劳的矮矮身影。"现在做什么事都已晚了，"她说，"除了考虑一下你的妻子和女儿。"肖尔铁茨听到她这话似乎一怔。"他们需要他们的父亲。"安娜贝拉补充说。

肖尔铁茨很久没有说话。然后，他十分轻声地对她说："是的，我的小姑娘，也许你是对的。"他拿起她的手，轻轻地送到唇边，吻了一下。然后肖尔铁茨点头道了晚安，上楼到自己的屋子里再去睡一小时。

当他走过长长的过道到楼梯跟前时，肖尔铁茨听到身后有人赶来。他转过身去，看到的是他在莫尔德河认识的那个年轻军官维尔纳·埃伯纳赫上尉。埃伯纳赫也听到了钟声，知道它们的意义。他不想在这里被抓去当俘虏。他告诉肖尔铁茨他的工作已经完成，问他是不是还有别的命令给他。

"没有，"肖尔铁茨告诉他，"我没有别的命令给你了，埃伯纳赫。"

于是埃伯纳赫问他，由于他的人员在巴黎是执行第一军团所派遣的任务，他是否可以撤走？他告诉冯·肖尔铁茨，他会留一部分人员引爆他所埋的炸药。

肖尔铁茨看着这个年轻军官。“是的，埃伯纳赫，”他说，声音很粗，十分生气，“把你的人都带走。”他没有再说一句话，转身就到自己的房间里去了。三小时以后，埃伯纳赫和他第八一三工程兵连的人员的车子开过了他们奉派前来炸毁的桥梁，离开巴黎，就此走了。

肖尔铁茨卧室上面五层，在莫里斯饭店屋顶的一处角落里，有一对年轻男女亲热地搂在一起。他们与人隔绝，沉醉在自己的柔情世界中了。在这旅馆的屋顶上，巴黎的夜空展现在他们伸手就可触及的地方，他们在眼前爆发的这一难忘的奇观中度过这难忘的一夜：各种各样荧光颜色的照明弹像蜘蛛网似的遍布黑暗的夜空。

肖尔铁茨的勤务兵赫尔穆特·梅耶下士和大巴黎司令部电话交换台的漂亮接线员玛丽亚·施密特也许是这家旅馆里仅有的没有听到巴黎敲响了四年占领结束的钟声的德国人，当时他们躲在下士的小房间里，享受梅耶的朋友、莫里斯饭店的厨师长为他们烹调的最后美餐。

如今，他所提供的香槟使他们有些醉醺醺的，感觉有些迟钝，他们惊呆地望着巴黎的夜空中一阵阵爆发的乱舞的火花，一直到远处天边。梅耶心里想，这是他看到过的最难忘的焰火了。在东南方向很远的地方，似乎一座小山的整个山顶都在喷发火焰，那是一门放在默东那边的小山顶上的大炮炸掉了这八八毫米口径大炮没有机会再发射的千百枚炮弹。在那火光和爆炸声中，梅耶领悟到了前面这一奇观的现实意义。他一边打寒颤，一边搂起姑娘，轻手轻脚地走回自己的房间。

肖尔铁茨已经睡着了。雅伊、恩格尔、阿尼姆、凯塞也是如此。四年来，巴黎和它的人民的命运在这座大旅馆里决定，如今它已悄然无声。在这短短的八月夜晚的最后几个稍纵即逝的钟点里，只有哨兵的皮靴声和电传机偶然的滴答声打扰了它的安息。

安娜贝拉·瓦尔德纳听到电话铃声时也正睡着了。铃声刺耳而且急促，穿破了她的浅浅的睡梦。她没有穿鞋就跌跌撞撞地走过肖尔铁茨黑暗的办公室去摸电话。远处有个人要将军听电话，声音微弱不清。

“他已睡了，”她答道，“要不要叫醒他？”

电话沉默了一会儿。然后对方又说话了。“不用了，”他说，“不用叫醒他了。现在已经太晚了。告诉他……”

一阵间歇，安娜贝拉听到远处的说话声有些迟疑。

“告诉他，克鲁格将军来了电话。告诉他，我的坦克到不了了。”

第三部　得救

一

[八月二十五日]

“光荣的日子来临了。”[1] 巴黎为它等了四年。现在，它终于在一个闷热无风、天空蔚蓝的夏日早晨来临了。在这光荣的日子刚破晓的时刻，天上没有一朵云彩。这一天是那么美丽，那么完美，大自然和历史似乎为它的诞生携手进行了合作。在成千上万的家庭里，巴黎人准备以永远铭刻在历史上和那些过来人的记忆中的感情爆发来迎接它。也许永远不会有一个城市会受到像巴黎在这一天，即它的解放日那一天所受到的那样忘情欢乐的浪潮的冲击。这一天是一九四四年八月二十五日，法国的守护神圣路易的节日。一个名叫欧文 · 肖[2] 的美国二等兵心里想，这是“战争应该结束的日子”。

不知怎么的，人人都知道“他们”要在今天早上到来。原来是一年一年计算日子的人们如今开始一分钟一

[1] 原文为法文，这是《马赛曲》中的一句歌词。——译注
[2] 后来他成为美国著名小说家，著有《富人穷人》等。——译注

分钟计算日子了。四面八方的巴黎人都拿出他们为这一天的到来而秘密藏了很久的宝贵东西：一瓶深藏在柜子角落的尘封的香槟酒，一件用黑市买来的零星布头很费劲地缝制的衣服，一面折叠起来、藏了四年的三色旗，一面凭记忆缝制、虽然不规范但同样令人感动的星条旗，鲜花，水果，一只兔子，总而言之，几乎所有名堂的礼物，只要能表达这个城市的欢迎和感谢心情的东西。

在共和国广场附近她父母的公寓里，二十一岁的雅克琳·马利西奈把百褶裙从堆得高高的金发的头上套下去。整个冬天她用冻得麻木的手指缝制这件衣服迎接解放日。她把衣服穿上身时，一个从未有过的念头闪过了她美丽的脑袋。她刚刚读完英语课程。她想，今天她要在一生中第一次同一个美国兵说话。她心里在想她碰到的这第一个美国兵会长什么样。结果，这个美国兵是宾夕法尼亚州一个钢城来的衣衫肮脏、满脸胡须的上尉，他届时将会坐在协和桥上的一辆吉普车里畅怀大笑。他还是她后来所嫁的人。

在巴黎的另一头，头天晚上钟声没有响起的圣菲利普·杜·卢尔教堂不远的街角，一个名叫耐莉·夏布里埃的黑发法院书记员穿上了她母亲专为这一天给她的玫瑰花衣服，像所有等待有人向她唱小夜曲的西班牙姑娘一样，她站在阳台上看着勒克莱尔将军第一批坦克到来。在其中的一辆坦克里，也会有她将嫁的那个男人。

法国国内部队人员得意洋洋，兴高采烈，他们在自己的街垒那里把德国人挤进据点里，等待最后一击，赢得他们为之战斗了五天的胜利。

在城市的郊外，在圣克卢镇郊区自己的药铺里，玛塞尔·托马斯看着救火员手中握着一支德国新毛瑟枪走过去。他的名字叫让·大卫。他几分钟以前刚在圣克卢镇市政厅领到他的第一支步枪。不幸的是，他要在为头一天战斗中牺牲的战友下葬时用它开枪致敬。托马斯小姐知道他是个喜欢喝酒的头脑简单的人。看着他走过去，她心里想："他们不应该把枪发给那样的人。"

对巴黎的许多人来说，这一天将是与丈夫、儿子、父亲、情人团聚的日子。伊维特·波维拉在她潘提埃弗尔路公寓里通宵不能入睡。太阳一升起，她和她丈夫及女儿海伦分头骑自行车去寻找"戴黑色贝雷帽的团"。只有找到以后，波维拉太太才能得到那个令她一夜未曾阖眼的问题的答案：她的两个儿子中哪一个回来了？

不远，在纳伊的一所公寓里，一个男子看着一面美国国旗，那是他答应要在星形广场[1]附近的卫生部交给他的朋友的。在一九一七年当兵的时候诺曼·刘易斯在法国第一回举过这面旗。珍珠港事件后，银行家刘易斯和他的法国妻子给困在巴黎了。占领期间他们先是被关在拘留营里，后来因为刘易斯的腿上中了一枪，被释放出来像别的巴黎人一样住在公寓里。如今，他把星条

[1] 即凯旋门所在的广场，解放后改名为戴高乐广场。——译注

旗放在一个背包里，挎在肩上，双臂撑着拐杖，高兴地向星形广场进发。

对雷蒙·萨尔尼盖来说，这一天首先是履行诺言的一天。萨尔尼盖是巴黎消防局的一名队员，他曾向自己许愿要在这一天把旗挂出来。这是一面有特别意义的旗。萨尔尼盖决心要第一个把这面三色旗挂在一九四〇年六月十一日他最后一个把它降下来的建筑物——埃菲尔铁塔顶上。

巴黎的德国守军在他们各个孤立的据点里也在一分钟一分钟地计算时间，那是他们距离盟军最后进攻的时间。像许多别人一样，三十五岁的奥托·克希纳准尉在歌剧院附近的指挥所里听了最后一次战斗号召。从威斯巴登来的汉斯·吕默上校告诫他："咱们必须尽责，为元首战斗到底。"克希纳后来注意到，这一决心不足以防止上校在下午战斗打得激烈时消失得踪影全无。

有的人领到了最后一份军粮，守在外交部的威利·维尔纳和他的战友领到的是一盘豆子汤。在军事学院的伯恩纳德·布拉契中士运气好些。他领到了一小杯白兰地。

头天开着一车水雷遭到伏击的汉斯·弗里茨奉命从国民议会出发去作一次巡逻，寻找那辆失踪的卡车。弗里茨和他的同伴刚离开国民议会百码远，就看到法国国内部队在头一天还属于德国军队的街道上筑起了街垒。在交叉火力的夹击下，弗里茨命令他的手下找地方掩护，自己跑回国民议会求援。但是大门已锁了起来。他怎么敲也没有用。这时，狙击手的子弹已向他射来。

弗里茨飞奔到马路对面的一个门洞里找掩护。当他站在那里不知如何是好时，有个上了年纪的妇女上来要求他："请找个别的地方去开枪。"弗里茨叹了一口气，决定无论在什么地方都不开枪了。他对那个老妇人说："对我来说，战争已经结束了。"说完这话，弗里茨认为自己已投降了。

在巴黎周围留下的两万德国人中，也许只有一个人是根据自己的意愿向市中心移动的。没有人告诉西门子法国工厂的厂长约希姆·冯·克尼斯贝克巴黎就要陷落。克尼斯贝克刚从柏林回来。他搭德国空军的一辆卡车在公寓附近下车，步行到家里去，只有司机告诉他"巴黎出了不少乱子"的话使他模糊地感到有些不安。

到了他的公寓，看门的法国太太吃惊得流了泪。"你疯了，"她说，"你会给杀掉的。"她把他带到地下室，那里有一辆她为他小心锁好的自行车。她叫他赶紧骑车逃走。克尼斯贝克骑上车，她在后面喊："别担心，两星期之后你就会回来的！"

从科隆来的那位文学教授奥托·凯塞上尉头一天还给丹克瓦特·冯·阿尼姆看了罗尔"一人一个鬼子"的口号，如今他站在莫里斯饭店的窗口前同年轻的伯爵一道看着早晨的太阳。他告诉冯·阿尼姆："巴黎就要为过去这四年复仇了。我不知道我们还能不能回到这里来？”这个问题是这位学究式的教授不需要问的。他将永远不会离开了。

在他们的下面，在杜伊勒里花园里，狄特里希·冯·肖尔铁茨和汉斯·雅伊上校对他们隐藏在这个有三百年历史的王家禁地里的军队作最后一次视察。今天没有孩童在勒诺特尔水池周围嬉戏。取代他们的是肖尔铁茨看到的身上只穿着短裤衩的士兵，他们在池水里盥洗，刮胡子的剃刀和毛巾放在池边。肖尔铁茨看着花园、蓝色的天空、升起的太阳，不禁感到有些悻悻：“巴黎人就要有个好天气来庆祝他们的解放。”然后他走到花园入口的几辆坦克那里，其中有一辆坦克的大炮炮口对准着香榭丽舍大街。他告诉管炮人员说。“留神。今天他们准来。”

在大巴黎司令部通讯中心，奥托·伏格尔准尉心情沮丧。他刚才想要给巴德温普芬家中打个最后的电话，但是线路只通到法国的兰斯。现在“黑帕诺斯”的电话铃声不断，都是打进来的。它们都是从挺进的盟军那里打来的。后来，就在快要八点钟时，伏格尔的电传打字机滴答地响了起来。它传来了最高统帅部给肖尔铁茨的仅两个词的问题。它这么简单，最高统帅部甚至不屑采用密码。

这个问题是：“破坏已始？”

二

对技术兵米尔特·申顿中士，也就是那个把巴黎看成是“穷孩子的梦想得到了实现”的美国兵来说，这个城市如今成了步兵的噩梦。申顿刚才获知他要做他连队的尖兵，而他们连的任务是做整个第四师进巴黎的前导。这意味着申顿中士要充当该师向前面城市的守军提供的第一个诱人的目标。申顿曾有一天担任过同样的任务，那是六月六日他带领第四师跨过犹他海滩[1]，结果毛发未损，安然无事。申顿中士认为，任何人一生中有权享受的这样的好运气也就是这么一遭。申顿在诺扎这个十字路口的小镇附近把额外的一筒弹药装上吉普车后，自言自语地后悔不该听到过巴黎的名字。

在弗莱斯纳、贝尔尼十字路口、塞弗尔桥，还有奥尔芬和诺扎两个小镇，法军第二装甲师和美军第四步兵师官兵都像申顿一样准备对首都进行最后的短程冲刺。他们要分四路开进。其中三路通过该市的西南边缘，经荣军院、卢森堡宫到国民议会、协和广场和警察总署。

[1] 美军给诺曼底登陆处的临时称呼。——译注

第四路通过圣克卢、布洛涅森林和时髦的第十六区到星形广场。

由德国军事情报局特务“鲍比”·本德交给洛林·克鲁斯的关于德军在全市各个据点的确实地点那个宝贵情报，没有传到勒克莱尔那里。克鲁斯黎明时分跃上自行车亲身带着情报出去。他在塞弗尔桥附近找到德·朗格拉德中校，但是朗格拉德没有理会克鲁斯，那是因为一整夜都有大批虽心怀好意但是常常情况不确的法国国内部队人员涌来他的总部，使他感到恼火。只有在他的参谋人员中有一个克鲁斯的大学同班同学向他保证了克鲁斯的身份以后，上校才接受了克鲁斯的情报。而到这时，朗格拉德与勒克莱尔的无线电联络中断，三路人马已按原定进攻计划出发。在城市的南面边缘，这天早晨天还没有亮，法军和美军纵队就已经悄悄向前进发了。对他们全体人员来说，对第二装甲师回老家的官兵和第四步兵师兴高采烈充满好奇的美国兵来说，当天的任务可以用一句简短命令来概括，那是发给率领第三十八骑兵侦察连向市内挺进的新泽西州洛塞尔来的比莱·布恩斯尔上尉的话：“好好干一场，赶紧杀进巴黎去！”

三

米尔特·申顿的吉普车前面的道路空荡荡的，令人望而生畏。他身旁人行道很狭窄，灰泥房屋上歪歪斜斜地挂着的百叶窗灰色敝旧，紧紧地闭着。申顿前面唯一的活物是一只沿着一所房子的门面蹑脚走过去的野猫。这位中士觉得，他能听到的唯一声音是他自己心脏的怦怦跳动。

申顿看到前面有块蓝白两色 T 字形的路标，上面写着“巴黎—意大利门”，这是德鲁尼头天晚上看到的同一块路标。申顿听到头顶上有扇窗子打开。他猛地转过身来，扳开了冲锋枪的保险栓。这时他又听到了另外一扇窗户打开的声音，接着又有一扇打开。不知从什么地方，他听到一个女人在喊叫：“美国兵！”他从眼角斜看过去，看到有一个只穿衬衫的男子和两个只穿浴袍的女人，向他的吉普车跑过来，拖鞋“啪哒啪哒”。那个男子张开双臂抱住了从马里兰来的中士，带着口水吻他的双颊。

申顿一点没有看清他们是从哪儿出来的，没过几秒钟，每所房子都吐出了成群的高声喊叫的巴黎人。几分钟后，空荡荡的街道挤满了欢乐的人群，无法通过。几分钟以前申顿还感到孤单单的一人，十分不自在，如今看到几乎无法把他的吉普车向前开，欢叫的面孔成了一片海洋，挡住了去路。

到处都是同样的情况。

在第二装甲师的前进路线上，人群像发了疯一样。当他们明白这些戴美军钢盔穿美军制服的士兵是他们自己的同胞时，当他们看到薛尔曼型坦克上漆着洛林十字徽记和炮塔上“凡尔登”、“圣西尔”这样的名字时，他们因为得到解放的欢乐变成了纯粹的疯狂。姑娘们和孩子们像一串串葡萄似的挂在每辆坦克、装甲车或半履带式军用卡车上。吉普车司机们有时会撞上跳上前来吻他们、摸他们、同他们谈话的人群。人行道上的群众把鲜花抛给他们，还有熟透了的西红柿、胡萝卜、芜菁等一切他们可以给的东西。他们或者徒步，或者骑车跟在他们纵队的后面；他们像呼啸的浪涛一样涌过来。

在“阿拉曼号”坦克里的图尼中尉看到有这么多的人爬过坦克的履带，钻进炮塔，妨碍他的前进，他不得不向空中放机枪，把他们吓退。两夜没有合眼而精疲力竭、双眼发红的乔治·布伊上尉觉得他的坦克仿佛是“在一堆钢屑中开过的一块磁铁”。从墨西哥来的法国人让·雷纳·香比翁的“莫特霍姆号”坦克于八点三十分开到夏特莱广场。他在那里等了他一生中“最令人难忘的五个小时”。人们歌唱，舞蹈，喊叫，把葡萄酒和香槟酒送给士兵，几乎把香比翁这一排的车辆都埋起来看不到了。十九岁的科西嘉农民莱恩德尔·梅多里从来没有到过巴黎，他坐在半履带式军用卡车上看着人群，不断地惊叹道：“我的天，这么多的人！”

哥伦比亚广播公司记者拉里·勒苏尔的车子跟着朗格拉德的纵队。当他看着这些法军坦克不可抵挡地开进巴黎时，泪水盈满了他的眼睛。他想到了一九四〇年他在这同一条路上逃出巴黎时看到的情景。当时有个做母亲的在他身边一起逃，她推着一辆婴儿车，用一支菩提树枝盖在车篷上。有人告诉她这样可以把婴儿车伪装起来不让头顶上德国斯图卡式飞机察觉。

在第四师美国兵前进的路上，欢迎同样狂热。战略情报局精疲力竭的本·威尔斯上尉有病在身，还发着烧，他觉得“人们的激情有一股力量像浪潮一样把我们托起，送进了巴黎的心脏……这像是在梦游一样”。威尔斯脚下尽是鲜花，盖到了脚踝，他俯过身去拥抱一位向他抬起头来亲吻的雍容华贵的灰发妇女。“谢谢上帝，你们来了，”她说，“巴黎现在又会是巴黎了。”三个星期以后，外交家之子威尔斯在正式场合遇见了她。她是苏伊士运河的建筑者费尔迪南·德·莱塞普的孙女。从纽约州波基普赛来的唐纳德·弗拉那根上士觉得法国人“使我们每个人都觉得当初林白经过百老汇时一定也是这样感觉”[1]。

美军军史处的 S.L.A. 马歇尔少校数了一下，到荣军院附近的塞纳河边时，他的吉普车里已有了六十七瓶香槟酒。那些坐在军车上通过这欢庆的人群开进巴黎的人，都有毕生难忘的景象牢记心中。师直属连的二等兵斯坦莱·库罗斯基看到的是“一个大胡子老人，身上挂满了勋章，腰板像一条铁棍似的挺直站立在那里，大滴大滴的泪水流下双颊”。盟军总部新闻处的巴尔尼·奥尔德菲尔德少校记得有个老太太躺在担架上，从挂在头上的一面镜子里看着解放者的来临。她不断地向头顶上的青天重复着说：“巴黎自由了，巴黎自由了。”

有些景象有点儿古怪。随第二装甲师的美军通讯人员奥仑·伊森看到一个美丽的金发女郎爬在电线杆上，没有具体说话对象但却不断地说：“嗨，我是从霍布根[2]来的！”

但是对这些人来说，在他们进军路上发生的所有事情中，没有比这千千万万兴高采烈、感激万分的巴黎人向他们拥来所造成的纯粹感情上的冲击更加突出了。从密西西比州杰克逊来的弗兰克·伯克少校淹没在人海之中，他心里想：“毫无疑问，这是全世界所出现过的最快活场面。”伯克估计“足足有十五英里长的欢欣若狂

---

[1] 美国飞行家林白曾于一九二七年单独驾机飞越大西洋到巴黎，回纽约后在百老汇大街上游行，受群众夹道欢迎。——译注
[2] 霍布根是美国新泽西州的一座小城。——译注

的人们等着要握你的手，吻你的脸，把吃的和喝的像雨点般撒你一身”。

一个美丽的女郎伸开手臂抱住密码员布莱斯·莱因，哭着说：“我们等了你们四年。”

这个什么事情都讲究精确的弗吉尼亚人说：“但是美国参战才三年呀。”

“那又怎么样？”姑娘回答，“我们知道你们反正会来的！”

他们在前进路上所到之处，快活感激的法国人把自己所有的一切都给了经过的美国兵。从亚拉巴马州来的李·劳埃德中尉看到他车旁一个妇女在叫：“纪念品！纪念品！”她突然转身，从身旁那个男人的口中拔下了他的烟斗，把它送给了劳埃德。劳埃德还来不及把烟斗还给那男子，他的半履带式军用卡车就开过去了。劳埃德看到那个男子的吃惊的脸在人群中向后退去。最后，那个男子勉强地、无可奈何地露出了笑容。

一个漂亮的姑娘捧了一盘新鲜的葡萄向约翰·摩根·威尔契中尉跑来。她说，这是一个德国兵留在她铺子里的。威尔契刚开始吃，另一个看着他的长得很好看的妇女说：“这是四年来我第一次看到的葡萄。”威尔契感到不好意思，请她一起吃。“不，”她说，“今天，年轻人，什么都是你的。”

从新泽西州来的前拳击手米基·埃斯帕齐托二等兵和他的那个连坐在六轮大卡车上一步不停地一直开过了

巴黎。他们经过时，沿途的群众伸手拍巴掌，说声："谢谢你们。"突然埃斯帕齐托感到有什么东西给按到了他的手掌里。他举手一看，是一只象牙做的小白象，只有二十五美分硬币那样大。埃斯帕齐托回头再看落在他的车子后面的人们的脸，在那里，他看到了一位老妇人正在看着他，她的白发包在一块黑头巾里，她的脸瘦削、憔悴。这位刚刚把自己的护身符送给路过的美国兵的不知名的法国妇女举起手向他羞怯地招了一招，从此永远消失了。埃斯帕齐托把小白象放进军装的兜里，相信这会给他带来好运。[1]

在进军市内的发狂一般的路上，市民们也遇到了奇怪的事情。布景设计师保尔·伯特朗难以置信地看着第二装甲师的吉普车。他心里想，如果美国人能设计这样的机器，"战争肯定可以打赢的"。就像城东许多法国人跑向美国兵一试他们的英语一样，珍珠港事件以来一直关在巴黎的一位美国律师罗伯特·米勒也向经过他公寓楼前猎舍广场的第二装甲师士兵跑上来，用法语向他们说了几句表示欢迎的高兴话，但他们却茫然看着他，一言不发——他们都是西班牙人。

[1] 埃斯帕齐托在军装的衬衫口袋中带着这只小白象好几个星期，相信它会在战争期间保他平安。十一月十九日上午九点左右，他在赫特根森林中坦克履带所压出的一条道上爬行时，受到了猛烈的炮轰。他摸一摸口袋里的小白象，好感到放心一些。谁知小白象已不在那里了。他到处找都找不到。"我一定得找到它，"他这么对自己说。一个小时后，他躲在一棵树下，终于找到了它。但是一颗德军炮弹炸掉了他的两条腿。

十八岁的科莱特·马西尼相信这就是解放日。她穿上了专门为这一天预备的蓝色绸衣，然后出门去找解放者。她在水泵路看到有一辆奇形怪状的车子停在那里，里面有三个戴钢盔的人影，但是马路四周的窗户都紧闭着，她骑车到她见到的第一辆吉普车，跟车上的人说话。他们看着她，就像西班牙人看着米勒一样，不明白她在说什么。于是她用英语问："你们是美国人吗？""哦，是的，心肝儿。"司机回答。科莱特向他扑了过去。她这么做的时候，在百叶窗后看着这场面的好多人都拥上街来。他们像雪崩一样盖没了吉普车。然后科莱特头上的百叶木窗都"砰砰"的打开了。上面一扇窗里有个年轻男子探身出来，手中拿着一支银制小号。他吹奏了《马赛曲》，号声强劲有力，激动人心。科莱特想，她永远不会听到比这吹得更好听的了。

在这欢快的进军路上，也有悲剧发生。第二装甲师的伊夫·西安比中尉在纵队中驾驶半履带式军用卡车经过奥尔良门时，看到一个上了年纪的德国兵骑在自行车上，制服破烂，随身财物都可怜地塞在一只背包里，他突然把车蹬到他们迅速行驶的车前。这个纵队的车轧过了他。西安比往后望去，只见"一道鲜血溅到了人行道上，这就是刚才还是一个活人所剩下的全部痕迹"。

总的来说，在初期阶段，挺进很少遇到抵抗。德军龟缩在他们的据点里，受到法国国内部队的包围，因此采取了守势，严阵以待，等这个城市的解放者把他们挖出来。也有些孤立的据点开了火，把兴奋的巴黎人像受惊的鸽子一样驱散，只有解放者留在街上。

到八点钟，第一批军队已经到了城市的心脏。疲惫不堪的乔治·布伊上尉在坦克的炮塔里打盹，刚一迷糊就发现坦克的发动机停了下来。布伊机械地抬起头来向外张望。他经历了一生“最难忘的震动”。就在他面前，沐浴在和煦的阳光之中，是那巴黎圣母院。第三十八骑兵侦察连的比莱·布恩斯尔上尉从塞纳河的另一边的一条侧路下碰上了布伊的坦克。两支部队，法国的和美国的，高兴地狂叫着，一路并肩前进，比赛谁能争到抢先开进圣母院前广场的荣誉。这是一场并列头名的比赛。现在布恩斯尔用无线电报告他的指挥员赛勒斯·A.道尔夫上校，他已进入巴黎。“你他妈的怎么知道？”职业老兵道尔夫问。“真该死，上校，”布恩斯尔答道，“我抬头看到的就是圣母院！”

在向市内挺进的路线上，到处是巴黎女人，身材苗条，皮肤晒黑，对于从诺曼底一路杀过来的战士来说，她们几乎个个美丽得令人无法相信。第二装甲师乍得团的二等兵马塞尔·鲁芬在去首都途上一路都在夸她们。如今，鲁芬从他的半履带式军用卡车“吕内维尔号”探身出来，亲吻了好几十个，一直到他的同伴说他的脸“看上去像一只红蘑菇”。吕西安·达望杜尔下士在他的薛尔曼型坦克“维金号”上感到他“几乎是遭到了巴黎女人的围攻”。他定了谁可以优先进炮塔的规则：谁最美谁最优先！第十二团的二等兵却利·哈莱看到一个金发同伴亲吻路上的姑娘，那个同伴要想知道自己到底能亲吻多少姑娘。哈莱敬畏地想："他一定吻了上千个姑娘了。"

对第二装甲师的官兵来说，比群众的狂热欢呼更感动人的是突然与家人和朋友重逢。乔治·布歇在他的半履带式军用卡车"拉歇号"上看到布尔多奈路上一个妇女在一阵枪火中跳过去扑到一个挺进的步兵身上。"我的儿子，我的儿子。"她哭泣着说。在夏特莱广场，乔治·提奥叶下士突然看到两个熟悉的脸出现在他的坦克前。五十码外的地方有一辆双人自行车向他骑过来，上面是他的父母。安德烈·格里比乌斯少校感谢上帝，他在凡尔赛找到他父母时吉普车里还有一箱口粮。他几乎认不出他们来了。他的母亲体重减少了五十磅，他的父亲减了三十五磅。

在奥尔良门，有个神情焦急的妇女在薛尔曼型坦克队伍旁骑着自行车来来去去。她向每一辆开过的坦克问同一个问题：她去哪里可以找到"戴黑色贝雷帽的团"？那是波维拉太太在寻找她的两个儿子中的一个。

没有别的重逢比吕西安·达望杜尔下士的团圆更加感人的了。达望杜尔知道他的兄弟为了逃避被押送德国而去了巴黎。在奔向巴黎的途上，这辆"维金号"坦克的司机一路把手写的纸条发给围在他坦克四周的人群。

到了巴黎的心脏，在新桥脚下，“维金号”的七五毫米口径大炮炮口指着萨马里坦百货公司，这时达望杜尔看见有个人慢慢地沿着他身后的一辆坦克走来，他走到他的坦克前面，达望杜尔双眼直眨，不能相信。那人就是他三年不见的兄弟，“疲惫得不成样子，身上穿着一件太大的警察制服，胳臂上套着法国国内部队袖章”。这两个兄弟象征着战斗的法国的两半，像“被电流冲击一样”投入了对方的怀抱。他们的重逢是短暂的。几分钟后，“维金号”就奉命前进。达望杜尔的兄弟想挤到坦克中来。但是他知道没有空地方。下士自己跳了进去，关上炮塔盖，抬起了望镜，很高兴能“单独在黑暗中”流泪。在他的坦克后面，有个新兵加入了走在后面的步兵队伍。他是达望杜尔的身穿警察制服的兄弟。

并不是所有的重逢都这么欢快。阿尔及利亚骑兵团的罗贝尔·佩巴尔来自洛林省的昂巴村，他在第十六区从一个过路的洛林省妇女那里获悉他的父亲已于两年前被押解到布痕瓦尔德集中营去了。亨利·卡歇尔中尉的半履带式卡车在开进市里去的途中停了一下，有个脸色苍白的年轻人赶上来问道：“对不起，你有没有可能认识我的哥哥吕西安·卢瓦梭？自从三年前他去参加戴高乐将军部队以来，我们一直没有他的音讯。”卡歇尔沉默地看着那个青年。他答道：“是的，我认识吕西安·卢瓦梭。他是我的好朋友。”然后，他的温柔的棕色眼睛盯住那个年轻人说：“他在比尔哈基姆牺牲了。”那个青年脸色刷地一下发白，就消失了。

第二装甲师的许多人是头一天奇迹般地发现电话才同家里建立第一次联系的。二等兵让·菲拉契在小纸片上写了他姊妹的名字和电话号码，每次车子停下来就发给群众。到了中午，已有几十个人打电话告诉她，她的弟弟回来了。“蒙福康号”坦克指挥员皮埃尔·雷格尔中士在夏特莱附近跑到一家小饭馆去给未婚妻打电话，他已有四年没见到她，也没收到她的信。雷格尔一听到她的声音，张嘴结舌说不出话来，起先只能说两个字，虽然平常，但却很好听：“是我。”然后他告诉她他在哪里，她就马上出发去找他。

少数美国兵这一天也有算是重逢的经历。战略情报局的丹·亨特中尉是第一批进入市中心的美国人之一。他的任务是征用小王宫当敌伪分子审查中心，香榭丽舍大街上这家博物馆的馆长吓坏了，他告诉亨特，这个办不到。这所建筑物里收藏着珍贵的艺术品，是不能搬的。“搬掉。”亨特下令。他的部队下午五点开到。馆长恳求说，这是不可能的，不可能这么快就搬走。他告诉亨特，这是由一个名叫爱德华·特克的美国人捐赠给法国的特殊礼物。亨特听了大笑。他告诉馆长把它搬掉，责任由他承担。爱德华·特克是他的表兄。

海军陆战队少校弗兰克林·霍尔康比进巴黎时特地绕到大学路七十二号他古怪得可爱的姨母西尔维娅·薛立敦的家，她自命为巴黎白俄侨民的保护人。霍尔康比走了最直接的路线。他从地面一层的窗户里进去。霍尔康比闯进去的时候，老太太一本正经地坐在起居室里看书。她看到他的海军陆战队的绿色制服在颜色上与德国军队的制服这么相近，不禁尖叫起来。后来她认出了是霍尔康比。

“弗兰克林！”她像个女教师在训斥顽皮的孩子道，“这就是他们在海军陆战队教你的吗——从窗户里闯进一位太太的房间？”

那一天进巴黎的人不是都受到亲吻的欢迎。在巴黎以南十二英里的科尔贝，有一所门窗紧闭的房子离塞纳河只有五十码，一个美国军官正躲在那里从河中升起的薄雾中张望。这是杰克·诺尔斯少尉，他奉命为他的部下弄到在巴黎“游行”时需要的领带。诺尔斯唯一的游行就是走下这里的河岸准备让大军过河。诺尔斯在雾中没有看到什么，就和他排里的中士“快手”·斯通走到屋外，小心翼翼地往河岸下面走去。他们到达河岸时，德军开了火。诺尔斯赶紧躲到一棵树后，树皮和树枝早已给机枪打掉了。他自己的肩膀和屁股也受了伤，这时他听到后面有人声音微弱地在叫：“医务员，医务员。”这是“快手”·斯通在塞纳河边慢慢死去，他觅来的准备在巴黎游行时用的领带还系在他的脖子上。

几英里以外，在巴黎西南边缘圣克卢的皮尔斯地雷仓库附近，法朗索瓦·莫勒尔－德维尔少校的第一纵队也遇到了第二装甲师其他两路纵队在首都另一边所遇到的同样热烈的欢迎。

有一辆吉普车飞驰在戴利路上，超过莫勒尔－德维尔的纵队，向圣克卢桥直驶而去。第二装甲师的马克斯·吉罗看着它过去，心里想："那司机一定有急事要赶到巴黎去。"

他的确是有急事。他是宾夕法尼亚来的爱尔兰裔拉莱·凯里中士，他要信守他许下的做第一个进巴黎的美国兵的诺言。他在戴利路尽头转进广场，开着吉普车朝桥直冲过去，高兴得大声欢叫。在桥的另一头，原先被药剂师玛塞尔·托马斯注意到有一把新枪的消防员让·大卫刚刚离开他参加的葬礼。就在凯里的吉普车飞越塞纳河进巴黎时，大卫从河的另一边开始过桥。

大卫看到奇怪的车辆，那钢盔，那制服，他认为这些人只能是德国兵，他把崭新的毛瑟枪端起来，第二次开了火，枪口直对向前开来的吉普车，把弹匣里的子弹一口气都打了出去。凯里被击中六枪，流着血掉到了人行便道上，距离他要作为第一个美国兵而进入的城市的市区界线还差五十码，就被误伤了。[1]

随着先遣部队进入肖尔铁茨各个据点的射程之内，整个巴黎都开始响起了枪声，同群众的欢叫夹在一起。这些枪声令人心寒地提醒大家，巴黎地区仍有几近两万的德军严阵以待，这个数目几乎与到来的盟军相等。

第五十一坦克团的皮埃尔·德·拉·福夏狄埃中尉惊奇地看着他的坦克面前空空荡荡的天文馆广场，这同他刚才在后面见到的狂呼人群形成触目的对比。他听见前面有枪声。拉·福夏狄埃跳下坦克，奔到他所看到的唯一一个法国人那里，那是缩在一个门洞里的老人。

“先生，”他问道，“德国兵在哪里？”

---

[1] 这最后五十码，凯里再也没有机会跨过。他被送到玛塞尔·托马斯的药房，她对他进行了急救。凯里的行为感动了托马斯小姐。凯里尽管十分痛楚，仍告诉周围的人“不要责怪”大卫，甚至把制服口袋里的那包香烟拿出来给大家分享。凯里被送到附近的一家医院里，三天以后，充满悔恨和悲伤之情的大卫来探视他，作为礼物带来一瓶酒。凯里瘫痪后被送回美国，但仍与托马斯小姐保持联系，他写了二十多封信给她。最后一封信中说：“他们不知道什么时候我能坐起来，伤口仍发痛，但这没有关系，因为我们帮助了一个了不起的民族，我将永远把你铭记于心。”

一九四六年十月一日，拉莱·凯里在宾夕法尼亚一家军事医院里因在巴黎受的伤而去世。

四

德国兵就在街角那边卢森堡宫八角圆顶的下面。在苏格兰女王玛丽和蒙邦西埃公爵夫人的塑像之间宽敞的花园里，有七百名官兵等在那里准备“战到最后一颗子弹”。为了激励他们，那个用活人当坦克炮塔盾牌的党卫军上校给每个人发了最后一次作战口粮：一品脱的白兰地和一包纸烟。

第十九保安团的二十七岁的马丁·赫尔霍尔斯中士站在面向圣米歇尔林荫大道的钢筋混凝土掩体中吸着烟，很自信地看一看他身旁的武器。那是德式反坦克火箭筒。赫尔霍尔斯在顿河罗斯托夫曾用四发报销了四辆俄制 T-34 型坦克，因此获得过铁十字一等奖章，今天，他将第一次有机会用在美国坦克上。

在四年占领期间，肥胖的胡戈·斯比埃尔元帅曾经十分细心地培育和灌溉天竺葵和秋海棠花丛，如今这花丛已挖了战壕。汉斯·格奥尔格·路德维希一等兵和他第六伞兵装甲步兵师的其他伞兵埋伏在那里，把花园的入口置于机枪纵向射击的焦点。在他们上面，卢森堡宫的屋顶上，第四八四侦察连的一名侦察兵用战地望远镜观察着卢森堡宫周围的街道。一见到盟军向卢森堡宫逼近，他就要向斯比埃尔原来的三十英尺地下防空洞中党卫军指挥官报告。党卫军上校等在那里指挥保卫宫殿的战斗。他的核心力量是第五保安团的坦克，它们如今埋伏在宫殿花园的入口处。其中一辆坦克的炮塔对准沃日拉路，坦克手维利·林克五天前曾领先攻打警察总署，如今他在炮塔里把望镜推前拉后地进行观察。他的望镜扫过前面的景物时，他可以看到奥戴翁剧场的圆柱，再远处是索尔邦大学的屋顶。街上阒无一人，两旁屋子门窗紧闭。还没有解放者经过这里。林克想到他在波罗的海边上的故乡村落，对自己说这肯定是“风暴来临前的平静”。

在他的掩体旁边不远，仅仅六十码外的那所中学校里，有一批平民在学校的讲习厅里等了一宿，就要发动维利·林克知道即将袭来的风暴。其中一个头发浓密的年轻人并不比中学生大多少，就在做准备。他名叫皮埃尔·法比安，才二十五岁，但在短短的一生中已受过三次伤，两次在西班牙，一次在捷克斯洛伐克。[1]他两次从秘密警察手中逃了出来，其中一次差几分钟就要被处决了。两年前，这位年轻的共产党上校在巴尔贝斯地铁站枪杀了在巴黎第一个被杀的德国兵。现在，第二装甲师的部队已经进了城，法比安发出了他这个星期来一直急于要发出的命令。他命令他的手下人员袭击卢

[1] 他曾参加法国志愿队在那里反对德国占领苏台德区。

森堡宫，这是巴黎市内将要受到攻打的第一个德军据点。

有一个年轻人，肮脏的白衬衫敞着胸口，臂上围着三色袖标，手里拿着一支老掉牙的毛瑟枪，偷偷地沿着奥戴翁路的墙脚向卢森堡宫溜去。他是法比安的法国国内部队的成员，名叫雅克·基埃尔，这个令人兴高采烈的日子是他二十岁的生日。他的任务是侦察沃日拉路四周地区的德国军队，以便攻打卢森堡宫。基埃尔溜进奥戴翁广场上的阿佩夫咖啡馆。他从橱窗里可以看到他对面的奥戴翁剧场再过去的卢森堡宫守军戴钢盔的身影。

“我的孩子，你吃过了吧？”咖啡馆老板娘阿佩夫太太问。见到他摇头，她推过一份夹肉面包给他。“吃吧，”她说，“吃饱肚子好打仗。”年轻的国内部队成员吃着夹肉面包，还喝了阿佩夫太太给他佐餐的一杯酒。“谢谢你，”他说，“法兰西万岁。”然后，他手持毛瑟枪，开始穿越广场去剧场。

三四秒钟以后，阿佩夫太太听得一阵枪声，她看到她刚才还给了东西吃的孩子倒在广场上，鲜血染红了他的白衬衫。雅克·基埃尔这天上午刚刚自豪地满了二十岁，现在却已经死了，这是法比安部下攻打卢森堡宫死去的第一个人。

接着，阿佩夫太太听见前面一串爆炸声。党卫军上校的两辆装甲车开出卢森堡宫进行一次短暂的出击，炮击躲在沃日拉路和亲王路转角的一家小旅馆中的法国国内部队人员。里面的人在呛人的烟雾中向下面的装甲车扔手榴弹。在黑色的烟雾和碎片中，两个为了这个日子特地穿上鲜艳夏季衣裙的姑娘把受伤的人拖到旅馆的过道里避难。在地面一层，一个身上只穿内衣裤的男子藏在门里，手中利刃闪闪发光。他是附近的肉铺老板。他在等待，要叫第一个胆敢进来的德国步兵脑袋开花。突然，被围的法国国内部队人员看到这些装甲车倒退回去，到宫内院子里找掩护躲起来了。接着他们听到圣米歇尔林荫大道上有别的坦克的履带擦地的“咯噔”声。它们是皮埃尔·德·拉·福夏狄埃中尉的薛尔曼型坦克。他找到了德国人。他从炮塔里观察他们，他的坦克偷偷地开向矿业学校。

德军狙击手马丁·赫尔霍尔斯中士也在用反坦克火箭筒的瞄准器观察德·拉·福夏狄埃。几乎就在赫尔霍尔斯决定发射的时候，拉·福夏狄埃发现了他的掩体。“向右！”他向司机吕西安·克尔伯叫道。坦克向带剑修士路逃去找掩护时，赫尔霍尔斯的第一颗炮弹向它后面射来，但偏离了坦克的后甲板，迸到它后面的一个门口。赫尔霍尔斯口中咒骂着，眼看着坦克在前面消失，心里纳闷怎么会没有命中。

拉·福夏狄埃从坦克上下来，请法比安的三个部下帮助他观察矿业学校的德军阵地，矿业学校像楔子一样插在卢森堡宫的花园里。他们四人一起进了一所面对学校的房屋，一口气跑上四层。看到第一家的门就按铃。

一个穿黑色衣服的老妇人出来应门。“勒克莱尔师皮埃尔·德·拉·福夏狄埃中尉。”年轻的军官行个礼自报身份。然后，他略微低头，拿起老太太的手吻了一下。四人经过惊呆的主人到她客厅的窗边。从这里他们可以看到圣米歇尔林荫大道对面三十码以外的矿业学校。拉·福夏狄埃看到那里有德国守军的钢盔在学校窗口堆着的沙袋后来回晃动。在作战以来的四十个月中，他从来没有这么近距离地看到敌人。就像西部片中的英雄一样，他掏出柯尔特手枪，靠在窗边向没有防备的德国兵开火。那位老太太四墙满是书柜的优雅客厅里充满了刺鼻的火药味。她本人则安然坐在房间角落的安乐椅中，以一种高兴和恐惧夹杂的心情看着这四个人把她的客厅变成了小型战场。拉·福夏狄埃把子弹都打完后，就把还在冒烟的手枪放在老太太的路易十六式的腰子形古董书桌的清漆桌面上，快活地一屁股躺在她红色天鹅绒沙发中。

这时，拉·福夏狄埃所属第五十一团的坦克全都包围了卢森堡宫。坦克手维利·林克在耳机中听到排长克劳斯·库恩中尉干脆尖利的嗓音在警告他：“四辆敌军坦克向盖吕萨克路开来。”林克问自己：“他妈的盖吕萨克路在哪里？”林克慢慢地把望镜沿着他看到的前面景象移动，终于发现了一门自动推进榴弹炮向他右边的一条街上过来。就在林克作此发现的一刹那，第十二重骑团的榴弹炮指挥员菲利普·杜普莱中尉也发现了他。杜普莱皱一下眉，叫他的司机在林克来得及开火之前把榴弹炮“莫斯克号”退到一条侧路上去。

三百码以外，勒克莱尔的警卫连连长阿兰·德·布瓦修上尉的吉普在天文馆广场停下来。布瓦修决心要不计代价把德军从卢森堡宫轰出来。他命令他的坦克向法国参议院所在的这所建筑物开炮。年轻的军官这么做时，他看着面前的这座建筑物，心中想，他好像“刚刚下令向政府开炮”。

布瓦修想，首先，他们得打坦克。这场意外的战斗迫使勒克莱尔把指挥部移到蒙帕纳斯火车站，而不是他原定的克里翁大厦。布瓦修想，如果卢森堡宫中的坦克决定出来进攻蒙帕纳斯车站，没有什么东西能阻挡他们。“坦克，”他下令道，“看在上帝的份上，打坦克！”

菲利普·杜普莱中尉在自动推进榴弹炮车上的无线电里听到了德·布瓦修上尉生气的声音，他又命令：“坦克，看在上帝的分上，给我打坦克。”杜普莱听到布瓦修的声音时，看见一个汗流满面的士兵从一辆边上漆有白星的半履带式军用卡车中爬出来。他是个美国兵，杜普莱勉强用英语问那美国兵：“对不起，先生，你有火箭筒吗？”

几分钟以后，这个法国兵和美国兵像哥儿俩去附近酒店喝一杯一样，一起提着火箭筒，向圣米歇尔林荫大道走去。他们毫不在意身旁开花的狙击枪火，坚定地大踏步前去同维利·林克的坦克算账。

五

当杜普莱和那个不认识的美国兵一起向他们的目标走去时，第二装甲师的官兵收紧了对城中其他德军据点的包围网：国民议会、外交部、占地达四个街区的庞大的军事学院建筑群、帝王大饭店、凯旋门周围地区、共和国广场、克里翁大厦、海军部，以及包括肖尔铁茨总部在内的里伏利路的整个柱廊建筑群。

皮埃尔·比洛特上校终于收到了头天晚上由“鲍比”·本德递给洛林·克鲁斯的情报，在对所有这些据点发动代价沉重的全面攻击之前，他决定向肖尔铁茨发个最后通牒。本德的话使克鲁斯相信，第二装甲师只需向肖尔铁茨宣布它的出现，就能使他投降。比洛特把自己提升为准将，写了一张简短的字条给肖尔铁茨，给他半个小时的时间“停止一切抵抗”，否则他的守军有被“全面歼灭”的危险。

比洛特派一辆半履带式军用卡车把字条送给瑞典总领事馆里的本德。本德读了以后很不放心。他担心语气太硬，怕肖尔铁茨接受不了。但是在诺德林的坚持下，军情局的这位特务身着便服，带了字条前去莫里斯饭店，在同莫里斯饭店门外如今很可能动辄开枪的岗哨费了一番唇舌以后，他终于进去，把字条交给冯·阿尼姆伯爵，由后者转给冯·恩格尔。这位态度冷淡生硬的参谋长认为这是完全不能接受的。他没有把它给肖尔铁茨看。相反，他报告大巴黎司令说："法国人要给你发最后通牒。"面对这么一句生硬的话，肖尔铁茨答道："我不接受最后通牒。"这封短信就退回给了本德。

本德对肖尔铁茨的拒绝感到很不安，他把肖尔铁茨的答复添上了他自己的一个想法。他说，如果将军本人先在一场足以满足他的军人荣誉的力量较衡中被俘，他就会命令巴黎守军投降。

九百英里以外，在最高统帅部阴冷的不现实的世界中，阿道夫·希特勒在八月这天中午不得不面临他认为有千年帝祚的帝国所剩下的最后战利品即将丧失的危险。头一天晚上，莫德尔元帅因第二装甲师的突然进击，曾经警告最高统帅部，巴黎"处境危殆"。希特勒原指望这位小个子元帅会产生奇迹。但是他没能够产生元首最最希望的那个奇迹。仅以二十四小时之差，他输掉了这场争取时间的赌博。他原来命令第四十七步兵师前去巴黎支援肖尔铁茨，以待第二十六和二十七装甲师的到达。但是他发现该师要到八月二十六日中午才能开到巴黎郊区。焦急之下，莫德尔把他在巴黎地区所能找到的零星部队都赶派到市里去：一营半履带式装甲车部队，一团步兵，受损装甲师中一师的残余装甲。但是，这些力量，就像四个夏天以前希特勒的敌人所作的努力一样，是“太少又太迟”了。

最高统帅部这天的首次战略会议开始时，放在元首面前的是腊斯顿堡几分钟以前收到的 B 集团军群的中午战报。该报告称，盟军已入巴黎心脏，“以炮兵和步兵攻打我军据点”。盟军拥进巴黎似乎是自天而降，这个令人震惊的消息使希特勒狂怒起来，这是一次令人难忘的大发作。

他怒气冲冲地不断向约德尔说，一个星期以来，他一直要求巴黎坚守到最后一个人。他亲自派了增援部队给该市的司令。如今，事先一点也没有迹象，他看到这一代表他的令人目眩的胜利的象征马上就要从他手中夺去了。不到三年以前，他还统治着从北极冻土带到金字塔边缘，从布列塔尼的岩石嶙嶙的海岸到莫斯科郊外的整个欧洲。如今，他曾经为之欢欣的巴黎就要从他手中被夺走。而且，希特勒知道，巴黎陷落以后，不需几天，他所发动的战争必须最后回到德国的神圣土地上来打了。

他充满怒气和仇恨，再次向约德尔吼叫，绝不能让盟军在巴黎得到什么东西，“除了一堆废墟”。他尖声叫道，他曾下令炸毁该市。他还派了工兵部队去巴黎执行这项命令。

希特勒怒气越来越大，变得歇斯底里起来，他开始尖叫。结果呢？究竟发生了什么事？他的这些命令执行了没有？希特勒目露凶光，转过身来，狠狠地瞪着他的参谋总长。

“约德尔！”他声嘶力竭地叫道，“巴黎烧了吗？”[1]——“巴黎烧了吗？”

地堡里一片沉默。甚至平时沉着冷静的约德尔似乎也吃了一惊。他腰板挺直地坐在椅上不动。

“约德尔！”希特勒重复说，拳头重敲桌子，声音更加尖利了，“我要知道——巴黎烧了吗？约德尔，就是现在，巴黎烧了吗？”

最后，约德尔动了起来，他低声叫他的一个副官到地堡外面去打电话给西线总司令部，要求就巴黎市破坏的情况立刻发份报告过来。副官走后，希特勒要约德尔亲自打电话给莫德尔。他告诉约德尔重申他的前令，巴黎必须“守到最后一人”。希特勒嚷道：“告诉他”，巴黎必须在盟军占领之前“化为一片瓦砾”。

然后，希特勒停顿了一下，做出了另外一个决定。如果盟军要夺取他的火箭基地。他就要最后恶毒地用一下。他又转身向约德尔，命令他准备把所有现存的 V-1 和 V-2 火箭对巴黎全市进行大规模发射，并以西线全部现有空军飞机进行支援。如果敌人确要从他手中夺走巴黎，他们就会在那里找不到什么东西，除了“一堆烧黑的废墟”。

---

[1] 此句原文为德语。——译注

几分钟以后，瓦利蒙特将军溜出会议室，看见约德尔的副官在通向遥远的马吉瓦尔村地下指挥部的专线电话上紧张地通话。那个年轻的军官焦急地说：“元首要知道：巴黎烧了吗？”

这么快从希特勒掌握中滑掉的巴黎此时已是一片对比十分强烈的场面。在一个街角，群众热烈地欢迎该市的解放者。在下一个街角，这些解放者则在烟雾和枪火中慢慢地、有时往往是痛苦地，开始把肖尔铁茨的部下从据点中挖出来。在卢森堡宫附近的一个街角，同菲利普·杜普莱一起出发去同维利·林克的坦克算账的那个不知名的美国兵已经躺在那里，身上还堆满了鲜花。一颗瞄得很准的步枪子弹在他们离目的地几码外的地方使他的脑袋开了花。

不远的地方，一对半履带式军用卡车发疯似的挨着玛尔斯校场的边上向埃菲尔铁塔撑开的塔基冲去。它们的履带在地上咯噔作响，车上人员高兴地狂叫。阿尔及利亚骑兵团的这两辆车像一对罗马时代竞赛的战车一样驰向铁塔。

在几秒钟以前，这两辆车曾经并肩开入阿德里安－勒可夫里小街，它们的司机皮埃尔·勒夫佛尔下士和艾蒂安·克拉夫特二等兵互相挑战，看谁能先到塔下，奖品是在马克西姆餐厅吃一顿饭。这两辆大卡车暂时忘记了战争，开足马力向铁塔驶去。克拉夫特以一小时三十英里的速度冲过铁基支架时，忽然想到："我的天，要是埋了雷怎么办？"接着，他发现并没有地雷埋在那里，不禁狂叫，他赢了。

在艾蒂安·克拉夫特二等兵的头顶上，有另外一个人已高高爬上了铁塔，他的肺部发胀，双腿酸痛。他在进行另一场比赛。他的腋下夹着一只用晾衣绳捆扎起来的大包。这是一面法国国旗。消防队长萨尔尼盖看到他头顶上纵横交叉的铁臂上已有两个人影在与他竞赛看谁先爬上塔顶。萨尔尼盖知道他们也带着决心要挂在塔顶的三色旗。萨尔尼盖累得几乎有些头晕，他要爬一千七百五十级追他们到塔顶，一九四〇年六月十三日早晨他也做了同样叫人精疲力竭的爬攀，那是最后一次去把三色旗取下来。

他的脑袋发胀，双腿行动迟缓，仿佛在梦中一样抬不起步，萨尔尼盖对他的两个同胞飞逝的身影穷追不舍。在距离塔顶二百级处他追上了他们。三人都累得眼珠突出，说不出话来，一步不停，你追我赶，向塔顶作最后冲刺。在塔顶上，萨尔尼盖往前猛冲，赢得了比赛。他从包中取出一星期以前做的国旗，升到这个巴黎市象征的旗杆上。

旗是用三块旧军用床单缝在一起的。一块染成红色，一块是褪了色的蓝色，第三块久经使用，已经发灰。不过这是法国的三色旗，今天，一九四四年八月二十五日中午，它又回到了埃菲尔塔顶上它该去的地方。

六

“立——正！”

这句口令在餐厅枝形灯架下一响起，在场的军官们都肃然立正。狄特里希·冯·肖尔铁茨进了屋子，他仍穿着十九天以前去见阿道夫·希特勒的那套紧绷绷的灰色军服，胸前挂着铁十字勋章，单片眼镜牢牢地嵌在眼眶里。他带着一种严肃、沉思的神情，走向餐厅窗下首席桌前平时的座位。尽管脸上显出疲乏之色，肖尔铁茨仍十分干净利落。他刚刚刮了脸，洗了澡，然后才穿上梅耶放在床上让他作为德国将军演出最后一幕该穿的这套制服。

肖尔铁茨走到桌边时，雅伊上校请他不要坐那背对着窗户的坐惯了的座位。雅伊担心，一颗流弹就可了结他的生命。“不，”肖尔铁茨平静地说，“今天，尤其是今天，我要坐我平时的座位。”矮个子将军坐了下来，这时餐厅里的钟正好敲了短促的一响。

对三十岁的雅克·布拉奈上尉和他指挥的在不到一英里外夏特莱广场集合的二百人来说，一点钟是出击时间。布拉奈是第二装甲师里一个说话粗声粗气的强悍老兵，他奉命要在这位德国将军在莫里斯饭店的餐厅里坐下来吃最后的简单一餐时俘虏他。为了攻打这位德国将军的总部，布拉奈把他的部下分为三路。他命令第一路沿着鞣革场河滨道，通过卢浮宫边上的优雅通道进入杜伊勒里花园。他命令第二路经过圣奥诺雷路精美的橱窗到旺多姆广场边上，在那里从背后袭击莫里斯饭店。第三路由他亲自率领经过财政部直接走下里伏利路有一百三十年历史的柱廊，布拉奈决心从前门走进大巴黎司令部。

这次进攻像星期天散步一样开始了。头一天还在奥赛的各条街上寻觅自己儿子面孔的亨利·卡歇尔中尉率领他的步兵和罗尔的国内部队一部分人在大街上行进时受到群众这么热烈的欢呼，警察不得不把群众拼命拦住。这条很长的漂亮马路原来是为纪念拿破仑对奥地利人的一次胜利而修筑的。如今出现了令人惊叹的壮观景象：一直到王宫广场和杜伊勒里花园的边上，每家每户的门上和窗上都挂出了三色旗。从杜伊勒里花园再过去一直到协和广场，另外一面旗挂在街上，那是纳粹德国的红黑旗。

当卡歇尔的部下在这条街上一路从一根廊柱窜到另一根廊柱向前进的时候，妇女们都冲出来吻他们，向他们抛出最后一束鲜花。在著名的妓院集中区奥波顿洗衣妇路的街角，一个声音粗哑的红发女郎跳进了“拉福号”坦克的炮手二等兵雅克·戴蒂安的怀抱。在她的亲热进攻的冲击下，戴蒂安跌到身后的炮弹架上。红发女郎同他一起跌了下去。这时戴蒂安从耳机里听到一声“开动”的叫喊。他抬头一看，只见他的司机雅克·努德也有个金发女郎在他身边相伴，努德耸一耸肩，就驾驶薛尔曼型坦克向前冲去。“拉福号”坦克有了两个新参加的笑声不断的战斗员，出发前去攻打莫里斯饭店。

卡歇尔的步兵已把兴高采烈的老百姓抛在后面了。如今前面的马路阒无一人，安静而咄咄逼人。偶尔，他的部下可以听到头顶上有一扇窗户打开的声音。他们马上转身把枪对准发出声音的地方。但是他们还没有到杜伊勒里花园。他们仍旧能够看到窗户后面的同胞躲在安全的客厅里催促他们前进。

军事警察奥托·尼茨基上尉在杜伊勒里花园和里伏利路接头处掩体的隙缝里也看着他们。在尼茨基看来，这奇怪的景象“好像复活节游行”。

在莫里斯饭店的餐厅里，也有人看到了他们。梅耶下士悄悄地走到冯·肖尔铁茨身旁，恭敬地俯下身向他的司令耳语：“他们来了，将军阁下。”[1]

在外面，沿着里伏利路的柱廊，一辆德国坦克开进了布拉奈的坦克的前进路线。这时，布拉奈的为首那辆坦克“杜奥蒙号”把七七毫米口径大炮对准了它。“杜

[1] 此句原文为德语。——译注

奥蒙号”一炮就把它炸裂了。

“杜奥蒙号”一开火，整条街上都炮声四起。在莫里斯饭店的餐厅里，下面街上的炮弹爆炸的震波把玻璃窗都粉碎了。肖尔铁茨岿然不动地吃完了饭。接着，他镇静地、声色不露地站起来，对等他离开以便赶紧逃出这受到威胁的房间的军官们说了几句话。

“先生们，”他说，“我们的最后战斗开始了，愿上帝保佑你们大家。”他又补充说：“我希望幸免一死的人落在正规军手中，不是平民手中。”说完，他不急不忙地走出了餐厅。

肖尔铁茨同冯·阿尼姆一起爬上楼梯到一层[1]办公室去时，在楼梯拐弯处平台上堆的沙袋旁停了一下。沙袋后一个头发灰白的枪手把机枪枪口对准饭店的入口，肖尔铁茨对他说了一句鼓励的话。

“在明斯特，”那个老兵喃喃回答道，“我的农场，我的妻子……他们等我回去已有五年了。”

他们走过去时，冯·阿尼姆同情地看了一眼那个老人，希望他有一天会如愿以偿见到那个明斯特农场。

在外面，在里伏利路转角的掩体里，奥托·尼茨基上尉用机枪对准卡歇尔的前进的军队扫了一通。尼茨基看着他的曳光弹一直沿着优雅的柱廊往前驰去，趁此数

[1] 与我国习惯和美制不同，欧洲各国楼层一层叫“地面层”，二层叫一层，依次类推。——译注

了一下卡歇尔的一个个倒在路边的部下。

在金字塔广场另一个沙袋工事后面，海因里希·提尔加特纳中尉的机枪配合尼茨基的机枪，把卡歇尔的部下置于交叉火力之下。

卡歇尔和他的部下被机枪火力挡住，只能伏在地上不动，一时陷于困境。现在没有欢呼和鲜花了。“机枪，快，打那机枪！”卡歇尔叫喊道。当他的手下对海因里希·提尔加特纳的沙袋街垒开火时，他们突然注意到有个留山羊胡须的老人，带着一支古老的猎枪出现在他们的火力线上，他提起那支古老的枪向提尔加特纳的部下开了一枪，发出一阵浓烟。然后，他的脸上绽出高兴的笑容，便回到他刚才钻出来的那条街上消失了。

看到他的步兵掩护被压制得不能动弹，布拉奈命令他的坦克前进，以削弱挡住卡歇尔的抵抗力量。五辆坦克由“杜奥蒙号”坦克中的那个立誓要让他的祖先今天为他感到骄傲的布列塔尼人马塞尔·比齐恩中士领头，越过卡歇尔的人员挺进。“拉福号”坦克中的炮手雅克·戴蒂安在驶进金字塔广场时看到三个德国兵穿过他前面不到三十码远的圣女贞德塑像，他就开了炮。怀着一种恐怖的狂喜，他看着德国兵炸断了的肢体飞到空中，像为奥尔良圣女的镀金肢体在刹那间献上一束野花做的花环。

狄特里希·冯·肖尔铁茨大步跨入他现今由于炮声

而活跃起来的办公室，口授了最后一封信。这是写给诺德林总领事的。自从黎明开始，漂亮的西塔·克莱本和其他妇女已由红十字会接去照顾。除了忠实的下士，没有人留下来为将军记录口授的信。“我亲爱的诺德林先生，”这封信这么开始，“我希望向您表示我深深的谢意。”肖尔铁茨自己停顿下来，走了几步到窗口。他吃了一惊。他的敌人已经到了，就在那个他过去两个星期以来度过那么多迷惑时刻的阳台下面，肖尔铁茨看到一辆薛尔曼型坦克，炮塔打开，炮口漂亮地转向饭店的入口。肖尔铁茨极有兴味地看着坦克指挥员的黑色贝雷帽在打开的炮塔里时隐时现，他不知道那是个法国人还是美国人。接着他又想，不管他是谁，“如果他让炮塔打开着，就没怎么把这场战斗放在心上”。冯·阿尼姆在肖尔铁茨身旁窥看那转过头来对准大门的炮口。“我的天，”他问道，“他要干什么？”

肖尔铁茨对他说，他想：“他大概要用这门大炮了。结果会发生一声巨响，我们就遇到麻烦了。”当他们回身到房间里去时，屋顶上有个德国兵向他们下面打开的炮塔中扔了一颗手榴弹。

“莫特霍姆号”坦克指挥员阿尔培·贝纳尔中尉感到手榴弹碰了一下他的脑袋，从背后滑下去，弹进了炮塔。贝纳尔从前额到腰都被手榴弹的碎片划破，坦克服起了火，他连忙从冒烟的坦克中爬出来。他的炮手跟着他。让·雷纳·香比翁一人留在烟雾呛人的坦克里，想把它往前开去，寻找掩护。

德国人看到贝纳尔和他的炮手着火的身子滚在沥青路面上，暂时停止了开枪。在海军部屋顶上，哈里·莱特霍尔德少校命令他的手下不要对受伤的法国人开枪。接着，莱特霍尔德看到布拉奈的其余几辆坦克从“莫特霍姆号”冒出的浓烟中现出身来，笨重地向前推进。莱特霍尔德认识到，在几秒钟之内，它们就会扑向杜伊勒里花园在协和广场一面入口处的德国坦克的侧面。莱特霍尔德拼命向该坦克的指挥员打手势示意。德国坦克的八八毫米口径大炮的炮口喷出了一股烈焰。它的指挥员只顾香榭丽舍大道头上另一个目标，没有看见他。

在香榭丽舍大道的顶端与星形广场交接处，德军坦克刚才发射的炮弹打掉了这条宽阔大道上的最后一盏煤气灯。玻璃碎片溅到了这时正好经过凯旋门前的一辆反坦克炮车的炮塔上。这是“西蒙号”。在它拥挤的车身里，有一种气味盖过了战斗的弹药味，这是仍塞在炮弹架上的那只死鸭子的腐臭味。又有两颗炮弹从德国坦克上射出，越过“西蒙号”的头顶。第一颗削掉了马赛曲塑像的基石。第二颗穿过世界上最大的庆祝凯旋的弧门，正好在保尔·德·朗格拉德中校和亨利·德·米朗波少校的头顶上飞过，对法国的无名战士墓致了一个匆促的敬礼，然后落在附近的帝王饭店。

在星形广场，“西蒙号”指挥员保尔·基尼翁中尉把战地望远镜对准那辆坦克。他命令炮手罗伯·马迪装了一颗爆炸力极强的炮弹到大炮里，他向马迪宣布射程：一千五百米。马迪校准了他的大炮上的瞄准器上的射程。但是他犹豫了一下。他没有告诉基尼翁，把瞄准器又转了三格，把射程定在一千八百米。巴黎人马迪刚刚记起，很久以前在法国最通用的年鉴《弗尔莫年鉴》读到，香榭丽舍大道从凯旋门到方尖碑的一段距离是一千八百米。马迪开了炮。年鉴是对的。他第一炮就打中了德军坦克。马迪看着一柱灰烟从受创的坦克升起，突然对自己说："谢天谢地，要是我的炮弹向右偏了两米，纪念碑就被我打掉了！"

在克里翁大厦堆了沙袋的窗户后面，埃里克·汪达姆中士看着马迪的炮弹打掉那辆坦克的一条履带的地方冒出的烟。这时，他又看到一辆薛尔曼型坦克从里伏利路口上开出来，转向被击中的坦克。

在汪达姆眼前，率领那辆坦克的"杜奥蒙号"里，马塞尔·比齐恩中士也看到了那辆德军坦克。"左边有鬼子坦克！"他向炮手叫道，"开炮！""杜奥蒙号"的爆炸力极强的炮弹击中了德军坦克的钢板，但是没有打穿它。如今比齐恩看到德军坦克炮塔上八八毫米致命大炮慢慢地转向他而来。在德军坦克里，操纵人员在用手操作。马迪的炮弹打坏了它的电动系统。"穿甲弹，快！"比齐恩叫道。他下面的炮手在烟雾弥漫的炮塔中摸炮弹。"开炮！"比齐恩叫道。

炮弹在德军坦克身上爆炸，升起了一团烟。比齐恩的炮手在黑暗中摸了一颗烟幕弹，而不是穿甲弹，装到了炮膛里。现在德军坦克离比齐恩的坦克只有三十码了。在几秒钟之内，“杜奥蒙号”还来不及开炮，德国八八毫米大炮就会找到他们，把“杜奥蒙号”打成碎片。刹那间，布列塔尼海盗的这个小个子后代明白了，他的唯一希望是在德国坦克那吓人的八八毫米大炮开炮以前撞上去。“撞上去！”比齐恩叫道。司机乔治·冈比洛踩下加速器，“杜奥蒙号”向前冲了上去。莱特霍尔德少校在海军部的屋顶岗哨上看到那辆薛尔曼型坦克像一辆火车机车一样穿过德国坦克周围的烟雾。他觉得这个景象有点像“中世纪的比武”。

比齐恩在自己坦克的炮塔中坐稳了。他的下面，冈比洛紧靠背后的钢板椅背以防震荡。像标枪一样，两辆坦克的大炮成了交叉之姿。在一阵火星和碰撞声中，七十吨钢铁在世界上最美丽的广场中撞在了一起。接着，它们的相撞声息了下来，广场中充满了一种怪异的沉默。

两辆坦克的人员被撞得震呆了，在烟雾中透不过气来，都头晕目眩地缩在炮塔里。比齐恩慢慢地恢复了知觉，他第一个蠕动起来。他向司机冈比洛指着烟雾中的方尖碑的细长轮廓，“像大雾中的一条船的船桅一样”出现在他们头上。小个子的布列塔尼人解开了科尔特手枪的枪套，跳出坦克，向旁边的德国坦克扑去。冈比洛在“杜奥蒙号”里听到手榴弹的爆炸声。接着他看见比齐恩从烟雾中跑回来，嘴上骂着“这些狗娘养的全都报销了”。

莱特霍尔德仍极有兴味地用军用望远镜观看着，他看到薛尔曼型坦克在其本身力量驱动下向后退了一下。但这时他听到一阵枪声，看到炮塔中那个人向前扑倒。这是比齐恩中士，他的脖子给一扇窗户中射出的子弹打穿了。这个要让他的祖先为他感到骄傲的布列塔尼来的小个子的胜利喜悦只维持了几分钟，刚刚够体会一下实现愿望的滋味，他就死了。

在莫里斯饭店，脸色阴沉但无可奈何的肖尔铁茨刚刚做出了一个决定。这是本德预期他会做出的。因此，本德曾经自作主张告诉法国人，大巴黎司令一旦被俘就会交出他的所有据点。几分钟以前，雅伊对他的老朋友说：“现在，你必须拿定主意。你打算整天坐在这里同美国人玩捉迷藏游戏，还是干脆投降。把这桩倒霉的事了结？”

肖尔铁茨权衡了利弊得失。他感到悲哀和疲倦，决定他不能把他的部下在一场没有任何目的的长期无益的战斗中置于死地。他召来了恩格尔，向他下令如果是法国国内部队企图攻占饭店，他们就作战。如果是正规军先进来，守饭店的指挥员开几枪后就投降。他命令冯·恩格尔在盟军一进来就卸下旗帜。说完话，他就离开了办公室，到筑有防御工事的内院里的一间小屋子中去等他们。

在肖尔铁茨的卧室里，梅耶下士以七年经验训练出来的精确和仔细的方式为大巴黎司令收拾了最后一只箱子。他放进了三件衬衫、一件军装上衣、袜子、内衣裤、一条将军裤，裤腿外沿接缝处有一条酒红色的条饰。在另一房间里，冯·阿尼姆伯爵把几块巧克力、头年冬天他母亲为他织的厚毛衣、两本书塞进了背包。一本是雅克·班维尔著的《法国史》，另一本是《战争与和平》。

在外面街上，法国人更加逼近了饭店。有三个人在烟雾中穿过里伏利路，在杜伊勒里花园门外贴倒在地面。其中一个，亨利·里克布什中尉在烟雾中张望着，恐惧地发现他竟选在德军掩体枪眼前面作为他躲藏的地方。他的手在烟雾中摸索，感到掌心有块发烫的金属。这里是掩体枪眼中露出的枪膛，是守军几秒钟前丢弃的。

在杜伊勒里花园另一头，薛尔曼型坦克“法兰西维尔号”的乔治·提奥叶下士看到他发射的穿甲弹打进了他的目标，停在柑橘园前面的一辆德国坦克的后面履带处，它的大炮对准塞纳河对面。这辆坦克警觉起来，把炮塔转向提奥叶的坦克。“法兰西维尔号”第二炮没有击中目标，提奥叶吓得直咽口水。下一炮轮到德国坦克发了。这时他看见坦克慢慢向他转来，大炮停了下来。它给旁边一棵树干挡住了。

在花园另一边，里伏利路上各座建筑物里如一阵狂雨般扔出了手榴弹和火箭炮弹，开始进攻的五辆坦克已有三辆报废。美军摄影队中的一个二等兵，剧作家欧文·肖看到它们之中有一辆一瘸一瘸地退出了战斗，它的后甲板已被炸开。剩下的两辆坦克之一“拉福号”的人员看到战友牺牲，一怒之下，开炮乱射，把装在炮塔中的九十枚炮弹都几乎发射光，只剩了十几枚。

盛怒的布拉奈上尉命令：“‘拉福号’，停止乱开炮。你们这是在破坏世界上最美丽的广场。”他的话刚完，另一个声音向“拉福号”人员宣布：“蒙福康号”中的皮埃尔·雷格尔给打死，他的坦克报废了。

“该死的，”“拉福号”炮手雅克·戴蒂安想，“咱们是剩下的最后一辆了。”

七

在莫里斯饭店后面，马塞尔·克里斯坦中尉看着一队车辆像火炬一样照亮了卡斯蒂利奥内路和圣奥诺莱路。“我的天，”他想，“斯大林格勒一定也是这样开始的！”在他的前面，大陆饭店已是一片疮痍，窗户炸飞，正面破裂，弹痕累累，德国守军横尸街头。年轻的中尉头一天还参与领导攻打弗莱斯纳监牢，如今握紧科尔特手枪跳出坦克。他同跟在后面的司机亨利·维莱特一起从一个门洞窜到下一个门洞，潜行到了饭店的进口处。这时有个矮个子的德军上尉从那里向他们趺趺撞撞地过来，手中握着钢盔。“投降！”阿尔萨斯人克里斯坦用德语叫道。那个垂头丧气的上尉答了一声“是”，举起了双手。两人把他推在前面，进了饭店。一大批德国兵双手举在头顶上，一个个地向他们走过来投降。维莱特每见一个德国兵戴的铁十字奖章就把它扯下来。从利比亚开始，他就在搜集。他的坦克手皮带中已有了十七枚，但是他从来没有像这次在大陆饭店那样丰收。

他们两人一个楼层接着一个楼层地清理。在第五层上，克里斯坦听见一扇门后传来一声声轻轻的呻吟。他用脚踢开门，发现有一批美军俘虏给拴在卧室墙上，身体虚弱，又累又饿。

“好了，伙计们[1]，你们自由了！”吃惊的法国人说。

在楼下，一队步兵跟在克里斯坦后面已开进饭店。他们搜获了最后一批德国兵。这时是下午两点三十分。肖尔铁茨的第一个据点宣告陷落。

在莫里斯饭店前面，战斗依然激烈。伊夫·布莱卡忙着躲尼茨基扫过杜伊勒里花园的子弹，只好对树丛中冒出来投降的一个德国军官说：“等一会儿，我以后再俘虏你。”在圣罗什路拐角，九十分钟以前兴高采烈地开进里伏利路的几辆薛尔曼型坦克中最后幸存的“拉福号”的炮手戴蒂安，看见一位军官跌倒在地上，背部被手榴弹炸开了花。他是布拉奈上尉，他想从前门走进莫里斯饭店去。几秒钟后，一颗手榴弹炸开了“拉福号”的一个通风孔，打伤了戴蒂安和司机。坦克掉转头，向夏特莱急救站驶去，参加了“蒙福康号”和“维叶科特莱号”的受创队伍。“杜奥蒙号”被弃置在协和广场，马塞尔·比齐恩的尸体还在里面。在罗耶尔路，“莫特霍姆号”烧成了一堆废铁，那里就是让·雷纳·香比翁要想找掩护的地方。

---

[1] 原文为法语。——译注

刹那间，里伏利路一片沉寂。接着乔治·布伊上尉的坦克连开过协和广场继续进攻。布伊在穿过宽阔的广场时，看到他的坦克“挪威号”炮塔左方烧焦了的大王宫的躯壳。布伊对他的炮手亨利·雅克喃喃说：“烧成了这么一堆破烂！”炮手同意。布伊说：“咱们把它结果掉怎么样？”雅克咯咯笑着开始在炮弹架上寻找燃烧弹。

几秒钟后，他遗憾地向他的上尉报告，没有燃烧弹剩下了。他说，爆破弹没有用。

“真可惜。”布伊回答。他们失望之余，继续向莫里斯饭店开去。

亨利·卡歇尔看到前面椭圆形名牌上刻的几个字：莫里斯饭店—茶室—餐厅。几秒钟以前，中尉还同死神擦身而过。这是他一生中最挨近的一次。在他调头向身后的一个士兵下达命令时，一颗曳光弹烧了他的左眉毛。他心里明白，要是他没有调头，那颗子弹就会射到他的眼中，穿过大脑。如今，他向前面的大门走去时记起了他曾经来过这里。那是在战前不久，一个当记者的朋友请他来“与罗马尼亚王后一起喝杯酒”。

卡歇尔手中提着轻机枪，和身后三个人一起窜进了饭店的门。卡歇尔看见前面有幅希特勒的巨幅肖像，挂在摆满了珠宝、手袋和化妆盒的玻璃柜里。玻璃柜已给打得粉碎。卡歇尔在大巴黎德军司令部里的第一个行动就是向元首开了枪。在楼梯第一层平台的沙袋后，明斯特来的老兵向卡歇尔开枪。法国人躲闪到了接待桌后面，从腰带上拔下一个黑球。这是燃烧弹。他咬掉了安全栓向厅里扔去。在卡歇尔身后，阿尔萨斯人二等兵瓦尔特·赫尔曼把火焰筒对着电梯喷射。这时，赫尔曼看见一顶德军钢盔从楼梯上蹦了下来，掉在他的前面。这是明斯特来的老农的，他已被卡歇尔的手榴弹炸死了。

从前厅里弥漫的刺鼻烟雾中，出现了一个德国军官的身影，他的双手举过头顶。卡歇尔向他跳过去，轻机枪的枪口顶着他的皮带。由赫尔曼翻译，卡歇尔命令："都举起手来，一个个放下武器！"那个德国军官高声转达了命令。枪声停止，饭店地面一层的守军一个个从烟雾中走出来。向卡歇尔和他三个部下投降，他们的脸上还流着血和汗。楼梯前面，卡歇尔在跨过明斯特老兵的尸体时，看见一个穿总参谋部红饰条裤子的德国军官向他走来。卡歇尔向他跳过去问道："你们的将军在哪里？"

将军坐在比卡歇尔只高一层楼梯的小房间里靠墙的一张长桌后面。狄特里希·冯·肖尔铁茨双手抱头，似乎正陷于沉思之中。他面前的桌子上，压在他军官帽子下，是一只皮制棕色枪套，里面是那支他不久之后投降时要象征性地交出的六点三五毫米手枪。肖尔铁茨自己没有手枪，他不得不借一支。恩格尔、雅伊、布莱森斯多夫和阿尼姆在他身旁一起等着。他们也把自己的手枪放在前面桌上，就像中世纪的武士把他们的剑扔向征服者的盾牌一样。这是一个残酷和痛苦的时刻，他们的感受各有不同。在重重压着他们的沉默中，四年来以其无情的威力统治着世界上最美丽的首都之一的这个司令部的最后代表，都在考虑自己个人的成败功过。

肖尔铁茨态度镇静自若，听天由命，不带感情地等待最后的结局。他心里想，他没有什么可以责备自己的。他的士兵这时正在执行元首的“战斗到最后一颗子弹”的命令。他作为军人的荣誉没有受损，一旦他被俘，他就可以名正言顺地命令部下投降。与此同时，他现在可以坦然等待历史的审判而不感到恐惧或羞耻。他没有让报复心切的希特勒迫使他担任命运在十九天以前把他送来的这个城市的刽子手。在这最后的自由时刻，肖尔铁茨完全真诚地感到，他已在巴黎为自己的名誉、为他的国家尽了力。

站在他左边的风度翩翩、温文尔雅的雅伊上校却有不同的想法。他正在作幻想的旅行。在等待着德国的溃败，当盟国把他国家的废墟瓜分的时候，他认为像他那样的人不会有什么活动余地。那么，雅伊问自己，他该到哪里去呢？

对年轻的恩斯特·冯·布莱森斯多夫来说，这个结局似乎会带来“新开端的美好前景”。

在他的身旁，他的朋友冯·阿尼姆伯爵心里想，“耗费了一生最好年华”的这场战争终于结束了。但是奇怪的是，在结局将临时，任何人都似乎没有那个态度冷淡疏远而严峻的冯·恩格尔那样镇定自若。阿尼姆注意到，在肖尔铁茨右边的这位上校的脸色突然缓和下来，他的军人身上的严谨慢慢消失了，他轻轻地在翻阅从口袋中取出的皮夹里夹着的孩子的照片。

门开时，肖尔铁茨抬起了头。梅耶下士站在门口。在刚刚满两小时的时间里，下士第二次轻轻地并了一下鞋跟宣布："他们来了，将军阁下。"

这次"他们"是在过道的另一端。在莫里斯饭店的楼梯口，卡歇尔刚刚发现一批默不作声的军官，他们双手高举。卡歇尔出现时，其中之一爆发出一阵歇斯底里的笑声。这是一个秃顶的小个子中尉，他用地道的法语叫道："这是我一生中最快活的日子！我是奥地利人。我憎恨这些纳粹分子！战争期间我一直躲避上前线。三天之前他们送我到这里。我真高兴见到你们！"说完，这个秃顶军官拜倒在卡歇尔的脚下，吻他的皮靴。

卡歇尔在烟雾腾腾的过道上向等他去摘取的战利品走去时，他感到太阳穴中血管的跳动。走在他前面的是原来从楼梯上跌跌撞撞下来的军官，他们双手高举在前面引路。"你现在可不能把戏给演砸了。"卡歇尔对自己说。这么一想，他的心中闪过了一连串的记忆。他看到了他在到达饭店过道之前一路上留在后面的朋友们的脸：卢瓦梭，他不久前见到过他的兄弟；那个手中紧握科尔特手枪的人；还有从某种意义他马上要在那光荣的时刻接受占领祖国首都的德国将军投降时所代表的那些人。卡歇尔打开了前面那个军官指给他的房门。肖尔铁茨站了起来。卡歇尔立正敬礼。

“戴高乐将军部队亨利·卡歇尔中尉。”他自报姓名道。

“大巴黎司令冯·肖尔铁茨将军。”德国人回答。

卡歇尔问肖尔铁茨是否准备投降。

“是。”肖尔铁茨回答。

“那么，”卡歇尔说，“你成了我的俘虏。”

“是。”肖尔铁茨回答。

这时，又有一个法国军官进了房间。一看到让·德·拉·霍利少校，雅伊上校的眉毛微微一抬。战前，这两人曾在欧洲的赛马场上有过另外一种较量，两人都在各自的军队骑术队中驰骋。如今两人目光相遇时，都颔首示意，几乎无人能够察觉。拉·霍利转向肖尔铁茨。他通过译员告诉他：“将军，你要打一仗。你打了，但这一仗我们付了很重的代价。我要你下令全市其他据点停止一切抵抗。”

拉·霍利然后隆重地转向卡歇尔说：“亲爱的朋友，是不是能请你负责其余的人？”他命令肖尔铁茨跟他走。普鲁士人同雅伊和恩格尔握了手，向对方喃喃说了一句“祝你好运”，就戴上帽子走了。

他们走后，卡歇尔要求视察大巴黎司令部。冯·恩格尔走上一步来领路。在肖尔铁茨原来的办公室里，卡歇尔注意到将军的办公桌上有捆折叠整齐的布。

“这是什么？”他问恩格尔。

“这是大巴黎司令部的旗帜。”恩格尔回答。他解释说，这是在卡歇尔进这幢建筑物时被取下来的。

“那么，”卡歇尔说，“你得把它交给我。”

这两人单独待在这间还有烟雾的屋子里。外面，断断续续的枪声从杜伊勒里花园和协和广场传到窗口来。窗户下面的人行道上传来了更加令人不安的“嗡嗡”声。那是乱哄哄的人群，他们已经挨近了莫里斯饭店的大门。两个军官面对着面立正，敬礼，然后年长的恩格尔庄重地把那四年两个月零十天以来得意洋洋地飘在里伏利路二二八号旗杆上的那面红黑两色大旗交给了俘虏他的法国年轻军官。

简短的仪式结束后，卡歇尔提起肖尔铁茨办公桌上的巴黎电话，拨了一个号。

“奥特伊〇四点二一号？”对方答话时他问。“啊，您好，爸爸，”卡歇尔向他的继父说。他的继父是个退休将军，对戴高乐不像他那么爱戴。“我向您致敬。我是亨利·卡歇尔中尉。尽管您对我的军事生涯做了不利的预测，我很高兴地告诉你，我刚刚俘虏了一名德国将军、他的参谋部和他的军旗。”

在窗户下面的街上，德·拉·霍利少校手中握着手枪，奋力保护他的俘虏。狄特里希·冯·肖尔铁茨则保持了他的尊严，不动声色地忍受了群众的愤怒宣泄。妇女们满面仇恨，伸手抓他的制服，想要把他的肩章扯下来，在他走过的时候向他吐唾沫。男人们骂他是“母狗养的”。在纳粹的四年占领下饱受残暴统治之苦的人们，一旦见到这个德国将军双手举起投降，莫不感到满足，而在本能的驱使下要进行报复。

“他们要把我私刑处死了。”肖尔铁茨想。他可以感觉到背后他的忠实勤务兵梅耶下士的喘气。梅耶一手提着他为肖尔铁茨走向牢笼这一不愉快旅程而小心收拾的箱子。每走一步，疲惫的肖尔铁茨都觉得举起的手垂下来一点。“高些，举得高些，将军。”梅耶轻声说，“要是你不举高，他们会杀了你。”

在他们前面的里伏利路上，他们沿途都听到人们胜利的叫声：“鬼子将军，鬼子将军！”在金字塔广场，一个四十岁左右的妇女面露仇恨之色冲到他的面前。“老杂种！”她叫道。然后她抬起头像毒蛇似的向前伸来，狠狠地啐了一口唾沫，射到他单镜片下的颧骨上。

这时，一个身穿红十字会制服的妇女走到他身旁，愤愤不平地以她自己的身子挡在他与群众之间。肖尔铁茨被这少见的同情姿态感动了。这时他们正好走过圣女贞德镀金铜像的后面，就向他的保护人低声说：“夫人，您就像圣女贞德一般。”

拉·霍利终于看到了一辆半履带式军用卡车的侧影，便把他的俘虏领过去。在人们的挤推下，这个法国人忘记了梅耶下士。勤务兵慌了，眼看着卡车不等他上车就要开了，把他丢在报复心切的巴黎人群中。

这时，一个法国国内部队人员用步枪枪托将梅耶手中的将军箱子打落在地。那个法国人把它打了开来，扯出梅耶为这次旅程小心收拾好的一套备用的制服。梅耶也顾不上这么多，他挣脱已经抓住他自己身上制服的手，拼命向前冲去，伸手抓住已经启动的卡车后门。他看到了上面的肖尔铁茨的身影，才喘了一口气。

肖尔铁茨这一次却没有注意到他。他着迷地看着他永远不会忘记的景象。当车轮滚滚驶向他的俘虏生涯的时候，抛在他身后的是一个极其丑陋的巴黎女人在里伏利路上狂舞乱跳。她兴高采烈地在头顶上挥舞着她个人的战利品。那是一条裤子，外沿镶有一条德国军队将级军官的神气的酒红色饰条。

八

就在巴黎的心脏，圣母院对面警察总署的墙上镶了嵌板的宴会厅里，有另一位将军，身上皱巴巴的制服上满是尘土，坐下来吃耽误了的中饭。这一次，这位面容阴郁的皮卡迪人的脸上终于有了笑容停驻。雅克·菲利普·勒克莱尔实现了他在利比亚沙漠对自己许下的诺言。他成了巴黎的解放者。这是历史的幸运的巧合，他的最后胜利时刻正好就要在他开始踏上回祖国首都征途时刻的四年后来临，一天不差，甚至几乎一分钟也不差。这个征途是一九四〇年八月二十五日下午在非洲炎炎烈日下开始的，当时他从喀麦隆的武里河岸边出发，要以夏尔·戴高乐的名义收复法兰西帝国的第一块角落。勒克莱尔是同十七个人一起驾一艘独木舟开始的，其中有三名军官，两名传教士，七名农民和五名文官。到征途终结，他统率法国军队的最现代化部队，手下有了一千六百人。

第二装甲师师长这顿胜利的午餐只进行到那盘开胃冷菜。他的一名副官蹑手蹑脚进来在他耳边低声说了几句话。勒克莱尔站起来，到了隔壁房间。这是弹球房。

在那里，勒克莱尔要在弹球桌上从他的祖国首都的最后德军司令手中接受他正式交出首都的仪式。

他听到外面院子里聚集起来的群众的吼叫和口哨声。就是这所建筑物，五天以前肖尔铁茨还决定要夷为一片瓦砾的。这时门开了。面孔涨红，气喘吁吁的德国人进来。这个矮个子将军走到勒克莱尔跟前，两人自报了身份。肖尔铁茨脸上刚刚刮过胡须，干干净净，身穿正式军礼服，显得有些僵硬，热得流汗；而勒克莱尔的卡其衬衫的领子敞开，嘴角还留着面包屑。肖尔铁茨看着他见到的第一位法国将军，心里想他“这样随便，真是令人难以置信”。因为在这历史性的场合，勒克莱尔穿的是一件卡其脏衬衫和一双美国兵皮靴。他没有佩饰勋章，他的唯一徽章是别在肩上的将军星章。

两人简短地谈了一下用打字机打出的投降文件中的条款。这时，房间里出现了一阵骚动。共产党“罗尔上校”因为没有被邀参加他为之战斗了六天的城市的受降仪式而生气，要求进来参加。勒克莱尔同意了。接着军事行动委员会那个为争论不休的共产党委员莫里斯·克里格尔－瓦利蒙，原来是共产党派来警察总署进行监督的，坚持要让罗尔的名字同勒克莱尔的名字一起出现在投降文件上。勒克莱尔十分恼火，但没有办法，也只好同意了。

勒克莱尔要求肖尔铁茨命令他的所有据点停火，为了要把他的命令付诸实施，派一名德国人、一名法国人、一名美国人到各个据点去。然后，勒克莱尔带着肖尔铁茨出发，到他设在蒙帕纳斯车站的总部去。他们登上他的指挥车时，勒克莱尔的司机轻蔑地看一眼这个气喘吁吁、满脸通红的德国将军，在几小时以前他还把巴黎的命运一大半掌握在他胖乎乎的手中。“真是，”他说道，“这肥猪还挺麻利的。”

肖尔铁茨投降的消息一在巴黎传开，本来已经欣喜若狂的这个城市就似乎沉浸于它特有的一种狂喜的境界之中。也许从来没有一个城市有像巴黎在这一天那样完全敞开胸怀的。在战地记者厄尼·派尔[1]看来，这个城市所表现出来的盛大的喜悦场面是“我们时代最可爱，最灿烂的新闻故事”。他的同行埃德·鲍尔写道：“要用言语来形容今天的巴黎，就像用黑白两色来画沙漠的日落。”

在这伟大的一天里，巴黎在生活，在热爱，在欢呼，在哭泣，在跳舞，有时还在死亡，其热烈的程度一点也无愧它的高卢人的欢乐的民族性。从印第安纳州戴耶尔来的新教随军牧师乔治·克纳普上尉认为这是他一生中“最伟大的经历”。另一位从弗吉尼亚州伍德斯托克来的随军牧师刘易斯·孔恩上尉驾驶着一辆用白漆刷有他的职务的吉普车开过时，听到人群中有人在说：“啊，

[1] 二战时著名美国战地记者，后在太平洋前线牺牲。——译注

查利·卓别林！”[1] 到处大家都取出了为解放而早已准备的香槟酒。大卫·布鲁斯上校在伟军大街因为附近发生枪战而蹲在一辆卡车下面，忽然看见有个衣着讲究的巴黎人在路边向他爬过来。布鲁斯是陪同海明威到朗布依埃的战略情报局的欧洲头头，他对这位高雅的客人这么来见他感到惊奇。“对不起，”这个法国人说，“我不知道您是否愿意光临寒舍喝一杯香槟？”

对法军第二装甲师和美军第四步兵师大多数精疲力竭、形容污秽的士兵来说，巴黎所能提供的礼物很少能同洗澡媲美的了。第四工兵作战营“B”连的二等兵查利·哈莱在列昂－波雷大街二号的一所公寓里得到了这一礼物。哈莱全身脱光，只剩短裤衩，站在澡盆里，由一个法国妇女，她的两个女儿和一个儿子把他身上的诺曼底污垢擦干净。第十二团反坦克连的吉姆·史密斯上尉在他的连在奥尔良大街停下来时，一位可爱的金发女郎请他到她家中洗个澡。她家没有澡盆也没有淋浴喷头，她让高个子上尉站在厨房中央的一只木桶里，在他一边喝香槟，一边问自己是不是在做梦时，她从头到脚给他擦了身。

在这些狂热和喜悦的群众中，不论在什么地方，没有比他们自发的慷慨款待更感动这个城市的解放者了，

[1] 英语随军牧师“Chaplain”与喜剧大师卓别林的姓“Chaplin”拼法相似，只多了一个“a”。——译注

他们急于把四年的占领后剩下的一点点东西拿出来分享。群众一而再再而三地对开过的军队高呼："谢谢，谢谢！"从新罕布什尔州弗兰克林来的达格拉斯·金鲍尔中士二十年后仍记得："啊，巴黎。她的'谢谢'会永远在我耳边响起。"

唐·弗拉纳根上士的吉普车开进巴黎的时候，他的连里的宠物——一只名叫让妮的兔子在吉普车后座上的一只木箱里窜来窜去，这只瘦兔子是该连在诺曼底一兔场里逮到的。吉普车在人群中停下来一会儿，弗拉纳根注意到有个法国人挤了过来，他的怀中抱着一只肥大的兔子。法国人注意到了瘦骨嶙峋的让妮，他使人感动地表示，他愿意把一只肯定会比弗拉纳根吉普车上的那只瘦兔子好吃的兔子送给弗拉纳根。弗拉纳根费了好大的劲才使他的送礼人相信，养让妮不是为了吃，这使他惊讶不已。

但是从这些素昧平生的群众中得到的任何礼物都比不上全民洋溢的感激之情使得进来的军队感到担当不起。从新泽西州来的"B"连二等兵乔治·麦克英泰尔抵达星形广场时，他已被拥抱得"觉得肋骨都断了"。麦克英泰尔是个"矮个子，头发快要秃光了，牙齿也掉了一半"，他从拖拉机曳引的压路机上跳下来歇息一会儿时，看到有个"美丽的十八岁姑娘"的身影排开包围他的人来到人群中央。有足足十秒钟之久，她凝视着这个没有刮脸、全身肮脏的矮个子美国兵。这时，周围的人们静了下来。

接着，她的脸突然露出幸福的笑容，她高声叫道：“法国人民又可以昂起头来了。感谢上帝给我们送来了解放者。美利坚万岁，法兰西万岁！”她投到张嘴结舌的美国兵怀里吻他。接着她跪在他的前面，不断地吻着他的双手。麦克英泰尔被深深地感动了，也同样深深地觉得不好意思，他把这美丽的姑娘拉起来，又吻了她，这次引起了围观群众的欢呼。这个从新泽西州来的矮个子美国兵，眼睛满盈泪水，觉得好像“战争的一切艰难困苦都被一个姑娘感人的姿态而全部抵消了”。

雅克·于热太太在她的黎塞留街一〇二号整齐干净的两间公寓里，听着下面街上群众的高兴呼叫。对这喧闹的声音，七十一岁的寡妇的微笑里带有一点点的悲哀。她独自在巴黎，同家人断了联系，像度过占领期间大部分日子一样度过这解放日，只有自己的思想做伴。她沉浸在自己的沉思中，竟没有听到门外的第一响敲门。敲第二响时，她怔了一下，心想这一定是敲错了。到了敲第三响，她胆怯地害怕地去开了门。

门外在她面前站的是个穿着陌生军服的面露笑容的大高个儿。他伸手到口袋中，在这个解放日的下午，于热太太一生中见到的第一个美国人交给她一封信。这是她的独生儿子从三千六百英里以外一个她从来没有去过的国家发来的。站在她前面的军人是第·斯通中校。于热太太的儿子在纽约州森林山是斯通的邻居。斯通离开美国的那个晚上，于热把这封信给他，托他在巴黎递交。他说：“我会为你带来好运。”这封信斯通当作护身符一样带在身上，越过犹他海滩，穿过诺曼底的树丛，送到巴黎这所光线暗淡的公寓。

在巴黎街头如今充满愉快的节日气氛里，各种事情似乎都在同时发生。兴奋的法国国内部队战士一手抓着酒瓶，一手提着步枪，在城市的屋顶上追逐，寻找德军狙击手。在香榭丽舍大道，一队兴奋的消防乐队交替地吹奏“马赛曲”和“上帝保佑美国”。在仍旧顽抗的德军据点周围，第二装甲师的战士仍在作战和牺牲，而几个街区以外，战斗已经结束的战友们却在庆祝。

肯·道恩斯中校和约翰·莫温克尔中尉决定到记者出身的道恩斯认为唯一适合这一场合的地方去喝一杯庆祝归来的酒，那就是克里翁饭店。道恩斯推开饭店职员挡住前厅的铁栏栅，走了进去。他看到面前的景象，不觉一怔。前厅里从这一头到那一头都挤满了脸色阴郁的德国兵，肩上背着背包，腰里插着手枪。他们瞪着这两个美国兵。后来其中有个人站了出来问：“你们是美国人吗？”

道恩斯答道，他们是美国人。

“那么，”那个德国人说，“我们向你们投降，不向——”他不屑地指一下饭店门外的人群，“外面的那些人。”

“你们有多少人？”道恩斯问。

“一百七十六人，”那德国人回答。

道恩斯想了一下。他转身向莫温克尔。“中尉，”他说，“你看管好这些俘虏。”说完，道恩斯离开那里去找一个更合适的酒吧。莫温克尔一人留下来同一百七十六名战俘在一起，决定像个绅士一样解除他们武装。他叫他们把武器交到衣帽间。

这时，莫温克尔发现他有了一个盟友，那是一个穿着阿尔及利亚骑兵团制服的高大的法国中尉。他像莫温克尔一样，进这饭店时对它的解放后的地位有一种显然过高的想法。他以为这是勒克莱尔的总部。这个法国人决定巡视一下这家旅馆。他从枪套中拔出科尔特手枪，用枪口抵住挡路的德国人，清出一条道来到楼梯口。美国人跟着他。楼上是个大宴会厅，仍杯盘狼藉到处乱放着德国人最后一顿美餐的残羹剩肴。两个年轻军官是分别从两扇门进来的，几乎同时发现了德国人留下的一件战利品———箱香槟酒。他们在保持各自尊严所允许的范围内飞步抢了过去。他们同时到达。两人以半立正的姿势面对面站在战利品前。

“法军情报处让·比尔曼中尉。”法国人自报姓名说。

“美军情报处约翰·莫温克尔中尉。”莫温克尔答道。

“我建议，”法国人用手一挥说，“六瓶给你，六瓶给我。”莫温克尔客气地点头表示同意，两位军官就分了香槟。然后两人怀中各抱着酒瓶，庄重地并肩走下了饭店的大楼梯，经过瞪大了眼睛的俘虏，像刚刚玩了一个恶作剧的儿童一样，大笑着走出了饭店。

几个街区以外，有两卡车的法国国内部队在巴黎一家同样著名的大饭店的大门前停车。他们全身肮脏，尽是尘土，头戴贝雷帽，身穿衬衫和油污满身的蓝布工装，像当初前去保卫马德里的工人营一样，[1] 前去旧世界豪华奢侈的堡垒——丽兹饭店。走在他们前面的是这一支独立大队的威风凛凛的将军欧纳斯特·海明威和他的两位志愿副官，显赫的大卫·布鲁斯上校和“莫塔德”，后者战前曾在法国拥有的埃塞俄比亚铁路上担任过工程师，在过去四天里一直担任海明威的法国国内部队分队的参谋长。

在丽兹饭店人去楼空的前厅里，他们只发现一个人，一个吓坏了的副经理。他认出了他的显贵的美国客人，他们战前是这家饭店的常客。

“怎么是你们，”他吃惊道，“你们在这里干什么？”

他们告诉他，他们是同几个朋友来此暂憩的。副经理明白了以后问海明威，作为欢迎的姿态，饭店能够为他提供什么。作家回头一看已经在前厅转悠的他的那帮高兴、邋遢的部下。

“七十三杯马提尼酒怎么样？”他问。

[1] 指西班牙内战。

整个上午，伊维特·波维拉，她的丈夫，她的女儿海仑都推着自行车在欢笑的人群中穿梭寻找戴黑色贝雷帽的那个团。他们在奥尔良门看着第一批军队开进巴黎起，从那里经过卢森堡宫、圣米歇尔林荫大道，一直到市政厅，都仔细寻找。如今，他们终于知道了他们寻找的那个团的名称。这是第五十一坦克战斗团，以坦克带头攻打莫里斯饭店的那个团。

终于，在夏特莱广场，波维拉一家找到了第一批戴黑色贝雷帽的兵。但是他们都不认识雷蒙或者莫里斯·波维拉。他们叫他们到圣路易岛去找。他们说，那里有他们团的其他部队。

圣路易岛在圣母院后面，像驳船一样连着城岛，波维拉一家三口在那个小岛的弯弯曲曲街道上前前后后寻找。他们问每个碰到的人有没有见到过“戴黑色贝雷帽的士兵”。没有人见到过。最后，在一家饭馆前面两个守着一辆吉普车的法国国内部队人员告诉灰心丧气的一家人，在他们身后的饭馆院子里睡着一个戴黑色贝雷帽的士兵。

海仑头一个冲到院子里。在角落里，有一个兵像一只球一样蜷缩着身子酣睡在阳光中。她心里想，他个子太大，不可能是她随便哪个哥哥。她的母亲和父亲跟着来了。波维拉一家三口都弯下腰，眯着眼睛看着在他们脚下打呼噜的这个身上肮脏、没有刮脸的男子。接着波拉维太太伸出手来，像他幼时熟睡时那样轻轻地抚摸他，摇一摇那个兵的肩膀。他是她的儿子莫里斯。

莫里斯伸展肢体醒来。他睁开眼睛第一个看到的是他的妹妹。他心里想："她真美呀。"姑娘热泪盈眶，挨近些看着这个上次她看到时还是个刚长个儿的少年的大汉。她看到了他的皮带上插着一件她似乎觉得很熟悉的东西发出的金属闪光。其实，这是他的科尔特点四五口径手枪的一只弹匣。

"哦，"她用羞怯的爱慕的口吻问，"你还吹口琴吗？"

维克多·弗拉贝尔上尉的下巴肌肉"因为笑得太多，吻得太多而感到酸了"。这位三十岁的上尉是第十二团的弹药军官，他的吉普车开到协和桥就有高兴的巴黎人拥上来而寸步难行了。弗拉贝尔尽力要想听懂一个彬彬有礼的十五岁男孩从学校里学的英语，这时有个漂亮的金发女郎从人群中挤出来问他："我能帮你忙吗？"

笑着的上尉说她能够。他要她答应接受他的约会。她说可以，但只有站在她身旁的母亲也来。他们交换了地址，看到他的地址簿里已经写满了名字，雅克琳·马利西奈心中想，她以后永远不会见到这个爱笑的上尉了。她错了。他会回来的，而且在两年之内，她当初用秘书学校学来的英语与之交谈的这个男子成了她的丈夫。

一英里半以外，在莫扎特大街一所粗石墙面的公寓的四层楼上，另外一个年轻的法国女郎肩上披着睡袍，看着巴黎的解放者列队经过，把她纤弱的身上的泪都流尽了。对安托瓦尼特·夏邦尼埃来说，雅克·马苏少校的辚辚开过她窗下的半履带式卡车意味着“世界的末日”，她与一九四〇年英俊的战胜者汉斯·维尔纳上尉一起生活的末日，她与他一起曾经度过了她一生最快活的时光：占领时期。她“砰”的关上了百叶窗。

汉斯·维尔纳躺在亨利－罗歇福路一家下等旅馆里的床上，那是她谎称他是躲避德国秘密警察的波兰抵抗运动者藏在那里的。他也在听着巴黎解放者的胜利到达。他吸着一支烟，看着一群苍蝇围着挂在他头顶上的光秃秃的没有生气电灯泡嗡嗡转。这时他也听到了“世界末日”的声音：盟军坦克开过他窗下的履带“喀咚”声。

漂亮的慕尼黑女秘书西塔·克莱本也听到了福堡圣昂诺莱公寓外面的坦克履带擦地声。她是和其他留在巴黎的德国妇女一起被扣押在那里的。二十三岁的西塔为了走向她被拘的地方短短的一段路，高傲地穿起了她最讲究的一套行头：浅米色山东绸套服，加上一条栗色披肩。西塔和她的女同胞由诺德林的总领事馆瑞典工作人员先带到布里斯托尔饭店，经过迅速搜查，翻空了她们仔细收拾好的箱子里的巧克力、丝绸、银器、饭店床单，甚至几支袖珍小手枪。

然后她们被押到这个集中站，沿途人群的敌意态度只比拥在肖尔铁茨周围的人群略为轻微一些而已。她在路上所遇到的各种愤怒表示没有比快到这公寓时几个街区以外遇到的更残酷了。在那里，一个面露仇恨之色的妇女向西塔穿着去俘虏营的米色衣服吐了一口唾沫。那是给西塔做衣服的女裁缝。

西塔一听到坦克声，就挤到窗口。从一个宪兵的藏青色制服的肩上望过去，西塔看到五辆肮脏的薛尔曼型坦克在让梅尔莫兹街的头上停了下来。看着快活的人群围着这些她的征服者，西塔无可奈何地想："战争确是结束了。"她往外看着的时候，有一辆坦克的名字吸引了她的注意。这几乎是个德国名字，西塔弄不懂这样一个名字怎么会出现在法国坦克上。这名字是"哈特曼·维勒科普夫"。

住在附近的街坊全都拥在马塞尔·克里斯坦中尉和他那一排的五辆坦克周围，那些坦克刚攻打了大陆饭店，还带着残痕和火药味。这是解放日这天下午巴黎成千上百个街角到处重复出现的场面。拥在那里的有鞋匠安托万、屠夫勒克莱克、拉伯雷街的珠宝商菲翁、年轻作家保尔·安德里奥塔和他的美国妻子格洛丽亚。还有警察罗伯、上了年纪的夏沙尼－戈雍太太，克里斯坦的坦克前面不远的广场就是以她已故的丈夫的名字命名的。

还有让－梅尔莫兹街十九号看门的聋子特蕾莎、街对面二十号她的算命对手，后者在过去四年中每年新年总预言"开春"就要解放。还有让·缪勒神父，他的圣菲利普·杜·卢尔教堂头天晚上没有响起钟声，十三岁的多米尼克·德·塞维尔至今还不高兴。他们也都在场。在达洛姚面包房的门前，还有那个黑头发的法院书记员耐莉·夏布里埃，她穿着她母亲为解放日送给她的玫瑰花衣服。

耐莉·夏布里埃像西塔·克莱本一样给“哈特曼·维勒科普夫号”吸引住了。她无声地仰慕地看着那个指挥坦克的高大、黧黑、肮脏的年轻军官。耐莉无法挤过拥在她周围的街坊人群，就写了一张条子给那年轻军官。

“您是，”她写道，“我们需要认识和见到的那种法国人。如果有朝一日您再经过巴黎，欢迎您到让·梅尔莫兹街二十号来，电话爱丽舍〇九－八二。”她拼命地把纸条从人群头上递过去给那年轻的中尉。让－缪勒神父现在看到她的这一举动，十五个月后会在圣菲利普·杜·卢尔教堂为耐莉·夏布里埃和马塞尔·克里斯坦主持婚礼。那教堂离这个解放日一辆名叫“哈特曼·维勒科普夫号”的坦克开往莱茵河途中在这里暂停一会儿的地方只有几码远。

九

在其他地方，战斗继续在进行。德国人不知道肖尔铁茨的投降，仍从各自的据点对第二装甲师进行激烈抵抗。随着时间一个小时一个小时的过去，他们给几个小时以前胜利开进巴黎的年轻军人以及和他们并肩作战的国内部队人员造成了不断增加的伤亡。

从卫生部的一个阁楼窗户，有个旁观者在观看星形广场和帝王饭店周围的战斗。诺曼·刘易斯，那个拄着拐杖到这所建筑物送来星条旗的美国平民，到顶楼来更清楚地观看战斗。他刚到这里，广场里到处都爆发了战斗。就在第一轮交火中，这个一九一七年的老兵为他要想观战的愿望付出了高昂的代价。五六颗子弹打穿他面前的薄墙，马上把他打死了。

那个觉得巴黎很大的科西嘉农民莱恩德尔·梅多里二等兵，如今却又觉得他藏身所在的外交部前面的那棵枫树是他见到过的最小的树了。外交部里的德国兵以极其准确的枪法把梅多里和他同连的士兵死死钉在他们所能找到的掩护物后面不敢动弹。在梅多里旁边，与他背对背靠着的是二等兵让·菲拉契，就是那个在开进市区的路上向人们散发纸条寻找他的姊姊的那个孩子。他们两人只要稍微动一下，就可以听到德军步枪子弹打掉掩护他们的枫树树皮的声音。

在外交部里，威利·维尔纳听到德国空军的一名少校军官宣布他拒绝投降。他说，他相信他是“代表他们全体说话的”。他这话可没有代表威利。威利·维尔纳对这个少校的“愚蠢”感到痛心，偷偷溜到地窖里一醉，“在和平中等待战争的结束”。

在大楼前面，另一个第二装甲师的士兵开始打一场他自己的小战争。塞尔吉·杰弗里下士手持科尔特手枪，阿尔及利亚骑兵团红军帽潇洒地斜戴在头上，自作主张出发去找几个德国兵。

他在协和桥上找到了胆怯地挥着白手绢的第一个德国兵。杰弗里同意跟着他到布尔戈涅路去接受他的三十个躲在一道花园墙后的同伴的投降。在附近一个门口后面躲着的看门人吃惊的目光注视下，这个法国人和这个德国人在花园墙一半的地方停了下来。法国人弯下身来，双手扣在一起，把德国人送上了墙顶。然后德国人伸下手来把法国人拉上去。跳下了墙到小花园里以后，德国人领着杰弗里到几扇玻璃门前，里面是间客厅，有一个酒吧和三十名德国兵。其中二十九个举起了双手。第三十个向杰弗里走了过来，一手拿着酒杯，一手拿着一瓶苦艾酒，给他倒了一杯。

在军事学校的二层楼上，伯恩纳德·布拉契中士观看着对他的据点的进攻。他趴在窗前一条床垫上。在旁边轻声呻吟的是他战争中这最后一天的战友，从慕尼黑来的一个面包师，他的胳膊已被一颗炮弹炸掉了。在他前面马尔斯田园大道的绿茵上，他看到了一连串的薛尔曼型坦克接连不断而来。布拉契开始数一共有多少辆。他数到十七辆就放弃了。它们的一颗炮弹在附近爆炸使他的钢盔震掉了下来。突然，这个在一九四〇年六月随第一批德军进巴黎的二十四岁柏林人觉得“这场战争变成了地狱”。

在军事学校后面的邮电部里，阿尔弗雷德·霍尔希下士头天晚上曾经在这里听到巴黎的钟声，如今他与周围的人决定，现在是放弃战斗的时候了。霍尔希发现了一个独创的办法这么做。他在这座建筑物的地窖里打破了一个火灾报警箱，当箱中传声器传来消防员的询问时，他用权威的口气宣布邮电部准备投降。

在大楼前面，外号叫“白象”的第十二库拉两埃团第四连连长乔治·高戴上尉决定结束战斗的时候到了。他把“凡尔登号”坦克倒退几步，然后把它对准大门，开足马力，向沉默的八八口径大炮炮口直撞过去。伯恩纳德·布拉契在窗口看到高戴的冲锋以及“凡尔登号”压过街垒时溅飞的碎片如阵雨一般落了下来。布拉契再也看不下去了，把毛瑟枪折成两段，飞奔到地下室去。

几分钟后，布拉契和十几个德国兵双手高举被赶到一间小屋子中。那里有个魁梧高大的士兵手提轻机枪，口里叫着“希特勒完了”，把他们一个个地赶到窗口往下面的人行道上跳。布拉契听到外面的枪声。他等着轮到他，脸吓得发白。

布拉契给推到窗口，看到下面有他战友的六七具尸体，瘫在人行道上。法国国内部队把俘虏一个个地用枪打死。布拉契趁着管他的那个士兵不备，向左一转身，跑出了屋子。在外面的过道里，他高兴地落入了一批第二装甲师人员之手。

十

当这些洋溢在阳光和欢乐中的街道上枪声渐渐稀疏下来时，巴黎的占领者在他们统治了四年以后的城市里开始丢人现眼的最后一次游行。巴黎人民一看到头一批汗流浃背、面容憔悴的行列，不禁把他们在长期艰难的占领岁月中积压起来的全部仇恨爆发出来。他们对他们拳打脚踢，咒骂，吐唾沫，有时还把他们杀了。

有的宁可自杀，也不愿面对复仇心切的群众，共和国广场一名坦克兵中尉就是这样。有的找到了比较容易的逃脱方法。二等兵格奥尔格 · 基尔伯换上一套便服，混在人群中同巴黎其他的人一起欢迎解放者。冯 – 齐格萨 – 贝恩斯上尉在格兰德宫已经度过了两天的俘虏生活，他穿上一套睡衣裤，说服一个朋友把他送到纳伊的美国医院，“太太平平地等待美国军队的到来”。

但是对大多数人说来，没有办法逃避他们的司令早先在里伏利街曾经受到的粗暴和屈辱的经历。军事警察中士鲁道夫 · 莱斯在五天以前还到全市各处宣布停火，当第二装甲师的卡车把他拉到警察总署去时，面对一路上向他起哄和威胁的群众，本能地想起了法国大革命时的囚车。

对肖尔铁茨布置的游行中不情愿的参加者维尔纳·尼克斯中士来说，命运为他保留了特别的讽刺。这一次经过歌剧院广场的游行，可不如上次那么趾高气扬。尼克斯双手高举，从里伏利街走到歌剧院的白色大理石楼梯，一路上都被拳打脚踢。

在夏特莱广场，一等兵保尔·赛德尔觉得他看到的景象似乎比他自己的苦难还要痛苦。他的俘获者叫他停下来，让他不要错过。那是一队二十多岁的姑娘，头发剃光，上身袒露，乳房漆着卐字。每人的脖子上都挂着一块牌子，上面写着“我陪鬼子睡过觉”。

甚至受伤的人也不能幸免。“拉法号”炮手雅克·德蒂安在把他送到圣安托万医院去的救护车上醒来时，发现有个受伤的德国兵已失去知觉，躺在他身边。德蒂安伸出他那只还可活动的手把他掐死。然后他扯下德国兵军服上的铁十字奖章，塞进了自己的口袋。过了几分钟以后，这件战利品几乎送了他自己的命。在医院的急救室，护士把它放在他的毯子上。一个工作过度的外科医生决定先给自己的同胞动手术，在经过一列担架时，看到每个德军伤员就“鬼子，鬼子，鬼子”的一路斥责。看到德蒂安的铁十字奖章，他也说了一句“鬼子”，就过去了。这个快要昏迷过去的法国人听到他这话，就用一只手肘撑起来叫道：“我——鬼子？你是不是疯子？”

但是在这充满阳光的日子里，成千上万被俘的德国人中，命运最惨的当属大巴黎司令部参谋部军官。他们象征着压迫巴黎人民整整四年的纳粹暴政的核心，巴黎人民对他们特别凶暴。他们在押解的途中，群众都起哄，向他们吐唾沫，要从保护他们的法国国内部队人墙中挤过去撕他们的制服，对他们拳打脚踢。

在这俘虏的长列中，大衣披在肩上的丹克瓦特·冯·阿尼姆伯爵看到两旁的群众不禁打了个寒颤，他想起了头天晚上读到的圣巴塞洛缪节大屠杀的几段话。阿尼姆肯定自己必死无疑。他头脑清楚地对自己说："我要为我们在这里犯下的一切罪行付出代价了。"这位年轻的贵族为了消除烦恼，尽力想些愉快一些的事情。群情激昂地喊叫的人们刚刚从他手中扯下小提包，阿尼姆走在他们中间，想的是勃兰登堡他家庄园中广阔的田野，他在少年时代曾在那里追猎野猪和鹿。

他的白日梦被一个头戴藏青色贝雷帽的男子喊叫着闯进他们的队伍而给打破了。那个法国人站在他面前，喊叫着，挥舞着手枪，但只有一刹那的工夫。接着他把手枪指向离他最近的那个德国人的脑袋，"砰"的开了枪。那是科隆来的文学教授奥托·凯塞上尉的脑袋，他在头一天还给阿尼姆看了罗尔的"一人消灭一个鬼子"的传单。阿尼姆脸色发白，一阵恶心，他低头看他的垂死朋友的哀求的眼睛。他停了步，法国国内部队的人用步枪推他，叫他继续前进。阿尼姆小心翼翼地跨过凯塞的尸体，心里想："下一个轮到我了。"

十一

夏尔·戴高乐沉默不语，面无笑容，坐在一辆黑色的霍奇凯斯牌敞篷汽车上向前赶去与历史相会。他同法国首都相隔的最后几个英里在他车旁飞驰而过时，戴高乐觉得自己“心中充满了激情和神圣感”。他回来的道路几乎就是他一九四〇年六月十日在混乱和崩溃中离开巴黎的同一条道路。他是在巴黎市内仍在进行激烈战斗时进入巴黎的，他的盟友事先既不知情，也没有同意。他坐的是一辆法国汽车，开车的是一个法国司机。他来巴黎是为了要协助那场像他所希望的那样基本上是由法国人来进行的解放取得圆满结果。

当他的三辆汽车组成的小车队由第二装甲师的一辆装甲车开道抵达被兴奋的人潮挤得水泄不通，黑压压一片的奥尔良门时，刚好是四点三十分不到。他的流亡结束了。他离开法国时是败军之中籍籍无名的一名准将，他回来时成了一位英雄。

他进入城市的那个广场有一条辐射出去的街叫奥尔良大街，在大街另一端是市政厅的堂皇建筑，巴黎起义的领袖们等在那里对他的凯旋进入巴黎打上官方的印戳。他们得多等一会儿。戴高乐的车队没有到市政厅就向左一拐朝另一个目的地而去，那是第二装甲师设在蒙帕纳斯车站的师部。

当他在车站外群众的欢呼声中走进车站时，戴高乐遇到了一个熟悉的身影。那是他的儿子菲利普，正同一名德军少校离开那里去督促国民议会的投降。

勒克莱尔在第二十一号轨道上等候将军。他把肖尔铁茨的投降书呈交给将军。戴高乐读了开头几行就怔了一下，显然感到不同意。他冷冷地向勒克莱尔指出，罗尔的名字没有必要出现在这文件上。罗尔作为他的下属没有资格签名。尤其是，戴高乐认为这件事是他的共产党对手要窃取巴黎得救的功劳为己有。这不是他想给他们的荣誉。[1]

把罗尔的名字包括在投降书上，使戴高乐心中本来已有的怒火又火上添油。这怒火的来由是这天早些时候抵抗全国运动委员会发布的宣布巴黎解放的公告，其中没有一次提到戴高乐或他的政府。此外，在这公告中，抵抗运动全国委员会擅自用“法兰西民族的名义”说话。这可不是戴高乐准备给这个委员会的权利，在他的心目

[1] 不过在另一个方面，勒克莱尔忠实地执行了戴高乐的命令。他并不是以他所属的盟军司令部的名义，而是以法兰西共和国临时政府的名义接受投降的。

中他早已把它置之脑后了。在戴高乐看来，这一公告读起来像是对他的权威的直接露骨挑战。他准备直接露骨地答复它。

在车站外面，他同勒克莱尔的参谋部军官一一握手。当他来到罗尔跟前时，他在这个眼睛通红、神情疲乏、身穿西班牙内战制服的奇怪形象前面停顿了一下，打量这个年轻的布列塔尼人。罗尔觉得，他几乎是事后想起才接过罗尔的手握了一下的。接着，据他的副官后来说，戴高乐从一扇“行李取件处”的门走出车站，回到他于一九四〇年六月十日那个混乱的晚上走出去离开巴黎的那座建筑物——国防部去。

他的短短的车队在一辆孤单的装甲车保护下，开过左岸的街道，几乎经过他幼时玩耍过的那所房子。车队在经过荣军院不远的埃布尔街时，受到了枪火的阻击。他的卫士回击时，戴高乐下车观战。他镇静地抽着烟，站在汽车旁边，他的六英尺四英寸高的身躯，对德国军队的枪法是个傲慢的挑战。有两颗子弹射在汽车车尾箱上。他置之不理。他用开玩笑的口吻对一九四〇年同他一起开车离开巴黎的杰弗里·德·库塞尔说：“好啊，德·库塞尔，我们回来的情况至少比离开时好多了。”

在国防部，他的先遣人员刚刚把几座令人见了不快的贝当元帅的半身塑像拿开，他的汽车就在大门口停下来了。他以缓慢的、正经的步伐跨上了楼梯，对他四年前占据的办公室投下了怀旧的一瞥。然后他进入了部长办公室。那里连一张桌子，一块地毯，一幅窗帘都没有移动过。在四年前那个六月的傍晚送他离去的同一个司阍如今欢迎他归来。甚至部长的古老电话机按钮上整齐书写的名字也是他在一九四〇年看到的名字。他心里想，从那时以后，“惊天动地的大事震撼了宇宙。我们的军队给消灭了。法国几乎亡国”。但是，正如戴高乐不无讽刺地指出的一样，在这个把一支没有准备和未经训练的军队送去遭到一九四〇年大溃败的国防部里，“什么都没有改变”。

十二

肖尔铁茨参谋部的军官带着他的书面命令到全市仍在进行抵抗的据点执行投降命令。风度翩翩的雅伊上校给分派到巴黎他最不熟悉的那个地区——共和国广场——的一个堡垒。雅伊努力要在不断吐到他吉普车中来的唾沫中保持尊严，在这一磨难中只找到一个安慰。群众的目标不够准确。护卫他的那个巴黎人上尉挨到的唾沫似乎同他一样多。雅伊是在给他领路。那个法国人冷淡地向他解释，他离开巴黎很久了。

在国民议会前面，一个美国摄影记者，从芝加哥来的二等兵菲尔·德莱尔跟着菲利普·戴高乐中尉同该建筑物里五百名守军派出来的使者谈判投降。戴高乐原来的翻译在拥挤的人群中失散了，这个满身汗渍的美国人自告奋勇代替他。德莱尔同那个制服笔挺的德国军官说话时用的是他唯一能说的而那个德国人能够听懂的外语：意第绪语。

一个接一个，据点终告易手，几乎一个星期以来，激烈的枪声在巴黎的街头第一次慢慢消退。在安茹街瑞典总领事馆的空气清凉的黑暗中，有一个精疲力竭的人躺在安乐椅上。慢慢地，“鲍比”·本德站了起来，全身累得酸痛。他走到挂在领事馆衣帽架上的上衣那里，取出他的手枪。在二十四小时内第二次，他向洛林·克鲁斯投降。这次，沙邦的年轻副官接受了。

到这一天结束的时候，还有一个据点仍在抵抗，就是最先开火的那个据点，如今已被炮火烧黑、弹痕累累的卢森堡宫。这里的守军在党卫队部队的支援下整天寸土不让。为了迫使守军结束抵抗，肖尔铁茨派了参谋长弗里德里希·冯·恩格尔上校到卢森堡宫去。一起去的还有第二装甲师炮兵指挥员让·克莱邦上校。为了要保护恩格尔不受群众骚扰，克莱邦让这位神态威严的上校躺在他的半履带式卡车地板上。

进了卢森堡宫，克莱邦看到玛丽·德·梅迪齐这座宫殿的拼花打蜡地板过道里的乱七八糟情况感到吃惊。地板上到处是钢盔、子弹匣、翻倒的弹药箱，窗帘和壁挂都已撕破，已经打死的和快要死的人都一起横在波斯地毯上。宫里的党卫军上校指挥员眼眶里夹着独目镜片，铁十字奖章骄傲地挂在胸前，听着恩格尔和克莱邦的简短命令。在他身旁站着一帮年轻的党卫队军官，态度气愤而且坚决，扬言他如果下令投降，就要把他，恩格尔和克莱邦三人一起干掉。

克莱邦看到他们的努力就要失败，感到生气和不耐烦。他告诉那个指挥员和他身后的党卫队军官，他们必须在一小时内投降。他说，如果他们拒绝投降，他们就“不会当作战俘对待”。那些德国人互相辩论了一会。然后那位上校“脸红得像棵甜菜”向党卫队军官们吼道，“以元首的名义”，他下令投降。他们脸色刷的发白，扯下勋章，高呼“希特勒万岁”，大踏步走了出去。

在留给他们的一小时内，他们发射完了自己的弹药。与此同时，其余守军在碎片满地的院子里集合。他们的俘虏也同他们一起过来。那个偷运物资的保尔·巴尔杜高兴地看着前面的这么许多人，他看到看管他的事务长弗朗兹的红脖子身躯。弗朗兹也看到了他，一边招手叫他过去，一边伸手到口袋里。这个曾经不断地向巴尔杜恐吓“今天你把厨房打扫干净，明天你枪毙”的德国人把一只信封交给巴尔杜，然后结结巴巴用他知道的几句法语轻声对他说：“这是写给我妻子的。”

电工法朗索瓦·达尔贝像在地下呆了多天的矿工从地洞里出来一样，从他的控制室出来观看这一景象。达尔贝要留下来。在今后的四十八小时之内，他要留在参议院，监督这一建筑物的除雷工作，主要是由于他的巧妙破坏，这一建筑物才得以保全。

七点三十五分，克莱邦的最后通牒发出后正好一个小时，这所巍峨宫殿的大门打开了。卢森堡宫的党卫队指挥官眼眶里仍昂然地夹着单片眼镜，胸上佩着铁十字奖章，手中拿着一面大白旗，走了出来代表德军的这个最后据点投降。巴黎终于正式地、肯定地得到了自由。

现在最后一批德军俘虏开始列队走过兴高采烈的人群。在卢森堡宫俘获的七百名官兵和十辆坦克中间，两个星期以前在马恩河畔游泳池处手枪被偷走的欧根·荷门斯一脸不高兴地冷然看着胜利者。但是这时他不禁吃了一惊。在第二装甲师的一辆坦克上，双手围着一个法国兵的，竟是安尼克，他不愿丢下不顾的情妇。

对于女人的反复无常，水性杨花，没有德国人比在约翰内斯·希米格尔中尉身旁走过维克多·雨果大街的那个德国厨师受到伤害更深的了。那个厨师一遍又一遍地以一种盲目自信，向希米格尔保证，如果他的女友让妮特能够看到他，“她一定会想法把我救出去。”在雷蒙－朴恩克莱大街的圣昂诺莱德劳教堂前面，她真的看到了他。她向这个吓坏了的厨师奔来，狠狠地向他啐了一口唾沫。

现在，在薄暮开始降临的时候，剩下来的愤怒之声只有偶尔响起的狙击手的枪声了。占领军的枪炮已经沉默，但不是没有代价的。在过去四十八小时之内，几乎有两万德军被俘，伤亡的则有三千二百人。仅仅在这一天里，第二装甲师死四十二人，伤七十七人。平民死一百二十七人，伤七百一十四人。这些数字中的每一个数字都在席卷全市的欢欣浪潮中产生了悲伤的孤岛。

在外交部后面，一个兴奋的姑娘向夏尔·道盖上尉的连跑来。她是二等兵让·菲拉契的小妹妹。他在市里胜利进军路上散发的纸条终于有一张传到了她在美尼蒙当郊区工作的肉铺里。但是她来得太晚了。她的哥哥已在荣军院旁边一棵梧桐树后被打死。这棵树的树干给机枪子弹打得遍体鳞伤。在夏特莱广场，一个焦急的姑娘在一列烧黑打坏的坦克那里前前后后寻找，她是几小时以前高兴地接到的一个电话叫来的。在这些攻打莫里斯饭店的残存坦克那里，她见一个人就问同样的问题："你认识我的未婚夫皮埃尔·雷格尔吗？"这些戴黑色贝雷帽的精疲力竭的战士没有一个有勇气告诉她皮埃尔刚在两小时之前被打死了。

在舒瓦齐郊区，露易斯·贝尔特在她公寓的门口有些害怕地看着那个身穿制服的男人走近她的门前。那是她的丈夫。他投进了她的怀抱，伤心得全身发抖。原来感到很自豪的雷纳·贝尔特盼望已久的全家团圆不会实现了。他的儿子雷蒙在埃菲尔塔下面杜普莱地铁车站被狙击手的一颗子弹打死了，本来就是在这一天，他们爷儿俩要一起回家，让露易斯在她的命名日感到意外的惊喜。

十三

从达科尔桥堍，沿着塞纳河河滨道，经过里伏利街，一直到全市最著名的百货商店的台阶，一大群黑魆魆的人头济济的巴黎人塞满了市政厅广场。这个具有历史意义的广场是第三共和国在一八七〇年宣布成立和一年后“公社”宣布成立的地方。在这里，成千上万的人等待了好几个小时，为的是一桩同样具有历史意义的事：全市人民第一次正式一睹夏尔·戴高乐的风采，第一次直接聆听这位四年来代表被窒息的法兰西灵魂说话的人说话。

戴高乐几乎没有来。

戴高乐在国防部他的办公室里刚刚第一次会见了他在巴黎的政治代表亚历山大·巴罗迪。对这个身材瘦小、说话细声细气的巴罗迪来说，这次会见是一件令他不快的经历。戴高乐直率地表示了他对头天晚上抵抗运动全国委员会发表的公告的不满，巴罗迪不幸犯了在这公告上签名的错误。

但尤其是，巴罗迪听到戴高乐对巴黎情况的看法感到震惊。巴罗迪似乎觉得，戴高乐以为这种情况简直就是“共产党对他的权威的直接挑战”。在戴高乐眼中，抵抗运动全国委员会和类似的组织不过是共产党的不自觉的工具。

戴高乐冷然告诉巴罗迪，他无意由抵抗运动全国委员会或巴黎解放委员会来“接待”。在他看来，他没有理由去拜访那个作为市政权力象征的建筑物。他提醒巴罗迪，他是法国政府的首脑。他在时机成熟的时候会接见抵抗运动全国委员会和巴黎解放委员会的。而且他会在政府大楼里接见他们。

巴罗迪担心戴高乐没有出现会引起不满和震惊，他要求戴高乐重新考虑。戴高乐坚决不让。他不去。最后，巴罗迪觉得也许有人同戴高乐相交较深可以做到他所做不到的事，他就寻找增援。他打电话给警察总署署长夏尔·路泽。

在与戴高乐做了长时间谈话以后，路泽终于说服戴高乐改变主意，他强调指出戴高乐拒绝前往会对等在那里见他的群众造成不好印象。不过，首先戴高乐宣布两件事。他将先去警察总署，那是戴高乐派抵抗运动和国家权力的象征，然后再去市政厅。而且在他动身之前，他发出了有关他自己的欢迎方式的命令，他认为这是唯一有效的方式，一种他与群众交融的象征。他宣布他将在第二天“正式进城”。他将在香榭丽舍大道游行，从无名战士墓到圣母院大教堂，这两个地方是他要代表的法国传统和延续性的象征。这将是他对抵抗运动全国委员会的妄自尊大的答复，他希望这样向他对手直率地表示群众支持谁。而且这个活动不会邀请抵抗运动全国委员会参加。然后，他不快地向周围的人宣布：“好吧，如果一定要去，就去吧！”

在市政厅，一种越来越失望和恼怒的感觉开始在起义的领袖们中间弥漫开来。戴高乐的缺席，开始使他们感到意想不到，后来使他们不快。如今他们已经生气。乔治·皮杜尔在市议会议长的办公室里踱来踱去，他的脸色苍白不快，嘴里喃喃自语：“以前从来没有人让我等得这么久。”戴高乐决定先去“警察之家”警察总署而后再去“人民之家”市政厅在抵抗运动全国委员会的拥护者中间引起了高度的愤慨，也许这是戴高乐意料之中的。比盟军早一个星期溜进巴黎的新闻记者菲尔南德·毛利埃听见其中一个成员在叽咕：“这些狗娘养的四年来一直在抓我们，而戴高乐如今却去向他们致敬。”

皮杜尔告诉在场的人，如果戴高乐不到市政厅来，抵抗运动全国委员会就“举行没有他参加的庆祝解放的仪式”。皮杜尔指着外面的群众吹嘘说：“巴黎人民是在那里，不是在‘警察之家’。”

事实上，戴高乐对大多数在市政厅转悠的政治性抵抗运动成员的野心所作的估计基本上是正确的。对他们大多数人来说，起义是政治性质的。他们的打算的确是要把戴高乐向巴黎人民正式推出，这样就巧妙地使抵抗运动全国委员会成了他的赞助人。他们准备请他来“协助”他们的会议。他们希望有个重要的“全国性宫殿建筑”交给他们使用。尤其重要的是，他们已经起草了一份庄严的“共和国宣言”，要戴高乐向群众宣读，这个行动是符合这个广场的神圣传统的。皮杜尔的口袋里已装着这个宣言。这是一种巧妙的政治姿态，可以正式宣告维希政权的结束，也可以更加巧妙地同时标志着戴高乐自己的政府的结束和新的开始。这可以让抵抗运动全国委员会以新共和国发起者这个角色出现，以戴高乐为他们的执行长官。这是一种野心勃勃但又天真的梦想，它第一次惊醒不久就会来到。

事实上，这个梦已经来到市政厅白色大理石楼梯脚下了。体格高大、气度威严的夏尔·戴高乐现在通过欢呼的人群向等在那里的抵抗运动全国委员会的成员走来。

戴高乐身穿简朴的卡其制服，只佩戴了洛林十字勋章和战斗的法兰西的红蓝两色肩章，大步走过排在一旁的只穿衬衫的仪仗队，来到等在那里的乔治·皮杜尔前面。他不客气地草草听完皮杜尔的介绍。

在市议会议长的办公室里，两人互相简短致词。皮杜尔言词动人，感情激动。戴高乐同样言词动人，但立即开始他自己特有的庄严的雄辩。

“我们为什么要掩藏我们的感情？”他问，“我们目前经历的分分秒秒远远超越了我们各人的生命，我们可怜的生命。”

然后，他告诉周围的人：“敌人已经动摇，但没有击败……我们的民族团结比以前更加必要……战争，团结，伟大——这就是我的纲领。”

他说完后，皮杜尔从口袋中取出文告。“将军，”他说，“能不能请您走到阳台上去向在这里集合的人民庄严地宣告共和国的成立？”

戴高乐低头俯视这个站在他面前的矮小的人。“不，”他说，“共和国从来没有停止存在过。”

然后，他走向窗前。在他的下面，从塞纳河到里伏利街，以及所有通到市政厅广场的街道上，都是黑魆魆的人头济济的人群。当他出现时，群众顿时活跃起来。一阵阵欢呼的波浪向他涌来。接着群众开始有节奏地齐声呼喊：“戴高乐，戴高乐，戴高乐！”在他的身后，他的副官克劳德 · 居伊上尉注意到阳台栏杆不比戴高乐的屁股高，就用手勾住了将军的三角皮带。居伊心里想，如果有个狙击手开枪打戴高乐，他很可能掉到下面人行道上去。戴高乐回过头来说，声音可以让屋子里的人都听到：“你们是不是可以别来管我？”居伊放松了勾住戴高乐皮带的手，但仍勾住不放。将军掉过头去，开始向群众讲话。

最后，向群众讲话完了以后，戴高乐回过身来要走了。他看了一眼居伊，向他眨了一眨眼睛说：“谢谢。”

戴高乐匆匆握了几下手就走了。他一次也没有提到抵抗运动全国委员会，或者抵抗运动。没有胜利的祝酒。等他喝的香槟酒仍在隔壁屋子里冰镇着。他避免了与抵抗运动全国委员会的会见。皮杜尔的文告没有宣读，仍放在这个矮小的抵抗运动者的口袋里。

戴高乐走了以后，抵抗运动全国委员会的委员们惊得目瞪口呆，心中悻悻不快，他们听到外面群众的欢叫声震得市政厅剩下的几扇仍旧完整的窗户咯咯作响。抵抗运动全国委员会两个共产党书记之一皮埃尔·莫尼埃听见身边一个朋友愤然自言自语：“很简单。咱们给耍了。”

戴高乐在市政厅的小小胜利并不是他在这一天将要得到的唯一胜利。在荣军院的一间还没有装饰好的办公室里，外面的枪炮声仍在回响，有两个人草签了一份三十七页的长篇文件。在庆祝解放的声浪中，他们此举几乎没有受到世人的注意。巴黎的解放正巧发生在圣路易节，同样的巧合又选了这一天作为另一件大事的日子，那就是签订《法美民政协定》。罗斯福在登陆日前就敦促签订这一协定，后来由戴高乐和罗斯福七月间在原则上同意，又经过后来几个星期的谈判，它的最后签字推迟了六七次。

最后，在这解放日，朱利乌斯·霍尔姆斯准将乘艾森豪威尔的 L-5 型飞机从盟军总部飞到巴黎附近一片麦田降落，把文件带来给皮埃尔·柯尼希将军签字。甚至到这最后一分钟，这一耽误已久的美国第一次正式承认戴高乐在法国的权威的文件仍有它的不足之处。艾森豪威尔在华盛顿的指示下宣布他“受权签订这协定是根据这样的谅解：法国当局有意为法国人民提供一个机会，可以选择他们自己选择的政府”。这样的话可不是要改善同戴高乐关系的话。而且不像英国人在外交部长一级签订这协定，美国坚持由军人签订。罗斯福希望能做到，这个文件不会被混同正式承认法国政府。

职业外交官出身的霍尔姆斯看一看他签字时巴黎的情况，感到了这个文件与现实之间的距离。他知道，华盛顿没有人打算看到戴高乐政府近期内在巴黎建立和运作。但是他明白，在这里，戴高乐已经站稳脚跟，“除了武力以外没有什么力量能把他挤走”。他心里想，国务院已经要不得不开始痛苦地考虑这一墨水还没有干的文件的修改了。

霍尔姆斯想，戴高乐“从来没有打算到任何别的地方去，除了今晚他所在的地方——巴黎”。这位美国外交官对自己讽刺地微笑着想：“我们又一次给戴高乐客气地耍了。”这个想法同市政厅台阶上的那个抵抗运动者的想法有些不谋而合。

在协和广场海军部里，有一个德国人逃脱了被俘。哈里·莱特霍尔德少校对加布里埃尔建造的这座王宫的过道走廊了如指掌。他在看到了协和广场的战斗情况以后，躲到了三楼角落里这间小屋子等天黑。外面，莱特霍尔德听到广场里群众的雷鸣般的欢呼。他偷偷朝外望去，看见一辆黑色敞篷汽车从里伏利街开进广场。莱特霍尔德伸手提起他当军事警察的轻机枪。他小心翼翼地把它靠在窗台上，从瞄准器往下望去。莱特霍尔德心里想："这些法国人怎么冒这样愚蠢的险。"在那里，不到二百码远的地方，敞篷汽车后座上，莱特霍尔德看到了一个法国将军的圆顶帽。他把瞄准器对准那人，准备开枪。莱特霍尔德想，开枪打一个法国将军不失为结束他的战争的杰出办法。在他看着、等着的时候，向经过的汽车挥手的群众的队形乱了，他们涌向汽车。这时又有一个念头出现在莱特霍尔德脑袋里。如果他开枪，这些群众就会来搜查他，把他打死。莱特霍尔德停了下来。然后他不情不愿地把轻机枪从窗台上放下来。莱特霍尔德决定，不管那将军是谁，他的命抵不上自己的命。黑色汽车在他的窗台下开过去了，消失在协和广场的对面。

两年后，在一所战俘营里，这个海军军官从报上的一张照片中获悉了在那个八月傍晚他的机枪瞄准器在刹那间对准的将军是谁。那是夏尔·戴高乐。

十四

暮霭轻轻地落在获得了自由的巴黎。这个城市像被情爱耗尽了体力的身躯一样慢慢地沉浸在一种心醉神迷的麻木状态中，这是这一天感情爆发的自然后果。这是欢悦的风暴过后的温存宁静的时刻。

从费城来的中士阿芒·索里埃罗是第二十一团团长的警卫员，他蹑手蹑脚地走进了圣母院，肩上还扛着冲锋枪。在里面，这个费城人跪在半明半暗中祈祷了一会儿，直到他突然想起，他“带着杀人的武器不属于这上帝之家”。当他感到有些羞愧要匆匆离去时，有两位修女向他招手叫他坐在一只三条腿的挤奶用的小凳上。她们像欢快的燕子一般叽叽喳喳，用一瓷壶的温水洗干净他脸上的污秽。索里埃罗感动万分，他想这一定是“上帝用这方式感谢我来教堂”。

在香榭丽舍大道不远，一个神父走到二等兵乔治·麦克英泰尔跟前。他告诉麦克英泰尔，他的一个教民，一个患了癌症即将死去的老妇人要见一个美国兵，证明盟军已经到达，至少她可以死在自由的巴黎。

神父领麦克英泰尔穿过迷宫一般的街道，到了一所普通的公寓楼。那个妇人住在三层一套陈设简单的二居室公寓里。麦克英泰尔后来说，她的屋子“只能放一张双人床、两张高背木椅，一张小桌子，上面有圣安妮的塑像，一瓶枯萎了的花朵和一只烛台”。那个妇女面容枯槁，“身穿白色花边的睡衣，头戴睡帽”。她通过会说英语的神父问麦克英泰尔：“你们多久能到柏林？”

“快了。”麦克英泰尔答。

那个老妇人尽管每说一句话都感到很吃力，还是坚持要说话。她问麦克英泰尔有关登陆、诺曼底的破坏、人们对你们是否热情接待等等情况，最后，以马恩河战役[1]的热情问：“你杀了多少鬼子？”

他的身后悄悄地进来了两个邻居，带来一瓶白兰地。他们互相敬了一杯酒，老妇人轻轻说：“美国万岁。”

“法兰西万岁。”麦克英泰尔回敬。然后这个头发开始谢顶的美国兵把口袋里仅有的一些东西留了下来：两块巧克力、一块象牙牌香皂。那个老妇人从床边小几上拿起一个十字架给他：“保护你一直打完战争。”他弯下身去，吻了她瘦削的双颊。他答应第二天再来。他第二天再来时，她就已经去世了。

让·德·伏古埃伯爵这天晚上也有一件心愿要完成。

---

[1] 第一次世界大战中，霞飞将军和福煦将军曾前后两次在马恩河击退德军。——译注

这位出身名门的贵族是抵抗运动的领袖，他在长期潜伏期间留了胡子，如今他把胡子剃去，拿了一束鲜花，走上了多塞河滨道五十四号的巍峨的市内住宅的台阶。

女佣前来开门。她呆看了他一会儿，然后双手拍了自己的脸颊惊呼道："让先生回家了！"德·伏古埃踏进他母亲的宅邸，到了起居室里，他母亲惊喜交集、半信半疑地从椅子上颤颤巍巍地站起来。德·伏古埃彬彬有礼地把那束花献给老太太，他作为抵抗运动者曾在雨中躲在街角不敢相认。

"你什么时候从伦敦回来的？"她问。

"我没有去伦敦，母亲，"德·伏格说，"我是抵抗运动的一名领袖。"

她往后一退，惊得发呆。"让，"她问道，"你怎么可以那样做——同那些流氓和共产党混在一起？"她沮丧地又坐回到安乐椅上去。

从佐治亚州来的二十九岁农家子弟里昂·科尔看着眼前的景观惊叹不已。在蒙马特这所公寓的五层楼阳台上，展现在他脚下的是他以前从书本中读到过的，也是他多年梦中见到过的所有景色，在渐深的暮霭中，它们的轮廓如今仅依稀可认：埃菲尔铁塔，圣母院的双塔，塞纳河懒洋洋的弯曲河道。他的主人给他一杯白兰地，然后那对上了年纪的法国夫妇和他并肩站在那里欣赏巴黎夜色的降临。他是他们邀来一起喝一杯的，这个体格高大的美国兵肩上还扛着冲锋枪。

在他们看着的时候，展现在他们面前的壮观景色突然大放光明：自从一九三九年九月三日以来，巴黎第一次无所畏惧地灯火通明起来。为了要表示庆祝，巴黎市的电工向全市输送了电力。

科尔面对这样壮丽的景色不禁目瞪口呆。在他身旁的那位太太也倒吸了一口气，惊讶得说不出话来。慢慢地，仿佛是在梦境中一样，她把酒杯举过阳台铁栏杆向下面的城市，轻声说："光明之城。"

科尔低头看她，在黑暗中，他发现她在哭。这时，这个从佐治亚来的农家子弟发现了另外一件事。他自己也在哭。

十五

罗伯特·丁·莱维少校觉得，他一生所担负过的工作中，目前这工作恐怕是最困难的了。这位纽约股票经纪人刚刚被派到夏尔·戴高乐那里去当美军联络官。他找了三天，终于在解放日这一天在巴黎追上戴高乐。他如今等在戴高乐办公室的外间等待将军的接见。从川流不息地从这位伟人的办公室出来的人们的脸上，莱维可以清楚地看出将军正处在脾气极为不好的状态。他可以理解为什么原因。三小时前刚刚搬进来的国防部总部情况一团糟。电灯不亮。电话时通时断，通的时候也只能打本地电话。似乎没有人知道什么东西放在什么地方。

终于，居伊上尉把莱维请进戴高乐的办公室。将军从他那张简单普通空无一物的办公桌后站起来，仔细打量五英尺八英寸高的莱维。

“很好，莱维，”他说，“我希望你能说法语。我能说英语，但我不打算说。”

接着的正式报到手续是简短的。完了以后，戴高乐愤怒地伸手指着周围的喧闹声、忽明忽暗的灯光和混乱，向莱维咆哮说：“在这样的混乱中，我怎么能够治理法国？”

他没有等莱维答复，就给莱维开列了三件东西，他认为那是那天晚上有效地治理法国所必需的：香烟、C军粮和油灯。

莱维敬礼退出。他觉得任务紧急，就开始在巴黎街头到处寻觅这些戴高乐认为为了有条不紊地治理法国在这一晚是必不可少的宝贵东西。

香烟——演员牌——他是从一位英国同事那里弄到的。C军粮是从克里翁饭店附近第四师一辆卡车那里弄到的。油灯则比较困难。他在市外公路旁边停着的后勤车队中发现了它们。值勤警卫的美国兵起初拒绝交出他看管的任何物资。最后莱维说服那个美国兵转过背去，由他对油灯进行一次“不告自取的征用”，为戴高乐在巴黎过第一夜照明。

在莱维匆忙离开国防部时，另一个身影溜下了几个街区外的格仑尼叶街的一所房子的楼梯。哥伦比亚广播公司的拉里·勒苏尔刚刚完成了他向自己保证要完成的从巴黎发出的第一篇广播。他是利用法国电台的发射机把他的广播从首都发出的。他是全市唯一想到用这个办法的广播记者。

在毕加尔区[1]塔巴林舞厅隔壁的一家小酒吧里，

[1] 巴黎著名红灯区。——译注

勒苏尔的同事查尔斯·科林伍德终于在蒙马特的妓女和小流氓中间找到了避难所。他们似乎是那天晚上巴黎唯一不知道他姓名的人。这一整天，科林伍德自报姓名时都要硬着头皮，因为他过早宣布巴黎的解放会招来一顿唾骂。

在这个欢庆解放的夜里，全巴黎都坐下来吃一顿高兴的，哪怕不一定是丰盛的胜利晚宴。在全城各处，法军第二装甲师和美军第四步兵师的官兵们都从他们的背包中取出东西来与他们所能遇到的居民分享。有时这种东西对巴黎来说已成为记忆中的东西。在巴士底广场，一个小女孩向一个美国兵“再要一个小红球”，就像他刚才给过她的那个一样。那是一只甜橙。她以前从来没有见过。而巴黎人则与他们的解放者一起分享他们积攒下来的或者从德军仓库存货中抄来的一点点东西。在有些地方，比如胡歇特街，他们发现了黑市货物大仓库，有黄油、肉罐头和白糖。在另外一些地方，请客的东西只是一盘萝卜和一瓶藏了很久的酒。但不论是什么，都是极其殷勤招待的。许许多多美国兵在这天夜里发现，经过法国人的厨房的调理以后，甚至一罐C军粮也能变得十分吊人胃口。

在国防部里，有个匆忙征来服务的厨师为戴高乐将军准备进城以后的第一餐。这个厨师也刚来首都，他是从维希来的。他原来是贝当元帅的厨师。

在莫里斯饭店，就在狄特里希·冯·肖尔铁茨几个小时以前吃了他的最后一餐的地方旁边一英尺远，俘虏他的亨利·卡歇尔中尉也在一顿丰盛的美餐之前不客气地坐了下来。这是饭店经理为了在解放他的饭店时“没有造成太多损坏”而酬谢他的。

在马路转角处的丽兹大饭店里，另外一位吃饭的客人气得大叫起来。侍者刚刚把欧纳斯特·海明威的解放晚餐的账单交给他。

“为保卫法兰西，我可以献出百万千万，”他宣称，“为尊重你们的民族，我可以付成千上万——但是对维希政权，我一个子儿也不进贡。”原来在账单的末尾，侍者机械地在这顿饭钱里添加了维希政权的销售税。

在警察总署，夏尔·路泽彬彬有礼地把他的晚餐客人引到小阳台上。在那里，路泽和朱利乌斯·霍尔姆斯准将一起呷着白兰地。霍尔姆斯就是签订《法美民事协定》的人。

路泽告诉相交已有几个月的霍尔姆斯：“巴黎目前有一种可怕的危险。”他说，这危险不是德国人或者维希分子，“这是共产党人。”他又说：“我可以告诉你一点。目前我们无法控制他们。”他警告说，如果共产党采取大胆步骤，戴高乐政府可能无法制止他们。他要求霍尔姆斯为警察和宪兵弄到武器。四十八小时以后，一支车队悄悄地开到警察总署。车上装有八千支冲锋枪，轻机枪和弹药，另外还有几枚火箭炮。

不论第二装甲师还是第四步兵师都很少有人在这一天晚上心中有这种严重的考虑。大多数人都在忙着享受“世界上历来最伟大的夜晚”，这是从北卡罗来纳州梅斯维尔来的二等兵约翰·霍尔顿后来在回忆时所说的。霍尔顿是在“醇酒、美女、载歌载舞的欢乐世界”中度过这一晚的。第十二反坦克连技术兵大卫·麦克里狄尔“到一家饭馆里去，一切都是免费的，法国人都高兴得发疯，女人在钢琴盖上跳舞，我们都喝醉了酒，不停地唱着马赛曲，尽管我们不懂歌词”。

从这两师的每一辆坦克，装甲车和吉普车中都传出士兵和巴黎女人的欢笑声。在许许多多餐馆里，在不透亮光的门后，他们喝酒，跳舞，唱歌，欢笑，谈情说爱。

记得香榭丽舍大道长度的炮手罗伯·马迪同他的“西蒙号”坦克同伴在这条大道的半路上停下来过夜。他们解放了丽都夜总会。在空荡荡的舞厅里，马迪和他的同伴收到了一件礼物，使他们忘掉发臭的鸭子：世界上最著名夜总会的最好香槟。

在第十二团团部附近的胡歇特街上，一场巴士底节日式的露天舞会正在如火如荼进行，由消防员乐队伴奏。一个兴奋的中年妇女给带到警卫中士托马斯·W. 朗贝罗那里。她想要知道是不是所有的官兵那天晚上都有姑娘陪他们睡觉。朗贝罗叫她放心，情况是在控制之下。

在万桑树林，该团一名步兵营营长担心纪律松弛，命令他部下官兵按班扎营，黎明吹号集合。集合时，他才知道自己失败的程度。几乎每一帐篷都有个睡眼惺忪的女人跟着步履不稳的疲劳未消的兵出来。

在那个欢乐的晚上，语言不成障碍。第四工程团“B”连二等兵查利·哈莱为了要对坐在身旁的漂亮姑娘说些什么，拼命在军队发的对话手册中寻找适当的句子，他心里想，军队真是个愚蠢之极的组织。他对自己说：“你想能够对这个姑娘说‘你有鸡蛋吗’？”

技术兵中士肯·戴维斯是个从宾夕法尼亚州来的粗汉。他学会了一句实用的法语“Vous êtes très jolie”[1]。戴维斯正要用时，有几个法国国内部队人员慌慌张张赶到他的卡车边上来要找几个美国兵帮他们把一个狙击手从藏身处赶出来。戴维斯去了。

回来路上，一辆卡车撞上了他坐的车，把他撞到马路边上，失去了知觉。醒来时，戴维斯看到有许多人脸在他头上时隐时现。其中一个是女人的脸，非常漂亮。使他懊恼的是，他无论如何想不起那句精心操练的话了。结果，他一而再，再而三地向他头上的那个漂亮的巴黎姑娘重复说着另外一句话。那是他和他的同伴在诺曼底为偶尔偷只鸡鸭而辩护的话：“为了自由付的这个代价很便宜。”

这天晚上在快乐、欢笑和幸福之中，没有人注意到有辆车篷紧闭的卡车很快地开过意大利大街。车里有个

[1] 法语：“你真漂亮”。——译注

乘客从车篷隙缝里窥看外面的狂欢。他看见一个美国兵弯下身去，把一个姑娘拉到他的坦克的炮塔上来。周围的群众向他们欢呼。狄特里希·冯·肖尔铁茨悲哀地拉上了车篷，心里想，“他一生中整整一个时代”结束了。坐在他旁边的汉斯·雅伊上校安慰他说：“战争将在八个星期内结束。”“不会，”冯·肖尔铁茨回答，“在德国，每一棵树的后面都会有个疯子向他们开枪。你看好了。”然后，狄特里希·冯·肖尔铁茨吸起他的第一支美国烟，背往后一靠，在一片悲哀的沉默中，驶出了他曾为了使它免遭破坏而出力帮助过的城市，以后要在盟军战俘营中度过两年八个月的时光。

在城外，远离城里庆祝的圈子，一个孤独的美国兵在日记里写了几行字。他是那个在两天以前曾经抱怨过落在他脸上，咖啡里和军便服上的雨水的医助乔伊·加那下士。他写道：“这应该是在巴黎写的。但是他们认为让我们穿过巴黎对我们已经是够好的了。有许多妇女儿童吻我们，男人递给我们西红柿和酒。一直到碰上德国人之前，这一天过得真不错。接着是老一套故事，开枪，更多的人伤亡，掘壕，在单身壕里睡觉。”加那有个同伴给打死了。他是二等兵“戴维”·戴维逊。他是在两座老工厂附近的空旷田野上被枪击中的。加那还来不及领回他的尸体，法国国内部队就把他埋在教会墓地了。那个小个子美国兵将永远长眠在这个他想找个“真正的床睡一夜”的城市的边缘。

就第二装甲师和第四步兵师的大多数官兵来说，这神奇的一天，它的感情、它的柔情、它的美丽的记忆，都是永远地留在一个女人的脸上的。对技术兵中士托姆·康诺莱来说，这是一个身穿白色衣裙的美丽的金发女郎。他最初看到她是在他的营部所在的一所古老别墅的铺鹅卵石的院子里，当时有一批孩子围着他，他看见她羞怯地推着自行车向孩子的圈子挨近过来。她的名字叫西蒙娜·潘顿，二十一岁。她的金色长发披肩，在这个从底特律来的二十七岁兵士来说，她是他离开美国后所看到的最美丽的姑娘。

他也永远忘不了她的头一句话。“我可以把你制服洗干净吗？”她用不太流畅的英语问，“它很脏了。”

听到这话，康诺莱感到“很尴尬，张口结舌，自形污惭，但又十分感激”。天黑不久，西蒙娜就把洗干净的制服送回来了，两人手挽手到附近去溜达。康诺莱觉得他那天晚上好像是“向一百万法国人祝了酒”。他们所到之处都有人跑过来，一边欢笑，一边大叫“爱情万岁”，“美国万岁”，“法国万岁”。他们送他们酒和鲜花，还有眷爱。最后，他们又高兴又疲惫，悄悄地从爱戴他们的群众那里溜走。单独在一起后，从底特律来的高个子中士和穿白色衣裙的法国姑娘跑上了有一片小林的山坡。他们笑着躺倒在山顶的草地上。康纳莱可以看到头顶上的星海，远处，在巴黎的心脏，埃菲尔铁塔的黑色影子映在光亮的夜空上。西蒙娜轻轻地拿起他的手，放在她的怀里。她俯过身去吻他，她的金发撒在他的脸上。然后，她开始轻轻地摸他的头发，这个动作同男人、女人、手臂一样有悠久的历史。

“忘掉战争吧，”她轻声地喃喃说，“为了今天晚上，我的小托姆，忘掉战争吧。”

十六

[八月二十六日]

这是巴黎获得自由后第一个完整的日子，巴黎醒来时仍旧感到头晕目眩，不知所措。解放者和被解放者一样，身体僵硬，有时还感到脑袋昏昏沉沉的，头一天的热情还没有消退，在八月二十六日星期六普泻巴黎的温暖阳光下，睁不开眼睛。

鲍伯·伍德隆四肢伸开，躺在路易·贝尔蒂的厨房后面的卧室里。这个南泰尔屠夫头一天才被逃跑而去的俘虏者从蒙瓦勒里安山监狱里放了出来。伍德隆感到肩上有人给猛地摇了一下。他酒后沉睡还没有完全醒来，慌乱之中只有一个本能的想法：德国人。他跳了起来。前面站着的是个脸上刮得干干净净的年轻美军中尉。

“OK，伙计，”他说，“你如今又回到军队中来了。”头天伍德隆在去巴黎短短地逛一次时，犯了个错误，到温莎雷诺兹饭店陆军航空队临时总部去登了记。

对许多美国兵来说，这解放后第一天最难忘的时刻是一早在圣母院大教堂里。在那里，在圣约瑟夫的侧祭坛上，里昂纳德·弗赖斯神父穿着借来的法国法衣“为我们留在来巴黎路上的第十二团官兵”望弥撒。三百多名美国兵，一手持枪，一手捧着钢盔，跪在从窗户中渗透进大教堂里来的昏暗的阳光中，参加了弥撒。

更加动人的也许是在这同一个阳光普照的星期六，在巴黎主要的犹太会堂里举行的另一个宗教礼拜。在那里，第十二团的犹太教随军教士莫里斯·弗兰克上尉同一群犹太裔美国兵和四年来被压迫和押解的悲惨幸存者，聚在一起做安息日纪念礼拜。对弗兰克教士来说，“我们被斩尽杀绝的民族的这些面容苍白枯槁的幸存者”是他会永远留在记忆中的形象。礼拜以后，弗兰克和美国兵受到“哭泣的妇女的拥抱，抬起身来，甚至乱扯乱拉……她们倾诉了她们的孩子们在自己的眼前被杀死，丈夫和女儿从她们怀中被拉走的经历”。

他们离开时，满怀感激之情的巴黎犹太人向这些犹太裔美国兵每人送了一件纪念品，感谢他们不仅把他们解放出来而且是从死刑那里拯救出来的礼物。这几乎千篇一律都是同样的东西：黄布做的大卫星，象征着他们刚刚被拯救出来的四年恐怖时光。

在希伊马扎林郊区第五兵团总部，一名德军上校把一只信封交给亚瑟·坎贝尔上校。汉斯·雅伊解释道：“这是莫里斯饭店冯·肖尔铁茨将军房间的钥匙。他不再需要它了。”

在巴登－巴登，乌蓓塔·冯·肖尔铁茨肩上披着一块披巾匆匆赶到一位亲近的朋友的公寓里，他是个退休军官，几分钟之前打电话叫她“马上”赶来。她走进公寓，他就上前拥抱她。然后他告诉她头天夜里从禁止收听的英国广播公司的广播中听到：巴黎已经陷落，它的司令已经被俘。

托马斯·康诺莱中士在他的营部暂驻一夜的别墅外面，把他的最后一些物品捆在吉普车上。在他身旁，西蒙娜·潘顿默默地看着。他准备走时，她把一只挂在项链上的小金盒塞在他手里。“我也许永远不能再见到你了，”她简单地说，“我希望你会记住昨天晚上。”

她要他有机会来巴黎就来看她。他答应他会来看她的。他们接了吻，康诺莱就开车走了。他从后镜中看到她穿着白色衣裙站在自行车旁，就在别墅的门前，后来，她成了远处白色的一点，从镜中消失。开了好几英里的车，他仍能闻到她的香水。接着，在他的前面，他又听到了她曾经帮他忘了一个晚上的战争的声音。他从此没有回来。

首先，这个八月二十六日是属于夏尔·戴高乐的。整个晚上无线电都广播了他将在香榭丽舍大道游行的消息。印刷厂通宵开工，印刷“戴高乐万岁”的标语。这将是戴高乐与历史的相会，他的四年奋斗的结果，他可以引为权威来缄默政治对手的非正式公民投票。

戴高乐认为必须有第二装甲师在他向圣母院行进的路上。他列队检阅需要他们维护安全。但是，更加重要的是，他要他们集合在那里，摆出阵势，给居民看到支持他的政府的力量，使他们留下深刻印象。因此，戴高乐绕过盟军指挥系统，亲自下令给勒克莱尔，集合军队准备检阅。他的唯一让步是同意抽出一支作战分队向东北方向的布尔热机场调动，因为那里有一支德军有可能反攻。

整个计划充满危险，到了难以置信的程度。在一个还没有肃清德军狙击手的城市里，只有一团美军和第二装甲师的一支作战分队隔在首都和德军后卫之间，戴高乐竟然打算把一百万以上的人民和他的国家的领导精英集合在一起。自从登陆舰队集中在诺曼底海岸以来，德国空军还没有遇到过这样诱人的目标，也没有遇到过事先就这么明白宣布过的目标。

但是，尽管有这些风险，戴高乐还是决心要进行。他的政治前途，而且他认为，也是法国的前途，完全取决于他是否敢冒这样的风险。他必须在首都正处于解放所激起的感情高峰的时候建立他的权威，他的领袖地位。

他的决定的第一个结果就是同美国盟友发生冲突。上午十点钟，第五兵团一个军官不知戴高乐给第二装甲师的命令，出现在第二装甲师师部，给该师送来了当天的命令。第五兵团司令里昂纳德 · T. 格罗将军担心巴黎的入口通道处于暴露状态，要该师在首都东北侧翼布置防御阵地作为屏障。结果第五兵团被告知，第二装甲师这一天另有任务，腾不出身。

第五兵团愤怒地用无线电报告第一军团：“戴高乐将军正命令勒克莱尔今天从凯旋门到圣母院举行盛大阅兵游行。法军师部对调离作战行动甚为恼火。他们说勒克莱尔已获命令，对此毫无办法。这将使第二装甲师无法脱身，至少在十二小时或以上时间里，无法参与紧急作战行动。”

格罗视察部队回来后大光其火。他向勒克莱尔发出强硬的手谕：“你是在我指挥下执行任务的，不得接受任何其他方面的命令。据我所知你已得到戴高乐将军指示于今天下午十四时参加军队检阅。你必须不顾这一命令，继续执行目前派给你的肃清巴黎及附近地区抵抗的任务。你部今天下午或任何时间都不得参加任何游行，除非由我亲自下令。”

两面为难的勒克莱尔觉得他没有别的选择，只能服从戴高乐。为了尽量缩小他与第五兵团的分裂的程度，他设法躲了起来，这样格罗的命令就送不到他手里。最后，格罗司令部里的一个中校在荣军院附近的一家饭馆里找到了他。中校把格罗的命令交给他，并说，如果该师参加阅兵，格罗会认为这是“正式违反军纪”。勒克莱尔没有办法，只好把那军官带去见戴高乐。

“我把勒克莱尔借给了你们，”戴高乐昂然宣称，“我完全可以从你们那里把他借回来几分钟。”

在阅兵的最后准备工作快要完成时，马吉瓦尔 B 集团军地下指挥部的电话铃响了。这是莫德尔陆军元帅的“紧急”电话线。没有人接电话。自从这位矮个子的元帅首次视察前线以来，这是第一次他不在司令部。那天上午他出去视察贡比涅附近的部队去了。

打电话来的人非常不安。他是奉元首之命转达一个命令给这位希特勒认为是他最忠实的门生之一的。阿尔弗雷德 · 约德尔大将勉强要莫德尔的副手、B 集团军参谋长汉斯 · 斯派德尔中将听电话。他对斯派德尔传达了希特勒头一天下的准备对巴黎进行 V 型火箭袭击的命令。约德尔告诉斯派德尔，元首要求从加末海峡和法国北部的一百多个 V 形火箭基地向巴黎进行火箭“下雨”。他告诉斯派德尔，在兰姆斯的德国空军已奉令在那天晚上“用它全部力量”袭击巴黎。

斯派德尔挂上了电话。巴黎市中心不久将有两百万人涌了进来，其中第一批人已开始集合。正当在这个时候，他收到了原来是发给希特勒最忠实的元帅的命令，这使他不知如何是好。斯派德尔决定不去理它。不到一个星期以后，斯派德尔被秘密警察逮捕。[1]

在巴黎，戴高乐本人为他要在市内举行的阅兵游

[1] 不论斯派德尔或者最高统帅部都不知道这天下午计划在巴黎举行的检阅。斯派德尔被捕后被诘询他参与七月二十日反希特勒密谋的情况。他在德国狱中度过了战争最后阶段。

行做出了最后决断。他把它告诉了新任美军联络官罗伯特·J.莱维，后者当时承担了把格罗将军的反对意见转达给戴高乐这个困难的任务。

戴高乐告诉莱维，从军事上来说，格罗是对的。他承认，风险“很大”。但是他告诉少校：“我们必须举行这次阅兵游行。”目标是值得的。

“这次游行，”戴高乐说，“将给法国带来政治团结。”

十七

戴高乐身材高大，态度从容，傲然耸立在他周围的人群之间，站在凯旋门那里，面对法国无名战士墓。他放了一只红色唐菖蒲花圈在墓上简单的石碑前。然后，戴高乐重新点燃了墓上的不灭火焰，这是一种象征性的姿态，他是一九四〇年六月以来第一个在自由中完成这个神圣举动的法国人。

静默一分钟后，戴高乐转身检阅围着星形广场排列的第二装甲师的坦克和装甲车。成千上万的人从阳台上、屋顶上、窗户里、马路边向他欢呼。然后他回到凯旋门下。在他前面伸展的是香榭丽舍大道。一直到纪念碑，两边都是黑魆魆的欢呼的人群。头上又是温暖的阳光普照，晴空无云，使得五彩缤纷的夏季衣裙和大小旗帜更加鲜艳夺目。

历史很少有一个人像现在戴高乐那样有这么一个令人目眩和兴奋的胜利时刻。

他知道，如果敌人发动突然空袭，这一光荣时刻就要在流血和悲剧中结束，他的政敌就会马上把这悲剧诿罪于他。但是在这时刻，戴高乐看着面前的群众，“相信法国的命运”——和相信夏尔·戴高乐自己。

一辆警车向群众宣布，戴高乐把“他的命运托付给巴黎人民”。第二装甲师的四辆坦克开始驶上大道。大道的两旁都有两道法国国内部队、警察、消防员的人墙，他们手联手在路旁拦住群众往前拥。在戴高乐的身后，新法国的领导人不成队形地走在一起：茹恩将军、柯尼希将军、勒克莱尔将军，抵抗运动全国委员会、巴黎解放委员会、军事行动委员会等组织领袖，巴罗迪、沙邦－戴尔马。

戴高乐回头对他们说：“先生们，在我身后一步。”

然后，夏尔·戴高乐独自一人先走一步，徒步走上了那条庄严宽阔的漂亮大道，头顶上响着全国人民对他的雷鸣般欢呼。

在他的身后，其余的人不成队形，不分次序，川流不息地跟在后面，形成一股参差不齐的人流。戴高乐是有意这么安排的。他不想要军事检阅的形式。他不希望在他与群众之间有人为的界限，结果就没有这种界限。

大道沿途，群众都站在屋顶上、窗户里、阳台上，挤满了人行道在戴高乐经过时高呼支持他的口号。小姑娘钻了出来向他献花，他又把它们传给了后面的人。

戴高乐觉得，这批群众“就代表了一个思想，一个精神，一个口号”。看着这些高兴地哭泣的孩童，高呼“谢谢”的人们，“把他们的热泪献给我的老年人”，戴高乐“比以前更加”觉得他是“实现法国命运的工具”。

但是，戴高乐也知道，没有欢乐是无限的。当戴高乐从香榭丽舍大道折到协和广场时，第一声枪响了起来。一听到枪声，许许多多的人都趴到地上，或者纷纷逃到广场上第二装甲师的车辆后躲避。阿芒·索里埃罗中士，就是那个头一天去过圣母院的美国兵躲在他的吉普车后面。他向前窥看时，这位登陆日老兵“感到羞耻”。在他前面，巍然在枪火中往前走的，是戴高乐，“腰板非常挺直，代表他的国家高高耸立”。

在广场另一面，第二装甲师的伊夫·钱安比中尉也有索里埃罗那样本能的反应。他也跑去找掩护。在他这样做的时候，他觉得背上有手杖在戳他。“军官先生，”一位气度不凡的老先生叫道，“按你的年纪，你应该站起来制止这愚蠢的射击。”

在圣母院北塔塔基，有一个愤怒的青年在猛敲面前的门。伯特·卡立希中尉曾经得到大教堂一位神父的许诺，可以派个摄影师在塔上拍摄“感恩”礼拜。卡立希可以听到门里边有人说话声。他又敲门。突然门开了，出现了一个身穿白衬衫的中年平民的没有刮过胡须的脸。他生气地向卡立希叫喊了几句法语，然后砰地关上了门。几乎在这同时，卡立希听到了群众的欢呼声，说明戴高乐的到达。接着他听到了枪声。卡立希本能地抬头望去。从他头顶上的塔身隙缝中，他非常清楚地看到三支枪口向群众直射。他还在看着的时候，三支枪口缩回到塔里。“我的天”，卡立希惊道，“他们要刺杀戴高乐！”

在大教堂前面，戴高乐的敞篷汽车刚刚到达。戴高乐镇静地走过去，从穿着阿尔萨斯服装的两个小姑娘手中接受了三色鲜花。然后，戴高乐气度昂轩，不动声色地走向圣母院大教堂的中央大门“最后审判门”。这时枪声扫过了广场。法国国内部队和第二装甲师的士兵立即向屋顶射击，把大教堂栏杆上的大理石滴水嘴打得碎片飞溅。勒克莱尔的军官们竭力恢复秩序。脾气急躁的将军本人用手杖狠狠地揍了一下一个乱开枪的士兵。

戴高乐不为所动地继续往前。在半明半暗的大教堂里，应邀前来参加感恩礼拜的人们听到了外面群众的欢呼和步枪的急促射击。如今，当戴高乐走进“最后审判门”时，大教堂里面也响起了枪声。在寂静无声、空气清凉的大教堂里面，枪声的回声轰鸣。会众都纷纷趴倒在地，在居伊上尉看来，似乎要“把他们的祷告书当作掩护盖在身上”。戴高乐距离他的座位还有一百九十英尺，他仍不慌不忙地在中间过道中向前走去，步伐不变，那始终不变的一步的距离仍把他同后面的官员隔开，如今他们的人数已经减少了。戴高乐的一位部长安德烈·勒·特罗克尔喃喃道：“我看到的屁股比面孔多。”有个妇女从她的座位后抬起头来叫一声“戴高乐万岁”，就等不及又低下身去躲了起来。在座位的头排，戴高乐一位高级军官的秘书让妮·斯蒂尔心里想“这些叛徒，他们把他杀了”，接着她看到他的脑袋在教堂后排出现，她又想“真是个好目标”，最后，当他继续前进，“腰板挺直，一道光线从墙影之间落下来，照到他的肩上”。这时，这个漂亮的金发女郎虽然从来不是热诚的戴高乐分子，也感到眼睛里满盈“为这个人感到骄傲的泪水”。

在座位的前排，戴高乐镇静地走到中间过道左边的贵宾席的座位。在他的后面，柯尼希观察了会众，这位比尔哈基姆战役的胜利者大声怒斥道：“你们没有自尊心吗？站起来！”枪声仍扫过大教堂，但是戴高乐拿着赞美诗，站在主持礼拜的神父前面，大声诵念了“我心尊主为大”的赞美诗的每一句话。

他知道继续下去是无谓之举，就在念完了赞美诗后结束了礼拜。戴高乐以他刚才进大教堂时同样稳健的步伐离开了大教堂。

他所能采取的任何姿态，他可能说过的任何的话，都不可能为戴高乐赢得他的这种不怕死的勇气刚刚在同胞中赢得的钦佩和敬仰。有一个当时在场观察他的美国记者说，“从此，戴高乐已把法国置于他的股掌之上”。

到底是谁开的枪，仍是个谜，永远得不到完全的答案。[1] 但是戴高乐分子中间有越来越多的人怀疑，这是由维希政权的民兵和德军狙击手干的。

在双桥的尽头，两名年轻的校官看到勒克莱尔的部队向大教堂周围的屋顶开枪。共产党“罗尔上校”向第二装甲师的雅克·吉列朋中校说：“我看你们的人不怎么懂得巷战。”

“不错，”吉列朋平静地看一眼巴黎起义的领袖说，“不过他们很快就会学会的。”

[1] 起初大家认为是维希政权的民兵和德军潜伏分子开的枪，目的是在居民中间制造恐慌和不稳定。支持这种看法的事实是，开枪是同一时间在巴黎好几个地方发生的。但是这些狙击手没有一个在开枪时被活捉。有三个在圣母院后面闲荡的人被捕，其中一个被活活打死，但其余两人并没有受到卷入开枪事件的指控。有少数狙击手被发现时就被当场开枪打死，或给揍死，来不及讯问。戴高乐有一次曾对他的保安首脑阿希叶·贝莱蒂说，“这些笨蛋是在向空中开枪。”他和许多别人一样，都注意到没有子弹飞过的呼啸声。但是，巴黎多家医院八月二十六日收容了三百多名受伤的人，大多数是枪伤（其余是人群挤压造成的骨折和瘀肿）。许多声响是法国国内部队和第二装甲师仓皇开枪回击所造成的。许多人后来相信，圣母院里的射击是过分热心的警卫人员的交火。但卡立希的经历证明这点不确实。也有人认为开枪是受共产党教唆，目的是造成不稳定气氛，使得党可以以此为借口，证明有必要让法国国内部队内共产党组成的部分继续担任警察角色。

十八

戴高乐周围的人可能对枪击的来源感到不解，但是他本人对于谁是幕后主使人却毫无疑问。他深信这是共产党干的勾当。他坐车回国防部时对他的助手们说："很好，先生们，我国存在着准备把我消灭掉然后为他们自己上台准备道路的势力。"戴高乐认为，从最坏方面设想，这些枪击本意是要打死他；从最好方面设想，也是为了要播下混乱的种子，有利于他的对手的政治目的。

等到戴高乐到达国防部时，他已做出了决定。群众的欢呼证明他所受到的拥戴，而开枪事件则表明他处境的危险。他决定要在声望处于高峰时期马上动手，击败对手。他的第一个决定是解除自由枪手游击队的武装，把他们分成小股编入正规军，受军纪约束。

几小时以后，柯尼希将军告诉盟军总部的理查德·维塞林上校："巴黎目前最大的危险是法国国内部队。"他说，戴高乐希望"把最不稳定的分子编入军队，穿上军服，受到军纪的约束，以此来缓解局势"。为此，柯尼希要求维塞林"紧急"提供一万五千套军服。在柯尼希汇报以后，维塞林又在柯尼希的要求上添上了自己的分量，他向盟军总部报告："从公共安全的观点来看，局势危急。各种各样的居民都惶惶不可终日，担心被这一帮或那一帮团伙逮去。看来，这些团伙大多数是有政治背景的，其中势力最强的是共产党。该（巴黎）地区已迅速成为恐怖活动区，各方面普遍认为某种内战状态随时可能出现。"

戴高乐向艾森豪威尔写信，告诉他绝对有必要把第二装甲师留在城里，直到秩序充分恢复。第二天，他要求艾森豪威尔派一师美军在全市游行，向居民显示盟国对他的支持的深度。[1]

两天以后，戴高乐宣布解散法国国内部队在巴黎的高级指挥部。他宣称，"法国国内部队中可能有用的成分"将编入军队。法国国内部队所有成员都应到柯尼希那里

[1] 戴高乐是在盟军最高统帅八月二十七日星期日到国防部来拜会他时向艾森豪威尔提出他的要求的。头一天，艾森豪威尔总部还不知道戴高乐的计划，在前线遍找戴高乐以便艾森豪威尔能够向他祝贺巴黎的解放。艾森豪威尔更关心他迅速推进的前线的后方秩序的维持，这种关心要超过他对法美关系政治细节的关心。因此他并不像国务院的同僚，在获悉戴高乐已在巴黎确立地位时那样感到惊慌。艾森豪威尔在回忆他拜会这位法国领袖时说："我要看到的是巴黎局势得到控制，就我来说，戴高乐是能做到这一点的最佳人选。我希望我的拜会能向人民表明他得到我的支持，并且表明，就我来说，戴高乐是法国的主人。这是我要的效果，这也是我得到的效果。"

艾森豪威尔派第二十九步兵师完成戴高乐要求美军在首都显示实力的任务。两天以后，在八月二十九日，该师举行了一次历史上最独一无二的游行。该师穿着全副作战服装，在香榭丽舍大道游行过去，接着就一直开出了巴黎市的另一头。这一天还没有过完，它就参与了战斗。

登记。他们的武器和装备则在柯尼希司令部监督下集中存储。

抵抗运动全国委员会则从它的“民族宫”迁出，另给一所原来属于一个英国勋爵的普通别墅，在那里开了几次会后，该组织也就迅速销声匿迹了。当然，戴高乐从来没有参加它的会议。他接见过它的委员一次，时间很短。他们表示他们打算把他们的组织变成个常设机构，与他的权力并行进行工作，把共产党的民兵的控制权交给军事行动委员会，作为他们的军事机构。戴高乐客气地但直率地告诉他们，他们的任务已经结束。他说，警察将接管治安工作，共产党的“民兵”不再有任何需要。他们像军事行动委员会一样被解散了，后者的委员他从来没有接见过。

戴高乐后来轻描淡写却又极有说服力地说：“我是趁热打铁。”

十九

飞机低低的强烈的轰鸣声充满了夜空。它们是从东北方向来的，令人生畏地一直沿着河边传来，似乎要把沉睡中的梅昂默尔田村的赤陶墙头摇倒。那个上了年纪的德军中士从圣母升天教堂的罗马式钟楼上惊异地望着几十架飞机就在他的头顶上不到一千英尺的高度划破了天空，并翼轰鸣而过。他很久已经没有看到过这样的景观了。这些飞机是德国的飞机，它们沿着马恩河直奔四十八英里外的巴黎而去。

休伯特斯 · 冯 · 奥洛克将军在巴黎正东北的一所旧别墅里设了新总部，提奥 · 伍尔夫上尉从别墅的花园里也看到了飞机。伍尔夫刚听到飞机发动机声，就赶紧跑去找掩护。这位诺曼底战役的老战士知道，法国的天空是属于盟军的。他听着在头顶上掠过的飞机的轰鸣声。伍尔夫觉得它们的发动机振动似乎与空袭诺曼底的“劫掠者”式或 B-24 型不同。他想了一下，它们可能是德国空军的亨克尔式。但是伍尔夫知道，德国空军是不会把他头顶上飞过的那么多飞机升上空的。上尉的想法错了。

德国空军第三航空队的确回到了法国上空作短暂的最后告别飞行。在奥托·德斯洛赫大将设在雷姆斯的司令部里没有“健忘”的将领。最后，在希特勒发出第一项保卫巴黎的命令后十三天，也就是巴黎陷落后二十四小时，希特勒就要对巴黎进行当初他立誓要成为巴黎的命运的破坏，只是程度很小。斯派德尔固然按兵不动，没有施放V型炸弹，但是德国空军却是忠于元首的指挥的。

伍尔夫听着飞机平稳地掠过万塞纳树林向巴黎东北角飞去，一共大约有一百五十架。几分钟以后，他听到远处它们投下的第一批炸弹的回声，看见它们的燃烧弹所引起的火光慢慢升空。伍尔夫几乎肃然起敬地想：“我们将再也见不到我们一次有这么多的飞机升空了。”

在巴黎，空袭警报的尖叫声刺过了正在庆祝解放的城市，仿佛它的意思是告诉人们战争已经结束。全市各地，灯火依然通明，人们仍在街上跳舞，舞场和酒吧充满了笑声。警报还没有完，第一批炸弹就已经落地。

第二野战炮团的比尔·马顿下士刚刚开始在万塞纳别墅附近的街坊舞会上同一个可爱的红发女郎跳舞就听到了飞机。他的姑娘和所有别的姑娘都消失得无影无踪，“留下大约五十个美国兵在镇上的广场中央骂人”。在朗久莫买到一幅巴黎地图的军官比尔·米尔斯上尉是在他设在道米斯尼尔湖附近一家有跳舞场的饭馆的营部里。几个小时以前，米尔斯发现在他的营开到之前，营部所在的地方不仅仅是个供社交性跳舞的场所，还用于更广泛的兴趣，楼上有一家妓院。米尔斯缩在桌子底下，一边听着四周炸弹爆炸声，一边祷告："亲爱的上帝，如果你把我救出这一劫，我在将来选择营部时会更加小心的。"

德斯洛赫将军的飞机在巴黎上空低飞盘旋，有三十分钟之久，未受任何阻挠。全市没有一门盟军防空高射炮可以对它们开炮。二十分钟之内，五六处大火照亮了夜空。最大的一处还夹着酒瓶爆炸声。这次空袭是巴黎在战争期间受到的最大一次空袭，德国空军在酒市场制造了一场大火。他们也炸死了二百一十三人，伤九百一十四人，炸坏和炸毁五百九十七座建筑物，其中大多数是里昂车站和万塞纳树林之间的居民楼房。

冯·阿尼姆伯爵在王家港林荫大道的消防站暂设的监狱里，听到在远处炸弹爆炸声之上还有另外一种更近，更令这位年轻贵族胆战心惊的声音。那是向消防站汹涌拥来的人群的复仇叫喊。冯·阿尼姆已经可以听到领头的人在三层楼梯下敲门的声音，他们在叫喊："鬼子，鬼子，把这些鬼子交给我们。"冯·阿尼姆知道，寥寥几个看管他们的态度冷漠的消防队员在暴众一拥而入时是会站在一旁不加干涉的。战地记者克里门斯·波德维尔斯站在阿尼姆的身旁，他们在楼梯栏杆后低头向四层楼梯下消防队水泥地板望去。两个年轻的贵族互相约定，如果暴众上楼来，他们就跳楼而死，也不愿落在暴众之手。

他们默默地向下面看着冰凉的水泥地板，这时外面的尖叫声已升高为不断的仇恨吼叫。接着，在爆炸声和吼叫声之上，阿尼姆听到了另外一种声音，那是坦克履带擦地的金属声。他跑到窗口，看到五六辆坦克开到消防站前停下，炮塔上有美国军队的白星。对勃兰登堡这位年轻贵族来说，今天这个八月夜晚是不会有圣巴塞洛缪节大屠杀了。

他们两人身上只穿短裤衩，光着脚啪哒啪哒地踩在拼花打蜡地板上，奔下了荣军院里黑暗的尘封的过道，到一扇打开的窗户前。在那里，皮埃尔·柯尼希和雅克·菲利普·勒克莱尔并肩地看着德国空军的炸弹在远处地平线落下的爆炸声，心中一腔怒火。然后，这位曾经派他的坦克兼程奔向巴黎，把首都从毁灭中救出的将军开始一次又一次地重复一句怒斥的话："这些无赖，这些无赖，这些无赖。"

克劳德·居伊上尉在国防部熄了灯的外间的窗口前也在观看。他可以看到巴黎屋顶上炸弹爆炸的闪光，五六处起火场所照亮夜空的红色烈焰。在他的左方，在一排关紧窗户的公寓楼后，穿过空袭的闹声，传来了自由幸福的欢笑声。这是一群巴黎人不管空袭，在喧哗地庆祝他们的解放。

在黑暗中，居伊感到有个人悄悄地来到他身旁。那是戴高乐。他情绪阴郁，一言不发，望着窗外的景观。他转过头去，听到了黑夜里的欢笑声。

“啊，居伊，”他叹口气说，“他们以为巴黎解放了，战争就结束了。很好，你瞧——战争还在继续。最艰难的日子还在前面。我们的工作刚刚开始。”

然后戴高乐经过黑暗的房间回到他的办公室。在那里，他在油灯下继续刚刚开始的工作。

巴黎自由了——比他的盟友所计划的早十五天。夏尔·戴高乐走在他们的时间表之前，走在他的朋友所希望和敌人所担心的日期之前，回到这里来与历史相会。如今，巴黎在睡觉，他却准备在法国的首都确立他的权威。这时已经过了午夜。另外一天已经开始。

附录

一九四四年八月二十八日上午十二时四十五分，冯·肖尔铁茨将军投降后三天，西线军队总司令莫德尔陆军元帅向阿道夫·希特勒的总部发了下列电报：

28.8.44-12.45

P.C. 急电

致：最高统帅部，总参谋部人事局

指挥事务

仅由专派军官转

绝密

致总参谋部：第一局，军法处

第二局（原件）

第一副件发 B 集团军

我已要求帝国法庭庭长对步兵将军冯·肖尔铁茨及其同谋犯提出违反纪律的刑事诉讼。

冯·肖尔铁茨将军未能尽到派他担任保卫巴黎的将领该尽的责任。

我不能肯定地说他未能尽责是由于炮火致伤还是由于敌人使用特殊武器以致其抵抗意志弱化和行动能力弱化。这种可能性不能排除。

莫德尔
西线总司令
第三局第七七／四四号

图书在版编目（CIP）数据

巴黎烧了吗？／（美）科林斯（Collins, L.），（法）拉皮埃尔（Lapierre, D.）著；董乐山译．—南京：译林出版社，2013.3（2024.7重印）

书名原文：Is Paris Burning?

ISBN 978-7-5447-3618-3

Ⅰ.①巴…　Ⅱ.①科… ②拉… ③董…　Ⅲ.①报告文学－世界－现代　Ⅳ.①I15

中国版本图书馆 CIP 数据核字（2013）第 007393 号

著作权合同登记号　图字：10-2017-550 号

巴黎烧了吗？［美］拉莱·科林斯　［法］多米尼克·拉皮埃尔 ／ 著
董乐山 ／ 译

责任编辑　张远帆　竺文治
责任印制　闻媛媛

原文出版　Simon & Schuster, Inc. 1991
出版发行　译林出版社
地　　址　南京市湖南路 1 号 A 楼
邮　　箱　yilin@yilin.com
网　　址　www.yilin.com
市场热线　025-86633278
排　　版　南京展望文化发展有限公司
印　　刷　南京爱德印刷有限公司
开　　本　740 毫米 × 1000 毫米　1/32
印　　张　17.5
插　　页　4
版　　次　2013 年 3 月第 2 版
印　　次　2024 年 7 月第 17 次印刷
书　　号　ISBN 978-7-5447-3618-3
定　　价　68.00 元

巴黎烧了吗?
Is Paris Burning?

凤凰出版传媒股份有限公司
PHOENIX PUBLISHING & MEDIA, INC.

ISBN 978-7-5447-3618-3
01>
9 787544 736183
凤凰出版传媒网:www.ppm.cn
定价:68.00元